suhrkamp taschenbuch 3219

Hubertus von Thielmanns neuer Roman »Maroun« erzählt die Geschichte eines betörenden wie rätselhaften jungen Mannes, der Menschen anzuziehen weiß und sie mit Geschick an sich bindet. Maroun, halb Asiate und halb Europäer, verfolgt ein nicht zu erkennendes Ziel. Was treibt ihn, welche Kräfte stehen hinter ihm, fragt sich Fabian, der Ich-Erzähler, immer öfter. Lange findet er nicht heraus, daß Maroun dem Härtetest einer fernöstlichen Organisation unterworfen wurde, die spirituelle und wirtschaftliche Macht verbindet und die in westliche Unternehmen einzudringen sucht. Auch er, Fabian, gerät in Marouns Sog.

In einer packenden, mit immer neuen Überraschungen aufwartenden Handlung, die über drei Kontinente führt, verbindet sich Wahrscheinliches mit Unwahrscheinlichem wie in einem Stoff von Ian Flemming, treten Personen auf, die einem nur allzu vertraut erscheinen und doch sehr eigen sind.

Maroun hält die Fäden des Bösen in Händen, wandelt sich aber zum Ende. Und so unterliegt, obschon es eben noch zu siegen droht, das Böse – und wir verlassen als Leser ein Buch wie einen Film, in dem wir eben noch als Darsteller aufgetreten sind, verlassen das Dunkel und treten erleichtert ins Freie.

Hubertus von Thielmann, geboren 1936 in Breslau, lebt in Buenos Aires. Zuletzt erschien *Forbes Park* (1999).

Hubertus von Thielmann

Maroun

Roman

Suhrkamp

Umschlagfoto: Sven Paustian

suhrkamp taschenbuch 3219
Erste Auflage 2000

Druck: Nomos Verlagsgesellschaft, Baden-Baden
Printed in Germany
Umschlag nach Entwürfen von
Willy Fleckhaus und Rolf Staudt

1 2 3 4 5 6 – 06 05 04 03 02 01

Maroun

1. *Kapitel*

»Maroun!« rief die Frau. »Wo sind Sie?« Ihr Haar hatte einen rötlichen Glanz, sie war um die vierzig und auf den jungen Mann zugegangen. Er legte den Arm um sie, und sie fragte: »Wann kommen Sie zurück?«

Ohne eine Miene zu verziehen, schaute er auf sie herab, zog sie an sich und küßte sie leicht auf die Stirn. Sie versuchte sich zu lösen und sprach jetzt leiser. Er flüsterte in ihr Ohr. Sie lächelte schwach und sprach noch leiser. Ich hatte nichts mehr verstehen können.

Die Frau hieß Myriam Sardone, war eine Freundin meiner Frau und hatte in dritter Ehe einen italienischen Unternehmer und Kunstsammler geheiratet. Maroun hatte den Arm um ihre Hüften gelegt und schlenderte mit ihr in den nächsten Raum der Galerie, in der eine Ausstellung fernöstlicher Maler eröffnet worden war. Männer und Frauen, alt wie jung, sahen ihnen nach. Es war Maroun, der ihre Neugier erregte. Kurz nachdem ich die Galerie betreten hatte, war er mir aufgefallen. Genauso wie Corinna, meiner Frau.

»Mit wem macht sich denn Myriam davon?« fragte sie.

Wir lebten in München, in der Stadt, in der ich aufgewachsen war. Damals, an jenem Abend, waren wir noch von Schrecken und Unglück verschont geblieben, obgleich ich, wie ich meinte, schon genug davon abbekommen hatte.

Dachte ich später an diesen Abend zurück, hätten wir die Ausstellung sofort verlassen und uns Maroun vom Leib halten sollen. Er war über einen Meter neunzig und Ende zwanzig. Die nur leicht geschlitzten Augen gingen bei entsprechendem Lichteinfall in grünliches Blau über. Ich vermutete, daß er chinesisches Blut hatte, vielleicht auch koreanisches, auf jeden Fall fernöstliches. Die Backenknochen waren ausgeprägt, die schwarzen Haare glatt und dicht. Für einen fernöstlichen Asiaten war der starke Bartwuchs erstaunlich.

Die Backen glänzten dunkel. In Maroun mischte sich offenbar vieles.

Ich widmete mich den Bildern. Die meisten Maler waren jünger als ich mit meinen achtundfünfzig. Sie standen im Alter Corinna, meiner zweiten Frau, näher, die sechsunddreißig war. Seit ich pensioniert war, besuchte ich Galerien und wurde zu Vernissagen eingeladen. Gekauft hatte ich noch nichts. Unser Haus war voller Bilder, die meisten stammten von meinen Großeltern, wenige von Bea, meiner ersten Frau, die früh starb.

Corinna begleitete mich, wenn es ihre Arbeit in einer Beratungsgesellschaft erlaubte. Lyle & Bout war eine amerikanische Firma und beriet in wirtschaftlichen Fragen. Außerdem vermittelte sie Personal. Lyle & Bout ließ entlassen und ersetzte die Gefeuerten oft durch Menschen, die durch ihre Empfehlung in anderen Firmen verabschiedet worden waren. Corinna meinte, ganz so schlimm sei es nicht, aber ich wußte, wovon ich sprach. Über dreißig Jahre hatte ich für internationale Firmen gearbeitet und fast immer im Ausland.

Corinna war müde, sah an den Bildern vorbei und dachte an etwas anderes. Sie hatte einen schweren Tag hinter sich und war mir zuliebe mitgekommen.

Corinna strebte auf den Raum zu, in dem Myriam mit Maroun verschwunden war. Ich folgte ihr. Die Luft war stickig, Zigarettenrauch hing unter der Decke. In der Kunstszene rauchten viele unverdrossen weiter.

Mein Zahnarzt begrüßte mich, er investierte in Kunst. Corinna hatte einen Kollegen aus der Firma getroffen. Sie lächelte freundlich, entweder sagte sie: »Ja, ja« oder »nein, nein«.

Ich stand vor einem Bild purpurroter Wellenlinien auf braunem Grund. Mit meinem Zahnarzt hatte ich keine Lust zu reden, ihm ging es nicht anders, als Kunde war ich ihm sicher. Ich spürte Corinnas Hand auf meinem Arm.

»Das ist doch nichts«, sagte sie und zog mich weg. Ich sah auf ihren schmalen Rücken, die gewellten aschblonden

Haare, die auf ihre Schultern fielen. Ihr langer Hals wirkte elegant. Sie war einen halben Kopf kleiner als ich und ging sehr aufrecht, sehr gelöst.

Myriam und Maroun waren in der kunstbeflissenen Menge nicht mehr zu sehen. In diesem Raum waren die Bilder sehr schmal, silberne Kurven auf dunklem Grund, die mich an EKGs oder die Charts einer nervösen Börse erinnerten. Im anschließenden Saal sah ich Maroun schon von weitem, auch Corinna hatte ihn entdeckt.

»Da sind Sie ja«, sagte sie.

Ein Klassenkamerad, den ich seit Jahrzehnten nicht gesehen hatte, verstellte mir den Weg. Er hatte eine Glatze, und sein Bauch war viel dicker als meiner.

»Fabian«, rief er. »Was machst du hier, ich dachte, es hätte dich in Teheran erwischt.«

»Ich lebe wieder hier.« Ich wies auf Corinna. »Meine Frau.« Der Name des Mannes, mit dem ich fünf Jahre in einer Klasse gewesen war, wollte mir nicht einfallen.

»Du hast dich wenig verändert«, sagte er.

Ich strich über meine grauen Haare, die kahle Stelle auf dem Hinterkopf. Corinna gab dem Klassenkamerad die Hand, und so wie sie lächelte, wußte ich, daß sie keine Lust hatte, ihn näher kennenzulernen. Ich sagte, wir müßten weiter, uns einmal in Ruhe sehen, und schrieb seine Telefonnummer auf. Er verbeugte sich vor Corinna und warf mir einen Blick zu, in dem Bewunderung und die Frage lag: So jung?

Dieser Mann war nicht der erste, der mich mit diesem Blick bedachte, der mich am Anfang unserer Ehe mit einem kleinen dummen Stolz erfüllt hatte. Überhaupt nicht witzig war mir jedoch vom ersten Moment an die Bemerkung vorgekommen, Corinna könnte meine Tochter sein. Je älter ihre Bewunderer waren, desto öfter bemühten sie diesen einfallslosen Vergleich. Zudem hatte ich eine Tochter, Pia, das Kind von Bea.

Myriam und Maroun standen vor einem Gebilde, das aus Autowrackteilen zusammengeschweißt war. Enzo, Myriams

Mann, der wahre Kunstkenner, hätte davon wohl wenig gehalten. Maroun, der alle überragte, drückte das Kreuz durch, als wolle er nicht einen Zentimeter kleiner wirken.

Myriam winkte uns zu sich und stellte ihn vor.

Marouns Familiennamen verstand ich nicht. Jetzt, da er mir gegenüberstand, fielen mir die großen Ohrläppchen und die starken Zähne auf, die weiß und festgefügt aus dem Kiefer gewachsen waren. Seine Haut war dunkler getönt, als es von weitem ausgesehen hatte, ein gesunder Olivton. Maroun strahlte überhaupt Gesundheit aus, mir war es fast zuviel. Er unterhielt sich mit den beiden Frauen. Er war neunundzwanzig, wie wir später von Myriam erfuhren, beinah dreißig Jahre jünger als ich, fast ein Leben. Marouns Blick lief zwischen den beiden Frauen hin und her, mich ignorierte er. Ich wurde ungeduldig, trat von einem Fuß auf den anderen und wollte nach Hause. Ich hätte jedoch gern gewußt, nach wem Myriam Maroun gefragt hatte. In ihrer Stimme war eine gewisse Besorgnis gewesen, die nicht zu ihr paßte. Ich hätte sie fragen sollen. Eine unterlassene Frage kann ein Leben verändern. Aber vielleicht war ich so verrückt, daß ich eine Veränderung wollte? Ich hatte nicht mehr viel zu tun.

Hinter mir schwelgten zwei Männer angesichts der eleganten Kühnheit einer Skulptur, einem Haufen alter Autoreifen. Mit Enzo hätten sie nicht so reden können.

Maroun fragte Corinna, was sie von der Ausstellung hielt.

»Es ist gut, daß was für junge Künstler getan wird«, erwiderte sie.

»Auch für ausländische, haben Sie was gekauft?« fragte Maroun. »Noch sind diese Maler hier billig.«

Corinna machte eine bedauernde Handbewegung zu mir hin, die ich überflüssig fand. »Mein Mann meint, wir hätten genug Bilder.«

»Wir haben ganze Häuser voll«, fiel ihr Myriam ins Wort.

»Man könnte sie auswechseln, aber die meisten Männer entschließen sich da nicht so leicht, mir geht es genauso.« Wie schnell Maroun Gemeinsamkeit schaffen konnte.

»Leben Sie in München, Herr Frank?« Marouns Deutsch war fehlerfrei, der Akzent etwas hart. Meinen Namen hatte er sich also auch schon gemerkt.

»Ich bin wieder hier«, antwortete ich gegen meinen Willen, mich mit ihm zu unterhalten, und fragte, wieso er so gut deutsch konnte.

»Ich habe es von meiner Mutter gelernt, meine Großmutter war Deutsche, aus Kiel.«

»Er spricht fünf Sprachen«, sagte Myriam. »Oder mehr?«

»Mehr«, erwiderte Maroun.

Ich verabschiedete mich, ohne nachzufragen, welche Sprachen er sprach. Ich hatte das Gefühl, bereits zuviel mit ihm geredet zu haben. Corinna warf mir einen vorwurfsvollen Blick zu, bevor auch sie ihm die Hand reichte. Myriam wünschte, uns bald wiederzusehen. Sie wollte ihr neues Haus mit einem Fest einweihen, und wir sollten ihr mit Ideen und Einfällen helfen. Maroun hoffte ebenfalls, uns bald wiederzusehen. Ich nicht.

Wir blieben noch kurz vor dem einen oder anderen Bild stehen. Corinna war einsilbig geworden. Bevor wir die Ausstellung verließen, mußten wir durch einen Raum, in dem riesige abstrakte Ölbilder von der Decke hingen.

»Ob jemand Platz dafür hat?« fragte ich.

»Warum gehst du eigentlich zu Vernissagen?« entgegnete Corinna.

»Du meinst, ich bin zu negativ?«

»Dir gefällt kaum etwas, Enzo kann von Bildern nicht genug bekommen.«

»Du wärst noch gern bei Myriam und ihrem Begleiter geblieben, wie hieß er noch?« Corinna schwieg, und ich sagte dann: »Maroun.«

Sie fuhr, wie eigentlich immer, wenn wir zusammen im Auto saßen. Meine linke Hand war zur Hälfte gelähmt. Ich konnte nur den Daumen und den Zeigefinger bewegen. Die Lähmung setzte sich teilweise bis zum Ellbogen fort. Die Hand vermochte ich nur bis in Brusthöhe zu heben. Muskeln und Nerven waren zu einem großen Teil zerstört. Zerfetzt, wie es der junge Arzt in der Ambulanz damals ausgedrückt hatte.

Es war vor einem Jahr passiert in einer Regennacht. Pia, meine Tochter, hatte am Steuer gesessen. Von einem entgegenkommenden Auto geblendet, war sie in einer scharfen Kurve an einen Baum geprallt. Im Reflex hatte ich die Arme hochgerissen, dabei war der linke Arm schwer verletzt worden. Pia war mit zwei gebrochenen Rippen davongekommen.

Aber ich fuhr noch ab und zu Auto. Ich konnte das Steuer mit den beiden gesunden Fingern der linken Hand für kurze Zeit halten. Corinna fuhr gut, manchmal ein wenig zu aggressiv, wenn sie sich ärgerte oder mit mir nicht einverstanden war. Wir stritten selten. Wenn der eine bereit war zu streiten, lenkte der andere schon ein. So wie jetzt. Ich brachte das Gespräch auf unsere Sommerferien und fragte, wann sie Urlaub nehmen könne.

Zum ersten Mal mußten wir unsere Ferien nicht aufeinander abstimmen. Ich konnte mich nach ihr richten. Für mich gab es keine unverschiebbaren Termine, Geschäftsreisen und Sitzungen mehr. Corinna entspannte sich, Juli paßte. »In Viareggio«, sagte sie.

Dort hatten wir ein Ferienhaus. Doch würde ich erstmals nicht mit ihr Wasserski laufen oder surfen. Mein rechter Arm war dafür allein nicht stark genug, obwohl ich ihn, den gesunden, wie meinen ganzen Körper mit Gymnastik und Kraftübungen gestärkt hatte, zum Ausgleich für den kaputten Arm.

Krüppel hatten nicht nur mein Mitleid erregt, oft hatte ich mich auch vor ihren verstümmelten Gliedern geekelt, und jetzt, nach wie vor, drohte die Gefahr, ich könnte meinen linken Unterarm durch Amputation verlieren, wenn sich sein Zustand nicht entscheidend bessern sollte. Nichts hatte bisher geholfen, auch nicht die elektronische Strahlenbehandlung, und war ich ehrlich, mußte ich zugeben, daß auch die Beweglichkeit meines Daumens und Zeigefingers nachgelassen hatte. Aber das wollte ich offen nicht zugeben, noch nicht, weder vor Corinna noch vor Pia, die sich heftige Vorwürfe gemacht hatte. Sie war mein einziges Kind, sie sollte sich nicht noch mehr belasten, zumal der Unfall wirklich nicht ihre Schuld gewesen war.

Wir fuhren an der Isar entlang. Corinnas Armreifen klimperten über dem Lenkrad. Gegen ihren Willen hatte ich nach dem Unfall den gleichen schweren Wagen wieder gekauft. Ihre Hände waren leicht gebräunt. Vor unserer Ehe hatte sie sich aus Sport nicht viel gemacht. Sie hatte sich aufs Studium und dann den Beruf konzentriert, da sie darauf angewiesen war, sich selbst zu ernähren. Ich hatte ihr Skilaufen und Tennis beigebracht. Für Surfen und Wasserskilaufen hatte sie keinen Lehrer nötig gehabt. Ihre Eltern lebten nicht mehr. Corinna war früh Waise geworden. Ich habe das nie besonders bedauert, ihre Mutter, eine Bibliothekarin, wäre so alt wie ich gewesen, und der Vater, ein Hautarzt, nur einige Jahre älter als ich.

Ich weiß nicht, wie ich mit ihnen ausgekommen wäre.

Meine erste Frau hieß Beatrice und wurde Bea genannt. Mit ihren Eltern, einem Lehrerehepaar, war es nicht leicht gewesen. Sie hatten uns einmal in Teheran besucht und uns verschwenderisch genannt. Unsere Freunde hielten sie für oberflächlich, überhaupt die Art, wie wir lebten. Und Kaviar mochten sie schon gar nicht.

Corinna war auf ihre Art religiös. Ohne je darüber zu sprechen, glaubte sie an einen Gott, irgendwo mußte auf dieser Welt das Gute sein. An manchen Sonntagen verschwand sie in einer der Kirchen von Bogenhausen.

Ich hatte sie bei einer Buchprüfung in Jakarta kennengelernt. Mein Vorgänger hatte die Niederlassung, die ich übernehmen sollte, um Millionen betrogen. In der Konzernzentrale hatte ich eine Prüfung der Bücher verlangt, bevor mir die Freunde meines Vorgängers die Verluste anlasten konnten. Es erschienen eine ältere Dame und Corinna, die damals sechsundzwanzig war, zehn Jahre jünger als jetzt. Es waren ihre

Augen, helle Iris mit dunklem Rand, die mich sofort fasziniert hatten. Nach Bali flog sie noch mit ihrer Chefin. Aber auf die Insel Comodo zu den Waranen durfte ich sie begleiten.

Zwei Tage fotografierten wir die letzten Nachkommen der Dinosaurier, drei Meter lange, drachenartige Echsen, die mit ihren Klauen lebende, ihnen zum Fraß vorgeworfene Ziegen rissen. In der letzten Nacht, bevor wir nach Jakarta zurückflogen, kroch ich zu Corinna ins Bett.

Ich war ein achtundvierzigjähriger Witwer, der sich damals mit einer zwei Jahre jüngeren tschechischen Freundin tröstete. Aber als ich Corinna umarmte, glaubte ich, den Verstand zu verlieren. Ich bin nicht der Typ des Verführers, und deshalb weiß ich bis heute nicht, wer eigentlich wen verführt hat.

Corinna achtete auf ihren Körper, und nackt wirkte sie noch ein Stück jünger. Oft kam ich mir alt und verworfen vor, doch seitdem mich kein Büro mehr erwartete, liebten wir uns häufiger denn je. Corinna meinte, wir seien selbst am Anfang unserer Ehe nicht so emsig gewesen. Ich konnte nicht genug von ihr bekommen, und staunte selbst über mich, in knapp zwei Jahren würde ich sechzig werden. Unseren Altersunterschied hatte Corinna nie kommentiert, sie überging ihn einfach. Aus jüngeren Männern schien sie sich nichts zu machen, nur für Pia hätte sie gern einen passenden Mann gefunden.

Manchmal suchte ich Corinna zur Kündigung zu überreden. Wir brauchten ihren Verdienst nicht, glücklicherweise hatte ich genug. Ich hätte dann mehr von Corinna gehabt, lange Siestas, die mich beruhigten. Wenn meine Schmerzen sich sehr verstärkten, fürchtete ich, daß es mit uns nicht so angenehm weitergehen, daß Schluß sein könnte. Es war eine dumme neurotische Angst, natürlich konnte ich nicht ewig so mit Corinna weiterleben, aber eine Reihe von guten Jahren hatten wir doch noch vor uns.

Stets kamen die Schmerzen unangekündigt und vergingen ebenso schnell. Mittel halfen wenig, ich hatte alle möglichen

Schmerzmittel ausprobiert. Am besten war es, Corinna zu lieben oder sich von ihr lieben zu lassen, dann blieb ich eine Weile schmerzfrei.

Corinna konnte keine Kinder bekommen, obschon sie gern welche gehabt hätte.

Daß sie kinderlos bleiben mußte, war erst zu Beginn unserer Ehe festgestellt worden. Mich schmerzte es weniger als sie. Ich kam mir zu alt vor, und Pia, damals siebzehn, hatte eine schwierige Phase. Sie war auf Corinna eifersüchtig. Ich weiß nicht, zu was sie die Eifersucht auf ein Baby getrieben hätte.

Und so war es für Corinna leichter, Pia wie eine jüngere Schwester zu behandeln, was ihr mit der Zeit auch besser gelang. Jedenfalls glaubte ich das oder wollte es glauben. Aber mit Pia durfte man sich nie sicher sein. Sie behielt vieles für sich, und deshalb schrieb sie wohl auch.

Corinna bog in die Straße ein, in der wir wohnten. Das Haus, das ich liebte, hatte ich von meinen Eltern geerbt. Ich war als einziger meiner Familie übriggeblieben. Meine Schwester war als Tropenärztin an schwarzer Malaria in Brasilien gestorben.

Wir rollten an unserer Gartenmauer entlang, und ich öffnete das Tor mit der Fernbedienung. Ich schloß es auch, als Corinna in der Garage anhielt. Wenn das Garagentor sich senkte und mit leichtem Knacken in der Halterung einrastete, fühlte ich mich sicher. Schon als Kind hatte ich mich so gefühlt, damals hatte das Tor aus zwei schweren Flügeln bestanden.

Hinter der Mauer zur Straße war ein Pool. Zum steil abfallenden Wald hin grenzte die L-förmige Villa mit ihrer Querseite das Grundstück teilweise ab, es folgte eine Terrasse, die an einem Pavillon endete, hinter dem ein flaches Waldstück lag. Die Frontseite des Hauses und die Terrasse waren auf eine Plattform gebaut, die in den Wald ragte. Zum Ende hin schwebte sie mehr als zehn Meter über einen Spazierweg, der sich unter den Stahlträgern am Hang entlangzog.

Dieser Teil des Hauses war zweistöckig, die Längsseite bestand aus einem Stock. Als Kind hatte ich mit meiner Schwester im zweiten Stock gewohnt. Damals hatten wir über die Wipfel geblickt, von denen jetzt die höchsten ihre Schatten auf das Schieferdach warfen. Mein Großvater hatte die Villa in den zwanziger Jahren von einem Industriellen, der in Schwierigkeiten geraten war, gekauft. Im Erdgeschoß waren die Räume hoch. Zwei Wohnzimmer und die Bibliothek befanden sich an der Frontseite zum Wald. Corinna und ich schliefen im Erdgeschoß. Pia hatte sich über uns eingerichtet. Seitdem sie wieder allein lebte, war sie zu uns gezogen. Die Längsseite des Hauses war unbewohnt. Küche, Wirtschaftsräume und ein für uns zu großes Eßzimmer befanden sich zu ebener Erde. Im Stockwerk darüber waren drei Zimmer und zwei Bäder mit Sicht in den Garten eines Grundstücksspekulanten.

Vor den Zimmern im ersten Stock waren Balkone. Von unserem aus konnte man im Frühling die Triebe einer Buche abbrechen. Im Winter sahen wir über die Dächer von Bogenhausen bis zur Isar, von Pias Zimmer sah man ein Stück weiter.

Meine Eltern hatten sich wie in einem Vogelnest gefühlt, so sagte meine Mutter immer, und waren am liebsten zu Hause. Ich hatte hier meine Kindheit verbracht, mehr Platz als die meisten meiner Freunde gehabt und Dinge gesehen, von denen die höchstens in der Zeitung lasen.

Wo immer ich gelebt hatte, war dieses Haus meine Zuflucht.

Erschienen mir Schwierigkeiten unüberwindlich, tröstete mich der Gedanke, daß ich diesen einen festen Platz besaß, an den ich jederzeit zurückkehren konnte. Seit kurzem lebte ich hier mit Corinna, entschlossen, dieses Haus nur als Toter zu verlassen, so wie meine Eltern und Großeltern.

Den größten Teil meines Lebens hatte ich im Ausland gearbeitet und damit verbracht, die Kohlen für andere aus dem Feuer zu holen. Gerade anfangs war ich dabei sehr weit gegangen, ohne an mich zu denken.

Mit den Jahren änderte sich das, ich ließ mich nicht mehr übers Ohr hauen. Ich lernte, wie man Personalchefs in deutschen Konzernen begegnete. Mein Ruf als troubleshooter wuchs. Mit Mitte zwanzig holte ich einen Kollegen in Mexico City aus dem Gefängnis, nachdem ich vom Pförtner bis zu dem als unbestechlich geltenden Gefängnisdirektor alle geschmiert hatte. Mein Kollege war zu oft bei einem Engländer gesehen worden, der kein Engländer, sondern Israeli war, der für den MOSSAD arbeitete. Auf dessen Parties liefen die hübschesten Mädchen herum, und es wurde viel Whisky getrunken, ein damals in Mexico rares Getränk. Mein ahnungsloser Kollege hatte als Statist gedient.

2. *Kapitel*

Maroun hatte mir das Erdgeschoß der neuen Villa der Sardones gezeigt, die Salons, das Eßzimmer, die Halle. Noch nie hatte ich so viele Bilder in einem Privathaus gesehen. Viele der Gemälde, Impressionisten und Expressionisten, hatte Enzo bereits als junger Mann erworben. Sie waren inzwischen alle im Preis gewaltig gestiegen, wie Maroun sagte, aber Enzo würde nicht eines verkaufen. Er liebte sie über alles.

Jetzt saß ich mit Maroun auf der Terrasse. Ich sollte mit ihm über das Einweihungsfest nachdenken. Corinna, die arbeiten mußte, hatte mich hierhergeschickt. Mir fiele immer etwas ein, hatte sie mich ermutigt.

Maroun aß Apfelstrudel, auf den er einen Berg Schlagsahne geklatscht hatte. Gewichtsprobleme plagten ihn nicht. Es war ein sonniger Nachmittag, der Föhnwind fuhr durch die Bäume.

Mein Arm tat weh, die Schmerzen reichten bis in das linke Schulterblatt. Bei einem Wetter wie heute verursachte schon die kleinste Drehung der Hand ein Stechen. Marouns Blick ruhte auf meiner verkrüppelten Hand, wanderte zum Ellbogen und schließlich den Oberarm hoch. Sehen konnte er jedoch nur die Hand. Ich trug ein langärmeliges Hemd, die Jacke hatte ich ausgezogen. Seit dem Unfall trug ich nur noch Hemden mit langen Ärmeln. Den Anblick meines Armes wollte ich anderen ersparen, und auch mich ekelte der kraftlose, von tiefen Narben entstellte Unterarm.

»Maroun kann massieren«, hatte Myriam gesagt. »Und auch heilen.«

Was konnte Maroun noch alles?

»Dieses Haus gefällt Ihnen nicht besonders«, sagte er.

»Wie kommen Sie darauf?«

»Das spüre ich.«

Er hatte recht, die Villa war mir zu überladen. Myriam

hatte sich angeblich gegen ihren Mann nicht durchsetzen können. In Italien war sein letzter großer Erfolg eine Ökofastfoodkette gewesen. Jetzt wollte er die Deutschen vor McDonalds schützen.

»Das ist Ihnen alles etwas zuviel.«

Maroun deutete auf den ovalen Pool, um den man einige Nymphen gruppiert hatte.

»Sie sind doch ganz hübsch.« Ich trank einen Schluck Kaffee und hätte gerne soviel Schlagsahne wie Maroun gegessen. Durch die Gymnastik war mein Bauch zwar fester geworden, doch wölbte er sich nach wie vor unter der Brust. Corinna hatte nichts gegen ihn, sie fand ihn gemütlich.

»Aber sie passen nicht hierher.« Von den Nymphen sah Maroun auf meine schmerzende Hand. Ich hatte die Spitzen von Daumen und Zeigefinger aneinander gerieben. Eine Übung, die sie beweglich halten sollte.

»Aber hierher.« Ich deutete auf die römischen Säulen, die das Vordach trugen.

»Nicht mal da.« Seine Selbstgefälligkeit ärgerte mich, oder war es Unsicherheit? Als hätte er meinen Ärger gespürt, bot er mir Strudel an.

»Er ist noch warm, Sie müssen ihn probieren. Alles, was wirklich gut ist, soll man essen.«

»Ich mache mir nichts aus Süßem.« Das stimmte natürlich nicht, ich liebte Schokolade und Eiscreme. Maroun leckte sich die Lippen, und mir war, als lächelte er. Er fragte, ob ich in der Nähe wohnte, und ich nickte.

»Ihr Haus ist anders als dieses.«

Ich nickte wieder und schwieg. Über unser Haus, eigentlich war es ja meines, wollte ich mit Maroun nicht reden.

»Es ist eine etwas altmodische Villa. Einige Möbel könnten Sie ändern, aber Ihre Bilder sind auch nicht schlecht und die Teppiche wunderschön.«

Ich sah ihn überrascht an, er hatte ziemlich recht.

»Ihr Haus liegt in einem großen Garten, oder ist es ein Park?«

»An einem Park, der mir nicht gehört.«

»Macht nichts, Hauptsache man sieht in einen.«

»Woher wissen Sie das alles?« rief ich. »Sie waren nie bei uns!«

»Wenn mich Menschen interessieren, erfahre ich vieles schnell über sie.«

Er sah wieder auf meine Hand. Sein Blick war intensiver geworden. Ich spreizte Daumen und Zeigefinger, die restlichen Finger blieben gekrümmt.

»Sie hatten einen Unfall«, sagte er leise. »Einen Autounfall. Aber Sie saßen nicht am Steuer, es war jemand, den ich nicht kenne, eine interessante, etwas schwierige Person. Sie hatten getrunken, ziemlich viel sogar, aber lassen wir das. Wir sollten uns Gedanken über dieses Fest machen. Es soll die Party des Jahres werden, Myriam ist sehr ehrgeizig in solchen Dingen!«

Maroun war mir unheimlich. Am liebsten hätte ich mich verabschiedet, und zwar für immer. Myriam telefonierte noch oder schon wieder, und auch von Enzo war weit und breit nichts zu sehen. Er herrschte bis spät abends in seinen Firmen. Männer wie er unterließen nichts, um im Büro zu sterben. Wenigstens hatte ich dem Bürotod ein Schnippchen geschlagen, aber viel hätte nicht gefehlt, und ich wäre im Auto umgekommen.

Maroun beugte sich vor und streckte seine Hand nach mir aus. Ich suchte seinem Griff zu entweichen, aber er war schneller und nahm meine verkrüppelte Faust in die Hände. Er strich über den Handrücken, vielmehr darüber, was davon übriggeblieben war, dann knöpfte er die Manschette auf und fragte: »Es stört Sie doch nicht?«

Es störte mich ganz erheblich, aber ich schwieg. Er krempelte den Ärmel hoch, und mein zerstörter Unterarm wurde sichtbar. Tiefe Narben durchfurchten ihn, wildes Fleisch glaste unter rötlicher Haut. Da die meisten Muskeln gelähmt waren, hatte der Arm an Umfang verloren und war so schmal wie der eines Kindes geworden. Dort, wo die Haut nicht zerstört war, wuchsen Inseln von Haaren. Dieser Unterarm, fand ich, glich einer deformierten Kralle.

Maroun glitt mit dem Mittelfinger über eine der tiefsten Narben, die vom Musikantenknochen in geschwungener Linie zum Handgelenk lief. »Sie haben Schmerzen«, sagte er.

Ich antwortete nicht, ich fühlte mich wie nackt vor ihm. Den Arm entblößte ich nur vor Ärzten und Krankenschwestern und nachts im Bett, da Corinna keine Pyjamas mochte, sonst hielt ich ihn selbst vor ihr und Pia bedeckt. Nach dem Duschen umwickelte ich ihn mit einem Handtuch, das ich erst wieder abstreifte, wenn ich in ein langärmeliges Hemd schlüpfte.

Meine Golf- und Tennishemden hatte Pia ihrem geschiedenen Mann geschenkt, den sie jetzt umflatterten.

Marouns Hände waren groß und glatt, unter den Knöcheln schimmerten einige Adern bläulich. Die Nägel waren kurz geschnitten.

»Wo hat es Sie sonst noch erwischt?« fragte er.

»Hier«, ich fuhr über meinen linken Oberschenkel. »Aber längst nicht so schlimm.« Durch die Übungen war er stärker als vorher geworden. Täglich machte ich vor- und nachmittags Gymnastik.

Ich hatte viel Zeit. Ich trimmte meinen alternden Körper, und es erstaunte mich, was sich mit ihm noch machen ließ.

Corinna meinte, ich sei noch nie so in Form gewesen.

Ich hörte Myriams Schritte und streifte den Ärmel herunter. Sie trug ein geschlossenes Seidenkleid, schwarze Punkte auf weißem Grund.

Myriam war kurz davor, üppig zu werden, was sie für alle Männer reizvoll machte, die von diätgeschädigten weiblichen Skeletten genug hatten. Myriam hatte was zu bieten. Das konnte sie einen spüren lassen, und das hatten auch ihre drei Ehemänner zu spüren bekommen, die in meinem Alter oder noch älter gewesen waren, als sie Myriam geheiratet hatten. Alle drei waren sehr vermögend gewesen. Doch hatten die beiden ersten nach ihrem Tod Myriam nur wenig bedacht.

Ohne etwas zu sagen, hatte der eine alles der katholischen Kirche vermacht, und der andere hatte in seinen letzten Jahren fast alles mit einem Escortgirl in Spielcasinos durchgebracht. Mit Enzo sollte ihr so eine Pleite nicht noch einmal passieren, hatte Myriam zu Corinna gesagt. Er war gut zehn Jahre älter als ich und häufte brav Geld an.

Myriam behauptete, sie hätte wegen ihres Vaterkomplexes immer erheblich ältere Männer geheiratet. Aber so wie sie Maroun betrachtete, hatte sie diesen Komplex inzwischen überwunden.

»Hast du dir seinen Arm angeschaut?« fragte sie Maroun. »Bei Föhn tut er ihm besonders weh.«

»Er hatte doppeltes Pech, erst den Unfall und dann noch schlechte Ärzte.«

»Können wir nicht über etwas anderes reden?« Ich bugsierte die Hand in die Hosentasche.

»Wir wollten doch mit deinem Freund über das Fest reden«, sagte Maroun.

»Mein Freund heißt Fabian.« Myriam rückte ihren Stuhl näher an Maroun.

Ich wollte meinen Familiennamen hinzufügen, um mich nicht mit Maroun duzen zu müssen, unterließ es jedoch, Maroun kannte ihn ja. Es fiel mir immer schwerer, anderen das Du anzubieten, und Maroun nach so kurzer Zeit schon gar nicht. Mit jungen Leuten war es besonders schwierig. Dauernd fielen sie mir gegenüber vom Du ins Sie, und hatte ich die neuen Duzfreunde nur einige Tage nicht gesehen, waren sie wieder beim totalen Sie, und ich war der, der sie daran erinnern mußte, daß wir uns duzten.

Bevor Myriam verkünden konnte, daß wir uns nicht siezen und nicht so spießig sein sollten, fragte ich Maroun, wo er geboren sei.

»In den Philippinen, irgendwann sind meine Vorfahren aus China über Melakka eingewandert, wenn Ihnen das was sagt.« Er warf mir einen nicht zu deutenden chinesischen Blick aus wenig chinesischen, blaugrünen Augen zu, und ich erwiderte: »Nirgendwo werden so viele Schiffe geentert wie in der Melakkastraße, wie ich gehört habe.«

»Die Auftraggeber sitzen in Singapur«, sagte Maroun. »Die Mannschaften sind Malaien und Filipinos.«

»Wie interessant.« Myriam legte ihre Hand auf Marouns Knie.

»Wo haben Sie in Südostasien gelebt?« fragte er.

»Jakarta, Singapur und vor vielen Jahren in Manila.« »Dort bin ich in die deutsche Schule gegangen.«

»Wollte das Ihre deutsche Großmutter?«

»Alle wollten es, meine ganze Familie. Sie wußten, wie wichtig Sprachen sind. Meine chinesischen Vorfahren waren Händler: Kokosnüsse, Trockenfisch und Gewürze im Südchinesischen Meer bis nach Australien. Auf jeder Insel wurde eine andere Sprache oder ein anderer Dialekt gesprochen.«

Wenn Maroun erzählte, bekam er etwas Gewinnendes. In Amerika und Deutschland hatte er Wirtschaft und Meeresbiologie studiert, in Oxford seinen Master gemacht. Myriam sagte, Maroun sei zur Hälfte Chinese, zu einem Viertel Deutscher und zu einem Viertel Spanier und Filipino. Sie sprach stolz über ihn, von den vielen Sprachen, den hervorragenden Examina, die er immer als jüngster und bester bestanden habe, und was für ein guter Sportler er sei. Man hatte den Eindruck, Maroun sei ihr Eigentum, dem das alles sichtlich peinlich war und der sie bat, nicht so dick aufzutragen.

»Und dieses Prachtstück ist neunundzwanzig Jahre alt!« rief Myriam, wischte sich eine rötliche Ringellocke aus der Stirn und sagte, jetzt wolle Enzo, daß Maroun mit ihm arbeite, obwohl dieser eigentlich auf einer Bildungsreise durch Europa sei.

Im Haus läutete das Telefon. Myriam wollte aufspringen, aber Maroun drückte sie sanft in den Sessel zurück. Seine Hand hatte ihre Schulter umfaßt und war einen Moment darauf liegengeblieben, eine unauffällige, aber intime Geste, die verriet, wie vertraut die beiden miteinander waren. Ob Enzo ahnte, was zwischen Myriam und Maroun vorging? Er war nahezu fünfundzwanzig Jahre älter als Myriam und fast vierzig trennten ihn von Maroun. Für ihn war es tatsächlich das beste, im Büro Strategien für Ökofastfood zu entwickeln. Er war der Meinung, daß Altersunterschiede unter älteren Menschen nicht geringer, sondern größer würden. »Einem Neunzigjährigen gegenüber«, sagte er, »fühlen sich die Neunundachtzigjährigen wie aus einer anderen Generation.«

Zu ihrem Einweihungsfest wollte Myriam rund fünfhundert Personen einladen. Maroun fand das zuviel, ich pflichtete ihm bei. Myriam sagte, ein Drittel würde sowieso nicht kommen, was Maroun verneinte: zu Myriams Festen kämen alle. Aus dem Gedächtnis diktierte sie ihm die Namen von Gästen, bis ihr einfiel, diese aus ihrem Adreßbuch auszusuchen. »Es ist auf dem Nachttisch«, sagte sie zu Maroun.

Soweit war es also schon. Als Maroun Myriam vor zwei Wochen in der Ausstellung begegnet war, waren sie noch Bekannte gewesen. »Wo sind Sie?« hatte sie gerufen. Ob das noch von Interesse war? Und jetzt lebte Maroun offensichtlich mit Myriam und ihrem Mann in dieser Villa. Wie schnell er das geschafft hatte!

Maroun verschwand im Haus. Bevor ich jetzt vorschlagen konnte, einen Feuerschlucker oder Wahrsager für das Fest zu engagieren, sagte Myriam nach einem Seufzer: »Ist er nicht wunderbar?«

»So ist es«, erwiderte ich. Dies war mein bevorzugter Ausspruch, wenn ich mich über ein Thema nicht weiter auslassen wollte. Sie schaute auf meine Hosentasche, in der ich die Hand versteckt hatte: »Du solltest dich von Maroun massieren lassen. Enzos Ischias ist schon viel besser geworden.«

»Massiert dich Maroun auch?«

»Vor dem Frühstück ist Enzo dran und ich morgens und abends. Maroun lebt bei uns, das macht alles einfacher.«

»Was hat er nach dem Studium getrieben?«

»Geschäfte. Und jetzt hilft er Enzo, sie kommen gut miteinander aus.«

Der größte Teil meines Lebens waren Geschäfte gewesen, erst für die KAHLKE AG, der die MERLO AG und die GENEX AG gefolgt waren. Die letzten zwanzig Jahre hatte ich für die ALFA AG gearbeitet. Am Ende des Firmennamens waren immer die gleichen Buchstaben gestanden, und rückblickend hatten sich meine Arbeitgeber in ihrer Hinterhältigkeit wenig voneinander unterschieden.

»Du hast Schmerzen«, sagte Myriam. »Möchtest du ihn nicht einmal versuchen?«

»Massagen nützen nichts, ich habe alles ausprobiert.«

»Sei nicht so stur!«

Ich dankte, Maroun trat zwischen uns. Wir hatten ihn nicht kommen gehört. Er gab Myriam das Adreßbuch. Sie las daraus vor, und er schrieb die Namen auf. Die Liste wurde immer länger. Ich fühlte mich nutzlos und hatte Lust zu verschwinden. Aber wann immer ich Anstalten machte, mich zu erheben, bat Myriam mich zu bleiben, sie seien gleich fertig.

Bei den allermeisten Namen fragte Maroun, wer das sei, was er oder sie machten. Ob er sich das alles merken konnte? Als die Liste ein vorläufiges Ende gefunden hatte, schlug ich vor, das Fest wie einen Jahrmarkt zu gestalten, der Garten sei groß genug. Myriam zögerte, aber Maroun betonte: »Wir müssen alle gleichzeitig amüsieren oder es wenigstens versuchen. Ich werde mit einer Agentur reden.«

Ich dachte an die Kosten, aber weder Myriam noch Maroun sorgten sich deswegen. Enzo müsse sich auch einmal amüsieren, sagte Myriam, und mit Maroun würde er so ein Fest genießen. So wie ich Enzo kannte, zweifelte ich, daß er daran soviel Spaß hätte.

Etwas später erschien Pia, um mich abzuholen. Sie sagte, sie hätte auf der Straße laut gehupt, ob ich schwerhörig sei. Pia lehnte Myriam ab, sie war ihr gesellschaftlich zu umtriebig. Pia verstand nicht, daß Corinna mit Myriam befreundet war. Corinna machte sich aus der sogenannten Gesellschaft viel weniger als Myriam, doch war sie ab und zu ganz gern dabei.

Die Schickeria hänge ihr zum Hals raus, verkündete Pia bei jeder Gelegenheit, aber so wie sie vor uns stand, war sie rein äußerlich dafür wie geschaffen, dunkelblond, groß und schlank. Bea war kleiner gewesen, aber Pia hatte das Beste von ihrer Mutter mitbekommen, die tiefblauen, weit auseinanderstehenden Augen unter dunklen, langen Wimpern und den ruhig abwägenden Blick.

»Setz dich zu uns«, sagte Myriam, aber Pia blieb stehen und sah mich ungeduldig an.

»Schade, daß Sie Ihren Vater nicht bei uns lassen«, sagte Maroun. »Er hat gute Einfälle.«

»Wenn du bleiben willst?« Pias Blick wurde verschwörerisch. Ich wollte unbedingt bei ihr sein, wir hatten den Abend für uns. Pia arbeitete ausnahmsweise nicht, und Corinna mußte bei einem Treffen bayerischer und französischer Wirtschaftsberater sein. Ich verabschiedete mich. Maroun gab mir die Hand. Er war einen Kopf größer als ich und einen halben als Pia. Der Druck seiner Hand war nicht zu fest und nicht zu weich. Was hatte er nur vor? Er war doch nicht bei den Sardones eingezogen, bloß um ihnen zu gefallen? Myriam im Bett und Enzo im Büro. Aber vielleicht sah ich schon wieder zu schwarz, Corinna hätte mir das vorgeworfen.

»Was hältst du von Maroun?« fragte ich Pia im Auto.

»Ich kenne ihn nicht.«

»Der erste Eindruck ist wichtig.«

»Myriam liebt ihn.«

»Woher weißt du das?«

»Man sieht es.«

»So schnell?«

»Myriam ist in einem Alter, in dem man sich eine gute Gelegenheit nicht entgehen läßt.«

»Ist Maroun eine?«

Sie nickte. »Warum mußte Enzo auch eine soviel jüngere Frau heiraten?«

Ich schwieg, Corinna war schließlich zweiundzwanzig Jahre jünger als ich. Mit Pia hatte ich sehr lange nicht mehr darüber gesprochen. Sie wurde ihrer Mutter immer ähnlicher. Über die meisten Dinge hatte ich mit Bea nur einmal geredet. Wiederholungen langweilten sie. Je länger wir schwiegen, desto unbehaglicher fühlte ich mich.

»Mach dir keine Sorgen.« Pia hielt vor einer Ampel. »Enzo muß schon in deinem Alter ziemlich ältlich gewesen sein. Du bist es nicht.«

Das von Pia zu hören, hätte mich freuen sollen, doch war es mir eher peinlich. Seit ich nichts Richtiges mehr zu tun hatte, wuchs mein Verlangen nach Corinna ständig. Glücklicherweise hatte sie nichts dagegen, sie war eine Frau, der es Freude machte, zärtlich zu sein.

Pia hielt vor unserem Tor. Bevor sie in die Garage fuhr, sagte sie: »Ich wünschte, ich hätte soviel Glück gehabt wie deine Frauen mit dir.«

Mit Herrmann Überschneider, ihrem geschiedenen Mann, hatte sie es bestimmt nicht erlebt. Zwei Jahre waren sie verheiratet gewesen. Er war ein junger Schriftsteller, vielmehr glaubte er, einer zu sein, und das hatte auch Pia geglaubt. Verleger und Lektoren waren anderer Meinung. Sein »Langer Tod nach kurzem Wiedersehen« war einundzwanzig Mal abgelehnt worden. In diesem Roman entführte ein junger Schriftsteller einen berühmten Verleger und hielt ihn in seinem Keller gefangen. Täglich mußte der Verleger dem Schriftsteller aus dem abgelehnten Manuskript vorlesen. Herrmann lebte nicht weit von uns und liebte Pia nach wie vor, die sich von ihm getrennt hatte, weil er wie eine Klette an ihr klebte und sie keinen Moment allein lassen wollte. Wenn Pia mit uns im Sommer nach Italien gefahren war, hatte er sich aufgeführt, als verbrächte sie die Ferien im Bordell. Italiener konnte er nicht leiden und schrieb nur Schlechtes über sie. Mir warf Herrmann vor, ich sei jederzeit zum Inzest fähig. Als er das erstmals von sich gegeben hatte, hielt ich ihn für betrunken, es war am Weihnachtsabend. Ihm war es jedoch ernst, und er versteifte sich derartig darauf, daß ich ihn am gleichen Abend aus dem Haus warf. Meine Inzestwünsche wurden für ihn zu einer fixen Idee, die er zur zentralen Idee eines weiteren Romans entwickelte, den ebenfalls niemand verlegen mochte. Die Absagen der Verlage vertieften seine Abneigung zu mir. Er war überzeugt, ich stünde hinter seinen Mißerfolgen. Pia versuchte ihm das auszureden, aber er verrannte sich immer tiefer in seinen Wahn.

Da sie wieder in ihrem Zimmer über uns wohnte, vertiefte sich sein Haß auf mich. Er willigte nicht in die Scheidung ein. Ab und zu rief er an. Nahm ich ab, hängte er meistens wieder ein. Aber einmal nannte er mich »Drecksau«, und ein andermal fiel ihm »Altes Arschloch« ein.

Als wir im Haus waren, hörte Pia den Anrufbeantworter ab. Die meisten Anrufe waren für sie. Herrmann hatte auch angerufen, er sei schwer krank. Aber diesen Trick von ihm kannten wir schon. Mit ihm wollte er Pias Mitleid erregen, damit sie nach ihm sah.

Sie bereitete das Abendbrot vor. Hier am Rand des Waldes erschien der Föhn wilder, peitschend fuhr der Wind durch die Bäume. Das an- und abschwellende Rauschen des Waldes, die ächzenden Stämme und die aneinanderschlagenden Zweige und Äste gehörten zu meinen frühesten Kindheitserinnerungen.

Pia deckte in der Küche. Es war eine Freude ihr zuzuschauen, wie sie sich bewegte. Bea hatte sie als Kind ins Ballett geschickt. Zum Skilaufen hatte ich sie mitgenommen, und Volleyball hatte sie in der Schule und in einem Club gespielt.

Wir aßen kalt. Gerade hatte ich eine Flasche Rotwein geöffnet, als das Telefon läutete. Erst wollte Pia nicht abnehmen, aber dann tat sie es doch. Es war Maroun, ich hätte meinen Geldbeutel bei Myriam verloren, er sei mir wohl aus der Tasche gerutscht. Pia dankte, und Maroun wünschte einen schönen Abend. Sie legte auf und griff mit den Händen an den Hals. Ein heftiger Schmerz hatte sie durchzuckt, der jedoch rasch nachließ. Sie glaubte, eine falsche Bewegung gemacht zu haben.

3. Kapitel

Die Schmerzen im Arm überfielen mich in Wellen. Zwar war ich oft viele Stunden schmerzfrei, aber dann wurden die Stiche auf einmal so heftig, daß ich immer häufiger an Amputation dachte. Ich konnte doch nicht für den Rest meines Lebens stärkste Schmerzmittel nehmen, die wenig halfen. Ich hatte Angst vor der Operation, aber ich würde mich an den Gedanken gewöhnen müssen, eines Abends in ein Krankenhaus einzuchecken und am nächsten Morgen auf dem Operationstisch zu liegen. Corinna redete mir zu, obgleich zu erwarten war, daß traumatische Schmerzen mich noch lange heimsuchen würden.

Sie hatte sich über Prothesen kundig gemacht und meinte, ich würde mit einer gut angepaßten Prothese besser zurechtkommen als mit dem Arm in seinem jetzigen Zustand.

Durch die täglichen Übungen war mein restlicher Körper muskulöser als früher, selbst mein linker Oberschenkel, der zweimal gebrochen war, nur dem Bauch war nicht beizukommen, der zwar steinhart wurde, wenn ich ihn anspannte, aber im Umfang keinen Zentimeter verlor.

Corinna schlief nackt. Bis zu unserer Ehe hatte ich im Pyjama geschlafen. Bea hatte immer Nachthemden angezogen, einige hatte ich sogar gekauft, ausgeschnitten und ärmellos. Sie hatte auf einem breiten Bett bestanden, zwei Kopfkissen und für jeden eine Decke. Bevor sie einschlief, war sie meist ein Stück abgerückt, und mit den Jahren war der Abstand immer größer geworden. Das änderte sich mit Corinna. Wir kauften ein neues Bett, ein schmaleres. Ich verstand, daß sie ihre Ehe nicht im Bett ihrer Vorgängerin beginnen wollte. Nicht so schnell konnte ich verstehen, daß ich ohne Pyjama schlafen sollte. Ich war immerhin achtundvierzig. Als Kompromiß suchte Corinna mir ein Nachthemd einzureden, was ich ganz unmöglich fand. Wie konnte eine junge Frau so etwas vorschlagen? Wollte sie mit einem Großvater schlafen?

Schließlich einigten wir uns darauf, daß ich ohne Hose schlief. Die Jacke konnte ich erfolgreich verteidigen. Wir lebten ja in Jakarta. In unserem Schlafzimmer war es kalt, der Airconditioner lief die ganze Nacht, wir hätten sonst vor Feuchtigkeit und Hitze kein Auge zugemacht. Ich behauptete, mich ohne Pyjamajacke zu erkälten, was sich als Irrtum herausstellte. Corinna bekämpfte die Jacke von der ersten Nacht an, und bald wachte ich immer öfter nackt ohne Erkältung auf. Mit einer Hand zwischen meinen Beinen, die andere auf meiner Brust, schlief Corinna am liebsten ein. Bea, die auf die meisten Menschen eher kühl wirkte, war auch im Bett nicht viel anders, doch ließ sie anderen Frauen keine Chancen. In unserer elfjährigen Ehe hatte ich sie nur zweimal betrogen, einmal mit einem rumänischen Stubenmädchen in einem Hotel in Lyon, das ins Bad kam, als ich mich rasierte.

Mit Pia, die Bea sehr ähnlich war, hatte ich über diese Dinge nie geredet. Doch hätte ich es vielleicht tun müssen, sie hatte ja keine Mutter mehr. Ich wußte nicht, wie ich es hätte anfangen sollen und wie weit ich gehen könnte. Außerdem glaubte oder hoffte ich, daß in Pias Generation sowieso alles Sexuelle früh bekannt war, viel natürlicher genommen wurde und ich in derlei Dingen altmodisch war.

Corinna war im Grunde zurückhaltender als Bea, die sich gern ohne große Umschweife pudern ließ, wie sie das nannte. Corinna war viel zärtlicher, und oft wollte sie auch nur zärtlich sein. Anfangs vermutete ich, sie wollte mir nicht zuviel zumuten. Aber das war es nicht. Wenn ihr danach war, konnte sie viel ausgelassener als Bea sein. Vom Manager eines Feriendorfes in Penang wurden wir sogar einmal gebeten, nachts mehr Rücksicht auf die Gäste in den anliegenden Zimmern zu nehmen.

Pia hatte mit Männern keine glückliche Hand. Das fiel mir wieder einmal auf, als ihr neuer Freund, Walter Grebe, sie und mich zum Abendessen einlud. Das koreanische Lokal war teuer. Kimschi, dem schärfsten Knoblauch Asiens, wurden wundersame Kräfte zugesprochen. Grebe liebte Kimschi. Ich hatte ihn für Ende Fünfzig gehalten, er aber hatte behauptet, zweiundfünfzig zu sein. Später fand Pia heraus, daß er über sechzig war. Alle paar Jahre korrigierte er sein Alter nach unten, färbte die Haare blond und hatte das Gesicht schon zum zweiten Mal geliftet.

Ich verstand meine Tochter nicht, aber sie war verliebt oder redete sich das ein, so wie sie es mit Herrmann getan hatte, der wenigstens ihrem Alter entsprochen hatte.

Mit seinen Filmen war Grebe jedoch erfolgreich. Pia war dankbar, mit ihm arbeiten zu dürfen. Er nörgelte zwar dauernd an ihrem Drehbuch herum, aber Pia fand das richtig. Noch nie hätte sie soviel gelernt, ständig schrieb sie um. Wie es sich in der Branche gehörte, war Grebe einige Male verheiratet gewesen und hatte vor einigen Monaten wieder eine Scheidung überstanden, über die seitenlang in den Illustrierten berichtet worden war. Ich war sicher, daß Pia eine Scheidung von Grebe nicht erspart bleiben würde, falls sie ihn heiratete. Die verliebten Blicke, die sie sich zuwarfen, beunruhigten mich. Wäre Grebe doch wenigstens jünger! Daß er seine Haare färbte, sah man doch! Corinna hatte an diesem Abenteuer nicht teilnehmen können, sie war geschäftlich in Berlin.

Grebe hatte versucht, mich kennenzulernen, den leiblichen Vater Pias, wie er sich ausdrückte. Sogleich betonte er: »Ich hatte Sie mir ganz anders vorgestellt, dicker, blond oder graublond, oder Halbglatze oder noch weniger Haare. Aber Sie sind ja ein lateinischer Typ, dunkle Augen, starker Bartwuchs und eine römische Nase.«

Unwillkürlich fuhr ich über meine frischrasierten Backen und überlegte, wie eine römische Nase war.

»Scharf und wie ins Gesicht gerammt«, sagte Grebe.

Pia strich über meine kaputte Hand. »Das macht er immer so, wenn er Menschen, die ihn interessieren, zum ersten Mal sieht. Er typisiert wie beim Casting.«

Auch ich achtete auf gewisse Gesichtsmerkmale. Zum Beispiel auf Ohrläppchen. Sie durften nicht angewachsen und mußten so groß wie möglich sein, so wie die Marouns. Sie waren dann ein Zeichen von Intelligenz, wie man im Mittleren Osten sagte.

Grebe sprach mit mir in einem Ton, als trennten uns Generationen. Wir unterhielten uns über Rußland, er wollte nach Moskau.

»Damals im Krieg muß es dort schrecklich gewesen sein«, sagte er. »Aber das haben Sie ja alles mitgemacht. Für uns Nachgeborene ist das kaum nachvollziehbar.«

Während er Pias Backe tätschelte, erwiderte ich, daß ich am Ende des Krieges sechs Jahre alt gewesen war und Kleinkinder am Rußlandfeldzug nicht teilnehmen durften. Er fand mich ulkig, wie er lachend ausrief. Er begann mich zu ärgern, dieser Grebe. Ich hatte mich noch nie mit einem Regisseur unterhalten, hatte aber gewisse klischeehafte Vorstellungen, die wenig schmeichelhaft waren. Walter Grebe überschritt sie erheblich.

Er nervte mich weiter, als er meinen Teller über den Tisch hob und das Fleisch in kleine Stücke schnitt. Zu Pia sagte er: »Eigentlich hättest du das machen sollen, hilfst du deinem Vater nicht?«

Pia wurde rot und bat mit einem Blick, dem ich schon immer schwer hatte widerstehen können, um Verständnis. An diesem Abend tat mir der Arm besonders weh. Zeigefinger und Daumen konnte ich nur unter Schmerzen krümmen. Ich sah meinem Wohltäter zu, wie er mit beneidenswert gesunden Händen das Fleisch zerschnitt, und sah auch die weißen Flecken auf seinem Handrücken. Dort waren wohl die braunen Altersflecken abgebrannt worden.

Plötzlich befiel mich die Angst, Grebe würde um Pias Hand anhalten, aber dann hätte sie mich vorher gewarnt, so wie sie es mit Herrmann gemacht hatte.

Grebe stand auf und plazierte den Teller vor mir auf den Tisch.

»Väter und Töchter«, sagte er. »Ich finde es hinreißend,

wenn Töchter in ihre Väter verliebt sind, jedenfalls ein bißchen.« Begütigend legte er seine Hand auf meine. Ich wollte eine Einschränkung zu seiner Bemerkung machen, aber schon sagte er: »Natürlich möchten Sie das nicht zugeben, und schon gar nicht vor Ihrer Tochter.«

»Haben Sie eine?« fragte ich.

»Eben nicht, deshalb mußte ich Sie ja kennenlernen. In meinem, nein unserem Manuskript ist die Beziehung zwischen der Heldin und ihrem Vater nicht innig genug.«

»Sollte sie vielleicht auch nicht sein.«

»Doch!« rief er. »Sie muß, sie muß!«

Wenn man Myriam glauben wollte, leistete Maroun im Bett Außerordentliches. So etwas wie ihn hätte sie noch nie erlebt, erfuhr Corinna von Myriam, natürlich unter dem Siegel der Verschwiegenheit. Corinna hatte mir das ins Ohr geflüstert, bevor sie eingeschlafen war, eine Hand zwischen meinen Beinen, die andere auf meiner Brust. In der Nacht wachte ich auf. Ein schweres Gewitter tobte über München. Ich ging ins Bad, und als ich wieder ins Bett wollte, lag Corinna auf dem Bauch, ihr Gesicht mir zugewandt.

Ihr Körper war warm und wunderbar weich.

Ich lag noch lange wach und horchte dem Sturm zu, nachdem Corinna längst wieder eingeschlafen war. Mit Myriam hatte sie Mittag gegessen, die mit ihr über das Fest hatte reden wollen, dann aber hauptsächlich von Maroun geschwärmt hatte, der mit Enzo im Büro arbeitete.

Marouns Tag begann früh, er stand um fünf Uhr auf, meditierte zwei Stunden, machte dann Yoga und Tai Jing, chinesisches Schattenboxen. Gegen acht massierte er Enzo und frühstückte mit ihm. Wenn dieser vom Chauffeur abgeholt worden war, massierte Maroun Myriam und liebte sie danach oder machte beides gleichzeitig, was sie am schönsten fand.

Warum erzählte Myriam das alles? Wollte sie Corinnas Neid erregen, oder erlebte sie sämtliche Wonnen noch einmal, wenn sie diese einer Freundin erzählte? Nach uns hatte Maroun immer wieder gefragt, vor allem nach Pia, und nun hatte Myriam auch mehr über Pia wissen wollen. Je länger sie mit Corinna über meine Tochter gesprochen hatte, desto nervöser hatte sie an den Stirnlocken oder Augenbrauen gezupft.

Am gestrigen Spätnachmittag hatte Maroun Myriam in der Waschküche geholfen und sie dort auf der laufenden Waschmaschine geliebt. Dabei hatten sie Champagner getrunken, das einzige alkoholische Getränk, das Maroun nicht verweigerte. Abends hatte Myriam Corinna angerufen und detailliert berichtet.

Kurz vor Sonnenaufgang wachte ich auf. Der Sturm hatte sich gelegt, es wehte ein leichter Sommerwind. Ich horchte auf Corinnas Atemzüge und roch den schwächer gewordenen Duft ihres Parfüms.

Die Sonnenstrahlen fielen aufs Bett, im Wald zwitscherten Vögel.

Ich fühlte mich wohl und gesund, mein Arm schmerzte nicht. Den Gedanken, Maroun könnte gefährlich für mich sein, hatte ich verdrängt. Ich zog die Beine an, wollte aus dem Bett, um mich auf den Balkon zu setzen. Corinna ließ mich nicht. Sie schlang die Arme um meinen Hals und rutschte auf mich, küßte mich und glitt abwärts.

Myriam hatte Corinna auch von den Becker-Manzinis erzählt, Carlo und Sylvia, Freunde der Sardones. Vor allem Enzo und Carlo waren eng miteinander befreundet. Sie waren im gleichen Alter, Sylvia war einige Jahre jünger als ihr Mann und seit vierzig Jahren mit ihm verheiratet, was Myriam unglaublich fand. Mit Becker-Manzinis war Maroun in den Fernen Osten gereist, und nach ihnen hatte Myriam auf der Vernissage gefragt, als sie Maroun getroffen hatte.

In ihrer Frage hatte Besorgnis mitgeklungen, aber dafür gab es wohl keinen Grund. Den Becker-Manzinis ginge es gut, sagte Maroun. Sie genossen die Reise, die Maroun organisiert hatte, und hielten sich seit einigen Wochen in China auf. Maroun hatte Carlo Becker-Manzini beraten, der sich an einer Bank in Singapur beteiligen wollte. Carlo war Italiener, in Deutschland aufgewachsen, und sprach Deutsch so gut wie Italienisch. Seine Frau war Schweizerin und verlegte teure Kunstbücher. Sie war eine damenhafte, schlanke Erscheinung, mit einem länglichen, noch frischen Gesicht und lebhaft freundlichen Augen. Grauweiße Strähnen durchzogen ihre dunklen Haare.

Die Becker-Manzinis waren Kunstliebhaber, und Carlo war Sammler, was ihn mit Enzo wohl am meisten verband. Beide konnten stundenlang über Malerei und Kunst diskutieren, was wir an einem Abend bei Enzo und Myriam erlebt hatten. Die Becker-Manzini lebten zwischen Mailand und dem Tessin. Ihre Häuser waren ebenso voller Bilder wie die Villa der Sardones in München. Maroun war über einen Monat ihr Gast gewesen.

Er hatte mit Carlo Becker-Manzini, einem schweren, weißhaarigen Mann, dessen Gesicht an Julius Cäsar erinnerte, Golf und Schach gespielt. Carlo war gerade siebzig geworden, hatte vier Beipässe, ein beginnendes Lungenephysem, rauchte aber weiter Zigarre.

Nach dem Frühstück rief Enzo an und lud mich zum Mittagessen ein, Maroun sei auch dabei. Wir trafen uns in einem italienischen Lokal in der Innenstadt. Ich hatte mich etwas verspätet. Enzo und Maroun saßen in einer Ecke und tranken Prosecco. Enzo war ein schmalbrüstiger, mittelgroßer Mann mit aschgrauen Haaren, einer großen gebogenen Nase und Lidern, die über graublauen Augen hingen. Enzo war Südtiroler und sah nicht unbedingt wie ein Italiener aus. Doch wenn seine Züge auch müde wirkten, war in seiner Stimme etwas sehr Bestimmendes, etwas, was keinen Widerstand zuließ. Er war gewöhnt zu verkünden, was, wie und was nicht gemacht wurde. Er war immer gut angezogen, italienisch elegant. Seine Anzüge verdeckten die hängenden Schultern, den schlaffen Bauch. Sein Deutsch kam manchmal etwas abrupt heraus, er hatte aber keinen Tiroler Akzent.

Wir redeten über dieses und jenes, Geschäfte und Geschäftliches. Mich erstaunte Enzos Stimme, die ganz ihre Schärfe verlor, wenn er sich an Maroun wandte. Sprach er mit mir, war seine Stimme unverändert, wie immer.

»Was machen eigentlich eure Freunde, die Becker-Manzinis?« fragte ich Enzo nach der Vorspeise, und Maroun erwiderte: »Carlo und Sylvia sind gerade in Saigon angekommen, sie wollen auch was von Indochina sehen.«

»Das hast du mir gar nicht erzählt«, sagte Enzo.

»Habe ich glatt vergessen, wir haben soviel um die Ohren.«

»Was denn?« fragte ich.

»Geschäftlich haben wir ganz neue Ideen«, sagte Maroun. »Und dann auch noch das Fest.«

»Wir strukturieren um.« Enzo fuhr mit der Gabel über das gestärkte Tischtuch, auf dem feine Rillen blieben.

»Warum wollt ihr Leute rausschmeißen?« fragte ich. »Deine Schnellrestaurants laufen gut, man liest das in der Zeitung.«

»Es soll noch besser werden. Wer sich mit seinem Erfolg zufriedengibt, ist schon auf dem Weg nach unten.« Maroun blickte mir fest in die Augen und war plötzlich nur noch fernöstlicher Asiate. Doch gleich darauf lächelte er Enzo liebenswürdig zu.

Meine Hand schmerzte. Ich hätte gern eine Tablette genommen, wollte das aber nicht vor Maroun tun. Zum Glück hatte ich gedünstete Leber bestellt.

Enzo säbelte an seinem Fleisch, wollte sich schon beschweren, doch Maroun hielt ihn davon ab. »Damit wollen wir nicht unsere Zeit verplempern!« Und zu mir sagte er: »Sie haben genau das Richtige bestellt.« Er merkte, daß er nicht gerade taktvoll war, und strich wie entschuldigend über meine schmerzende Hand. »Die Leber sieht köstlich aus«, fügte er schnell hinzu.

»Was machst du so den ganzen Tag?« fragte Enzo. »Hast du nicht Lust, wieder zu arbeiten, du bist zehn Jahre jünger als ich!«

»Und trotzdem zu alt.«

»Wir hätten was Interessantes für dich, Maroun hatte die Idee.«

»Asien«, sagte Maroun. »Sie könnten in Singapur leben oder in Hongkong, was Ihnen lieber ist.«

»Fabian!« Enzo sah mir zum ersten Mal in die Augen. »Überleg es dir, bitte!«

»Sie sollen unser Repräsentant im Fernen Osten werden«, sagte Maroun. »Sie haben die Erfahrung und wir die Absicht, am dortigen Wachstum teilzunehmen.«

»Mit Hambugern aus Mais und Sojawürstchen werdet ihr euch schwertun, damit seid ihr zu spät«, sagte ich zu Enzo.

»Selbst damit nicht!« rief Maroun. »Aber wissen Sie nicht, daß Enzo auch in Ölmühlen, Textilien, Schuhe und Nudeln investierte und noch einiges vorhat?«

Jetzt erinnerte ich mich, Corinna hatte mir davon erzählt, und ich hatte es wieder vergessen. Der Gedanke, für Enzo zu arbeiten, reizte mich überhaupt nicht, und dann noch dieser Maroun, der ausschließlich in der ersten Person Plural redete. Dieses Wir, das er bei jeder Gelegenheit benützte, als sei er Enzos Partner. Es reichte doch, daß er sich morgens und abends zu Myriam ins Bett legte und mit ihr selbst die Waschmachine malträtiert hatte.

»Zurück zu den Wurzeln.« Maroun lächelte versonnen. »Haben Sie nicht als sehr junger Mann in Singapur angefangen?«

»Nein, in Manila.« Was mich an Maroun störte, war sein selbstsicherer Ton, den ich jetzt überheblich fand. Ich gehörte nicht zu den Männern, die nur, weil sie älter sind, Respekt von jüngeren verlangen. Aber Maroun sprach in einem Ton, als wäre er mein Vater und als ginge es darum, was ich nach dem Abitur anfangen sollte.

»Also was denkst du?« fragte Enzo. »Würde dich das interessieren?«

»Kann ich noch nicht sagen«, wich ich aus.

»Finanziell wirst du es nicht bereuen, soviel hast du noch

nie verdient.« Enzo kaute vorsichtig, er fürchtete wohl um sein Gebiß.

»Darum geht es nicht.« Maroun lächelte noch immer, oder bildete ich mir das bloß ein? »Geld hat er nicht nötig.«

»Sie übertreiben ganz schön.« Ich verschluckte mich.

Maroun zerteilte schweigend eine Forelle und zog die Gräten aus ihr. Fleisch aß er nicht. Ich schwieg, anstatt zu sagen, daß ich von feuchter Hitze, Kickbacks und Bestechung die Nase voll hatte.

»Na schön.« Enzo schob den Teller von sich. »Wenn es dir finanziell so gut geht, freue ich mich für dich. Aber warum läßt du dann Corinna arbeiten?«

»Weil es ihr Spaß macht«, entgegnete Maroun. »Von ihrem Gehalt läßt die Steuer kaum etwas übrig.« Er wandte sich an mich. »Ich dachte an Sie, weil man Ihnen nicht mehr viel erzählen muß und Sie sich zu Hause langweilen. Außerdem sind Sie ein halber Asiate.«

Ich konnte mein Lächeln nicht unterdrücken, es war eben doch schmeichelhaft, wenn andere einen für noch nützlich hielten. In den AGs war das nicht so gewesen. Da hatten die Dreißigjährigen die Mittfünfziger brutal vor die Tür gesetzt, und allen, die etwas jünger waren, war fortwährend Angst gemacht worden.

Maroun ließ die Rechnung kommen und zahlte.

»Ich werde ihn adoptieren«, sagte Enzo.

»Du hast doch zwei Söhne.«

»Die nichts taugen.«

4. Kapitel

Nicht viele Menschen hatten mich intensiv anzuziehen und gleichzeitig zu beunruhigen vermocht. Der erste war mein Vater, und der war nicht einmal besonders autoritär. Er setzte nur sehr bestimmt gewisse Dinge voraus, wie Anstand, Fairneß und Mut. Wenn ich versagte, ließ er mich das ganz subtil spüren. Er erzählte mir Geschichten, auch solche mit märchenhaftem Charakter, in denen ein Junge, manchmal auch Bruder und Schwester, den Eltern ähnliche Enttäuschungen wie ich bereitet hatte. Diese Geschichten mußte ich dann meiner Mutter erzählen.

Carlo Becker-Manzini, so glaubte ich, hatte die Ausstrahlung meines Vaters auf junge und jüngere Menschen.

Später im Leben war ich noch einige Male solchen Menschen begegnet.

Leila Göztepe, die mich ins Zuchthaus hätte bringen können. Wir trafen uns in Athen oder Zypern, wo ich mit ihr Preise für Arzneimittel und Registrierungen für neue Produkte aushandelte. Sie nahm nur Bargeld, Dollars, und bezahlte damit das Studium ihres Sohnes in den Staaten. Wir tanzten nächtelang in gemieteten Ferienwohnungen, viel Tango, aber ich schlief nie mit Leila, sie wollte es nicht.

Anders war es mit Myrtha Marayan gegangen, der rechten Hand ihres Vaters, der Wirtschaftsminister eines fernöstlichen Landes war. Sie handelte die Kickbacks für ihren Vater aus und kassierte sie auch. Wir trafen uns in einer Villa, die ihrer Großmutter gehörte. Wir blieben zwei Tage und drei Nächte in der Villa, aus der man über grüne Hügel auf die Stadt blickte. Einmal sagte Myrtha: »Der Schwanz meines Mannes ist nicht größer als dein kleiner Finger.«

Trotz ihrer Zärtlichkeit, sie ließ keinen Flecken meines Körpers aus, wußte ich nie, was sie vorhatte. Sie wäre fähig gewesen, mich umbringen zu lassen, wenn sie es für richtig gehalten hätte. Wahrscheinlich hätte sie das auch selbst erledigt. Aber ich war für sie wohl nicht viel mehr als ein kaukasisches männliches Wesen, behaart und vergleichsweise langschwänzig.

Oder Ernesto Guimes, mein Chef in Mexiko. Ich war jung und er eine ferne Vaterfigur, die ich verehrte und fürchtete. Nie bin ich in meinem Leben nervöser gewesen, als wenn ich zu ihm gerufen wurde, und nie wieder habe ich soviel wie in Mexiko gearbeitet. Ernesto Guimes beobachtete mich und hielt Abstand. Ich wußte nie, wie er mich einschätzte, bis er mir völlig unerwartet seine Anerkennung zeigte. Er ernannte mich zum Verkaufschef, mit siebenundzwanzig Jahren der jüngste in Merlo, einem multinationalen Textilkonzern.

Wer von einem Land in das andere gezogen und nicht völlig vernagelt ist, wie man es öfter bei Diplomaten erlebt, läßt sich mit der Zeit immer weniger beeinflussen. So ging es auch mir, und je älter ich wurde, desto weniger Menschen beeindruckten mich. Nach Guimes hatte mich kein Chef mehr beunruhigt und erst recht nicht angezogen. Sie waren alle leicht zu durchschauen, hatten aber begriffen, daß ich am besten arbeitete, wenn man mich in Ruhe ließ.

Bea hatte mein schwindendes Interesse an anderen Menschen oft kritisiert, das ich als wachsende Ausgeglichenheit verteidigte, und jetzt, die Sechzig vor Augen, kam es höchst selten vor, daß mich jemand auch nur ein bißchen neugierig machte.

Dabei machte sich der Altersunterschied zwischen Corinna und mir am deutlichsten bemerkbar. Sie war viel mehr als ich an neuen Menschen interessiert, was ich vor ihr zu sein versuchte. Wie oft hatte mir Bea unbegreifliche Gleichgültigkeit vorgeworfen und gegen Ende unserer Ehe war daraus Arroganz geworden. Jetzt aber, bei Maroun, spürte ich, wie sich Neugier in mir regte, wie beunruhigend er auf mich wirkte. Sicher war es unüblich, daß sich einer mit seiner zukünftigen Adoptivmutter im Bett vergnügte, aber das regte mich nicht auf. Mir fehlte jedoch das Verständnis, wie er mit Myriam und Enzo umsprang und im Haus Sardone den Ton angab. Kaum etwas geschah, ohne daß Maroun gefragt wurde. Angeblich war Enzo in den letzten Wochen um einige Millionen reicher geworden, nur weil Maroun ihm das Richtige geraten hatte. Maroun gab sich bescheiden, er hätte eben, wenn er anderen riete, oft eine glückliche Hand.

Enzo meinte, Maroun hätte den nötigen Weitblick. Vermutlich war es Enzo nur recht, daß Myriam sich mit Maroun im Bett vergnügte. Sie ging jetzt sehr viel liebevoller mit Enzo um.

Manchmal war mir, als wünschte Maroun, mir Sympathie zu zeigen, was mich sofort stutzig machte. Ich hatte auch bei unserem Gespräch den Eindruck gewonnen, er wollte mehr als Enzo, daß ich für diesen in Südostasien arbeiten würde. Er ließ auch danach nicht locker, obwohl ich ihm stets zu verstehen gab, daß ich nicht in Singapur leben wollte.

Maroun meinte, daß ich das noch bereuen würde, was mir fehlte, wäre deutlich, Spannung. Ich aber behauptete, das Leben ohne Streß zu genießen, doch, um ehrlich zu sein, die zehn Minuten, die ich täglich mit meinem Börsenmakler telefonierte, waren die interessanteste Zeit meines Tages.

Maroun organisierte das Fest mit Umsicht. Jungen Leuten aus Enzos Firmen hatte er bestimmte Aufgaben zugeteilt. Ein Italiener und ein Inder sorgten für Essen und Getränke, eine Garmischerin, die Posaune blies, war für Musik und eine Hobbymalerin aus Starnberg für die Dekoration zuständig. Mit dem, was er Spezialeffekte nannte, hatte er einen Griechen aus Alexandria und einen ehemaligen Skilehrer betraut.

Maroun war Auslandschinese, er war nicht in Rotchina mit begrenzten Möglichkeiten und schlechter Ausbildung aufgewachsen, sondern in Südostasien. Auch wenn sich vieles in ihm mischte, war er in erster Linie Chinese. So wie er arbeitete und alles plante, war dies typisch für die Chinesen in den südostasiatischen Ländern. Niemand war brutaler und dachte klarer. Keiner arbeitete härter.

Maroun hatte das Zeug zu einem Taipan, einem großen

Unternehmer, doch war er besser erzogen worden und kultivierter als die Taipane meiner Generation oder der vor mir.

Schließlich kam der Abend, an dem die Villa eingeweiht werden sollte. Es war sommerlich, Vollmond, der Himmel wolkenlos. Über das Wetter hatte sich Maroun keine Sorgen gemacht, bei Regen hätte das Fest in Zelten stattgefunden. Erstaunlich war, welchen Aufwand Maroun und Myriam bei Enzo durchgesetzt hatten, Pomp war dessen Sache an sich nicht. Aber Menschen wie Maroun ließen von ihren Zielen nie ab, und oft waren diese auch nicht klar erkennbar. Hatten sie erreicht, was sie wollten, stellten sie sich sofort ein neues Ziel. Bea war auch so gewesen.

Der Garten war in rosafarbenes Licht getaucht, das Haus wurde in wechselnden Farben angestrahlt. Starke Scheinwerfer schickten kreisende Lichtbündel in den Abendhimmel. In der Mitte des Gartens war eine große runde Tanzfläche aufgebaut, um die halbkreisförmig Tische und Stühle standen, zwischen denen sternförmig Gänge liefen. Die Bäume waren mit Gaze verhüllt und wurden vom Boden her bunt beleuchtet. Sie sollten wie Wolken bei tropischem Sonnenuntergang wirken.

Zur Straße hin war das Anwesen durch riesige Leinwände verdeckt, auf denen die ankommenden Gäste und das Geschehen von der Einfahrt bis in den Garten wiedergegeben und von Szenen aus alten, berühmten Filmen wie »Casablanca« oder »Ein Amerikaner in Paris« unterbrochen wurden. Die Türen der Villa im Erdgeschoß waren weit geöffnet. Die Angekommenen wurden von Hostessen durch die Salons und das saalartige Eßzimmer im Parterre geführt, in denen man die Bilder zu bewundern hatte.

Myriam und Enzo empfingen ihre Gäste vor dem Pool, auf dem Gebinde aus Orchideen schwammen. Als wir auf die Gastgeber zugingen, sahen wir Pia in Großaufnahme auf einer der Leinwände. Ich war stolz auf sie, endlich hatte sie sich einmal zurechtgemacht und erinnerte mich sehr an Bea, die ein solches Fest genossen hätte.

Myriam umarmte uns. Sie trug ein hochgeschlossenes Kleid, ihr Busen hob und senkte sich unter safrangelber Thaiseide. Enzo drückte mir schwach die Hand, er sah zerknittert aus. Ein großer Teil der Gäste war vor uns erschienen. Corinna war zu spät aus dem Büro gekommen, aus einer Sitzung, die nicht enden wollte.

Als ersten erkannte ich einen bekannten Steuerberater mit seiner ausgezehrten Frau. Er beriet die sizilianischen Gemüseimporteure, von denen die beiden wichtigsten eingeladen waren. Der Steuerberater sprach mit einem Prinzen, der seine Erzieherin geheiratet hatte. Auffallend waren die vielen Politiker, deutsche und italienische, aber auch ein ehemaliger französischer Minister, der an einem Finanzskandal beteiligt war.

Bankiers waren zu Dutzenden geladen, Präsidenten und Vorstände europäischer Unternehmen. Auch ihnen war nichts fremd, aber über keinen hatten die Zeitungen je etwas Anrüchiges zu berichten gewußt. Mich überraschten die Damen meines Alters, die am Arm wesentlich jüngerer Männer herumspazierten. Reich, geschieden oder verwitwet, meinte Corinna.

Sah so auch Myriams Zukunft aus? Maroun kam als Adoptivsohn wohl nicht mehr in Frage, aber vielleicht hatte er einen jüngeren Bruder.

Es war quer durch die Gesellschaft eingeladen worden. Neben einem Schock Grafen und Baronen in weiblicher Begleitung hatte man auch an einen Boxweltmeister gedacht, der seinen Titel wegen wiederholten Tiefschlags verloren hatte, sowie an einen Fußballer, der gern in Talkshows auftrat.

Um einen berühmten deutschen Schriftsteller hatten sich hauptsächlich Frauen geschart. Pia wollte ihm die Meinung sagen, seine Romane seien eine einzige Zumutung, wovon ich sie gerade noch zurückhalten konnte. Sie versuchte sich aus meinem Griff zu befreien, da trat uns einer meiner früheren Chefs entgegen. Er war dreiundsechzig und noch immer nicht pensioniert. Wohlgefällig ruhte sein Blick auf Pia. Er gehörte zu den Bossen, die nie im Ausland gearbeitet hatten, aus Angst, zu Hause vergessen oder abgeschossen zu werden. Er hatte uns in Jakarta besucht, und ich hatte ihn nach Bali begleitet, wo er in Ubut vergeblich den Puff gesucht hatte. »Sie sind mir doch nicht böse«, sagte er, »wenn ich Ihre Tochter zu einem Glas Sekt entführe.«

»Doch«, entgegnete Pia. »Wissen Sie nicht, wie jähzornig mein Vater ist?«

Achselzuckend wandte er sich ab, sein Blick strich suchend über die Damen in unserer Nähe. Corinna wurde von einem Amerikaner angesprochen, einem Vizepräsidenten von McDonalds, der sie schon irgendwo gesehen haben wollte. An Pia hatte sich ein fränkischer Kunststoffverarbeiter herangemacht. Ich blickte mich um. Eine Gruppe Japaner interessierte mich genausowenig wie zwei glutäugige Herren aus Palermo. Offenbar wenig Erfolg hatte eine junge Schauspielerin, die in einer Fernsehserie auftrat. Niemand erkannte sie. Ihr Rauhhaardackel hatte soeben einem bekannten Psychoanalytiker an die Hose gepinkelt.

Ich hörte weder dem Herrn von McDonalds noch dem Franken zu, während Corinna solche Veranstaltungen als Möglichkeit für neue Kontakte ansah, im Interesse für Lyle & Bout. Bea war in dieser Hinsicht ähnlich gewesen, hatte allerdings immer an ihr eigenes Interesse gedacht. Corinnas Stimme hatte einen liebenswürdigen Klang angenommen, der Amerikaner, mit dem sie sich unterhielt, wurde immer lebhafter.

Spätestens ab fünfunddreißig nehmen Frauen ihren Beruf ernster als Männer.

Der Wind fuhr durch die verhüllten Bäume und blähte sie. Es wurde langsam dunkel.

Ich trank das dritte Glas Champagner und beobachtete Maroun, der mit zwei älteren Chinesen sprach. Er winkte, kam mit den beiden auf uns zu und stellte sie vor: Jack Wu und Cyril Ho. Sie waren aus Singapur und sehr wichtig, wie mir Maroun zuflüsterte. Die Chinesen stellten in gutem Englisch höflich Fragen. Schnell wuchs um uns die Zahl der Männer. Jetzt wurde nur noch Englisch gesprochen. Der Franke verdrückte sich, als ein Boß von Coca-Cola sich den Weg zu Pia gebahnt hatte.

Maroun überragte alle im weißen Toxedo und führte das Gespräch im Kreis der älteren Männer. Uns nannte er seine deutschen Freunde. Die Chinesen fanden Deutschland interessant, am interessantesten seien die deutschen Frauen, bekamen Corinna und Pia zu hören. Corinna wußte so gut wie ich, daß Chinesen nur Chinesinnen mochten und andere Frauen nur dann, wenn sie viel getrunken hatten, am liebsten Cognac mit Eis.

Es kamen immer mehr Menschen, selbst Gewerkschaftsführer mit ihren Ehefrauen. Die größte Beachtung fanden jedoch ein italienischer Tenor mit Stimmbandkrebs und eine sechsmal geschiedene Schauspielerin, die ihre beste Zeit in den siebziger Jahren gehabt hatte. Ständig wurden alkoholische Getränke angeboten. Maroun beabsichtigte wohl, die Geladenen schnell in Stimmung zu bringen.

Auf einer der Screens erkannte ich einen Trainer aus der Bundesliga, dessen dumme Sprüche in allen Gazetten gedruckt wurden. Ein bekannter Kunstauktionär redete auf Enzo ein, der mit Myriam noch immer Neuankömmlinge begrüßte.

Auf den Screens wurden jetzt kurze Szenen aus Filmen mit James Dean und Tom Cruise gezeigt, Torszenen aus der Bundesliga, Aufschläge von Boris Becker und Spielzüge aus der NBL mit Michael Jordan und Denis Rodman.

Es war ein gesetztes Essen. Man hatte mich zwischen die Frau des größten Molkereibesitzers Europas und eine holländische Kunsthändlerin plaziert. Einer der beiden Chinesen, Cyril Ho, saß mir gegenüber. Er wurde von zwei Frauen flankiert, von denen die eine jung und die andere jünger war. Ein Italiener, der Zylinderköpfe herstellte, nahm neben der Frau des Molkereibesitzers und einer Adeligen aus Südtirol Platz, neben die sich ein korpulenter englischer Zeitungsbesitzer auf seinen Stuhl fallen ließ.

Die Tische waren rund, was Cyril Ho zu der Bemerkung veranlaßte, die Chinesen hätten den runden Tisch erfunden, damit jeder alles, was geredet würde, hören könnte. Der englische Zeitungsbesitzer, sein Blatt war eines der übelsten, entgegnete, die Chinesen hätten nun wirklich nicht alles erfunden, worauf Cyril Ho nur kicherte. Die Südtiroler Adelige, deren Namen ich aus der Geschichte erinnerte, murmelte etwas von britischer Arroganz. Sie war sehr dünn und hatte fünf Schlösser von ihrem Mann geerbt, der in einer Gletscherspalte umgekommen war. Der Italiener brüstete sich damit, gerade aus dem Gefängnis entlassen worden zu sein, woraufhin ihn die Südtirolerin fragte, wie es im Knast denn gewesen sei.

Er erwiderte, daß ihn alle Freunde beneideten, die den Knast noch vor sich hätten.

»Auch Carlo?« fragte die Adelige und wunderte sich lautstark, daß Becker-Manzini, einer der besten Freunde Enzos, nicht unter den Gästen sei. Der Italiener schnalzte mit der Zunge, der gute Carlo, eine Bank in Mailand, eine in Ascona und Beteiligungen in der Karibik, das sei ja sehr smart, vielleicht aber auch ein bißchen zu sehr.

Ein Schotte fragte Cyril Ho, ob in Singapur beim Golf auch so viel beschissen würde wie sonst in Asien. Der Chinese erwiderte, in Singapur würde überhaupt nicht beschissen, weil dort grundsätzlich jeder ehrlich sei.

Während sich danach auf englisch eine Diskussion über den weltweiten Niedergang der Ethik entspann, übersetzte ich der Frau des Molkereibesitzers, die vom Verfall der Sitten noch nichts gemerkt haben wollte. Die Kunsthändlerin pflichtete mir jedoch bei: ihr Onkel war von Fälschern erschossen worden.

Inzwischen hatten wir die Suppe ausgelöffelt, die Teller wurden abgeräumt. Auf der Tanzfläche führte eine Gruppe aus Thailand Tänze aus der Tschanebene vor. Cyril Ho bemerkte, dort würde über ein Drittel des Weltverbrauchs von Heroin hergestellt. Und über Burma in die Staaten verschoben, fügte der Schotte hinzu. Der englische Zeitungsbesitzer sagte, die persönliche Sicherheit würde es auch in Europa bald nicht mehr geben, und Morde würden zunehmend auf Bestellung ausgeführt.

»Wie man sich wohl nach einem Mord fühlt?« fragte die Kunsthändlerin.

»Kommt darauf an, wen man wie ins Jenseits befördert«, erklärte der Engländer, dessen Zeitung ohne Kapitalverbrechen die Existenzgrundlage verlieren würde.

Ich übersetzte dies der Frau des Molkereibesitzers, die wiederum meinte, es gäbe Situationen, in denen man um einen Mord nicht herum käme. Doch wurde dieses Thema nicht vertieft, da ein Pulk Enten aus dem Nachbargrundstück über den Zaun flog und mit gespreizten Beinen auf dem Pool zwischen den Orchideen landete. Eine Hummermousse wurde serviert.

Die Thaitänzerinnen verneigten sich, die Musikanten packten die Instrumente ein. Die beiden Frauen, zwischen denen Cyril Ho saß, gaben sich als Amerikanerinnen zu erkennen. Sie hatten an der Unterhaltung bisher kaum teilgenommen und sich hinter dem Rücken des Chinesen unterhalten. Die ältere hatte die Pizza »Trendy Mandy« erfunden, und die jüngere leitete unter dem Namen Pamella Carella eine Talkshow mit hohen Einschaltquoten. Sie sagte, daß man diese Opiumpflanzer, womit sie die Thaimädchen meinte, nicht unterstützen dürfe.

»Die haben nichts mit Opium zu tun«, widersprach der Schotte.

»Die stecken doch alle unter einer Decke«, entgegnete Pamella Carella.

»Aber die nicht!« Wir sahen, wie der Schotte sich ärgerte.

»Was die wohl in ihrer Freizeit machen?« fragte der Engländer und blickte den Schotten intensiv an.

Die Thais wurden jetzt von einer Schuhplattlergruppe aus Oberammergau abgelöst. Die Frau des Molkereibesitzers fand diesen abrupten Wechsel ganz schön happig, und Pamella Carella schlug sofort vor, die Oberammergauer in die Staaten einzuladen. Sie könnten in ihrer Talkshow auftreten und dort für »Trendy Mandy« werben.

»In Amerika ist alles möglich«, sagte Cyril Ho.

»Bei uns etwa nicht?« rief die Adelige aus Südtirol. »Überlegen Sie bitte, was mit unserer Umwelt geschieht.«

»Meinen Sie, in Südtirol?« fragte der Schotte, der sich jetzt als Umweltschützer ausgab, der gerade die Türkei bereist hatte. »Es war furchtbar«, sagte er. »An der ägäischen Küste wie am Uludag, dem Skiberg Istanbuls.«

»Dem Olymp der Antike«, erklärte der Engländer.

Im Winter hatte ich öfter mit Bea die Wochenenden am Uludag verbracht. Nachts hatten die Wölfe um das Hotel gejault, die in den endlosen Waldgebieten um den Gebirgsstock leben.

»Es wurden viele Bäume geschlagen«, sagte der Schotte bedauernd.

»Zu meiner Zeit fuhren wir im oberen Teil durch Lerchen«, sagte ich. »Bei Firn war das am schönsten.«

»Das muß lange her sein.« Der Schotte nieste.

Die Musik war so laut geworden, daß wir uns nicht mehr unterhalten konnten und schweigend aßen. Corinnas Tisch war näher an der Tanzfläche, an dem der Chinese, der mit Cyril Ho gekommen war, dauernd zu uns blickte. Pia langweilte sich mit zwei jungen Männern, wie ich nach dem Essen von ihr erfuhr, einem Libanesen, der Fernsehserien finanzierte, und einem Griechen, der die Drehbücher für den Libanesen schrieb. Walter Grebe schien mir, verglichen mit den Herren vom östlichen Mittelmeer, ein geradezu anspruchsvoller Filmemacher zu sein.

Schuhplattler und Blaskapelle waren inzwischen verschwunden.

Der Schotte schaute zu mir herüber. »Die Türkei ist noch immer ein herrliches Land, Sie müssen Ihre Zeit dort genossen haben.«

»Sehr.« Ich verschwieg, welche Schwierigkeiten ich damals gehabt hatte. Ich hatte die Niederlassung einer deutschen Pharmafirma geleitet. Fanatische Linke hatten das Land regiert. Preiskontrollen und Ausländerhaß hätten uns zur Schließung gezwungen, wenn nicht Leila Göztepe gewesen wäre. Ohne sie wären wir untergegangen, und dann war auch noch Bea gestorben – umgekommen, um der Wahrheit gerecht zu werden. Wenig später hatte ich die Firma gewechselt und Istanbul verlassen.

Enzo und Maroun traten auf die Tanzfläche. Enzo hielt eine kurze Rede auf deutsch, mit der er die Gäste begrüßte. Maroun übersetzte ins Englische, das noch besser als sein Deutsch war. Er sprach mit BBC-Akzent, ohne daß man eine Gänsehaut bekam. Enzo wirkte erschöpft und älter, als er war. Maroun strahlte Jugend und Optimismus aus.

Dann gab es Rehbraten, und zwei Kolumbianer machten Musik. Der eine spielte Harfe, der andere sang dazu.

Die Adelige aus Südtirol kannte Enzo und redete nur Gutes über ihn, es sei die Liebe zur Kunst, die ihn so sympathisch mache. Ob ich schon einmal in seiner Villa in Meran gewesen sei, da hingen noch bessere Bilder als hier in München. Die holländische Kunsthändlerin kannte auch Sylvia Becker-Manzini und bedauerte sehr, daß sie nicht da war. Carlo war ein Kunde von ihr. Sie fand jedoch, daß Sylvia ein bißchen zu schade für ihn war, früher sei er hinter jedem Rock hergelaufen.

Fast niemand hatte Maroun bis zu diesem Abend gekannt. Die Frau des Molkereibesitzers, die nicht viel Alkohol vertrug, bemerkte mit schwerer Zunge, Myriam hätte wieder einmal unverschämtes Glück gehabt. Schon in ihrer Jugend, sie hätten beide das gleiche Lyzeum besucht, sei das so gewesen. Sie lachte schrill, erst hätte es Myriam mit dem Gärtnerjungen, einem süßen Bengel, getrieben, bis sie vom Abt des nahen Klosters entdeckt worden sei, der wie der liebe Gott persönlich ausgesehen hätte.

Der Italiener fragte Cyril Ho, er sei doch Chinese, ob er

denn Maroun kenne. Cyril Ho schüttelte den Kopf und sagte, nicht alle Chinesen würden sich kennen. Musik aus den zwanziger Jahren beendete die Gespräche. Zu den Klängen einer Big Band trat eine Truppe aus dem Folies-Bergère auf, dazu wurde Zitronensorbet gereicht. Cyril Ho, der schon viel getrunken hatte, war von den schwingenden Beinen begeistert. Der Zeitungsbesitzer schaute weg, und der Italiener fragte mich, ob ich wüßte, wer sich diesen Nonsens ausgedacht hätte.

»Myriam bestimmt nicht«, sagte die Frau des Molkereibesitzers.

»Dann kann es nur Enzo gewesen sein!« rief die Kunsthändlerin.

»So senil ist er noch nicht!« schrie Pamella Carella über den Tisch.

Der Abend drohte jetzt zu kippen. Die Gäste waren zu verwöhnt, um der Vorstellung der gutgewachsenen Mädchen etwas abzugewinnen. Die Damen schon gar nicht, und selbst die Männer, die solche Mädchen gern auszogen, setzten gelangweilte Mienen auf.

Creme Brulée mit frischen Mangos beendete den Auftritt. Die Mädchen verbeugten sich unter schwachem Applaus, die Big Band blieb. Enzo eröffnete nun den Tanz mit Myriam, bis Maroun ihn ablöste. An meinem Tisch wurden die Herren von den Damen aufgefordert, da keiner Lust zu tanzen hatte. Der Schotte rauchte Zigarre und der Italiener eine Zigarette nach der anderen. Ich wurde von Pamella Carella aufgefordert. Sie hatte sich eher als die Molkereibesitzerin entschlossen, die nun den Engländer anlächelte, der ihr mit zusammengekniffenen Lippen folgte. Die Kunsthändlerin hatte bei dem Schotten kein Glück, der laut verkündete, keine Lust zu haben! Cyril Ho sagte stockend, er könne nicht tanzen, aber die Pizzabäckerin hatte kein Erbarmen. Die Südtiroler Adelige drückte die Zigarette des Italieners aus und zog ihn aus dem Stuhl. Italienisch schnatternd, entfernten sie sich lachend, wahrscheinlich machten sie sich über unseren Tisch lustig.

Ich tanzte sehr gern. Wie viele Auseinandersetzungen mit Bea hatte ich vermeiden können, weil ich gerade noch die richtige Musik fand und mit ihr einfach lostanzte. Maroun unterhielt sich tanzend mit Corinna. Pia suchte sich den Griechen vom Leib zu halten. Der Wind war stärker geworden, die Luft angenehm warm. Ich freute mich auf Italien.

Für Mitternacht wurde ein Feuerwerk angekündigt. Maroun bat uns, zu unseren Tischen zurückzukehren. Der Himmel verfärbte sich bald in Orange und Zitronengelb, dann in Purpur und Türkis. Vielfarbige Kaskaden schossen in den Himmel, Wasserfälle und Regenbogen. Glühende Garben, die sich zu glitzernden Blüten öffneten, bevor sie verlöschten. Dann wieder war der Himmel wie von Diamantensplittern überzogen, die in goldenen Kometen verschwanden.

Zum Schluß erhob sich über uns eine vielfarbige Kuppel, die sich in den Himmel blähte und langsam zusammenfiel.

»Die Chinesen haben die Feuerwerkskörper erfunden«, bemerkte Cyril Ho.

Niemand widersprach ihm. Das Feuerwerk war der Höhepunkt des Abends und wurde auch nicht von der anschließenden, großzügig bestückten Tombola überboten. Den ersten Preis, ein Perlenhalsband mit Rubinen, gewann ein Chirurg aus Ingolstadt.

Kurz danach brach das Feuer aus. Minuten vorher hatte es schon nach Verbranntem gerochen, erst nur ganz leicht brandig, ein bißchen nach glühenden Briketts. Als der Wind dann wechselte, hatte ich wieder nur das durchdringende Parfüm der Frau des Molkereibesitzers in der Nase. Aber Minuten später zogen die ersten dünnen Rauchfahnen über uns hinweg. Bis auf den Engländer husteten alle, am schlimmsten die beiden Amerikanerinnen. Noch glaubten die meisten, der beißende Geruch sei Teil einer besonderen Überraschung, bis wenig später Rauchwolken die Gäste einhüllten und der Wind das Feuer aus dem hinteren Teil des Gartens auf uns zutrieb. Die Flammen flackerten auf dem ausgedörrten Rasen, sprangen von Baum zu Baum und loderten an den Gazehüllen hoch. Das Knistern in den Bäumen, zumeist Tannen und Fichten, wurde schnell lauter und ging in ein häßliches Knacken und Krachen über.

Die Gäste sprangen hoch, die Kunsthändlerin verknackste sich dabei den Fuß und schrie auf. Die Südtiroler Adelige, die als erste geflüchtet war, drehte um und griff nach ihrer Handtasche, die sie auf dem Tisch liegengelassen hatte. Menschen wurden zu Boden gestoßen, andere über den Haufen gerannt. In Panik schrien, brüllten und kreischten die Gäste der Sardones. Die Damen warfen ihre hochhackigen Schuhe von sich und liefen barfuß über die Scherben. Eine alte Dame brach zusammen und wurde von zwei Kellnern weggetragen. Ein Mann im Trachtenanzug stürzte auf eine Steinplatte und schlug sich die Stirn auf. Eine Frau fiel über ihn.

Die Flammen züngelten am äußersten Kreis der Stühle und Tische. Die Musiker suchten fluchend ihre Instrumente zu retten. Mein Mund wurde trocken, ein Geschmack wie Holzkohle breitete sich in ihm aus. Die Luft war wie Nebel, kratzte im Hals und legte sich schwer auf die Lungen.

Ich hatte der Kunsthändlerin geholfen, die sich weinend an meinen kaputten Arm klammerte und nur noch mit einem Fuß auftreten konnte. Wir kamen kaum voran und taumelten. Unter Tritten, Stößen und Flüchen waren wir kurz davor, zu stürzen. Die Kunsthändlerin weinte vor Schmerz und ließ meinen Arm nicht los, obwohl ich immer wieder schrie, ich würde sie mit dem anderen stützen. Erst als wir auf den Boden gestoßen wurden und eine junge Frau mitrissen, konnte ich mich vom Griff der Kunsthändlerin befreien und sie an meine rechte Seite zerren.

Das Feuer drang über die Tujabäume, die um die Villa standen, in das Innere des Hauses. Aus dem Erdgeschoß quoll überall Rauch. Plötzlich war Corinna vor mir, die mich ängstlich nach Pia fragte. Ich hatte gesehen, wie sie einem sehr alten Ehepaar unter die Arme gegriffen und dieses zur Einfahrt geschleppt hatte. Pamella Carella kreischte neben mir, sie glaubte zu ersticken, rollte wild mit den Augen und griff sich an den Hals. Ihr Gesicht war wie das der meisten Damen von der in der Hitze herunterrinnenden Schminke verfärbt. An ihr hing schluchzend die Frau des Molkereibesitzers, der man eine Brosche, ein Stern aus Diamanten, vom Kleid gerissen hatte. »Gestohlen!« rief sie immer wieder.

Enzo und Myriam waren ins Haus gelaufen, einige Kellner hinter ihnen her. Mit Enzo schleppten sie Bilder aus dem Feuer.

Maroun herrschte die Flüchtenden an, das Grundstück durch die Einfahrt zu verlassen, doch mußte man dafür an der brennenden Villa vorbei, was vielen zu gefährlich erschien. Der kürzeste Fluchtweg zur Straße war über die Mauer, die jedoch für viele zu hoch war. Die Flucht zu den Nachbargärten war zum größten Teil durch Feuer versperrt, und auch da wäre die Mauer zu überwinden gewesen. Also blieb nur der Weg zur Einfahrt.

Die Nadelbäume brannten jetzt wie Fackeln, es wurde immer heißer. Ich hatte schweißnaß meine Smokingjacke von mir geworfen. Zusammen mit Corinna hatte ich Pamella Carella, der Kunsthändlerin und einigen anderen Frauen über die Mauer geholfen.

Von der Straße her wurden Leitern über die Mauer geschoben, über die alle gleichzeitig wollten, es ging zu wie beim Untergang der Titanic.

Maroun rannte auf uns zu, in Shorts und offenem Smokinghemd. Schweiß rann an ihm herunter. Mit den Helfern aus Enzos Firmen stellte er sich im Halbkreis um die Leitern, in den immer nur zehn Personen treten durften, und hetzte die Gäste über die Mauer.

Corinna und ich halfen Maroun. Corinna pfiff die Leute an, die sich an uns vorbeidrängen wollten, und einem Mann, der völlig von Sinnen war, verabreichte sie eine schallende Backpfeife.

Von weitem waren die Sirenen der Feuerwehr und der Ambulanzen zu hören. Cyril Ho und Jack Wu verteilten aus Eimern feuchte Servietten, die man auf Mund und Nase legen sollte. Es war nun stechend heiß, Rußflocken wirbelten, die Luft brannte auf der Haut.

Eine Tanne sank brennend über Tische und Stühle auf die Tanzfläche. Umgestoßene Kerosinfackeln und Windlichter schufen überall neue Brandherde. Die Flammen schlugen aus dem ersten Stock der Villa und züngelten zum Dach hoch. Aus dem Parterre drang schwarzer Qualm. Was nicht an Bildern gerettet war, war jetzt verloren.

Als Enzos Mercedes in der Garage explodierte, begann die Feuerwehr mit den Löscharbeiten.

Nach einer noch viel stärkeren Explosion, es war der Öltank, stieg ich mit Corinna über die Mauer. Im Garten war kaum noch jemand.

Die Feuerwehr kämpfte gegen die Flammen, die jetzt die Nachbargärten bedrohten, nachdem der Wind umgeschlagen war. Wir liefen zu unserem Auto. Die Polizisten suchten die Leute zu zerstreuen, die Straße war voller Schaulustiger.

Am Auto warteten wir auf Pia. Nach einer Viertelstunde erschien sie, rußverschmiert und völlig durchgeschwitzt. Sie hatte Myriam geholfen, den zerstörten Enzo aus der Villa zu zerren, in der einige der verbliebenen Bilder zu brennen begonnen hatten.

5. Kapitel

Bei dem Brand waren drei Menschen umgekommen. Ein Bankdirektor war im Pool ertrunken, der Besitzer einer französischen Kosmetikfirma mit gebrochenem Bein unter einem Busch erstickt. In der ausgebrannten Villa hatte man die Leiche einer Journalistin gefunden. Die Polizei untersuchte die drei Fälle.

Der Garten war verwüstet, die Villa glich einer Kriegsruine. Zum Schluß hatte das Feuer auch auf die anliegenden Gärten übergegriffen, wobei jedoch niemand zu Schaden gekommen war. Die Zeitungen berichteten lang und breit über den Brand, Illustrierte brachten mehrseitige Reportagen. Von Enzo hieß es immer wieder, daß er schwerreich und skrupellos sei, und viel wurde über Myriams Ehen und Liebhaber geschrieben. Maroun blieb unerwähnt. In der kurzen Zeit, die er hier war, war er nicht aufgefallen. Niemand wußte, wo Enzo und Myriam sich aufhielten, die sich durch Anwälte vertreten ließen.

Es gab etliche Theorien, wie das Feuer hatte ausbrechen können, vom Schwelbrand bis Brandstiftung schien alles möglich, aber der wahre Grund blieb unbekannt. Die Vermummung der Bäume und deren Beleuchtung wurden als leichtsinnig gebrandmarkt, aber schließlich war es nicht das erste Mal, daß jemand diese Idee gehabt hatte.

Maroun rief nach einer Woche an und sprach auf unseren Anrufbeantworter. Er war mit Myriam und Enzo in Saigon und bat uns, diese Nachricht für uns zu behalten. Er ließ Corinna und Pia grüßen und wollte sich bald wieder melden. Ich war allein und hörte mir Marouns Botschaft mehrmals an. Nahezu zwanghaft drückte ich immer wieder auf die Wiederholtaste. Nach dem Brand hörte ich zum ersten Mal Marouns Stimme, als spräche er aus dem Nebenzimmer, sehr ruhig, so wie immer.

Der Tag, an dem ich Beas Tagebücher fand, war einer der folgenreichsten Tage meines Lebens. Bea wurde so gegenwärtig, als lebte sie noch und beherrschte mich. Und ich erfuhr, was sie wirklich von mir gehalten hatte. Ich zwang mich, die Tagebücher chronologisch zu lesen.

Ich hatte sie in einer Kiste gefunden, die, neben anderen Kisten und Kartons auf dem Dachboden, nie ausgepackt worden war. Der Inhalt hatte Bea gehört, alte Briefe, Fotoalben, Prospekte und Visitenkarten, Blusen und Schuhe, eine Sammlung von Töpfen, Kupfersachen und vieles mehr.

Schon länger hatte ich mir vorgenommen, auf dem Dachboden Ordnung zu schaffen. Aus Pietät hatte ich lange gezögert, aber nun waren mehr als zehn Jahre seit Beas Tod vergangen. Das Tagebuch hatte sie an ihrem Geburtstag nach unserer Heirat begonnen. Wir hatten kaum gefeiert, weil sie es albern fand, ausgerechnet von dem Tag viel Aufhebens zu machen, an dem wieder ein Jahr der wenigen, die wir hatten, vergangen war. In den ersten beiden Jahren unserer Ehe gingen wir meist allein aus. Später luden wir oft uns nahestehende Paare ein, Freunde oder Freundinnen. Von den Männern war immer einer gerade Beas momentaner Liebhaber, wie ich jetzt erfahren sollte.

Ich war durchweg mit ihnen befreundet und hatte mir deshalb nicht vorstellen können, daß sie mit meiner Frau schnackselten, wie Bea einmal schrieb, die ich liebte und die mich zu lieben vorgab. Im Bett sei ich zu sportlich, hatte sie hin und wieder gesagt, worüber ich lange nicht nachdachte. Bea hatte was gegen Muskeln, aber auch gegen körperliche Schwächen und Gebrechen. Was würde sie jetzt erst zu mir sagen, da ich beides in meinem Körper vereinte. Sie hatte Architektur studiert und war Innenarchitektin geworden. Kurz vor ihrem dreißigsten Geburtstag hatten wir geheiratet. Ich war ein gutes Jahr älter als sie. Daß Bea zu den Frauen gehörte, denen ein Mann nicht genügte, weil sie einer auf die Dauer langweilte, hatte ich erst gegen Ende unserer Ehe erkannt.

Bea hatte viel Stil und empfand ihre Arbeit als Spiel. Menschen mit schlechtem Geschmack richtete sie die schönsten Wohnungen ein. Eine ihrer ausgeprägten Eigenschaften war es, sich über unerwünschte Dinge und überhaupt alles, was ihr im Weg stand, hinwegzusetzen. Sie richtete nicht nur die Wohnungen ihrer Kunden ein, besondere Liebe verwandte sie auf die Garçonnièren ihrer Liebhaber, die sie in allen Einzelheiten und Skizzen beschrieb.

Bea heiratete mich nicht aus Torschlußpanik, wie es Freunde von mir vermutet hatten. Ich erfuhr nun, daß es an der Art lag, wie ich in Brasilien lebte, und daß ich weiter in interessanten Ländern leben wollte. Damals hatte sie eine Phase intellektuellen Überdrusses, wie sie schrieb, und ich war früh erfolgreich gewesen. Mit neunundzwanzig hatte ich die Leitung der Niederlassung von Merlo in São Paulo übernommen.

Einige Tage später rief Maroun wieder an, dieses Mal aus Rangun. Er war mit Myriam und Enzo im »Strands« abgestiegen. Ich frühstückte gerade, Corinna war ins Büro gefahren, und Pia schlief noch. Sie schuftete oft bis in den frühen Morgen. Walter Grebe arbeitete am liebsten nachts, er glaubte, nach Mitternacht die besten Einfälle zu haben.

»Was machen Sie in Rangun?« fragte ich, weil mir nichts anderes einfiel.

»Wir sehen uns die Stadt an.«

»Nach München werden Sie wohl so bald nicht wieder zurückkommen, nach allem, was passiert ist.«

»Brände kommen überall vor.«

»Nicht immer sterben drei Menschen dabei.«

»Die wir nicht umgebracht haben.«

»Sie starben auf Ihrem Fest.«

»Es war nicht meines, es war Myriams und Enzos Fest.« Er erkundigte sich nach Corinna und Pia, wie es ihnen ginge, was sie machten.

»Es geht ihnen gut.« Ich blickte in den sommerlichen

Wald. »Haben sich die Sardones etwas von dem Schock erholt?«

»Die verbrannten Bilder machen Enzo zu schaffen, es konnte ja nur ein Teil gerettet werden.«

»Wohin reisen Sie als nächstes weiter?« fragte ich, aber darauf wußte Maroun keine Antwort. Seine Stimme senkte sich plötzlich, er verabschiedete sich und ließ Corinna und Pia grüßen.

Mir war der Appetit vergangen, es wäre mir lieber gewesen, wenn Maroun nicht angerufen hätte. Was wollte er nur von uns? Die Verbindung aufrechterhalten, wofür? Rief er in München auch andere Menschen an, die er Freunde nannte? Ich wußte nicht, ob er überhaupt welche hatte.

Ich trank Kaffee und betrachtete die Bäume, die ich von Kind auf liebte. Über die Jahrzehnte hatte ich das Wachstum jedes einzelnen verfolgt. Sie waren mächtiger geworden, aber ihre ursprüngliche Form hatten sie nicht verändert.

Bea hatte sich weder aus dem Haus noch aus dem Wald etwas gemacht. Wie wenig sie besonders das Haus gemocht hatte, wußte ich jetzt. Wenn wir in Europa unsere Ferien verbrachten, blieben wir stets zwei Wochen in München. Nach jedem Aufenthalt schrieb sie über das Haus abwertende Sätze. Sie fand es düster und altväterlich, den Wald unheimlich.

Sie hatte auch an der Einrichtung nichts geändert und nur die Küche modernisiert. Mein Elternhaus war für sie ein hoffnungsloser Fall. Sie hätte es gern verkauft.

Corinna hatte bisher nichts gegen das Haus geäußert und nur die Badezimmer erneuern lassen. Bei Gelegenheit würde ich sie fragen, ob sie sich in dieser alten Villa wirklich wohl fühlte. Es gab noch andere Fragen, die ich bisher vermieden hatte, aber mußte man tatsächlich alles erfragen?

Bea war mir zwei Jahre, wenn auch mühevoll, wie sie einräumte, treu geblieben. Ihre erste Affäre während unserer Ehe hatte sie mit Horacio Beutelsberger, einem guten Freund von mir. Er war über dreiundzwanzig Jahre älter als ich, deutschstämmig, groß und graublond, verheiratet und hatte fünf erwachsene Kinder. Ich spielte mit ihm Tennis, wir segelten mit ihm und seiner Frau. Einer seiner Söhne war immer dabei. Horacio half Bea, als sie nach Pias Geburt wieder arbeiten wollte. Sie begann in der Firma einer seiner Freunde und machte sich nach einem knappen Jahr selbständig. Das Theater, das Bea und Horacio vor mir spielten, war perfekt. Ich hatte nie den geringsten Verdacht, und wie Bea schrieb, machte es ihnen großen Spaß, sich zu verstellen und mich an der Nase herumzuführen. Lagen sie im Bett, erregte es sie, wie sie mich hinters Licht führten, wie einfältig ich war. Über Horacios Frau schrieb sie wenig. Bea bedauerte sie, mit einem Mann verheiratet zu sein, der sein Leben lang Verhältnisse gehabt hatte. Sie trafen sich regelmäßig im Edificio Italia, wo Horacio eine Garçonnière hatte.

Nach ihrem ersten Treffen hatte sich Bea wie befreit gefühlt. Horacio, dessen glatter sehniger Körper immer braun gebrannt war, muß ein guter Liebhaber gewesen sein. Sein Freudenspender, so schrieb Bea, hatte sie anfangs erschreckt, weil er länger als üblich, aber ungewöhnlich schmal war. Doch schon nach den ersten Waffengängen, so Bea, waren ihre Bedenken beseitigt. Sie verglich Horacio mit einem meisterhaften Geigenspieler, der mit seinem Bogen dem Instrument das Schönste entlockt. Mich erstaunte Beas Sprache, wenn sie beschrieb, wie es mit Horacio im Bett zugegangen war. Sie umging alles Vulgärdeutsche so offensichtlich, daß man merkte, wie sehr sie sich beim Schreiben angestrengt hatte.

Über ihre Zusammenkünfte mit Horacio, später auch mit den ihm folgenden Liebhabern, führte Bea Buch. Meistens waren die Uhrzeiten angegeben, die Daten und Wochentage sowieso. Sie tat das, wie sie öfter wiederholte, um sich im Alter erinnern und sich sagen zu können, daß sich das Leben gelohnt hatte.

Horacio war der erste gute Liebhaber in ihrem Leben. Davor hätte sie nicht gewußt, wie schön es im Bett sein konnte und sollte, was für mich und meine Vorgänger wenig schmeichelhaft war. Horacio war damals in einer typisch lateinischen Krise, die Ehefrau beklagte seine Unlust, und die Freundin hatte ihn verlassen. Bea gab ihm seinen Stolz zurück. Sie war seine letzte Liebe, er kam beim Tauchen um.

Obwohl er ein erfahrener Taucher war, tauchte er öfter allein. Den Leichtsinn bezahlte er mit dem Leben. Eine Muräne, die er fangen wollte, verbiß sich in seinen Arm. Sie ragte mit ihrem häßlichen Kopf aus einem Korallenloch und ließ ihn nicht mehr los. Er hatte auf die Muräne eingestochen und dabei viel Blut verloren, bis er das Messer nicht mehr halten konnte, das in der Tiefe versank. Spätestens als die Sauerstoffflasche leer war, muß er umgekommen, erstickt oder verblutet sein.

Ich ging mit Bea zu seiner Beerdigung, aber zu der Zeit hatte sie bereits einen neuen Liebhaber.

Pia setzte sich zu mir an den Frühstückstisch. Gymnastik hatte ich schon hinter mir, und für den Börsenmakler war es noch zu früh. Ich hätte zur Post oder Apotheke gehen können, hatte aber keine Lust. Ich betrachtete Pia und freute mich, mit zwei hübschen jungen Frauen in einem Haus zu leben. Pia wußte nicht, daß ich das Tagebuch ihrer Mutter gefunden hatte.

»Maroun hat aus Rangun angerufen«, sagte ich. »Er läßt dich grüßen.«

»Hat er sich also in Burma verkrochen?«

Pia goß Tee ein und hielt dabei die Kanne wie Bea, mit steil abgewinkelten Armen. Sie sah müde aus. Wenn sie erschöpft war, wurde sie ihrer Mutter noch ähnlicher. Sie biß in ein Honigbrötchen. Grebe hatte gesagt, Honig stärke das Gedächtnis.

»Ich komme nicht weiter.« Pia starrte in den Honigtopf. »Aber Walter ist in diese Geschichte vernarrt.«

»Wie ist sie?«

»Ach, ganz einfach. Ein älterer Mann besteigt den Ayers

Rock in Australien und will nicht aufgeben, weil ihn seine Frau von unten beobachtet. Während er sich mühevoll an einer eisernen Kette zwischen japanischen Touristen den steilen Felsen hochzieht, denkt er an die Demütigungen durch seine Frau. Dreißig Jahre hat sie ihn getrieben, Karriere zu machen, woraus nicht viel geworden ist. Der Mann beschließt die Frau zu töten, aber als er wieder unten ist, gibt er sein Vorhaben auf und trinkt mit ihr Limonade.«

»War Grebe jemals auf dem Ayers Rock?« fragte ich.

»Er sagt, ja.«

»Mit einer seiner Ehefrauen?«

»Er sagt, nein.«

»Ich sage, ja! Er will ihr eins auswischen. Aber wenigstens bringt er sie nicht um.«

»Sollte er aber.«

»Vielleicht trifft der Mann auf dem Ayers Rock die Frau seines Lebens?«

»Nicht so«, rief Pia.

Fehlenden Kunstverstand hatte mir auch Bea oft vorgeworfen, und das nicht nur in ihrem Tagebuch. Aber ich gab nicht auf: »Wie wäre es, wenn ihn seine Frau begleitete. Sie ist in besserer Form als er und muß dauernd auf ihn warten. Doch sie könnte stolpern und auf einen Abgrund zurutschen, in dem sie verschwindet, oder er rettet sie im letzten Moment und riskiert dabei sein Leben.«

»Vielleicht«, sagte sie.

»Oder er rettet sie mit letzter Kraft, verliert das Gleichgewicht und stürzt gellend in die Tiefe.«

»Warum gellend?« fragte Pia.

»Er könnte auch fluchen.«

»Walter will einen ernsten Film drehen!«

»Das ist doch Ernst! Flüche sind meistens ernst zu nehmen.«

Pia aß schweigend ihr Honigbrötchen und trank Tee dazu. Als sie aufstand, küßte sie die kahle Stelle auf meinem Hinterkopf.

Zwei Tage später rief Maroun wieder an. Er war mit den Sardones in Rangun, noch immer im »Strands«. »Myriam würde gern noch länger bleiben«, sagte er.

»Warum bleiben Sie nicht?«

»Wir müssen weiter, Enzo will nach Singapur.«

»Geschäftlich?«

»Was sonst.« Er hielt inne, dann fragte er: »Haben sich die Zeitungen beruhigt?«

»Noch nicht, aber es gibt schon wieder neue Skandale.«

»Es brannte, das ist kein Skandal! Weiß man jetzt, wie das Feuer ausbrach?«

»Kurzschluß, glühender Zigarettenstummel, Brandstiftung, alles kommt in Frage. Ihre Anwälte wissen das bestimmt besser.«

»Eben nicht.«

»Dann finden Sie neue.«

In der Leitung war plötzlich ein Rauschen, und ich verstand nicht, was er darauf antwortete. Ich horchte, die Schmerzen in meinem Arm nahmen zu. Dann wurde die Leitung wieder klar.

»Die Technik ist hier noch nicht soweit«, sagte Maroun.

»Vielleicht werden wir abgehört?«

»Könnte sein, aber ich glaube nicht.«

Unvermittelt fragte ich: »Haben Sie was von den Becker-Manzinis gehört?«

Maroun sprach, aber ich konnte ihn schon wieder nicht verstehen. Seine Stimme klang wie weit aus der Ferne und verstummte dann.

Ich rief Ignaz Warmzelter, meinen Börsenmakler, an, der von allem abriet. Wir diskutierten eine Viertelstunde, aber ich ließ mich von seinen Aussagen nicht überzeugen. Ich machte Kaffee und dachte, daß ich jetzt vor Corinna ein Geheimnis hatte. Von den Tagebüchern würde auch Pia nichts erfahren. Kinder sollten nicht alles über ihre Eltern wissen und Frauen nicht alles über ihre Männer.

Vor Bea hatte ich nichts verheimlicht. Selbst von der oft unüblichen Art und Weise, mit der ich geschäftlich Probleme lösen mußte, hatte ich ihr erzählt. Ich hätte wohl nicht so offen sein sollen. Undurchschaubarkeit macht interessant, aber um Geheimnisse zu pflegen, braucht man Zeit. Als pensionierter Ehemann einer arbeitenden Frau hatte ich sie.

Ich trank Kaffee und las in Beas Tagebuch. Horacio Beutelsberger hatte eine neue Garçonnière in Guarugea, am Meer, gemietet, da ihm die Absteige im Edificio Italia zu riskant geworden war. Ich war dafür nicht der Grund, wir spielten weiter Tennis und gingen zusammen aus. Horacio sorgte sich wegen seiner Frau, die glaubte, ihm auf die Spur gekommen zu sein. Sie war hinter Beas Vorgängerin her, einer jungen, ebenfalls verheirateten Frau aus der Oberschicht São Paulos, die sehr leidenschaftlich war. Einmal hatte sie das Geschirr der Garçonnière an die Wand geknallt, und ein anderes Mal war sie mit dem Messer auf Horacio losgegangen. Im Bett mit Bea hatte es ihm wohl nie an Gesprächsstoff gefehlt. Warum hatte ich nicht bemerkt, was sich zwischen meiner Frau und ihm abspielte?

Er war für mich nicht der Typ des Verführers, er wirkte zurückhaltend und immer etwas müde. Vielleicht zog er gerade deshalb Frauen an. Bea hatte ihn sofort interessant gefunden, und ich hatte mir dabei nichts gedacht. Mir waren nur seine großen Hände aufgefallen. Er war schlank, fast dürr, und obwohl er von allem viel aß, was ihm schmeckte, nahm er nicht zu.

Damals war ich Anfang Dreißig. Es erstaunte mich jetzt, wie wenig ich seinerzeit von Menschen verstanden hatte. Horacio war für mich Freund und Kunde gewesen, über den ich nicht nachdachte – sowenig wie über Bea. Ich suchte nicht hinter die Menschen zu sehen und machte mir viel zuwenig Gedanken, worüber sie nicht mit mir sprachen.

Corinna kam mittags nach Hause, der Vormittag war anstrengend gewesen. Ob sie mich für einsam hielt? Oder wollte sie mich nur ein bißchen überwachen? Meine momentane Lektüre wäre eigentlich eher ein Anlaß für mich gewesen, hin und wieder Corinna zu kontrollieren.

In der Küche zog ich sie an mich. Sie legte die Arme um meinen Hals, ließ sie wieder fallen, öffnete meinen Gürtel und ich ihre Bluse.

Wir duschten zusammen. Der Duschkopf war groß wie ein Suppenteller, und das Wasser rauschte auf uns nieder wie tropischer Regen. Corinna hielt sich an mir fest, bog den Kopf zurück und ließ das Wasser auf ihr Gesicht prasseln.

Beim Abtrocknen sagte sie: »Die Becker-Manzinis sind in Schwierigkeiten, die italienische Polizei und die Schweizer Steuer sind hinter ihnen her.«

»Woher weißt du das?«

»Sie sind unsere Kunden, es stand in der Neuen Züricher und allen italienischen Gazetten.«

»Sicher auch Geldwäsche«, sagte ich.

»Sie haben sich rechtzeitig abgesetzt. Ob Maroun von den Schwierigkeiten wußte?« Corinna sah mich nachdenklich an.

»Aus der Ferienreise wurde eine Flucht.«

»Für Enzo und Myriam ist es auch nicht anders.«

Wir aßen in der Küche. Ich hatte Steaks gebraten, Salat aus Avocados gemacht und die Baguette vom Morgen aufgewärmt. Corinna erzählte von einem Seifenhersteller, der von seinem Partner in Lima betrogen worden war. Die Firma sei pleite, und Corinnas Kunde spreche kein Spanisch.

»Und der Konkursrichter wurde bestochen«, sagte ich.

»Was soll ich dem Mann raten?«

Ich verstand. Es war dies wieder einer ihrer Versuche, mich unter die Leute ins Geschäft zu bringen. Warum sträubte ich mich? Kam ich mir für solche Pleitiers zu gut vor?

»Willst du nicht einmal mit ihm reden?« bat sie. »Er sucht einen wie dich, und du sprichst Spanisch.«

»Wie heißt er?«

»Spornschmid.« Sie war sichtlich erfreut, und auch ich freute mich, ihr den Gefallen zu tun. Vor zwei Stunden hatte ich gelesen, es sei schwer, mich für etwas zu begeistern, das nicht mit meiner Arbeit zusammenhinge. Horacio war nicht so gewesen. Bea hatte seine Flexibilität gerühmt.

»Ich werde Herrn Spornschmid anrufen«, sagte ich, aber mehr wollte ich aus diesem Anruf nicht werden lassen.

Es vergingen einige Tage, bis sich Maroun wieder meldete. Er war mit Myriam und Enzo in Singapur, im »Raffles«.

»Ihnen ist nichts zu teuer«, sagte ich.

»Enzo ist deprimiert, er braucht was Schönes.«

»Aber natürlich«, sagte ich und dachte, dieser Kitsch. Ich hatte noch das alte »Raffles« gekannt.

»Ich habe auf Sie gehört und die Anwälte gewechselt.« Maroun nannte die Kanzlei. »Ich hoffe, Sie sind einverstanden.«

»Die besten Strafverteidiger! Ist es schon soweit?«

»Myriam und Enzo können vorläufig nicht nach Europa zurück.«

»Werden Sie in Singapur bleiben?« Ich sah in den Innenhof, auf den viereckigen Springbrunnen, den mein Großvater meiner Großmutter zur Geburt meines Vaters geschenkt hatte, und war froh, hier zu sein.

»Wir werden etwas reisen«, sagte Maroun. »Vielleicht nach Bali, das wird Enzo gut tun.« Marouns Stimme war voller Teilnahme.

»Die Becker-Manzinis kommen auch besser erst einmal nicht zurück«, sagte ich.

»Warum das?«

»Hinter denen ist die Steuer her, es ist nicht nur der Schweizer Fiskus und die italienische Polizei, sondern auch die deutsche.«

Maroun war überrascht, und ich sagte, daß alle großen Zeitungen nun auch in Deutschland über den Fall berichteten. Maroun hatte von den Becker-Manzinis länger nichts gehört, sie hätten nach China gewollt.

Der Himmel war grau, es begann zu tröpfeln. Mein Arm

fing zu schmerzen an, und ich sagte: »Sollten Sie irgendwann mit den Becker-Manzinis sprechen, sagen Sie ihnen, sie sind verpfiffen worden.«

»Verpfiffen, was heißt das?«

»Sie wurden denunziert.«

»Auch das noch.« Er wollte bald wieder mit mir telefonieren. Den restlichen Tag über waren die Schmerzen im Arm besonders stark und ließen erst gegen Abend nach.

6. *Kapitel*

Beas Hefte beeinflußten mich. Arbeitete Corinna wirklich den ganzen Tag über bei Lyle & Bout, oder hatte sie längst einen Liebhaber? Es wäre für sie einfach gewesen, statt dem Abendessen mit Kunden einige Stunden im Hotel zu verbringen. Manchmal mußte sie auch verreisen und blieb ein oder zwei Nächte weg. Zwar rief sie mich stets an, aber was bedeutete das schon? Bea hatte oft mit mir telefoniert, Horacio neben sich im Bett. Er war auf die Idee gekommen, die Anrufe erregten ihn. Damals war ich nicht in der Lage gewesen, mir Bea mit einem anderen Mann vorzustellen. Ich war überzeugt davon, ihr zu genügen. Aber sie schrieb, wie schön es mit Horacio war, wie er sich in sie einfühlte und dann doch wieder er selbst blieb. Mich nannte sie manchmal Dressurreiter oder Waldspecht. Ob das heute noch zutraf?

Immer wieder ertappte ich mich bei der Überlegung, wer von unseren Freunden als Corinnas Liebhaber in Frage kommen konnte.

Die meisten Männer waren älter als sie, oft wesentlich. Ich kam von der Idee nicht los, daß ihr Liebhaber jung sein mußte.

Bea hatte auch die Schwierigkeiten notiert, die ich mit den Gewerkschaften gehabt hatte, die Drohbriefe und nächtlichen Anrufe, mit denen man mich zu erpressen suchte, was nicht gelang und Bea beeindruckte. Ich hätte die Ruhe weg, schrieb sie. Ich konnte meine Nervosität verbergen, und das nicht nur vor ihr, auch in der Firma glaubte man, es machte mir wenig aus, bedroht zu werden.

Als ich las, daß Horacio einen Konkurrenten bekommen hatte, war ich nicht nur überrascht, sondern vor allem voller Schadenfreude. Gilberto Fardosso war jünger, Mitte Vierzig und sehr einflußreich. Den Fardossos gehörte viel Land in Minas Gerais und im Mato Grosso. Sie besaßen Zeitungen,

Banken und Industriebetriebe sowie die größte Supermarktkette des Landes. Verglichen mit Gilberto war Horacio ein kleiner Fisch. Gilberto warb um Bea, und sie genoß es. Er beauftragte sie, den Sitzungssaal im Neubau der Fardossos Holding einzurichten.

Wir wurden von den Fardossos eingeladen, erst aufs Land, dann auf die Jacht, immer übers Wochenende. Ich kam mit Gilberto ins Geschäft, die Supermärkte kauften große Mengen von T-Shirts und Jeans, Blazer und Anzügen. Gilbertos Frau war Französin, die Brasilien haßte. Bald war sich Bea nicht mehr sicher, ob Gilbertos Frau diese Affäre ihres Mannes nicht gefördert hatte, um ihre eigenen in Ruhe auszuleben.

Horacio, der Wind von allem bekam, versuchte Bea zur Scheidung zu überreden, um sie dann zu heiraten. Aber dafür war er ihr zu alt. Sie beschrieb Horacios Leiden in allen Einzelheiten. Ich nahm an, daß sie ihn wirklich geliebt hatte.

Eine Zeitlang traf sie sich abwechselnd mit beiden Männern. Horacio sprach endlos über seine Liebe, womit er Bea immer mehr auf die Nerven ging. Gilberto nutzte seine Chance und überwand sein schlechtes Gewissen, das er berechtigterweise mir gegenüber hatte und völlig grundlos seiner Frau gegenüber empfand, aber vielleicht war alles auch nur großes brasilianisches Theater vor Bea.

Horacio jammerte und verfluchte sein Alter, war jedoch besser in Form als der dickliche, zehn Jahre jüngere Gilberto, der wiederum ein wunderbares Lachen hatte. Auf seinen Charme fielen alle herein, er war Teil seines Erfolges. Aber vor allem war es seine Macht, die Bea anzog, was sie offen und erstaunt über sich selbst zugab. Im Bett erfuhr sie alles von Gilberto, der Wahlen finanzierte, Minister absetzen und neue ernennen ließ. Über die Zentralbank verfügte er, als gehörte sie ihm. Über Gilberto las man in der Zeitung, von ihm sprach man. Glücklich durften jene sein, deren Einladungen von ihm angenommen wurden, und ich, der »Gringo«, galt als sein Freund.

Bea schrieb, sie müßte sich überwinden, seinen Stachel zu

lutschen. Dieses Glück war mir höchst selten zuteil geworden.

Wir gingen oft zu viert alle gemeinsam aus, galten als unzertrennlich und standen in den Klatschspalten. Mein Umsatz wuchs. Das Eigenartige zwischen uns war, daß Bea am meisten über uns drei andere wußte. Horacio, zum Beispiel, versorgte sie mit Wissen über Madelaine. Sein jüngster Bruder war ein guter Freund ihres Liebhabers, was Bea aber für sich behielt. Sie liebte es, mehr als andere zu wissen und darüber mit niemandem zu reden. Madelaine vermutete, daß Gilberto mit Bea schlief, ließ es aber dabei bewenden. Nur ich war schimmerlos. Was machte Bea so anziehend? Ich glaube, es war ihre laszive Zurückhaltung, eine sie einhüllende, schwer zu durchdringende Ruhe, die Männer beunruhigte. Wenn sie einer wie Gilberto bewunderte, nahm sie auch dessen Lanze in Kauf, obwohl er selten ihre Wünsche erfüllte. Bei Achmed Khakudji, einem persischen Medienmogul, hatte selbst Akupunktur nicht geholfen. Lanzen, Weihnachtskerzen, Zauberstäbe, selbst Stacheln verwandte sie als Ausdruck für männliche Glieder, die sie beglückten, wie sie schrieb.

Corinna war offener, spontaner und selbstsicherer. Natürlich wurde auch sie gern bewundert, aber bei ihr war alles klarer und leichter zu verstehen. Hätte Bea die Zeit gehabt, hätte sie ihre Tagebücher vor ihrem Ableben vernichtet, dessen war ich mir sicher.

Das nächste Mal rief Maroun aus Hongkong an. Es war ein Sonntagmorgen, und ich frühstückte mit Corinna. Sonnenlicht fiel durch die offenen Fenster. Das Rauschen des Waldes mischte sich mit dem Gezwitscher der Vögel, durch die Bäume fuhr ein leichter Wind.

Maroun wollte nach München kommen, nur einige Tage, um mit den Anwälten zu sprechen, es sähe jetzt günstiger aus. Enzos Zustand hätte sich verbessert, Hongkong gefiele ihm. Corinna fragte nach Myriam. Freunde von Maroun kümmerten sich um sie, Myriam war viel unterwegs. Enzo verbrachte den Tag auf einem Boot, mit dem er nach Langtau tuckerte und in einer der Buchten ankerte. Maroun leistete ihm morgens Gesellschaft und ließ sich mittags von einem Hubschrauber in die Stadt bringen, um zu arbeiten.

»Was denn?« fragte ich.

»Ich sehe mich um, in Hongkong ist immer viel los.«

»Haben Sie was von den Becker-Manzinis gehört?«

»Schulden sie Ihnen Geld?«

»Nein, das nicht.«

»Warum sind Sie so an ihnen interessiert?« Maroun konnte sehr direkt sein. Ich fand nicht gleich eine Antwort. »Es sind gute Freunde von Enzo und Myriam«, sagte ich schließlich.

»Sie schauen sich China an, das hatten sie schon länger vor.«

Vielleicht hätte ich fragen sollen, woher er das wußte, aber die Becker-Manzinis waren eigentlich Fremde. Ich hatte nur viel von ihnen gehört.

Hätte sich Myriam nicht mit Corinna befreundet, wären übrigens auch die Sardones Unbekannte für mich geblieben. Maroun hatte offenbar überall Freunde und verstand sich darauf, schnell Freundschaften zu schließen. Mir fiel das immer schwerer.

Er erkundigte sich noch, ob Pia mit ihrem Drehbuch weitergekommen sei, und hoffte, daß Corinna sich nicht so abplagte, das hätte sie nicht nötig. Dann bat er mich, ihm ein Zimmer in einem guten Hotel in der Münchner Innenstadt zu reservieren.

Corinna arbeitete am Computer. Ob Lyle & Bout wußten, was sie an ihr hatten? Sie war mit Computern seit ihrer Kindheit vertraut, beherrschte zwei Computersprachen und konnte programmieren. Für sie war es selbstverständlich, auch Briefe auf dem Computer zu verfassen. Ich schrieb weiter mit der Hand oder auf einer Reiseschreibmaschine aus den siebziger Jahren.

Mit vollem Magen stand ich am Fenster und schaute in den Wald. Bis zum Abend würde es nichts zu essen geben, sonntags gab es bei uns kein Mittagessen. Wenn Corinna an Sonntagen arbeitete, fühlte ich mich überflüssiger als an Wochentagen. Sie war ehrgeizig, aber in einer angenehmen Weise, und vielleicht verwechselte ich ihren Ehrgeiz auch mit Pflichtgefühl. Bea hatte ihre ganze Energie und Einfallskraft in die Einrichtung von Wohnungen gelegt, dabei alle Budgets überzogen und war immer bewundert worden.

Bis zu ihrer Hochzeit war Corinna gezwungen gewesen, Geld zu verdienen, um für ihren Unterhalt zu sorgen. Männer waren für sie nicht so wichtig. Mit einigen wenigen war sie näher befreundet, doch hatte ihnen allen, wie sie sagte, was gefehlt. Ich konnte nur hoffen, daß es bei mir stimmte.

Ich sah, wie ein junges Paar den Weg heraufschlenderte. Er trug eine Lederjacke über dem Arm und sie ein kurzes Kleid. Sie umarmten sich, kein Mensch war weit und breit. Der junge Mann legte die Lederjacke an den Stamm einer Buche. Das Mädchen öffnete ihr Kleid und lehnte sich an den Stamm. Ihr Freund zog die Hose herunter, die Unterhose hing jetzt an den Knien. Sein weißer Hintern bewegte sich rhythmisch, und nun bemerkte ich, daß der Bursche einen Walkman aufgesetzt hatte. Ich schaute den beiden kurz zu und nahm dann die Sonntagszeitung zur Hand.

In diesem Wald war dauernd etwas los. Schon als Kind hatte ich Liebespaaren zugeschaut, meist hatten sie auf den Parkbänken geknutscht. Früher hatte man sich wohl weniger als heute im Freien geliebt.

Ich hatte aber auch anderes gesehen: Einbrecher, die verfolgt wurden, Schlägereien zwischen Betrunkenen, Nutten und Stricher, die unten am Hang in Limousinen stiegen. Ein Mord war mir entgangen, obwohl jedes Jahr mehrere Menschen gewissermaßen vor unseren Augen getötet wurden. Ein Selbstmörder hatte sich vor unserem Zaun, unter dem Eßzimmer, erhängt.

Vor allem wegen des Waldes hatte Bea das Haus nicht gemocht, in dem man von den meisten Räumen aus die Bäume sehen konnte.

In diesem Moment stieg Pias geschiedener Mann, Herrmann Überhuber, den Berg hinauf, nach vorn gebeugt, vorbei an dem Pärchen, das jetzt auf einer Bank Platz genommen hatte.

Für sein Alter bewegte sich Herrmann Überhuber zu langsam. Ich sah ihn in letzter Zeit öfter auf den Wegen unter uns. Sicher hoffte er, Pia zu treffen. Er hatte sie vor ein paar Tagen eingeladen und beschworen, zu ihm zu kommen. Corinna hatte Pia begleitet, die nicht mit ihm allein sein wollte.

Er hatte aus seinem neuen Werk vorgelesen, einen einzigen Satz, der sich über viele Seiten hinzog und sich als Beginn einer Trauerrede auf seine gescheiterte Ehe herausstellte. Pia hatte ihn gefragt, ob er noch dicht sei. Er fühle sich als geistiger Erbe von Thomas Mann, hatte Pia zu hören bekommen und ihn danach für verrückt erklärt. Er hatte ihr vorgeworfen, von ihrem perversen Vater beeinflußt zu sein. Corinna hatte versucht, den Streit zu schlichten, und seitdem liebte Herrmann Überhuber auch sie. Er ging jetzt direkt, etwa zehn Meter, unter mir.

Ich las weiter im Tagebuch – über eine Skiwoche im argentinischen Las Leñas mit Gilberto, dessen Frau in São Paulo geblieben war. Beas Nierenentzündung, an die ich mich gut erinnerte, fand nun eine späte Erklärung. Hinter einem Felsvorsprung war es Gilberto gelungen, Bea zu beglücken, wie sie sich ausdrückte.

Horacio hatte noch immer nicht aufgegeben. Er ging weiter bei uns ein und aus. Er hatte sie zu erpressen versucht, aber nichts erreicht. Dann hatte er vorgeschlagen, Bea mit Gilberto zu teilen, was sie als schwachsinnig abgetan hatte. Horacio war wohl kurz davor, den Verstand zu verlieren, er suchte ein Gespräch mit Gilberto, bedrohte ihn und wurde vor die Tür gesetzt. Ungefähr vier Wochen später kam Horacio beim Tauchen um. Ich war mir nun nicht mehr sicher, ob er nur einer Muräne zum Opfer gefallen war. Hatte Bea etwa mehr gewußt, aber nicht gewagt, es diesem Heft anzuvertrauen?

Bea schrieb auch über Pia, das geliebte Kind, wie sie es nannte. Ein anderes Mal las ich, daß sie sich nichts aus Babys machte, was ich auch von ihr gehört hatte. Über mich änderte sie laufend ihre Meinung. Dein Mann, das unbekannte Wesen, las ich verwundert.

Im Bett mit Gilberto war es immer spannend. Nie wußte sie, wie es enden würde. Öfter wurde er von einer unbegreiflichen Unruhe gepackt, schwitzte, keuchte und erschlaffte. Horacio war die Ruhe selbst gewesen, und auch mir wurde zugestanden, nicht so leicht das Gleichgewicht zu verlieren. Doch Gilberto gab nie auf. So was von Zunge, schrieb Bea, und diese Finger! Wenn es bei Gilberto klappte, lief tatsächlich etwas ab. Nur geschah dies im Schnitt nach vier mißglückten Versuchen, was Bea den »Faktor vier« nannte.

Einmal las ich: Macht macht geil! Eigentlich beschämend, fügte sie hinzu. Gilberto fürchtete sich vor Impotenz, eine Angst, die ihm seine Mutter oder die Schwestern oder alle zusammen eingejagt hatten. Bea vermutete das jedenfalls.

Gilberto liebte Voodoo und kannte die Plätze an der Küste, wo noch echter Cantonblé getanzt wurde. Er wußte viel über die afrikanisch beeinflußte Mythologie Brasiliens.

Da Bea Yemanja, die Göttin des Meeres, verehrte, mußten wir Silvester am Meer verbringen. Vor Mitternacht zogen die Frauen weiße Gewänder an, gingen bis zum Bauch ins Wasser und opferten der Yemanja Lippenstifte, Modeschmuck und Parfüms. Die Göttin sei eitel, auch etwas launisch, aber durch und durch gutherzig, behauptete Gilberto.

Ich war eingenickt und träumte von Leitern, die über die Mauer geschoben wurden. Es brannte lichterloh, als Myriam anrief.

»Wie geht's Enzo?« fragte ich.

»Er muß sich noch erholen«, erwiderte Myriam leise, weil Enzo wohl in ihrer Nähe war. »Morgen kommt Maroun in Frankfurt an«, sagte sie lauter. »Kannst du dich ein bißchen um ihn kümmern? Er hat viel um die Ohren. Man will uns wegen fahrlässiger Tötung anklagen, bitte hilf ihm, wenn du kannst.«

»Aber gern«, sagte ich, obwohl ich nicht die geringste Lust dazu hatte.

Myriam sprach dann mit Corinna, schwärmte von Hongkong und noch mehr von Maroun, der sich fabelhaft benähme. Ich stand neben Corinna und hörte mit. Myriam behauptete, an gesellschaftlichen Ereignissen nicht mehr interessiert zu sein und deshalb ihr Leben ändern zu wollen. Sie beschwerte sich über die beiden Söhne Enzos, die nur ans Absahnen dächten und von denen keine Hilfe zu erwarten sei. Myriam war froh, keine Kinder zu haben, das Risiko, eine Niete zu ziehen, sei einfach zu groß.

Ich ließ Corinna fragen, ob sie inzwischen etwas von den Becker-Manzinis gehört hätte.

»Sie sollen in China sein.«

Ich wußte nicht, ob ich ihr glauben sollte. Ihre Auskunft war sehr verhalten gewesen. Und danach hatte sie sich gleich verabschiedet und eingehängt.

Beas erstes Heft lag zwischen Zeitungen und Briefen auf meinem Schreibtisch, auf dem auch das Telefon stand. Der Heftumschlag war bläulich marmoriert. Corinna wandte sich ab, und ich schob das Heft in ein Wochenmagazin.

Vor Myriams Anruf hatte ich gelesen, wie Bea mit Gilberto einige Tage in der Karibik verbracht hatte, während ich in Deutschland war. Sie waren getrennt geflogen und hatten sich in den Bahamas getroffen, wo Gilberto ein Haus gemietet hatte.

In diesen Tagen wurde aus dem Faktor vier ein Faktor zwei. Sie schrieb begeistert über Gilbertos Pläne, Brasilien und später Südamerika mit einem Netz von Supermärkten zu überziehen. Auch über Horacio und mich hatten sie sich unterhalten. Gilberto hielt von uns beiden nicht viel. Horacios Drohungen waren für ihn der Beginn von Senilität, und mich fand er noch recht grün. Bea hatte offenbar nicht widersprochen.

Schweißtropfen waren auf meine Stirn getreten. Es wäre mir peinlich gewesen, wenn Corinna gewußt hätte, was Bea über das Leben mit mir geschrieben hatte.

»Ist dir nicht gut?« fragte Corinna.

»Die Schwüle.« Ich wischte mir über das Gesicht.

Corinna mußte ins Büro zurück, an der Tür blieb sie stehen und sagte: »Myriam ist der Brand unter die Haut gegangen, mal sehen, wie lange das anhält.« Corinna sagte, was sie dachte. Von Bea wußte ich das erst jetzt.

7. Kapitel

Kaum war Maroun in München angekommen, rief er aus dem Hotel an.

»Myriam geht es gut und Enzo besser«, sagte Maroun, nachdem ich mich nach den beiden erkundigt hatte. »Aber in Deutschland werden sie um einen Prozeß nicht herumkommen, die Versicherungen bestehen darauf.«

»Überlegen Sie sich ein Angebot.«

»Deshalb bin ich hier. Können Sie mir helfen?«

»Ich weiß nicht, ob ich nützen kann.«

»Sie sind mit allen Wassern gewaschen, so sagt man doch!«

»Mit Versicherungen habe ich wenig Erfahrung.« Merkte er nicht, wie lustlos ich war, mich mit ihm zu befassen? Aber Maroun ließ nicht locker, betonte, daß er als Ausländer sich in Deutschland einfach nicht auskenne.

Enzo hoffte auf meine Hilfe. Maroun fragte nach Corinna und Pia wie nach alten Freunden, ob denn Pia mit ihrem Manuskript weitergekommen sei? Das hatte er schon einmal gefragt – woher wußte er eigentlich davon?

Ich antwortete kurz und wünschte mir, Maroun würde endlich auflegen und mich, nein, uns alle in Ruhe lassen. Maroun war durch meine Einsilbigkeit nicht zu beeindrucken und redete unbekümmert weiter, als unterhielten wir uns angeregt. Unser Gespräch wurde durch die Telefonistin des Hotels unterbrochen, die einen Anruf aus Singapur durchstellen wollte. Bevor Maroun auflegte, sagte er, wie sehr er sich freute, wieder in unserer Nähe zu sein.

»Aber natürlich«, sagte ich.

Von jemandem wie ihm um Hilfe gebeten zu werden, schmeichelte schon. Aber brauchte er mich denn wirklich? Was wollte er von uns?

Maroun beunruhigte mich, und obwohl es regnete, ging ich

im Wald spazieren. Der Wind trieb mich den Weg hinunter. Manchmal drehte ich mich um und sah zum Haus, das wie eine Schanze in den Wald ragte. Ich wanderte kreuz und quer, mal rauf und mal runter und begegnete wenigen Passanten. Unten im Flachen ging ich bis zur Autobahn und machte dann kehrt. Zwei sehr junge, blonde Mädchen sahen mich frech an, auf ihre Lippen hatten sie roten Lippenstift geklatscht. Kaum hatte es zu regnen aufgehört, kam der Strich in Bewegung. Doch jetzt zog ein Gewitter auf, und der Himmel verdunkelte sich. Ich schritt schneller aus und wählte den kürzesten Weg nach Hause, der stellenweise steil anstieg. Auf halber Strecke kam mir ein junger Mann entgegen. Er war sehr blaß, eine schwarze Pelerine umwallte ihn. Er war so groß wie Maroun, und einen Moment lang glaubte ich, er sei es. Kurz bevor er an mir vorbei wollte, prasselte der Regen los. Oben kam ich durchnäßt an, nahm eine heiße Dusche und trank einen Whisky. Ich war noch immer allein im Haus, es war kurz vor sieben.

Je tiefer ich in Beas Tagebuch eindrang, desto häufiger war ich versucht, Corinna im Büro anzurufen und zu fragen, ob sie bis in den Abend bliebe. Ich wußte, wie lächerlich das gewesen wäre, und noch beherrschte ich mich. Der Alkohol pulste in meinen Schläfen, ich hatte zu wenig zu Mittag gegessen.

Ich las weiter. Bea schrieb über ihre Arbeit, über die Kunden. Sie verdiente immer besser und gewann in São Paulo sogar einen Preis für das am besten eingerichtete Büro des Jahres. Immerhin gab sie zu, daß Gilberto bei der Preisvergabe seinen Einfluß ausgeübt hatte. Horacio war noch immer am Durchdrehen. Jetzt drohte er Bea damit, mir alles verraten zu wollen. Das war eine Woche vor seinem Tod.

An dessen Vorabend waren er wie auch Gilberto mit ihren Frauen und anderen Gästen bei uns zum Abendessen gewesen. Bea hatte übrigens noch von anderer Seite Gefahr gedroht. Auch unser Kindermädchen hatte versucht, sie zu erpressen, sie wollte Geld, da sie alles über Horacio und Gilberto, der dann den Rausschmiß übernahm, zu wissen vorgab. Das Mädchen wurde an einem Vormittag entfernt, während ich im Büro war.

Gilberto schüchterte die junge Frau derartig ein, daß sie noch am gleichen Tag São Paulo verließ und im Mato Grosso verschwand. Bea hatte sich nicht weiter beunruhigt. Zu der Zeit hatte ich nie erlebt, daß sie sich ernsthaft ängstigte.

Was hätte sie von Maroun gehalten? Mit Enzo hätte sie sich besser als mit Myriam verstanden, sie hätten über Kunst gesprochen, und Bea hätte Enzos Bilder bewundert.

Am Anfang unserer Ehe hatte Corinna alles über Bea wissen wollen. Von dem, was ich erzählt hatte, stimmte jetzt noch höchstens die Hälfte.

Bea warf sich vor, sich nicht genug um Pia zu kümmern. Aber unsere Tochter war mit einem sehr eigenen Kopf geboren und schien Mutterliebe nicht zu vermissen. Als wir dann zu zweit lebten, mußte ich ihr jedoch vor dem Einschlafen von ihrer Mutter erzählen, am liebsten aus deren Kindheit. Bea hatte darüber nie gesprochen. Das wenige, was ich wußte, wußte ich von ihrer Mutter, die sich einmal furchtbar erregt hatte, als ihr Bea in einem Supermarkt verlorengegangen war. Ich hatte mir das oft anhören müssen, bis Bea ihrer Mutter verbot, je wieder davon zu sprechen.

Über Horacios Begräbnis schrieb Bea mehrere Seiten. Sein Tod hatte sie erschüttert. Bei der Beerdigung war es heiß gewesen, schwül und drückend. Bea war zwischen Gilberto und mir am Rande des Grabes gestanden. Gilbertos Frau, Madelaine, hatte ihr Erscheinen nicht für nötig gehalten.

Horacios Witwe hatte dafür gesorgt, daß wir einen Ehrenplatz bekamen. Wir galten als enge Freunde, und daß Gilberto gekommen war, der sonst nie irgendwohin ging, wurde von den Trauergästen als besonderer Beweis seiner Freundschaft und Ehre für die Familie gesehen.

Bea beobachtete während der Beerdigung die Söhne Horacios. Sie notierte, daß einer besser als der andere aussah. Von mir aber hatte sie sich mehr Ergriffenheit gewünscht.

Hatte ich nicht einen väterlichen Freund verloren? Horacio war in der Tat ein guter Ratgeber im brasilianischen Durcheinander gewesen. Ich fragte mich jetzt, ob er mir gegenüber ein schlechtes Gewissen gehabt hatte. Wahrscheinlich nicht. Bea schrieb, es hätte ihm Spaß gemacht, es mit der Frau eines soviel Jüngeren im Bett zu treiben. Für diese Art Machismus aber hatte Bea wenig Verständnis gehabt, und das war für Horacio der Anfang vom Ende.

Während der Trauerfeier hatte Bea zum ersten Mal an Scheidung gedacht. Bisher hatte nur sie einen Anlaß dafür geliefert.

Es war Abend. Maroun stieg aus Corinnas Auto. Er hatte sie im Büro angerufen, ich sei nicht zu erreichen, und er habe einen schweren Tag hinter sich. Ob er nicht mit uns zu Abend essen könne?

Ich stand am Fenster, Maroun ging um den Springbrunnen. Er pflückte eine Rose, roch an ihr und warf sie dann ins Wasser. Während Corinna das Auto in die Garage fuhr, ging er bis an das Ende der Frontseite des Hauses, zu einem schmiedeeisernen Geländer, unter dem die Bäume nicht so hoch gewachsen waren. Von hier aus konnte man weit über die Stadt sehen. Corinna ging ihm nach und blieb auf halbem Weg stehen. Maroun schritt bis zum Ende des Geländers, an dem runden Pavillon vorbei, an dem sich, zur Straße hin, eine Sauna anschloß, deren Tür er öffnete und gleich wieder schloß.

So wie er sich bewegte, mußte ich an Wildkatzen denken, die ihr Territorium absteckten. Ich öffnete das Fenster. Corinna und Maroun sahen zu mir hoch.

Ich fand es ziemlich unverfroren, wie er sich eingeschlichen hatte, und rief: »Guten Abend!«

Er ging an dem überdachten Schwimmbecken entlang, hinter dem eine Mauer mit bunt blühenden Büschen davor das Grundstück abgrenzte. Ich schloß das Tagebuch in meinen Schreibtisch ein und hoffte, daß Maroun gemerkt hatte, wie wenig ich über seinen Besuch erfreut war. So hartnäckig und eigentümlich anziehend, wie Maroun war, hätte er bestens in Beas Hefte gepaßt. Ich mußte aufpassen, die neu entdeckte Vergangenheit nicht mit der Gegenwart zu vermischen. Die Gefahr bestand. In der letzten Nacht hatte ich von Horacio geträumt. Und als ich nach Bea gerufen hatte, war Corinna aufgewacht.

Maroun ging an den Rhododendren entlang, die um die Garage wuchsen. Er gab mir die Hand.

»Der Tag war sehr anstrengend«, sagte er. »Ich suchte eine angenehme Abwechslung, können Sie das verstehen?«

»Kommen Sie rein!« Ich hielt die Haustür auf. Seit dem Mittagessen schmerzte mein Arm, und der Schmerz hatte sich jetzt verstärkt. Ich fragte Maroun, ob er mit uns zu Abend essen wollte – natürlich wollte er. In der Küche hatte ich für Corinna und mich gedeckt. Pia arbeitete mit Grebe und würde sicher erst spät nach Hause kommen.

Mir war, als spielte sich Marouns Eintritt nicht in meinem Haus, sondern in einem anderen ab. Mit einemmal waren mir die Räume fremd geworden, in denen ich aufgewachsen war. Er betrachtete die Bilder im Entree, die meisten waren von unbekannten Malern oder Kopien. Bea hatte kaum eines gemocht und sich immer über sie lustig gemacht. Maroun musterte die Treppe, die in den ersten Stock führte.

An der Schwelle zum Wohnzimmer verharrte er und atmete durch die Nase, als witterte er etwas. Ich roch seinen Duft, konnte ihn aber nicht bestimmen. Später erfuhr ich von ihm, daß es ein Gemisch aus Rosenwasser und einem Extrakt von Sandelholz war, das man nicht kaufen konnte. Maroun bezog es aus Sansibar. Ich ärgerte mich über soviel Exklusivität.

Im Licht der Abenddämmerung stützte sich Maroun auf eine Fensterbank im Wohnzimmer und beugte sich nach draußen.

»Das ist ja großartig.« Er wandte sich uns zu. Im Gegenlicht sah ich ihn nur als Umriß und fragte, was er trinken wollte.

»Mineralwasser, seit dem Brand überhaupt keinen Alkohol mehr.«

Ich machte mir einen doppelten Scotch mit Eis, anders konnte ich Maroun nicht ertragen. Ich war sehr nervös.

Maroun sah wieder nach draußen. »Als Kind habe ich mir immer gewünscht, in einem solchen Haus zu leben, einem Baumhaus in den Wipfeln der Bäume.«

Spinner, dachte ich und beobachtete, wie er mit kurzen Schlucken trank.

Ich hätte mein Glas in einem Zug leeren können.

Corinna verschwand, sie wollte sich umziehen.

»Wie geht's Myriam und Enzo?« fragte ich. »Ihren Adoptiveltern.«

»Noch ist es nicht soweit, aber es geht ihnen besser, vor allem Myriam. Sie läßt sich nicht unterkriegen.«

»Und wie kommen Sie hier zurecht?«

»Schwieriger, als ich dachte.«

»Die deutschen Behörden?«

»Haben es in sich.«

»Werden Sie länger bleiben?« Nur das wollte ich wissen, aber ich ahnte, daß er nicht nach wenigen Tagen abreisen würde.

»Ich weiß nicht, wie lange.« Er sah an mir vorbei. »Aber einige Wochen könnten es werden.«

Einige Wochen, durchfuhr es mich, aber dann sagte er: »Vielleicht bleibe ich kürzer, vielleicht erledigt sich manches doch schneller.«

»Das hoffe ich für Sie.« Ich hatte starke Schmerzen im Arm und stand auf. Mein Glas war leer, Tabletten waren nicht in erreichbarer Nähe.

Mehr Whisky würde die Schmerzen lindern. Die Flasche war in einer kleinen Bar in einem Bücherregal, etwa zehn Meter von Maroun entfernt. Ich ließ den Whisky langsam ins Glas laufen, das ich zur Hälfte leerte, bevor ich zu Maroun zurückkehrte. Er mußte nicht wissen, wieviel ich getrunken hatte.

Corinna schaltete das Licht an. Sie trug eine ärmellose Bluse und einen leichten Rock. Die Bluse war auch noch ausgeschnitten. In meiner Eifersucht vergaß ich die Schmerzen. So hatten Beas Affären angefangen: Zu deren Beginn waren wir in aller Unschuld zusammen gewesen, aber Bea hatte bereits zu wirken begonnen und Signale von Horacio und dann Gilberto empfangen, die ich Tölpel nicht bemerkt hatte.

Ich hatte erst das zweite Heft angefangen, weil ich mir nicht zuviel zumuten wollte. Im ganzen waren es sechs Hefte, die Bea in ihrer runden, nach links fallenden Schrift vollgeschrieben hatte. Was erwartete mich noch? Manchmal war ich versucht, nicht weiterzulesen und die Hefte zu verbrennen.

Corinna unterhielt sich mit Maroun über Myriam und Enzo, wie sehr Hongkong sie abgelenkt und sie die Reise durch Burma genossen hätten. Mich langweilte, worüber die beiden redeten, ich hatte alles schon gehört, es war überhaupt nichts Neues, bis Maroun sagte: »Sie werden die Becker-Manzinis treffen.«

»Wo denn?« schaltete ich mich ein.

»Das steht noch nicht fest, Carlo ist ein Jugendfreund von Enzo.«

»Den er sicher vermißt hat.« Ich hätte mich gern mit Maroun über Carlos Probleme unterhalten, aber ein jäher Schmerz durchzuckte mich wie ein Messerstich. Ich griff nach dem Arm.

»Ist es so schlimm?« Maroun beugte sich zu mir hin. »Darf ich?«

»Bitte nicht!« Ich riß den Arm zurück.

Maroun wollte etwas sagen, schwieg dann aber. Corinna sah mich kurz und durchdringend an. »Warum läßt du ihn nicht?« las ich in ihrem Blick. In mir stieg Wut auf. Ich ging zu den Flaschen im Bücherbord, trank aber nur Sodawasser. Ich wollte mich nicht betrinken und vor Maroun schon überhaupt nicht. Maroun erzählte jetzt von der Unruhe der Hongkongchinesen. Wer es sich leisten konnte, kaufte einen ausländischen Paß. Ich suchte mich zu sammeln und wurde ruhiger. Hätte ich nicht täglich in Beas Tagebuch gelesen, wäre Maroun für mich nicht so beunruhigend gewesen.

Mit Corinna mußte ich bald über ihn reden. Bisher hatte ich das nicht getan, so wie ich mit Bea zu lange nicht über unsere gemeinsamen Freunde gesprochen hatte, die dann ihre Liebhaber wurden. Ich setzte mich Maroun gegenüber und legte die schmerzende Hand aufs Knie.

Maroun erzählte jetzt von China, den Chinesen traute er nicht. Ich war – aus Erfahrung – durchaus seiner Meinung. Als ich Corinna einen Campari Soda von der Bar brachte, nahm ich einen langen Schluck Whisky aus der Flasche und hoffte, daß weder Corinna noch Maroun das bemerkt hatten. Sie unterhielten sich angeregt, viel zu gut, wie mir schien. Corinna war schmaler und etwa sieben Jahre jünger als Myriam. Maroun war mit seinen neunundzwanzig zwar noch immer ein gutes Stück jünger als Corinna, aber wenn er sie nackt gesehen hätte, wäre sie ihm gleichaltrig erschienen. Und einen so schönen Hintern wie den von Corinna hatte er bestimmt noch nicht gesehen. Mit schmerzender Hand in der Hosentasche hörte ich zu und wünschte ihn zum Teufel.

Maroun versuchte mich in die Unterhaltung einzubeziehen, aber was immer ich sagte, blieb kurz angebunden und klang wohl eher unfreundlich. Bevor wir zu Abend essen wollten, erschien völlig unerwartet Pia.

»Wie schön, Sie wiederzusehen«, sagte Maroun und gab ihr die Hand.

Er betrachtete sie interessiert, und umgehend regte sich eine neue Eifersucht in mir. Es war das gleiche beißende Gefühl, das ich Herrmann Überhuber entgegengebracht hatte und das ich für Grebe empfand. Womöglich hatte Überhuber recht, und meine Gefühle für Pia waren wirklich nicht ganz normal! Liebte ich Bea denn noch immer und übertrug ich diese Liebe auf ihre Tochter, weil sie ihr so ähnlich war?

Nein, das wäre denn doch zuviel des Guten gewesen.

Mit älteren Männern könne man Merkwürdiges erleben,

hatte Myriam gesagt, die dementsprechend über einige Erfahrungen verfügte. Bei abnehmender Potenz sei vieles möglich. Ihr erster Mann, fünfunddreißig Jahre älter als sie, hatte, bevor er Myriam heiratete, einen blonden Transvestiten ausgehalten, sehr zum Ärger seiner erwachsenen Kinder. Den hatte ihm Myriam allerdings schnell ausgetrieben. Und war Enzo nicht auch ein bißchen in Maroun verliebt?

Ich versuchte an anderes zu denken, ich hatte zu schnell und zu viel Alkohol getrunken, um Maroun leichter zu ertragen. Aber so war er, er ließ einen seine Gegenwart spüren – wie jetzt auch. Während wir in der Küche aßen, gab er Geschichten aus dem Fernen Osten, den Pia liebte, zum besten. Sie hatte wichtige Jahre ihrer Jugend mit mir in Indonesien und Singapur verbracht und sprach fließend Baharsa. Mandarin konnte sie noch immer ein wenig. Maroun war begeistert. Wie sich herausstellte, hatte sich Pia mit Grebe gestritten, der vorgehabt hatte, endlich einen anspruchsvollen Film zu drehen, wohl Pia zuliebe. Auf halber Strecke hatte er nun aber Angst bekommen und sein Vorhaben geändert.

»Er unterschätzt das Publikum«, sagte Pia enttäuscht. Ich spürte Genugtuung. Pia in den Armen eines Mannes meines Alters zu wissen, war die ekligste aller Vorstellungen.

Zum Nachtisch machte uns Pia eine Orangeomelette mit Vanilleeis. Wir tranken einen leichten Weißwein, der mich besänftigte. Trotz aller Vorbehalte und Ängste war es erfreulicher, Pia mit Maroun im Gespräch zu sehen als mit Herrmann Überhuber oder dem alten Grebe.

Als wir im Bett lagen, flüsterte Corinna: »Maroun geht ran, geschickt, wie er das macht.«

8. Kapitel

Beas Tagebuch lenkte mich keineswegs von Maroun ab. Hatte es mich bisher beschämt, so beunruhigte es mich jetzt auch noch. Maroun, da war er doch, der Liebhaber. Es blieb nur die Frage, für wen er sich entscheiden würde, für Corinna oder Pia? Ich hatte wenig geschlafen, obwohl ich vom Alkohol und der Liebe mit Corinna erschöpft war. Während sie sich anzog, lag ich im Bett und schaute ihr zu. Sie konnte ihre Strümpfe nicht finden und jammerte, sie käme zu spät ins Büro, zu irgendeinem gottverdammten Termin.

Nachdem sie angezogen war, fuhr sie mit ihren Lippen über meinen Nacken. Ich drehte mich um und lag nackt vor ihr. Meine Erregung war nicht vergangen. Corinnas Lippenstift hatte auf meinem Glied Spuren von Rot hinterlassen. Zu so etwas hatte sich Bea nur an meinem Geburtstag und zu Weihnachten überwinden können, und das auch bloß in den ersten Jahren unserer Ehe. Trotz ihrer Liebhaber war sie im Bett nicht besonders einfallsreich gewesen, jedenfalls nicht mit mir.

Von kreuzbraven Eltern erzogen, war Corinna mit viel Talent für die Liebe geboren worden.

Während ich hörte, wie Corinna ihr Auto aus der Garage fuhr, lag ich auf dem Bett und sah meinem Glied beim Erschlaffen zu. An diesem Morgen beneidete ich Corinna nicht, die Frühpensionierung hatte auch ihre guten Seiten.

Nach dem Frühstück las ich weiter. Bea erlebte mit Gilberto, der in einen üblen Skandal verwickelt worden war, eine schwere Zeit. Er hatte den Finanzminister bestochen, um gewisse Transfers ins Ausland zu vertuschen, die eine seiner Banken durchgeführt hatte. Das Geld war Drogengeld. Ein Journalist war den Cocabossen und auch Gilberto auf die Spur gekommen, und bald danach hatte man ihn verkohlt in einem Steinbruch gefunden. Der »Fall Fachero« hatte monatelang auf den ersten Seiten der Zeitungen gestanden. Gilberto drohte eine hohe Gefängnisstrafe. Er suchte den Richter zu schmieren, der sich zu sehr zierte. Gilberto erhöhte mehrmals sein Angebot, aber der Fall hatte zu viel Aufsehen erregt. Gilbertos Anwälte suchten das Verfahren in die Länge zu ziehen und hofften auf mehr guten Willen in der nächsten Instanz.

Gilberto löste seine Garçonnièren auf. Bea mietete neue und richtete sie ein. Gilbertos Libido litt erheblich unter all den Ereignissen. Bea schrieb: Wir sind jetzt bei Faktor sechs, mit abnehmender Tendenz. Gilberto wollte am liebsten nur noch Backgammon spielen. Jetzt hätte ich etwas mehr von Bea haben können, aber sie dachte nicht im Traum daran.

Gilberto hatte mit fünfundvierzig Jahren den Höhepunkt seines bis dahin erfolgreichen Lebens überschritten. Von nun an ging es bergab. Bea wurde Gilbertos intimste Beraterin. Sie unterhielt sich mit mir über seine Probleme und übermittelte dann ihm die Gedanken, die ich mir gemacht hatte. Ich sah ihn kaum noch, er ging auch seinen Freunden aus dem Weg und hatte große Angst vor dem Gefängnis, eine Angst, die er auf Bea übertrug, die wieder mehr mit Madelaine zusammen war. Bea schlief nicht mehr mit Gilberto, sie machte nicht einmal mehr den Versuch. Gilberto alterte um Jahre, seine Tränensäcke wurden zu denen eines Sechzigjährigen. Er überlegte, das Land zu verlassen, zu fliehen. Noch hatte er seinen Paß nicht abgeben müssen. Wir trafen uns wieder. Jetzt hatte sich in mir erst recht kein Verdacht geregt.

Wie die meisten Männer war ich im Prinzip gutgläubig. Mein Mißtrauen erwachte nur langsam, entwickelte sich aber mit zunehmendem Alter. Damals unterschied ich zwischen Freunden und anderen. Wen ich für meinen Freund hielt, dem vertraute ich blindlings. Die anderen waren das Geschäft, ihnen glaubte ich nichts. Horacio und Gilberto hatte ich zu meinen Freunden gezählt, und mein Vertrauen in Bea war unerschütterlich. Ich war im Glauben an die Werte der Freundschaft erzogen worden und damit aufgewachsen.

Mit den Jahren wurde ich in der Wahl meiner Freunde vorsichtiger, Enttäuschungen waren nicht ausgeblieben. Trotzdem war die Lektüre des Tagebuchs für mich schockierend. Wen von den damaligen Freunden würde ich noch verlieren?

Bea schrieb wiederholt, wieviel Spaß ihr ein Leben mit doppeltem oder dreifachem Boden machte. Sie sprach von Kicks. Wahrscheinlich hätte sie jeden Ehemann betrogen, sie hatte es ja auch mit ihren Liebhabern getan. Dennoch fragte ich mich, was ich falsch gemacht hatte. Sie hatte sich darüber kaum ausgelassen. Ziemlich sicher erschien mir nur, daß sie sich mit mir auf Dauer gelangweilt hatte, und auch Pia hatte die Langeweile nicht vertreiben können.

Hing Corinna deshalb so an ihrer Arbeit, an Lyle & Bout? Schrieb sie etwa auch Tagebuch? War es mir so wenig gelungen, das Leben meiner Ehefrauen zu beleben? Aber Corinna hätte sich längst beklagt, sie war von Anfang an offen zu mir gewesen.

Es klingelte am Eingang – Maroun. Er hatte gebeten, vorbeikommen zu dürfen, er brauchte Rat. Ich hatte ihm vorschlagen wollen, ihn in der Stadt zu treffen, aber er hatte mich nicht ausreden lassen, sich für mein Verständnis bedankt, auch im Namen von Myriam und Enzo, der noch immer leide, am meisten unter dem Verlust der Bilder.

Es war ein naßkalter Tag, viel zu kalt für einen Sommertag. In den Bäumen hing Nebel. Mein Arm hatte schon am Morgen, gleich nach dem Aufwachen, zu schmerzen begonnen.

Maroun reichte mir die Hand. Ich stand zwei Stufen über ihm, er mußte zu mir aufschauen. Er fror, seine Haut hatte einen leicht gelblichen Ton.

»Kommen Sie rein!« sagte ich.

Wir gingen durch den Garten, den Bea Hof genannt hatte, bis auch ich Hof gesagt hatte, und der seit Corinna wieder Garten hieß. Ich hörte Marouns Schritte hinter mir, hörte, wie er den Pfützen auswich. Im Haus half ich ihm aus dem Regenmantel. Wir setzten uns an die Fenster im Wohnzimmer.

»Hoffentlich störe ich nicht zu sehr«, begann er und schneuzte sich.

»Nein«, sagte ich. »Nur ein bißchen.«

»Ein bißchen stört man doch immer.« Maroun lachte leise, ich verzog keine Miene.

»Sie müssen mir helfen, Enzo bittet Sie darum.«

»Um was geht's?« unterbrach ich ihn.

»Könnten Sie mich beim Verkauf seiner deutschen Firmen unterstützen?«

»Warum brauchen Sie mich dafür?«

»Ich bin Ausländer und etwas jung. Ein erfahrener Mann, Deutscher zudem, würde vieles erleichtern.«

»Warum will Enzo verkaufen, bloß wegen des Brandes?«

»Er kann nicht verstehen, daß man ihm fahrlässige Tötung unterstellen will. Deutschland ist für ihn gestorben.« Maroun strich die Haare aus der Stirn. »Das Honorar bestimmen Sie, es ist immer befriedigend, für eine Leistung bezahlt zu werden, auch wenn Sie auf das Geld nicht angewiesen sind.«

Ich schüttelte den Kopf. Das Verlangen, Maroun vor die Tür zu setzen, wuchs in mir, außerdem quälte mich der Arm.

»Lassen wir das Honorar«, sagte Maroun. »Aber Ihr Leben könnte wieder interessant werden. Ihnen fehlt etwas Spannung, auch wenn Sie es nicht zugeben.«

»Mir fehlt nichts.«

»Enzo hatte recht!« rief Maroun. »Sie sind der richtige. Jeder andere in Ihrer Lage würde sich nicht zweimal bitten lassen, allein schon deshalb, um etwas gegen die Langeweile zu tun.«

»Ich langweile mich nicht.«

»Weil Sie sich langweilen und es nicht wahrhaben wollen, langweilen Sie andere.«

Ich war sprachlos. »Was fällt Ihnen ein?« rief ich schließlich.

»Ich kann sehr offen sein, aber nur mit Menschen, die mir sympathisch sind.«

Ich wollte antworten, daß ich auf seine Gegenwart spielend verzichten könnte, tat es aber nicht. Arm und Hand peinigten mich, jetzt war es, als schnitten Rasierklingen hinein. Solche Schmerzen hatte ich selten. Ich umkrampfte den zerschlagenen Ellbogen.

»Ist Ihnen nicht gut?« Maroun erhob sich.

»Der Arm.«

»Darf ich?« Maroun griff nach der verkrüppelten Hand. Ich zuckte zurück und verbarg die Hand in meinem Schoß, wie ich es immer bei großen Schmerzen tat. Maroun stand dicht vor mir, die Hände gespreizt.

»Warum trauen Sie mir nicht?« fragte er. »Haben Sie mit Chinesen so schlechte Erfahrungen gemacht? Oder mit Menschen überhaupt?« Er sah auf meine in sich verkrümmte Hand. »Bitte«, flüsterte er. »Ich will Ihnen helfen, und vielleicht kann ich es wirklich.«

Trotz meiner Schmerzen wunderte ich mich, woher Maroun diese Selbstsicherheit nahm. So wie er mit mir redete, sprach ein Vater mit seinem Sohn. Es hätte doch umgekehrt sein müssen. Warum war ich so gegen Maroun, diesen beeindruckenden jungen Mann? War es vielleicht deshalb, weil ich mir immer einen Sohn gewünscht hatte, was ich mir aus Rücksicht auf Pia nicht hatte eingestehen wollen? Ich hatte nur einmal Vater werden können. Vor unserer Hochzeit hatte ich Bea versprechen müssen, daß sie nur eine Schwangerschaft zu überstehen hätte.

»Bitte!« Maroun berührte meine Klaue ohne die geringsten Anzeichen von Ekel. Ich lehnte mich zurück, zu kraftlos, um ihm die Hand zu entziehen. Aus Marouns Händen strömte eine Energie, die ich als wohltuend empfand. Seine Hände kreisten auf dem entstellten Handrücken und bis über die Knöchel. Als er den Ärmel hochkrempeln wollte, hielt ich ihn zurück.

»Lassen Sie mich, bitte«, sagte Maroun leise.

»Nein, nicht!«

»Warum?«

»Weil ich es nicht will.« Ich spürte, wie sein Griff fester wurde, die Schmerzen schienen abzunehmen. Doch dann ballte Maroun meine verstümmelte Hand zu einer Faust, in die er mit dem Daumen drang, den er mit aller Kraft in die Handfläche drückte. Der Schmerz durchzuckte mich wie eine Flamme. Ich fuhr hoch, aber Maroun ließ die Hand nicht los. Die gleiche Tortur machte ich noch zweimal durch, während er begütigend auf mich einredete. Schweiß tropfte von meiner Stirn. Mir war, als hätte ich drei Elektroschocks hinter mir.

Er trat hinter mich, strich über meine Schultern und lobte meine Rückenmuskulatur. Meine Hand hatte sich erwärmt, Blut pulste in ihr. »Schon besser?« fragte Maroun.

Ich nickte schwach. Es wäre mir lieber gewesen, wenn Maroun nichts ausgerichtet hätte.

»Gleich sind Sie okay«, sagte er.

»Wie machen Sie das?«

»Ich kann heilen und Schmerzen lindern. Man wird damit geboren, aber das kennen Sie doch.«

Ich hatte lange genug in Südostasien gelebt, wußte also, daß es die Faithhealer gab. Sie lebten vor allem auf den Philippinen, und die meisten stammten aus der Provinz Pangasinan, wo der Erdmagnetismus besonders stark ist. Man vermutet, daß zwischen ihm und der Gabe des Heilens ein Zusammenhang besteht. Natürlich praktizierten auch viele Scharlatane, die die Heiler in Verruf brachten. Aber auf dem Land wurden sie von den Leuten mehr als die Ärzte aufgesucht. Die besten waren um Bagio in den Bergen zu finden, und einige waren international bekannt. Sie konnten Tumore mit bloßen Händen aus dem Körper entfernen, wurden aber nirgendwo von der Ärzteschaft anerkannt.

»Ich wurde in San José in Pangasinan geboren«, sagte Maroun. »Der Vater meines Vaters war ein bekannter Heiler. Er haßte die Spanier noch mehr als die Japaner, obwohl er spanisches Blut hatte, und liebte die Deutschen.«

»Wir waren mit den Japanern verbündet, hat ihn das nicht enttäuscht?«

»Er hat nie einen deutschen Soldaten gesehen, die Japaner hatten uns besetzt. Als seine Tochter dann einen halben Deutschen heiratete, war er sehr glücklich.«

»Ihre Großmutter war ja aus Kiel.«

Er sah auf die Uhr. »Ich muß los. Können wir mit Ihnen rechnen? Vielleicht wird es aber auch nicht nötig sein.«

»Rufen Sie an!« Ich brachte ihn auf die Straße. Er hatte ein Auto gemietet. Ich sah ihm mit einem eigenartigen Gefühl nach. Hatte mich mit Maroun meine asiatische Vergangenheit wieder eingeholt?

Ich kehrte ins Haus zurück, die Schmerzen hatten mich verlassen.

Den ganzen Tag über blieb ich schmerzfrei. Am Nachmittag las ich in Beas Tagebuch, wie Gilberto verfiel. Bea wurde für ihn zu einer Art Nurse. Madelaine kümmerte sich jetzt etwas mehr um ihn. Sie hatte zu töpfern begonnen und einen neuen Liebhaber, der in keine Skandale verwickelt war. Wenn ich las, wie Bea sich um Gilberto bemühte und ihn immer wieder aufzurichten versuchte, wurde ich wütend. Das alles hatte sich also hinter meinem Rücken abgespielt, die kalte Ehefrau als rührende Geliebte, der große Unternehmer, der vom Sockel zu stürzen drohte, und ich als der gehörnte Ehemann. Wer davon wohl gewußt haben mochte? Auf jeden Fall hatte sich niemand etwas anmerken lassen.

Gilberto begann Rauschgift zu nehmen, das Bea das weiße Zeug nannte, Pulver, Zucker oder Mehl. Er nahm ungeniert alles Mögliche vor ihr, obwohl Bea ihn beschwor, von den Drogen zu lassen. Während einer wilden Auseinandersetzung stellte sich dann heraus, daß Gilberto schon seit Jahren drogenabhängig war.

Er ging nicht mehr aus, sagte alle Einladungen ab und war von den Journalisten nur noch auf dem Weg ins Büro oder in den Gerichtssaal zu sehen. Die neu eingerichteten Garçonnièren wurden aufgelöst.

Bea traf Gilberto nur noch in Hotels, in denen sie unter

falschem Namen abstiegen, Perücken und Sonnenbrillen trugen. Beide sahen sie wie Schauspieler eines Provinztheaters aus. Madelaine dachte an Scheidung. Sie empfand Gilberto nur noch als Belastung, und jetzt belastete er Bea um so mehr.

Der Richter, der sich nicht hatte bestechen lassen, hängte Gilbertos Ansinnen an die große Glocke, obwohl Gilbertos Anwälte wußten, daß er gern die Hand aufhielt. Schon länger hatte er nach einem spektakulären Alibi gesucht, und nun stand der Prozeß wieder im Rampenlicht. Gilberto war vom Unglück verfolgt.

Zu jener Zeit reiste ich viel, wir bauten ein Werk in Bello Horizonte, was das häufige Zusammensein der beiden erleichterte. Gilbertos Verzweiflung wuchs, er trank jetzt auch noch und klammerte sich an Bea, die nicht wußte, wie sie ihm helfen konnte.

Dann trat Henry Crafter in unser Leben, ein Freund von Gilberto, der zwischen Singapur und Brasilien lebte. Was er machte, wußte ich lange nicht, es war mir auch egal. Ich hatte genug um die Ohren. Aber ich hätte es wissen müssen – unser Leben wäre anders verlaufen. Henry Crafter hatte offensichtlich viel Geld, und er behauptete, in seinen Büros gäbe es nie mehr als vier Leute, ihn miteingeschlossen. Geld müsse sich schnell bewegen, wenn zu viele daran drehten, kämen nur Verluste heraus. Henry war Anfang Vierzig, Engländer, untersetzt und muskulös, hatte aufgerissene Kulleraugen und war geschieden. Er hatte etwas Koloniales, als wäre die Welt zu seinem Wohlergehen erschaffen worden. Auf seinem Hinterkopf klebten schüttere, rotblonde Haare. Er lief sehr gut Ski, spielte Tennis und Golf.

Wie ich jetzt las, besorgte er Rauschgift für Gilberto, was auch Bea nicht gleich erfuhr. An ihr war er vorerst nicht interessiert. Die Sorge um Gilberto vereinte sie. Damals behauptete Bea, Henry mache sich nicht viel aus Frauen, aber daß ihm Männer lieber waren, erschien mir unwahrscheinlich. Sexless creatures, war einer seiner bevorzugten Ausdrücke. Er roch aus dem Mund, vor allem dann, wenn er sich wieder eine Hungerdiät verschrieben hatte. War er bei uns, spielte er mit der dreijährigen Pia, führte sich kindisch auf und stieß affige Töne aus, womit er sie zum Lachen bringen wollte. Mit solchen Zicken suchte er unsere Sympathie zu gewinnen.

Gilberto verlor weiter an Gewicht und sah bejammernswert aus. Die Chancen, dem Gefängnis zu entkommen, wurden für ihn immer geringer. Die Anwälte und auch Henry rieten ihm, das Land zu verlassen, solange es noch möglich war. Er bestand darauf, daß Bea mit ihm ginge, die jetzt oft sehr unangenehme Momente erlebte. Er warf sich vor ihr auf den Boden, küßte ihre Füße und flehte sie an, bei ihm zu bleiben.

Als seine Lage immer aussichtsloser wurde, drohte er, sie umbringen zu lassen, und brach gleich darauf in Tränen aus. Bea machte ihm schnell klar, daß Morddrohungen sie am ehesten vertreiben würden. Dann fiel ihm Selbstmord ein, den er auch versuchte, jedoch erfolglos. Er schluckte viel zuwenig Pillen. Gilberto war nicht der Typ des Selbstmörders.

Von alledem hatte ich nie etwas erfahren. Bea war mir gegenüber gleichbleibend freundlich geblieben, im Bett war nicht viel los. Ich sehnte mich nach Sex, aber mir fehlte dafür die Energie. Ich verausgabte mich zu sehr in meiner Arbeit, und jetzt erfuhr ich, warum Bea an mir so uninteressiert gewesen war.

Natürlich stritten wir uns auch, und meistens war Pia der Anlaß. Bea hielt mir nicht zu Unrecht Inkonsequenz vor; anstatt Pia mit Geschenken zu verwöhnen, sollte ich mehr mit ihr spielen. Es waren die typischen Meinungsverschiedenheiten junger Ehepaare, nichts wirklich Ehegefährdendes. Noch immer war es für mich schwer begreiflich, wie Bea in São Paulo zwei grundverschiedene Leben geführt und perfekt auseinandergehalten hatte.

Bea liebte Gilberto nicht mehr, er tat ihr nur noch leid, und deshalb wollte sie ihn nicht fallen lassen. Sie befürchtete, daß er sich dann tatsächlich etwas antun könnte. Als er in Untersuchungshaft kam, wurde einige Wochen danach meine

Firma verkauft. Zwei Herren in grauen Anzügen offenbarten mir an einem sonnigen Vormittag, daß ich entlassen sei. Mehrere Tage stritten wir um die Abfindung, die dann akzeptabel ausfiel.

Wieder eine Woche später baten mich die gleichen Herren in ihr Büro und boten mir die Geschäftsführung der iranischen Tochter der GENEX in Teheran an. GENEX gehörte zu den wichtigsten Arzneimittelherstellern der Welt. Dies war meine erste persönliche Erfahrung mit Wirtschaftsberatern.

9. Kapitel

Maroun nahm von uns Besitz, aber er überstürzte nichts. Stetig wuchs sein Einfluß auf unser Leben. Ich gewöhnte mich an ihn, lehnte ihn nicht mehr ab, tat mich aber nach wie vor schwer, meine Dankbarkeit auszudrücken, wenn er mich von den Schmerzen befreit hatte. Was Pia von ihm hielt, war nicht festzustellen, aber unsympathisch war er ihr nicht. Corinna fand Maroun interessant. »Colourful«, sagte sie einmal, ein Wort, das sie von Maroun übernommen hatte, dem das deutsche Wort dafür gefehlt hatte.

Maroun hatte mich überredet, mich mit ihm für Enzo einzusetzen. Er hatte recht, ich mußte etwas gegen die Langeweile tun. Wir diskutierten und berieten uns, oft ganze Vor- oder Nachmittage, saßen mit Anwälten zusammen und traten gemeinsam vor Gericht auf. Wir verhandelten mit den Versicherungen der Toten, die Enzo verklagt hatten. Aber auch überlebende Gäste hatten ihre Anwälte auf uns gehetzt. Der Chirurg aus Ingolstadt, der das Perlenhalsband gewonnen hatte, wollte eine Million, weil er sich einen Finger verbrannt hatte. Die Adelige aus Südtirol behauptete, nicht mehr einschlafen zu können, was ihr einige hunderttausend Mark wert war. Geradezu unverschämt benahm sich Pamella Carella, die in ihrer Talkshow zwei Millionen Dollar für den ihr zugefügten Schrecken verlangte und damit die anderen eingeladenen Amerikaner zu ähnlichen Forderungen ermutigte.

Wir suchten uns außergerichtlich zu einigen und hatten große Schwierigkeiten mit Enzos Versicherung. Für noch problematischer hielt ich das Verfahren, das die italienische Staatsanwaltschaft gegen Enzo eingeleitet hatte. Es stellte sich heraus, daß Enzo in ein Verfahren wegen Beziehungen zur Mafia verwickelt war. Maroun fand das nicht so schlimm, in Italien sei das nichts Besonderes, und schwor, davon nichts gewußt zu haben. Aber es war schon zu spät. Die

Regenbogenpresse stürzte sich auf uns. Es war Sommer, Ferienzeit, es gab keinen sensationellen Mord und keinen Regierungsskandal, es war nichts los. Täglich wurde über Myriam und Enzo, aber auch über uns geschrieben. Maroun nannten sie den Asiaten oder Chinesen, dichteten ihm Beziehungen zu Geldfälschern in Hongkong und Taiwan an, Drogen, Entführungen und Piraterie, von allem war die Rede, aber Maroun nahm die Beschuldigungen hin. Was er über sich las, quittierte er mit einem Lächeln, das nur selten leicht gereizt wirkte.

Von mir hieß es, ich hätte mein Leben im Ausland verbracht, sei in Asien und Südamerika untergetaucht und als vermögender Mann nach München zurückgekehrt, um hier meinen Lebensabend mit einer jungen Frau zu verprassen. Maroun wollte sich »Lebensabend« merken. »Verprassen« mußten wir ihm erklären. Mein Haus fand man zu luxuriös. Es wurde als umweltfeindlich bezeichnet, da es zu nah am Wald stand. Man schürte den Neid, das lohnte sich immer, und bald wurden auch die ersten Leserbriefe abgedruckt, in denen sich Bundesbürger über uns ereiferten. Im Grundton glichen sich diese Briefe, Ausländer raus und Deutsche, die mit ihnen kungelten, gleich mit dazu. Natürlich ärgerte ich mich. Schlimm war es für Corinna, die in Lyle & Bout immer öfter auf ihren Ehemann angesprochen wurde.

Meine zweifelhafte Prominenz ging mir auf die Nerven. In den Läden, in denen ich einkaufte, behandelte man mich mit vordergründiger Neugier und hintergründigem Widerwillen. Der Friseur hätte am liebsten meine Geschichte ans Fernsehen verkauft, und in meiner Apotheke wurde ich behandelt, als plante ich einen Giftmord. Wir wurden weniger eingeladen und hatten bereits Hemmungen, uns auf Vernissagen zu zeigen. Seit langem gingen wir wieder ins Kino, und immer war Maroun dabei.

Er zog bei uns ein, worum er mich an einem späten Nachmittag gebeten hatte, als ein Gewitterregen gegen die Scheiben klatschte. Ich saß mit Maroun in meinem Arbeitszimmer.

Wir hatten Stunden im Gericht verbracht, und ich bereute im stillen, worauf ich mich eingelassen hatte. Aber ich konnte da nicht mehr raus, den Zeitpunkt des Ausstiegs hatte ich verpaßt.

Mein Arm schmerzte, Maroun massierte ihn. Ohne zu fragen, hatte er den Hemdsärmel hochgekrempelt. Ich hatte den Kopf abgewandt, ich wollte nicht sehen, wie sich Marouns Hände durch das verwucherte Fleisch zwängten. In einer Viertelstunde würde ich schmerzfrei sein, und war ich ehrlich, arbeitete ich vor allem deswegen mit ihm. Seine Finger drangen in die Muskulatur oder was davon übriggeblieben war. Mußte er mir weh tun, warnte er mich vor: »Nur ganz kurz«, und schon durchflammte mich der Schmerz.

Als er mit der Massage fertig war und das Blut bis zur Schulter pulste, sagte er: »Das Hotel geht mir auf den Geist. Macht es Ihnen was aus, wenn ich bei Ihnen wohne?«

Ich muß ihn wohl zweifelnd angesehen haben, denn er fügte hinzu: »Höchstens zwei Wochen, dann muß ich zurück.«

Ich zögerte, ich wollte nicht noch mehr Vertrautheit zwischen uns. Für meine Begriffe war er mir schon recht nahe gekommen. »Sie haben viel Platz«, sagte er, aber da ich noch schwieg, sagte er leise: »Na gut, dann lieber nicht.«

»Doch, doch!« rief ich gegen meinen Willen. »Sie können gern bei uns wohnen.«

Maroun zog noch am Abend mit zwei Koffern ein. Ich führte ihn in das größte der drei Gästezimmer im ersten Stock. Er lehnte sich aus dem Fenster und blickte über das Nachbargrundstück in den Wald.

»Vielen Dank«, sagte er, ohne sich umzudrehen. »Ich bin glücklich, in diesem Haus schlafen zu können.« Er packte aus, hängte seine Anzüge auf und sagte: »Machen Sie sich wegen Enzo keine Sorgen, Sie haben schon Schlimmeres erlebt.«

Auf dem Gang dachte ich, daß uns Maroun wieder ein Stück nähergekommen war. Jetzt würden wir schon zusammen frühstücken, anstatt uns später in der Stadt oder in seinem Hotel zu treffen. Wir würden Zeitung lesen und uns freuen, wenn nichts über uns geschrieben worden war, und diskutieren, wie wir Enzos deutsche Firmen zu verkaufen hatten. Aber ich genoß auch wieder die Spannung des Geschäfts, obgleich ich das Gefühl nicht loswurde, täglich etwas mehr in ein Schlamassel zu rutschen, dessen Ausgang nicht abzusehen war. Was ich meine neugewonnene Freiheit nannte, war etwas, das es für mich nicht gab. Wegen des verletzten Arms konnte ich im Grunde mit mir nicht viel anfangen. Maroun nahm mir nicht nur die Schmerzen, er unterhielt mich auch.

In Beas Tagebuch las ich über unseren Anfang in Teheran. Als wohltuend empfand ich, einmal nichts von Männern lesen zu müssen, die sie geliebt hatte. Der Wechsel von Brasilien in den Iran war mir leichter gefallen, als ich vermutet hatte, schrieb Bea. Beide Länder waren durch und durch korrupt. Nur waren die Iraner raffinierter und in ihrer Amoral konsequenter. Ich erklärte mir das mit ihrer fünftausendjährigen Geschichte und der hohen Kultur, die sie lange vor uns besessen hatten. Mit dem Charme der Brasilianer konnten sie es aufnehmen, aber sie lachten selten ohne Grund und meistens lag unter dem ersichtlichen ein noch nicht erkennbarer. Bea schrieb über die Haussuche, über die vielen Häuser, die sie sich angesehen hatte. Die Mieten waren dreimal so hoch wie in São Paulo. Um die Gärten liefen hohe Mauern, zum ersten Mal sahen wir Maulbeerbäume. Bea entdeckte den Bazar, die Teppich- und Antiquitätenhändler. Sie liebte die Berge, den Elbrus, der sich bis zu viertausend Meter Höhe über der Stadt erhob, die trockene Luft, das Klima. Nie waren wir bislang mit so wenig Schlaf ausgekommen. Bea war von der Intelligenz und Phantasie der Iraner begeistert, aber ihre Neigung zur Schaumschlägerei hatte sie bald durchschaut. Nie wußte man, wo die Wahrheit anfing, und erst recht nicht, wann sie aufhörte.

Sie schrieb über die vielen Menschen, die bei uns eingeladen waren und an die ich mich nicht mehr erinnert hätte.

Viele Männer kamen auf diesen Seiten vor, aber keine neuen Liebhaber. Die meisten Männer waren ihr zu korrupt, auch wenn sie interessant aussahen und amüsant balzten. Bea trauerte Gilberto nach, ihn hatte sie geliebt.

Gilberto starb im Gefängnishospital an Leberzirrhose. Über ein Jahr hielt Bea dem Toten die Treue, bis Henry Crafter anrief und uns zum Abendessen einlud.

Am Abend kam Pia viel früher als üblich nach Hause. Sie hatte sich mit Walter Grebe gestritten, der das Drehbuch immer kommerzieller ausrichten wollte. Alles, was sie gewagt gefunden hatte, war gestrichen worden. Aus den Ureinwohnern waren Seiltänzer und Bauchredner geworden. Der von seiner Frau frustrierte Ehemann hatte sich in eine Fremdenführerin verliebt, die eine besondere Sympathie für Salzwasserkrokodile hatte.

»Das Drama auf dem Ayers Rock wird eine Schnulze«, sagte Pia.

»Überleben die beiden?« fragte ich.

»An Ende tanzen sie im Hotel über eine Terrasse auf ihr Zimmer zu, in dem das Bett aufgeschlagen ist.«

»Das klingt ja schrecklich«, sagte Maroun, der unbemerkt zu uns ins Wohnzimmer getreten war. Mir fiel wieder auf, wie lautlos er sich bewegte. Er gab Pia die Hand, in seiner Bewegung lag eine gewisse Scheu, die nicht zu ihm paßte. Mir war, als hätte er Pia zur Begrüßung auf die Backen küssen wollen, aber sich im letzten Moment anders entschieden. Er fragte: »Tanzen die beiden wenigstens gut?«

»Ist doch egal.«

»Sie könnten stolpern.« Maroun machte es vor. Ich dachte, er würde gleich der Länge nach hinfallen.

»Nicht schlecht«, lobte Pia.

Sie tanzte gut, besser als ihre Mutter, aber am besten tanzte Corinna. Mein Vater hatte immer gesagt, daß mit Frauen, die steif tanzten, auch im Bett nicht viel los war. Vielleicht waren die Männer, die Pia verlassen hatte, danach so unglücklich, weil es mit ihr im Bett wie auf der Tanzfläche geklappt hatte. Grebe würde sie nicht halten können. Pia und Maroun trieben aufeinander zu. Womöglich wollte Maroun nur bei uns wohnen, um Pia nahe zu sein, dachte ich. Äußerlich stellte er seine Vorgänger weit in den Schatten. Er hatte von allen die beste Figur, das einprägsamste Gesicht, und mit Sicherheit war er am intelligentesten.

Es war warm. Maroun fuhr sich über die Stirn: »Haben Sie was dagegen, wenn ich schwimme?«

»Natürlich nicht«, sagte ich, doch die Vorstellung, daß Maroun nur mit einer Badehose bekleidet vor Pia erscheinen würde, war mir unangenehm. Maroun verschwand, um sich umzuziehen.

Pia sah mich fragend an. »Willst du nicht auch ins Wasser?«

»Und du? Das Becken ist groß genug.«

Eine Viertelstunde später zogen Pia und Maroun ihre Bahnen, sie auf dem Rücken, er kraulte. Ich hockte am Beckenrand. Pia spritzte mein Hemd naß. Ich streifte es ab, trotz meiner Hemmungen, aber beide wußten ja, wie der Arm aussah. Maroun war kaum behaart und sehr muskulös, aber seine Muskeln wirkten nicht aufdringlich, sie waren natürlich gewachsen, die eines Menschen, der viel Sport getrieben hat. Maroun kraulte mit gleichmäßigen Armzügen. Das breite Kreuz hatte er wohl vom Schwimmen.

Dann lagen wir in der Abendsonne. Maroun musterte Pias Narben auf dem Rücken. Nach dem Unfall war sie an der Wirbelsäule operiert worden. Die Narben waren feine, weiße Striche auf ihrer braunen Haut. Sie hatte kaum noch Schmerzen.

So wie sich Maroun über Pia beugte, wurde es für mich schwierig, meine Phantasie zu beherrschen. Pia hatte die schönen Brüste ihrer Mutter. Abgesehen von den zwei Schnüren ihres Tangas war ihr Hintern völlig unbedeckt. Ihre Haut war gebräunter als Marouns. Wie alle Asiaten mied er die Sonne.

»Es sieht gut gemacht aus«, sagte er.

Pia hob den Kopf, und er fragte: »Darf ich?«

»Bitte«, erwiderte sie.

Er fuhr mit dem Zeigefinger über die Narben. »Alles in Ordnung«, sagte er und richtete sich vor mir auf. Ich zog den Bauch ein, was Pia bemerkte. Sie blinzelte.

So hatte auch Bea geblinzelt, wenn sie Trost ausdrücken wollte. Maroun ging an mir vorbei und blieb vor dem Geländer stehen, das zwischen dem Haus und dem Pavillon die Terrasse zum Wald hin abschloß. Er hob die Arme, und ehe wir es uns versahen, balancierte er auf dem Geländer auf den Pavillon zu. Es waren mindestens zehn Meter, die Maroun zu überwinden hatte. Pia und ich beobachteten ihn. Als er auf den Boden sprang, schwiegen wir. Er verschwand in dem Pavillon, den ich als Gymnastikraum eingerichtet hatte.

Nachdem sich Maroun etwas später zu uns gesetzt hatte, rief Myriam auf seinem Handy an. Ich hörte ihre Stimme, verstand aber nichts. Sie sprach zu schnell und zu hoch. Maroun sagte nicht viel, meistens »Ja, aber ja.« Es klang, als wollte er sie beruhigen. Dann wieder rief er: »Kommt nicht in Frage!« Ich hätte gern mit Myriam gesprochen, auch mit Enzo, für den es wohl nicht gut aussah. Ich streckte die Hand nach dem Handy aus. Aber Maroun verabschiedete sich bereits und sagte dann: »Myriam läßt Sie sehr herzlich grüßen, sie und Enzo sind Ihnen sehr dankbar.«

»Wie geht's ihm, sind sie noch in Singapur?«

»Sie erholen sich auf einer Insel.«

»Was meint Enzo zu dem Prozeß?«

»Myriam hält ihn nicht auf dem laufenden, sie will nicht, daß er sich aufregt.«

»Und wer entscheidet jetzt?«

Maroun zeigte mit dem Finger auf sich. »Ich«, sagte er und musterte mich von oben bis unten, bis sein Blick an meinem kaputten Arm hängenblieb.

»Haben Sie noch Schmerzen?« fragte er.

Ich schüttelte den Kopf. Er lächelte asiatisch, unbestimmt.

Wie oft hatte ich dieses Lächeln schon verflucht. Entschied er dann auch, wann mich Schmerzen peinigten? Ich schlüpfte in mein Hemd und knöpfte die Manschetten zu. Maroun ging barfuß ins Haus, und so wie er schritt, erinnerte er mich an einen Rekordschwimmer nach der Siegerehrung.

Es wurde dunkel, wir warteten auf Corinna. Maroun war in ein Buch versunken. Ich hätte gern im Tagebuch weitergelesen, aber vor Maroun wollte ich das nicht. Davon hatte er nichts zu wissen. Pia arbeitete oben in ihrem Zimmer. Ich brannte darauf zu erfahren, wie es mit Henry Crafter weitergegangen war, der in Teheran oft bei uns gewohnt hatte. Ich schritt vor den Fenstern auf und ab, vor denen die vom Haus beleuchteten Bäume im Wind schwankten. Maroun blätterte eine Seite um. Er begann mich zu stören. Würde er wirklich nur zehn Tage bleiben? Die Prozesse zogen sich hin, die Pressekampagne tobte weiter. In den letzten Tagen war Maroun vor dem Hotel Journalisten in die Arme gelaufen. Jemand schürte die Attacken der Presse, die den Verkauf von Enzos Firmen erschwerten. Maroun nahm an, daß die Konkurrenz oder eventuelle Käufer mit den Journalisten unter einer Decke steckten. Wie der Erlös der Verkäufe verwendet werden sollte, wußte Maroun nicht. Oder wollte es mir nicht sagen.

Endlich kam Corinna. Sie sah müde aus. Ich bot ihr was zu trinken an, aber sie lehnte ab. Wir aßen kalt, redeten wenig und gingen früh schlafen. Jeder von uns hatte am nächsten Tag viel vor, auch ich. Im Bett wollte ich mich mit Corinna noch etwas über Maroun unterhalten, aber sie sagte nur: »Paß bitte auf!« Dann schlief sie ein.

10. Kapitel

Drei Tage nach seinem Einzug bei uns hatten die Papparazzi herausgefunden, wo Maroun wohnte. Um sieben Uhr morgens lungerten die ersten vor dem Gartentor, gegen acht waren es schon mehr als zwanzig. Ich beobachtete sie mit Maroun vom ersten Stock aus. Er war seit fünf Uhr auf, hatte meditiert und Yoga gemacht. Die Reporter und Fotografen schienen sich alle gut zu kennen. Sie quatschten und lachten, viele rauchten.

Corinna und ich frühstückten mit Maroun, Pia schlief noch. Wir hatten es alle drei eilig. Maroun und ich wollten den italienischen Anwalt Enzos in der Kanzlei unseres deutschen Rechtsberaters treffen. Maroun hatte den Italiener aus Mailand kommen lassen. Corinna wollte unbedingt pünktlich im Büro sein. Sie fürchtete bereits, ihre Stellung zu verlieren. Ich fand das reichlich unbegründet und übertrieben, aber sie war nervös und strich sich dauernd über den Hals. Maroun war die Ruhe selbst, sein Blick freundlich, friedlich. Er schlug vor, in Corinnas Wagen als erster aus der Garage zu fahren. Ich sollte ihm in meinem, zusammen mit Corinna, folgen. Einige Straßen weiter sollte Corinna in ihr Auto steigen, und er würde sich zu mir setzen.

Im Licht der Morgensonne betraten wir die Garage und setzten uns in die Autos.

Corinna stieß einen Seufzer aus, schien jetzt aber weniger nervös zu sein.

Maroun bediente die Fernsteuerung, das Tor hob sich rasselnd. Langsam wurde es zur Decke gehoben, zu langsam, daran hatte ich nicht gedacht. Männer und Frauen, die meisten sehr jung, versperrten den Ausgang, einige machten ein paar Schritte in die Garage. Es war unmöglich, auf die Straße zu gelangen. Die ersten Blitzlichter zuckten bereits.

»Das ist doch nicht zu fassen«, flüsterte Corinna.

»Lassen Sie uns raus!« rief Maroun. »Geben Sie den Weg frei!«

Er wurde unentwegt fotografiert, die Fragen wurden frecher und unverschämter. Warum er adoptiert werden sollte, fragte einer in einer grünen Lederjacke, und ein anderer fragte, ob die Villa angezündet worden sei, um die Versicherung zu melken. »War es ein Racheakt?« fragte einer mit blau gefärbten Ringellocken, und ein etwas älterer mit blondem Vollbart schrie: »Stimmt es, daß du deine Adoptivmutter vögelst?« Eine junge Frau, durch deren Nasenflügel mehrere Ringe gezogen waren, rief: »Ihr wollt doch nur Kasse machen und schmeißt deshalb die Leute raus!«

»Wir sind nicht in China!« brüllte ein sehr junger, auffallend dicker Mann, der sich in ein T-Shirt der Vereinten Nationen gequetscht hatte. Einige junge Frauen kamen auf mich zu. Eine Brünette, auf deren Arm ein rosa Ferkel tätowiert war, fragte: »Was haben Sie mit dem Chinesen zu tun?« Ein Mann im Flanellanzug und schütterem Haar stieß mit dem Fuß gegen einen Reifen und rief: »Was macht der Alte mit der hübschen Puppe?« Zwei Blondinen fotografierten in einem fort. Mit ihren hochgebundenen Zöpfen und aufgerissenen Augen sahen sie wie Zwillinge aus. Ich schloß das Fenster, so daß wir nur noch Bruchstücke der beleidigenden Rufe und Fragen hörten. Maroun rollte sehr langsam auf die Straße und bahnte sich den Weg durch die jungen Leute, die mit den flachen Händen oder Fäusten auf den Wagen schlugen. Ich folgte Maroun Zentimeter um Zentimeter. Ein kleiner Glatzkopf drückte seine Zigarette an meiner Windschutzscheibe aus.

Ich öffnete die Tür, und sofort fragte mich eine Frau mit glattrasiertem Schädel: »Was treiben Sie beide mit dem Chinesen?« Ich schaute zu ihr hoch und hörte eine andere sagen: »Die stecken alle unter einer Decke!« Ich schlug die Tür wieder zu.

Maroun war schon auf der Straße, wir folgten ihm, da setzte sich ein dürrer Jüngling mit dunkler Sonnenbrille auf die Kühlerhaube und fotografierte uns durch die Windschutzscheibe. Die Meute lief hinter uns her. Jemand trat mit voller Kraft gegen die hintere Stoßstange, der Wagen vibrierte. Maroun wartete am Straßenrand. Als wir an ihm vorbeirollten, schloß er die Garagentür, die sich rasselnd senkte.

Der Tag hatte schlecht angefangen und setzte sich so fort. Enzos Mailänder Advokat, noch keine vierzig, sah norddeutsch aus. Wir trafen ihn im Büro unseres Anwalts, Greddeneck, eines Mannes meines Alters.

Dr. Baldini sprach ausgezeichnet Deutsch. Er war an der Autobahn Frankfurt-Wiesbaden als Sohn eines Schneiders aufgewachsen und hatte ein juristisches Doppelstudium absolviert, ein deutsches und ein italienisches. Er galt als einer der besten Anwälte Mailands.

Greddeneck bot kubanische Zigarren an, geschmuggelte, wie er bemerkte. Alle lehnten ab, er zündete eine an. Die Sekretärin brachte Kaffee in Tassen, auf denen Enzian und Edelweiß abgebildet waren.

»Es sieht nicht gut aus für unseren Klienten.« Baldini fuhr sich über die Augen. »Einiges wurde verschleppt, schlecht versteckt, ist jetzt rausgekommen und schwierig aus der Welt zu schaffen.«

Greddeneck sah mißbilligend von einem zum anderen. Von seinem faltigen Doppelkinn hingen Hautlappen. Sein Blick blieb an Maroun haften. »Davon haben Sie nichts gewußt?«

»Keine Ahnung.«

»Herr Sardone soll Kontakte mit der Mafia gehabt haben«, fuhr Greddeneck fort.

»Scheinbar recht intime mit einem der gefährlichsten Bosse.«

»Il gato negro«, sagte Baldini. »In den Staaten nennen sie ihn ›Midnight‹, weil er nie vor Mitternacht seinen Unterschlupf verläßt.«

»Um was geht es eigentlich?« fragte ich.

»Um Material, das Enzo Sardone stark belastet«, erwiderte Baldini. »Es befindet sich in den Händen der Staatsanwaltschaft.«

»Was für Material?« Ich kämpfte gegen ein flaues Gefühl.

»Signore Sardone finanzierte Midnight.«

»Man wirft ihm das vor«, sagte Maroun. »Nichts ist bisher bewiesen, und er ist auch deswegen nicht angeklagt.«

»Das kommt noch! Ich bin froh, daß wir hier offen reden.« Baldini schwieg, dann fragte er Maroun: »Ich kenne Ihren zukünftigen Adoptivvater seit über zehn Jahren, er hat sich immer tadellos benommen. Hat er Ihnen nie etwas davon erzählt?«

»Nein, nie.« Maroun wirkte zerschlagen und blickte mich traurig an. »Fabian, es tut mir leid, ich hatte davon keine Ahnung.« Erstmals hatte er mich mit meinem Vornamen angeredet.

Greddeneck drückte die Zigarre aus. Obwohl er gepflegt gekleidet war, haftete ihm etwas Schmuddeliges an, die fettigen Haare, das schlaffe Gesicht und die dunkelbraunen Mitesser auf Hals und Nacken taten ihre Wirkung.

»Was liegt gegen Enzo Sardone wirklich vor?« fragte er. »Ich meine, welche Unterlagen, welche Beweise? Wir müssen das wissen. Mein Klient steht jeden Tag in der Zeitung, bei dem Brand sind drei Menschen umgekommen.«

»Bei einer Razzia wurden Belege gefunden, die darauf deuten, daß Sardone die Gelder über eine Bank im Tessin laufen ließ«, sagte Baldini.

»Die Bank gehört Carlo Becker-Manzini«, warf Maroun ein.

»Sie hat in Italien keinen guten Ruf.« Baldini fächelte mit einer Zeitung vor seiner Nase, um den Rauch der verlöschenden Zigarre zu vertreiben. »Aber darum geht es jetzt nicht. Das Ehepaar kann erst nach Europa zurück, wenn die Luft rein ist.«

»Wann könnte das sein?« fragte ich.

Baldini zuckte die Achseln. »Schlecht zu sagen, ein bis zwei

Jahre kann es dauern.«

»Besteht ein Risiko für Enzos Kinder?« fragte Maroun.

»Die sind zu blöd.« Baldini lächelte entschuldigend. »Der Vater hat sie aus allem herausgehalten.« Und Greddeneck fügte hinzu: »Die Tochter lebt in erster oder zweiter Ehe mit einem Rastamann in der Karibik auf irgendeiner Insel, viel Gras, Rum und Knutschen.« Er wollte sich weiter über das süße Leben an weißen Stränden ergehen, aber Baldini unterbrach ihn. »Die Gefahr wächst, daß auch Sie beide mit Signore Sardones Problemen in Verbindung gebracht werden. Bisher konnte ich das verhindern.« Er sah erst mich, dann Maroun an, und ich dachte, daß Dr. Baldini vielleicht seine ersten Erfahrungen mit der Mafia schon an der Autobahn nach Wiesbaden gemacht hatte. Plötzlich tat mir der Arm weh.

Maroun fragte Baldini: »Wieviel ist nötig, damit wir nicht auch noch mit dieser Scheiße in der Zeitung stehen?«

Baldini nannte einen Betrag, der mich zusammenfahren ließ, Maroun jedoch nicht aus der Ruhe brachte. Er sagte: »Mit soviel Geld werden aber Enzos Gerichtsakten vollständig gesäubert, oder?«

»Wie meinen Sie das?« Greddeneck fingerte an einer neuen Zigarre.

»Wie ich das meine?« Maroun lehnte sich zurück. »Die belastenden Aktenstücke werden durch solche ersetzt, die nicht schaden, die harmlos sind.«

Greddeneck ließ die nicht angezündete Zigarre in den Aschenbecher fallen. Baldini warf Maroun einen Blick zu, in dem ich Zustimmung zu erkennen glaubte. Greddeneck sagte: »Sie wollen hoffentlich keine Richter bestechen.« Während mir Gilberto in den Sinn kam, rief Greddeneck: »Davon rate ich unbedingt ab, von solchen Machenschaften liest man doch nur in der Zeitung.«

»Welche lesen Sie denn?« fagte Maroun, worauf Greddeneck empört den Kopf zurückwarf. Maroun strich ihm besänftigend über die Hand und wechselte das Thema. Wir diskutierten eventuelle Verkäufe von Enzos Firmen und Beteiligungen in Italien, alle zusammen hätten einen Erlös von etwa fünfzig Millionen Dollar ergeben.

»Alle anfallenden Steuern sind zu zahlen.« Baldini sah Maroun fest an. »Darüber sind wir uns doch einig.«

»Keine Frage«, entgegnete Maroun, und Greddeneck seufzte: »Gott sei Dank!«

Dann besprachen wir die Preise von Enzos Gesellschaften in Deutschland, mögliche Käufer und wie mit den Gewerkschaften umgegangen werden mußte.

Daneben telefonierte Maroun mit Banken in der Schweiz und in Luxemburg, den Bahamas und den Niederländischen Antillen. Am späten Nachmittag trennten wir uns.

Maroun lud zum Abendessen ein. Greddeneck fragte, ob er seine Lebensabschnittsgefährtin mitbringen dürfe, was Maroun fragen ließ: »Was ist denn das?«

Greddeneck erklärte es. Die Frau, mit der man momentan zusammenlebt, notierte Maroun in ein Vokabelheft, das er ständig bei sich trug.

»Lebensabschnittsgefährtin«, wiederholte Baldini. Das wollte auch er sich merken.

Ich fuhr mit Maroun nach Hause. »Sorry«, sagte er. »Aber bleiben Sie bitte an Bord.«

Wir schwammen im Pool, danach massierte er meinen Arm, und wir unterhielten uns über die Deutschen, die er, so eigenartig er sie auch fand, bewunderte. Maroun war stolz auf seine Großmutter, die Krankenschwester aus Kiel. Trotz des Altersunterschiedes redeten wir von gleich zu gleich miteinander. Er war nicht wie viele Männer seines Alters, die ständig betonten, einer anderen Generation anzugehören, für die mir das Verständnis fehlte und die sich unsterblich fühlten. Herrmann war so einer. Es war ihm immer ein Vergnügen gewesen, mir mein Alter vorzuhalten, auf das er meine totale Verständnislosigkeit ihm gegenüber zurückführte. Er hatte sich nicht genug über fortschreitende Verkalkung, Vergreisung und absonderliche sexuelle Wünsche auslassen können. Wie angenehm war da Maroun, auch wenn an ihm etwas nicht zu Fassendes war.

Abends trafen wir die Anwälte in einem chinesischen Lokal. Corinna war mitgekommen, obwohl sie müde und von der morgendlichen Belagerung noch schockiert war. Die Lebensabschnittsgefährtin Greddeneck hatte gerade aufwendig ihren vierzigsten Geburtstag gefeiert und schwelgte in diesem Ereignis. Greddeneck griff immer öfter an seine schlaffe Kehle, während sie mit ihrer Jugend prahlte und Maroun anblinzelte, und Baldini sah immer öfter auf die Uhr. Corinna folgte ungeniert seinem Blick. Mit diesem Abendessen verschwendeten wir nur Zeit, fand ich, aber dann kam mir doch eine Frage: »Kennen Sie die Becker-Manzinis?« wandte ich mich an Baldini.

»Natürlich. Carlo ist einer der besten Freunde von Signore Sardone, und seine Frau ist etwas ganz Besonderes.«

»Sie macht wunderschöne Bücher«, sagte Maroun. »Höchstens zwei im Jahr, aber sehr exklusiv.«

»Das ist es nicht allein«, unterbrach ihn Baldini. »Sie wäre eine ideale Mutter gewesen. Leider konnte sie keine Kinder bekommen. Sie kümmert sich seit langem um ein Waisenhaus im Senegal und verbringt dort einige Monate im Jahr.«

»Haben die Becker-Manzinis nicht auch Probleme?« fragte Corinna. »Sind sie nicht deshalb außer Landes?«

»Ich muß das für mich behalten«, erwiderte Baldini. »Carlo ist Kunde einer mit uns befreundeten Kanzlei.« Dann schwieg er. Maroun aß in aller Ruhe weiter, fand das Essen aber unter aller Sau, wie er betonte. Corinna sah wieder auf Baldinis teure Uhr, und die Lebensabschnittsgefährtin betrachtete ihr rosiges Gesicht in einem versilberten Aschenbecher.

»Carlo hat vor kurzem seine Reiseagenturen verkauft«, sagte Baldini versonnen. »Aber er hat ja noch die Banken und die Hotels.«

»Hatte er nicht wegen der Banken Probleme?« fragte Corinna. »Und mit der Steuer sowieso?«

»Bitte!« entgegnete Baldini. »Bitte, nein!«

»Also was?« bohrte Corinna, aber aus Baldini war mehr nicht herauszukriegen. Maroun beschwerte sich beim Ober, einem Chinesen aus Kanton: Die Glasnudeln waren zu weich gekocht, das süßsaure Hühnerfrikassee war nur sauer, und die Seegurke schmeckte, als hätte sie jemand in ein Tabascobad getaucht.

Ich lag wach, Corinna war schnell eingeschlafen. Sie lag auf dem Bauch, ihr Gesicht blickte mich an. »Ich verstehe immer weniger«, hatte sie als letztes gemurmelt. »Hoffentlich tust du es.« Aber dafür gab ich mir keine Mühe. Es war so wie früher, so wie es immer in meinem Leben zugegangen war.

Ich schob mich an den Rand des Bettes. Die Fenster standen offen, es zog. Ich war nackt und fröstelte, schlüpfte in den Bademantel und schlich nach unten. Zwei Tage hatte ich nicht im Tagebuch gelesen. Bea beschrieb unser Leben, vieles davon hatte ich vergessen, die vielen neuen Gesichter, einige wurden Freunde, Henry Crafter blieb es bis zum Schluß.

Wir lebten großzügiger als je zuvor, Genex verdiente im Iran enorm. Wie man bestach, hatte ich gelernt, in gewisser Weise war das auch eine Kunst. Wie fand man Kontakt und nützte die Gelegenheit? Bisher hatte ich immer den ersten Schritt machen müssen, was aber von mir erwartet worden war. Im Iran war es umgekehrt. Die Iraner gingen einen an, doch forderten sie nur einmal. Wer nicht auf sie einging, hatte ausgespielt. Mit mir erlebten die Iraner keine Enttäuschung, ich reagierte sofort. Ihre Geldgier war einmalig, unverhüllt und grenzenlos, was Bea abstieß, die sich in Brasilien noch von Macht und Reichtum hatte anziehen lassen.

In Teheran klaute jeder. Die Pahlavi Foundation war eine der erfolgreichsten Gangsterorganisationen ihrer Zeit. Teilhaberschaften wurden mit Morddrohungen erzwungen, Konkurrenten brutal aus dem Weg geräumt. Die Reichen feierten verschwenderische Feste, und wir waren dabei. Nie wieder danach sahen wir ein Meter hohe Pyramiden aus Kaviar oder ruhten uns an einem Bach aus, in dem Champagner durch den Garten rieselte. Täglich erlebten wir, warum es später zu Khomeinis Revolution kommen mußte. Der SAVAK, der Geheimdienst, war allmächtig. Ich mußte zwei Geheimdienstler anstellen, die in der Personalabteilung arbeiteten, von denen jeder in der Firma wußte, wer sie waren.

Im Tagebuch war zunehmend die Rede von Henry Crafter. Er kam und ging und wohnte in Suiten der besten Hotels, hatte auch in Teheran Freunde, denen eines gemeinsam war: Sie hatten Geld und schmückten sich mit schönen Frauen. Was sie machten, was sie taten, war oft nicht genau festzustellen. Sie liefen im Elbrus Ski, spielten Tennis und Golf, jagten am Kaspischen Meer und fuhren in schweren Geländewagen Rallies durch die Wüste.

Bea gab offen zu, daß sie eine Schwäche für solche Männer hatte, und nach Horacio und Gilberto war Henry dran, obschon sie mich, den aufrichtigen Deutschen, geheiratet hatte, einen erstklassigen Skifahrer, der aber von dem lebte, was er verdiente.

Henry hatte noch eine andere Seite, die Bea sehr mochte. Er interessierte sich für die Kultur des Landes, sammelte sassanidische Teller, Lurestanbronzen und kaukasische Teppiche. Bea wurde von ihm in die Basare eingeführt, in eine Welt, in der nicht nur gehandelt, sondern auch Politik gemacht wurde. An Gerüchten, die man im Basar aufschnappte, war immer etwas dran.

Henry aß mit Bea persisch in der Manudscherie und erzählte ihr Geschichten aus seiner Welt. Den Chinesen traute er am meisten zu, den Europäern am wenigsten. Und eines wurde immer offensichtlicher: Henry verfügte über sehr viel mehr Mittel, als wir in São Paulo angenommen hatten.

Wir machten Touren mit ihm ins Land, nach Yazd zu den Türmen des Schweigens, auf denen die Anhänger Zarathustras ihre Toten den Geiern überließen, oder durch das persische Belutschistan nach Banderabas. Bea schmückte ihre Beschreibungen im Tagebuch mit zu vielen Adjektiven, die landschaftliche Schönheit Persiens litt darunter.

Sie fing wieder zu arbeiten an, von Innenarchitektur verstand sie wirklich etwas. Wie in São Paulo schaffte sie es auch in Teheran, in die protzigsten Villen Geschmack zu bringen. Wurden diese dann festlich eingeweiht, war Henry immer dabei.

11. Kapitel

Myriam rief mitten in der Nacht an, wollte mit Maroun sprechen und wissen, wo er war. Er hatte sein Handy abgestellt. Ich hatte nicht einschlafen können und lange im Tagebuch gelesen, das mir gerade attestierte, noch immer sehr deutsch zu sein. Ich fragte mich, ob das nicht eher auf Bea zugetroffen hatte.

»Maroun ist nicht mehr im Hotel!« rief Myriam. »Hörst du mich?«

»Er wohnt bei uns.« Ich war nicht sicher, das Richtige gesagt zu haben.

»Schläft er?« Myriam entschuldigte sich, den Zeitunterschied nicht berücksichtigt zu haben.

»Er ist mit Baldini ausgegangen«, sagte ich.

»Dieser Windhund, die beiden sind hinter Mädchen her.«

»Das glaube ich nicht, sie haben zu viele Probleme mit euch. Wir müssen mit Enzo sprechen.« Es rauschte in der Leitung, ich hörte schlecht und verstand, daß es Enzo noch immer nicht besser ging.

»Wo seid Ihr?« rief ich.

»Einer Insel«, glaubte ich zu verstehen. »Wo?« rief ich und hörte sie kaum mehr, dann brach die Verbindung ab.

Ich legte auf und wünschte endlich zu wissen, was an mir so deutsch war und Bea an mir auszusetzen hatte. Bisher hatte sie das selten und nur in milder Form gemacht.

Plötzlich stand Maroun vor mir. Ich hatte ihn nicht gehört und schlug das Heft zu. »Können Sie nicht anklopfen?« fragte ich.

»Tat ich doch, Sie haben mich hereingerufen.«

Hatte ich das wirklich, oder hatte Maroun eben geistesgegenwärtig auf meine Zerstreutheit gesetzt?

»Myriam hat angerufen.« Ich zog meinen Morgenmantel zu. »Sie wollte mit Ihnen sprechen und wußte nicht, daß Sie nicht mehr im Hotel sind.«

»In den letzten Tagen konnte ich sie nicht erreichen, es war ja auch viel los.« Maroun setzte sich, ungefähr fünf Meter von mir entfernt. Ich schob eine Zeitung über das Heft, unauffällig, wie ich hoffte.

»Myriam rief von einer Insel an, ich konnte den Namen nicht verstehen.«

»Sie reisen von einer Insel zur anderen. Sie sollten länger an einem Platz bleiben, das wäre für Enzo besser.«

»Islelandhopping ist für ihn sicher recht anstrengend.«

»Sie chartern kleine Flugzeuge oder Motorjachten.«

Ich überlegte, wer ihnen dabei behilflich sein konnte, und fragte: »Was haben eigentlich Ihre Eltern zu der geplanten Adoption gesagt?«

»Was sollten sie schon sagen, im Grunde hat sich wenig geändert, ich bin erwachsen.« Er stand auf. »Ich mache mir Sorgen um Enzo, Myriam ist zäh und gesund.« Er drehte sich um und blieb vor einem Fenster stehen.

»Wie war's mit Baldini?« fragte ich.

»Er hat mich einem Italiener vorgestellt, der Enzos Akten reinigen soll.« Maroun öffnete den Kragen und zog den Schlips aus.

»Einem Anwalt?« fragte ich.

»Kann sein, er scheint Leute in der Regierung zu kennen, einfach wird es nicht.«

»Um was geht es eigentlich genau, was ist Enzos Problem?«

»Hoffentlich weiß ich das bald.« Er unterdrückte ein Gähnen. »Bleiben Sie nicht zu lange auf, Sie sollten sich auch ein bißchen schonen.« Maroun machte eine leichte Verbeugung, und schon war er aus der Tür.

Henry Crafter also hatte mich für zu deutsch gehalten! Ich las, ich sei wenig flexibel, rechthaberisch und kaum intuitiv. Für Henry waren das typisch deutsche Merkmale. Immerhin gestand er mir Mut beim Skifahren zu. Aber da irrte er: Es war nicht Mut, sondern Können. Bea jedenfalls hielt Henry für phantasievoll und bescheiden. In meiner Erinnerung war er auf jeden Fall nicht bescheiden. War er bei uns, verfügte er über unser Auto bis zu unserem Telefon, als sei alles sein Eigentum. Ob er phantasievoll war, habe ich nie feststellen können. Aber Bea war ja auf dem besten Weg, sich in ihn zu verlieben. Noch hatten beide nicht zusammen geschlafen. Bea wunderte sich über Henrys unbegreifliche Scheu, der behauptete, er wolle sich mir gegenüber nicht als Schwein vorkommen, unterstellte mir aber gleichzeitig ein Verhältnis mit einer österreichischen Skilehrerin, mit der ich oben in Shemshak einige Male im Lift gesehen worden war. Bea klagte dann, sie sei nach einem kurzen Zwischenhoch von mir wieder weniger körperlich angezogen. Henry bemerkte dazu nur, daß nach fünf Jahren Ehe der Ofen halt meistens aus sei. Das war so einer seiner Sprüche. Im trockenen Klima Teherans waren wir in der ersten Zeit tatsächlich emsiger im Bett als im feuchten São Paulo gewesen, das hatte Bea als Zwischenhoch bezeichnet. Jetzt hatte sie von Henry lachsrote Stiefel geschenkt bekommen, die er »fuck-me-boots« nannte. Nackt in einem Lederstuhl sitzend, hatte sie die Beine bis zur Brust anziehen müssen, auf weitere Lederbekleidung war bei den folgenden Zusammenkünften verzichtet worden, doch als sie sich dann wirklich als seine Geliebte fühlte, mehrten sich die Lederklamotten, die sie ausführlich beschrieb. So mußte sie ihre Brüste in hechtgrauen Büstenhaltern verstecken, nur die violett geschminkten Brustwarzen durften unbedeckt bleiben. Hechtgrau wurde Beas Lieblingsfarbe, immer wieder las ich von Kleidungsstücken und Dessous in dieser Farbe, und langsam begann ich mich an ihren hechtgrauen Fimmel zu erinnern.

Bea war erstmals von Henry in einer Suite des Hyatt Hotels mit Blick auf den Golfplatz gevögelt worden, aber eigentlich war sie es gewesen, die Henry dazu überredet hatte. Es hatte sie einiges gekostet, Henry auszuziehen. Die Skrupel, die er vor mir haben wollte, hatte sie ihm nicht abgenommen.

Er war ähnlich wie Gilberto gebaut, breit und untersetzt, nur muskulöser und unbehaart. Aber sein Glied war wesentlich kürzer, eigentlich ein Stummelchen, wie Bea schrieb, doch konnte sich Henry auf ihn verlassen. Pannen in Serie wie bei Gilberto kamen bei ihm nicht vor.

Manchmal machten mich Beas ungenierte Ausführungen richtig wütend. Ich hätte ihr gern nachgerufen, daß wir uns zehn Jahre angelogen hatten, sie sehr viel mehr mich als ich sie. Um ihre Affären zu verschleiern, waren Tausende von Lügen notwendig gewesen, während ich weitgehend treu geblieben war. Ich kam mir hintergangen vor. Während ich mich auf die Arbeit konzentriert hatte, war ich langweilig geworden. Wer mich außer ihren Liebhabern so empfunden hatte, war nicht mehr festzustellen. Doch war auch auf mich Verlaß, wie sie zugab. Ohne es zu ahnen, war ich öfter für Gilberto eingesprungen, phantasielos, aber, wenn erwünscht, zur Stelle.

Mit Maroun belebte sich mein Dasein. Nach dem Frühstück massierte er den Arm, so daß ich den Tag über kaum noch Schmerzen hatte. Anschließend fuhren wir ins Büro und arbeiteten mit Anwälten und Buchprüfern. Die Fotografen hatte ich verscheucht. Vor dem Garten sorgten zwei Polizisten dafür, daß wir nicht mehr belästigt wurden.

Maroun und Pia gingen vorsichtig miteinander um, so sah es jedenfalls aus. Ich hatte den Eindruck, als spielten sie Bruder und Schwester vor mir. Wenn ich sie beobachtete, war ich zwischen Eifersucht und Neugier hin- und hergerissen.

Eines Abends stand Grebe unangemeldet vor dem Gartentor und wollte mich sprechen. Es nieselte, war aber warm. Grebe klappte den Regenschirm zusammen und trat in Hemd und Hose ins Haus. Als erstes fiel mir sein Bauch auf, den er bisher in gut geschnittenen Anzügen versteckt hatte. Er entschuldigte sich, einfach so eingedrungen zu sein, und wollte mit mir unter vier Augen sprechen. Sein Atem rasselte, er war aufgeregt und fragte: »Ist er bei Ihnen?«

»Wen meinen Sie?«

»Den Chinesen, wie heißt er noch?«

»Ach, Maroun.«

Grebe zuckte zusammen. »Lassen Sie sich von dem nicht einwickeln.«

»Er ist nicht im Haus.«

»Und Pia?«

»Auch nicht.« Ich verschwieg, daß sie mit Maroun Tennis spielte, und fragte Grebe, was er trinken wollte. Er bat um Mineralwasser. Die feuchten Haare waren an den Schädel geklatscht, die mehligen Arme hatte er über den Bauch verschränkt. Nicht eine Spur von Mitleid regte sich in mir.

»Wie können Sie ihn bei sich dulden«, sagte Grebe. »Der Mann ist ein Hochstapler.«

»Wie kommen Sie darauf?«

»Lesen Sie keine Zeitung, der Bursche ist gefährlich.« Er schwieg, dann sagte er mit gesenkter Stimme: »Ich liebe Pia und möchte sie vor dem Chinesen schützen.«

»Er ist kein Hochstapler.« Grebe tat mir noch immer nicht leid, obwohl er den Tränen nahe war.

»Ist doch egal«, sagte er. »Auch wenn er nur ein halber ist, bleibt er einer dieser Schlitzaugen, die hinter Geld und Frauen her sind.« Er hob die Arme, die Haut auf seinen Ellbogen war grau wie Elefantenhaut. »Passen Sie bloß auf, schmeißen Sie ihn raus!« Grebe kam mir vor, als spielte er eine Szene seiner Filme, die ich nun nachzuspielen hätte. Aufgeregt rief er: »Ein Lump ist der, mit dem werden Sie noch was erleben!«

Ich suchte ihn zu beruhigen, aber er hörte nicht zu, öffnete ein Fenster und lehnte sich hinaus. In diesem Moment ging die Tür auf, Maroun und Pia traten im Tennisdreß ein.

»Pia!« schrie Grebe. » Laß die Finger von ihm, er nützt dich aus!«

Maroun schob Pia zurück in den Korridor, schloß die Tür und wandte sich Grebe zu.«Wenn einer Pia ausnützt, dann sind Sie es.«

Grebe blickte ihn haßerfüllt an. »Sie haben bei uns nichts zu suchen, hauen Sie ab. Machen Sie ihre krummen Geschäfte mit den Kalmücken.«

»Warum sind Sie gleich so unverschämt?« Nach einigen Schritten machte Maroun halt. Sie standen sich gegenüber, zwei bis drei Meter trennten sie. Grebe wirkte nur lächerlich. Maroun war ihm körperlich hoch überlegen, seine Muskeln zeichneten sich unter dem feuchten Tennishemd ab. Er näherte sich Grebe um zwei weitere Schritte, der nun die Fäuste ballte und mir immer lächerlicher vorkam.

»Was haben Sie mit Pia vor?«

Maroun lachte nur leise, trat ein wenig zurück, gab Grebe mehr Raum, aber der rührte sich nicht vom Fleck.

»Miststück, Dreckskerl«, war alles, was er hervorbrachte. Er fuhr ein paarmal mit den Fäusten durch die Luft, dann ließ er, nach Atem ringend, die Arme fallen. Maroun tänzelte auf der Stelle, die Fäuste in Brusthöhe, als erwartete er einen Angriff Grebes, dem der Schweiß über das Gesicht lief. Er wandte sich an mich. »Warum lassen Sie sich das alles von diesem windigen Chinesen gefallen?«

»Was denn?« fragte ich.

»Na alles.«

»Was heißt alles?«

»Schrecklich!« rief Grebe. »Sie stecken beide unter einer Decke, und das erlauben Sie sich als Vater.«

»Wohl zuviel?« entfuhr es mir.

»Was?« rief Grebe. »Was ist zuviel?«

»Er meint Ihren Film«, sagte Maroun. »Diese Geschichte am Ayers Rock, die ist doch der allerletzte Kitsch.«

Grebe sandte einen Schwinger in Marouns Richtung, der zur Seite tänzelte und sagte: »Das war aber ein Hammer!«

Grebe drehte sich um, er atmete hastig. »Wo ist Pia, ich muß mit ihr sprechen.«

»Die Szene hier ist schlecht«, sagte Maroun. »Das Publikum will leidenschaftliche Liebhaber, Wehmut läuft nicht.«

»Arschloch!« schrie Grebe. »Wo ist sie?«

»Schon besser«, lobte Maroun.

»Was denken Sie eigentlich, wer Sie sind, Sie Schmutzfink.« Grebes Stimme überschlug sich.

»Alles Klischee«, sagte Maroun.

Mit unbeholfenen Bewegungen wandte sich Grebe mir wieder zu. »Auf was haben Sie sich da eingelassen? Sie werden das bereuen, das gebe ich Ihnen schriftlich.« Grebe fuhr sich durch die Haare. »Meine arme Pia, ich wußte nicht, daß Sie so verantwortungslos sind.« Er machte eine Pause, dann zischte er. »Aber von Krüppeln ist alles zu erwarten!«

Ich roch seine sauren Ausdünstungen und war wie gelähmt. Grebe sah mich triumphierend an, er fühlte sich körperlich überlegen. Aber schon war Maroun zwischen uns und stand vor Grebe, ohne diesen zu berühren.

»Raus!« sagte er. »Jetzt reicht's!«

Draußen schlug eine Tür zu. Wahrscheinlich war es Pia, die gelauscht hatte.

Grebe suchte nach Worten, während Maroun zur Tür wies. »Verschwinden Sie, bevor ich ernst mache!«

Grebe verließ uns grußlos.

Maroun hatte mich allein gelassen. Nachdem er gegangen war, hatte ich kurz darauf den Motor von Pias Auto gehört. Vermutlich war sie mit Maroun in die Stadt gefahren. Dann rief Corinna an und bat mich, mit dem Abendessen nicht auf sie zu warten, sie müsse ein Memorandum beenden. Gern hätte ich ihr von Grebes Auftritt erzählt, aber sie hatte bereits aufgelegt.

Ich las weiter im Tagebuch. Beatrice beschrieb unseren persischen Garten in allen Einzelheiten, die in Reihen gepflanzten Apfelbäume auf der abfallenden Wiese, die Hecke aus Maulbeerbäumen vor einer Mauer, hinter der ein unbebautes Grundstück lag, auf dem sich nachts Hunde paarten und Diebe trafen. Nach der Revolution waren dort Anhänger des Schahs erschossen worden. Bea hatte den Pool geliebt, der die Hinterseite und einen Teil des Hauses wie eine Lagune umschloß. Nach zwei weiteren Seiten, auf denen sie das Innere unseres ebenerdigen Hauses beschrieb, das sie einen Tempel des Lichts nannte, weil die Sonne den ganzen Tag über in die Räume flutete, las ich, daß Henry Crafter befreiend auf sie wirkte, während ich sie beengte. Sie dachte weiter über Scheidung nach. Zweimal strich sie das Wort »Scheidung« durch, beim dritten Mal ließ sie es stehen. Sie sorgte sich um Pia, sie hielt Henry für keinen guten Ersatzvater. Ich gab ihr im nachhinein recht, wahrscheinlich hätte er Pia irgendwann als Minderjährige verführt.

Beatrice langweilte der miserable Geschmack ihrer Kunden. Nur die Stadt fand sie interessant, aber das reichte ihr nicht. Sie sehnte sich nach etwas, das sie nicht definieren konnte oder wollte. Damals war sie siebenunddreißig Jahre alt und knappe acht mit mir verheiratet.

Es folgten Sätze, die sie mit schwarzem Filzstift durchgestrichen hatte. Ich hielt die Seite gegen das Licht, konnte aber nichts entziffern. Als nächstes las ich von Menschen, von denen ich damals geglaubt hatte, wenigstens einige würden uns als Freunde erhalten bleiben, aber heute wußte ich nichts mehr von ihnen. In der Mehrzahl waren es Europäer und Amerikaner in unserem Alter, einige ältere Ehepaare hatten auch dazu gezählt. Wir verkehrten auch viel mit Iranern, aber selten hatten sich Freundschaften entwickelt.

Ich hatte Bea die internationale Truppe zu verdanken, die bei uns ein- und ausging. Das war in Teheran an sich ungewöhnlich, wie überall kluckten die Deutschen mit den Deutschen, und so hielten es auch alle anderen Nationen mit sich. Die Schweizer und Österreicher hatten sich aus Mangel an Landsleuten den Deutschen angeschlossen. Bea hatte schon in São Paulo die deutsche Kolonie soweit wie möglich gemieden, die in Teheran fand sie noch spießiger, und wie überall, wenn eine größere Anzahl von Deutschen zusammentrifft, wucherte der Neid. Die Franzosen gingen allen mit ihrer Überheblichkeit auf die Nerven, die Amerikaner erstaunten niemanden mehr mit ihrer Naivität, und die Engländer, die am wenigsten arbeiteten, hatten die besten Verbindungen. Trotz ihrer bunten Truppe langweilte sich Bea in Teheran. Was fehlte ihr nur?

Sie schilderte eine fluchtartige Fahrt im Schneesturm von Djesin in den Bergen hinunter nach Teheran, bei der uns eine Lawine beinahe begraben hätte, aber der Landrover hatte uns gerettet. Wir hatten ein befreundetes Ehepaar mitgenommen, das sich nach überstandener Gefahr fürchterlich gestritten hatte. Die Frau hatte es unverantwortlich gefunden, in solchen Ländern auch noch Ski zu fahren, man hätte zu Hause bleiben sollen, die Häuser seien schließlich groß genug.

Für eine Weile schloß ich die Augen, ich war wieder in Teheran. Von Bea angeregt, stellte ich mir wieder unser persisches Leben vor.

Ich bedauerte, daß sie nicht noch mehr darüber geschrieben hatte. Als ich weiterlas, war wieder Henry Crafter an der Reihe.

Seine Lederklamotten hatten sie erregt, das gab sie zu, aber daß er sie in Ketten legen wollte, fand sie überhaupt nicht komisch. Doch sie nahm hin, daß Henrys Bulldogge beim Akt zuschaute und wohl am liebsten mitgemacht hätte, was sie aber unter keinen Umständen zugelassen hätte, wie sie schrieb.

In ihr wuchs der Verdacht, daß Henry bisexuell sei. Sie nannte ihn einen Nachfahren der alten Griechen. Einen Mann und eine Frau gleichzeitig zu lieben, fand sie interessant und mutmaßte, daß nur höchst empfindsame Menschen dazu fähig seien. Das war, dachte ich, das Dümmste, was sie bisher geschrieben hatte. Sicher war ihr das von Henry eingeredet worden. Er, der gern von »sexless creatures« sprach, ließ sich von »kinky sex« anregen.

Immerhin staunte ich, wieviel Bea über Sex und Sexualität schrieb. Mit mir sprach sie selten darüber, und von mir hatte sie zu diesem Thema gewiß nicht viel gehört. Ich war der Ansicht, es sei besser, Sex zu machen, als darüber zu reden.

12. Kapitel

Marouns Massagen taten mir gut. Ich hatte kaum noch Schmerzen, und eine Amputation schien in weite Ferne gerückt. Ich wagte nicht daran zu denken, wie ich mich ohne Marouns Hände fühlen würde.

Er würde mich nie ganz heilen können, hatte er gesagt, doch könne er die Schmerzen für eine Weile betäuben. Ich mußte kaum noch Schmerztabletten nehmen, woran ich mich gerade zu gewöhnen begann.

Die Angriffe der Presse auf Enzo hatten nachgelassen und richteten sich vor allem gegen Maroun, aber auch ich wurde weiterhin mit ihm und Enzo in Verbindung gebracht. Die Zeitungen behaupteten, Enzos »Ökufood« hätte mit Öku wenig zu tun und wäre nur ein Werbetrick. Die meisten der Schnellgerichte steigerten das Cholesterin im Blut. Das Fett in diesen Gerichten sei oft ranzig und stamme aus obskuren Quellen.

Corinna, die vor einer Beförderung stand, wurde von ihrem Chef gefragt, wie weit denn nun wirklich meine Beziehung zu Enzo und dem Chinesen reichte. Mit Maroun sprach ich darüber, er konnte sich Corinnas Situation gut vorstellen. Sonst sprachen wir kaum über Corinna, die Maroun noch immer nicht ganz traute, was ich wiederum von Pia erfahren hatte. Ich wußte noch immer nicht, was zwischen meiner Tochter und Maroun vorging, so unauffällig benahmen sie sich.

Pia arbeitete weiter mit Grebe, er hatte sie auf Knien darum gebeten. Die Geschichte am Ayers Rock wurde entkitscht, und Pia zeigte sich wieder optimistisch. Als ich sie fragte, was an der Handlung geändert worden sei, winkte sie ab. »Schau dir den Film an, wenn er fertig ist, dann reden wir darüber.«

Herrmann Überhuber hatte sich noch immer nicht mit dem

Verlust Pias abgefunden. An einem Samstagmorgen kam er mir im Wald in der Nähe meines Hauses von oben entgegen und verstellte mir den Weg.

»Warum lassen Sie das zu?« fragte er finster.

»Von was reden Sie?« Mir fiel ein, daß er wieder arbeitete. In einer Bäckerei führte er die Buchhaltung. Manchmal telefonierte er mit Corinna, der er leid tat. Sein letzter Roman über einen Frühpensionär der Pharmaindustrie, der den Verstand verliert, war auch schon wieder x-mal abgelehnt worden. In einem Verlag war das Manuskript in den Schredder gesteckt worden.

»Daß Ihre Tochter mit dem Chinesen schläft!« sagte Überhuber. »Behaupten Sie bloß nicht, daß Sie davon nichts wissen.«

»Und woher wissen Sie es?« entfuhr es mir.

Er suchte listig zu lächeln, doch es kam nur ein verbissenes Grinsen zum Vorschein. »Wer Augen im Kopf hat, sieht das. Haben Sie mal beobachtet, wie Ihre Tochter geht?«

Ich überlegte, wie ich ihn rasch loswerden konnte.

»Sie geht wie eine oft gevögelte Frau«, sagte er frech. »Mit Grebe war halt nicht viel los.«

Ich wollte an ihm vorbei, aber er blieb vor mir stehen. Er war kleiner und schmächtiger als ich, hatte aber zwei gesunde Arme und war halb so alt.

»Schämen Sie sich nicht?« herrschte ich ihn an.

»Schmeißen Sie den Chinesen raus, ich liebe Pia.« Vor einiger Zeit hatten wir uns noch geduzt, es war besser, daß wir uns jetzt wieder siezten. Er sagte: »Ich hatte mir immer einen Schwiegervater gewünscht, zu dem ich hätte aufschauen können, aber Sie waren ja eine einzige Enttäuschung. Soviel Egoismus und Eitelkeit findet man selten in einem Menschen, und jetzt fehlt Ihnen der »Herr Direktor«. Deshalb haben Sie sich an den Chinesen gehängt, aber der ist viel cleverer, man muß ja nur die Zeitung lesen.« Er schnaufte, schneuzte in ein gelb verklebtes Taschentuch, mit dem er sich über das feuchte Gesicht fuhr.

»Noch was!« Er drückte mich an das Holzgeländer des Weges, so daß ich ihn mit der gesunden Hand von mir stieß. Innerhalb weniger Tage war er der zweite, der seinen Frust über den Verlust Pias an mir ausließ. Er rief: »Jedesmal, wenn ich bei Ihnen nachts vorbeikomme, brennt entweder bei Pia oder bei ihm Licht.«

»Hören Sie auf, nachts um uns herumzuschleichen!«

»Jetzt geben Sie es doch zu!« schrie Überhuber. »Es geht Ihnen nur um Macht und Geld, ich vergaß Ihre Habgier.«

»Und Bosheit! Wie wäre es mit Ausbund von Bosheit?«

»Arme Pia.« Er zerrte wieder das Taschentuch aus der Hosentasche. Noch immer ließ er mich nicht vorbei. Weiter unten sah ich eine alte Frau, die den Berg hochächzte. »Sie sind viel schlimmer, als ich dachte!« rief Überhuber. »Jetzt haben Sie gezeigt, wie Sie wirklich sind.«

»Bringen Sie das alles in einem Roman unter, vielleicht wird er dann gedruckt.«

»Sie Schwein!« schrie er. »So haben Sie mir Pia abspenstig gemacht.« Er stürzte sich auf mich und schlug mit den Fäusten auf mich ein. Ich versuchte, die Schläge mit dem gesunden Arm abzufangen, und es gelang mir, ihm eine kräftige Ohrfeige zu verpassen. Er zerrte an meinem kaputten Arm, um mich zu Fall zu bringen. Die Schmerzen durchfuhren mich wie elektrische Stöße bis zur Schulter. Über uns rannte ein Mann in dunkelblauem Trainingsanzug den Weg herab. Es war Maroun. Kurz darauf packte er meinen Gegner am Hals und riß ihn von mir.

»Hören Sie mit dem Unfug auf«, sagte er.

Überhuber zappelte unter seinem Griff, er hatte Maroun, der hinter ihm stand, nicht erkannt und schrie: »Lassen Sie los, was fällt Ihnen ein!«

Maroun gab ihm einen Stoß. Überhuber stolperte bergabwärts, drehte sich um und erstarrte, dann schrie er: »Sie haben bei uns nichts zu suchen, verpissen Sie sich!« Er hob die Fäuste und stampfte mit den Füßen auf.

»Lassen Sie das«, warnte Maroun. »Judoka, schwarzer

Gürtel.« Er wandte sich mir zu. »Gehen wir.«

Im Haus massierte mich Maroun. Fester als sonst bearbeitete er den Arm. Mir war dabei, als würde er mit den Fingern in die zerstörten Muskeln dringen. Corinna sah zu und wollte nicht glauben, was sich mein ehemaliger Schwiegersohn geleistet hatte.

»Du hast ihn verletzt«, sagte sie. »Er ist kein Schläger.«

»Er provozierte mich und versuchte mir weh zu tun.« Ich deutete auf den Arm, in den sich Marouns Finger gruben. Er bat uns um Ruhe, um sich konzentrieren zu können. Corinna wollte aufstehen, aber Maroun meinte, es sei gut, wenn sie zusähe, das würde mir helfen.

Ich empfand ihm gegenüber wachsende Dankbarkeit und geriet zusehends in den Sog dieses jungen Asiaten, der mir die Schmerzen nahm und tagsüber das Gefühl gab, daß alles so wie früher war, wenn wir mit Anwälten, Steuerberatern und potentiellen Käufern verhandelten. Mit jedem Tag verstrickte ich mich mehr in Enzos Probleme, obwohl mich Corinna ab und zu warnte. Andererseits war auch sie froh, daß ich die Befriedigung genoß, wieder gebraucht zu werden. Corinna wußte, wie sehr ich darunter litt, ein frühpensionierter Krüppel geworden zu sein. Sie verfolgte Marouns Hände und ekelte sich nicht vor diesem verwucherten Fleisch, den blauroten Furchen, zwischen denen Inseln von Haaren wuchsen.

Nach dem Abendessen gingen wir bald ins Bett. Ich wollte Corinna umarmen, aber sie war zu müde und schob einen Schenkel zwischen die meinen. Ich rieb mich an ihr, aber da war sie schon eingeschlafen und wandte mir den Rücken zu.

Ich lag lange wach und horchte auf Corinnas Atemzüge. Der Haß Überhubers und das Eingreifen Marouns ließen mir keine Ruhe. Zum zweiten Mal war er der Anlaß zu gegen mich gerichteten Feindseligkeiten gewesen, und zum zweiten Mal hatte er mich beschützt. Vorsichtig stieg ich aus dem Bett, schlich nach unten und las im Tagebuch.

Wie in São Paulo hatte Bea auch in Teheran als Innenarchitektin Erfolg. Sie war bald so gesucht, daß sie auch die Häuser und Wohnungen ihrer neureichen Kunden in Cannes, Paris und London einrichtete. Häufig flog sie nach Europa, blieb aber immer nur kurz, nie war sie länger als drei oder vier Tage unterwegs, in denen sie um die Uhr arbeitete, wie ich las. Die Flüge waren genau vermerkt, auch die Menschen, die sie getroffen hatte. Zwei Namen tauchten regelmäßig auf, Shanaz und Mahudschir, die Vornamen einer Frau und eines Mannes. Doch sie erwähnte nicht, was es mit den beiden auf sich hatte. Von Henry war natürlich auch dauernd die Rede, der bei uns ein- und ausging und an den ich mich gewöhnt hatte. Seine Verehrung für Bea schien mir abgeklungen. Nie hätte ich ihm die Unverschämtheit zugetraut, mit uns Heiligabend zu feiern und den ersten Weihnachtstag nachmittags mit Bea im Bett zu verbringen. Wie schon öfter von Bea festgestellt, war ich noch immer recht naiv. Obgleich im damaligen Teheran jeder mit jedem etwas hatte, kam das für mich nur in Filmen vor.

Meine Beförderung zum regionalen Leiter von Genex beeindruckte Bea. Ich wurde nach Istanbul versetzt, wo sich die Zentrale meiner Firma für den Mittleren Osten befand.

Bea fand eine weiträumige Wohnung in Nischantasch mit Sicht über den Bosporus und die Marmara. Jetzt war auch ich viel unterwegs. Zweimal im Monat mußte ich nach Teheran, und immer begleitete mich Bea, die dann über Europa nach Istanbul zurückkehrte. Sie hatte ihre iranischen Kunden nicht aufgegeben. Die Türken hatten längst nicht soviel Geld, jedoch den besseren Geschmack, und die allermeisten richteten ihre Wohnungen selbst ein.

Bea fand die Iraner unterhaltsamer, sie hatten mehr Phantasie und waren, wie gesagt, völlig amoralisch. Von Skrupeln hätten sie noch nie etwas gehört, schrieb Bea und hielt fest, wie sie mit Henry und einem jungen unermüdlichen Iraner eine Nacht im Bett verbracht hatte. Bei einem späteren Besuch in Teheran war der Onkel des Iraners an der Reihe gewesen. Ältlich und bequem ließ er sich von Bea und Henry von vorn wie von hinten befummeln, ohne daß es ihn erregte, bis Henry endlich Schnee verteilte, wie Bea schrieb. Es war dies nicht ihre erste Begegnung mit Rauschgift, sie glaubte aber, daß in dieser Nacht ihre Sucht begonnen hatte.

Bea hatte bis dahin noch nie zwei kopulierende Männer gesehen. Sie ekelte sich, fühlte sich aber zugleich auch merkwürdig angeregt. Die Männer wollten jetzt nichts mehr von ihr wissen und verlangten von ihr niedrige Dienste wie Zehenknabbern und andere Dinge, die sie mit vielen Strichen unleserlich gemacht hatte. Und dann hatte sie sich entsetzt zurückgezogen.

Ich hatte über eine Stunde gelesen, war müde und ähnlich entsetzt wie Bea.

Auf der Treppe hörte ich, wie Pia ihren Wagen in die Garage fuhr, und kurz darauf ihre und Marouns Stimme im Garten. Ich wartete, bis sie ins Haus traten, verschwand in der Gästetoilette und hörte sie hochkommen, jeder zu seinem Zimmer. Ich legte mich wieder zu Corinna, die über meinen Bauch tastete, bis sie an mein Glied stieß.

»Oh«, entfuhr es ihr. Sie beugte sich über meine Leisten. Als sie sich, nach Luft ringend, endlich an mich schmiegte, küßte ich sie lange. Ich hatte mich kaum bewegt und an Bea gedacht, die Corinnas Zärtlichkeit als unhygienisch abgetan hätte. Angeblich hatte Bea bis zu ihrer Eheschließung nur zwei ernstere Beziehungen zu Männern gehabt. Erfahrungen hatte sie erst nach ihrer Heirat in den Betten ihrer Liebhaber gesammelt.

Corinna hatte wohl noch weniger aufzuweisen gehabt. Jedenfalls hatte sie mir einmal äußerst belustigt erzählt, wie Myriam während ihres Kunststudiums eine Zeitlang drei Liebhaber nebeneinander gehabt hatte, einen Kommilitonen, einen jüngeren Optiker und einen älteren Unternehmer, der mit Windeln reich geworden war. Damals hatte Myriam es witzig gefunden, von Männern aus drei Generationen geliebt zu werden. Aus Angst vor Routine hatte sie jede Woche den

Stundenplan geändert, aber einmal waren sich der Optiker und der Unternehmer auf der Treppe begegnet, und ein anderes Mal war sie von dem Optiker mit dem Kommilitonen knutschend an einem Schnellimbiß entdeckt worden, der dann beide in ein italienisches Restaurant eingeladen hatte. Das war dann aber auch das Ende mit den zweien gewesen, und Myriam war mit dem Unternehmer sitzengeblieben.

Henry hatte Bea fortwährend nach unten gezogen und, nachdem sie süchtig geworden war, die Macht über sie gewonnen. Jetzt erst verstand ich, warum Bea in den lezten zwei Jahren unserer Ehe so nervös geworden war und mich mit Launen gequält hatte, die ihr vorher fremd gewesen waren.

Corinna schlief fest neben mir, ihr glatter Hintern berührte meinen Bauch. Wie leicht hätte sie eine Affäre haben können, vielleicht hatte sie ja auch eine. Jetzt da ich täglich über Beas außereheliche Freuden las, konnte ich alles für möglich halten, aber einen Grund zum Verdacht gab es nicht.

Zweifel an Beas Treue hatte ich bereits gegen Ende unserer Zeit in Teheran gehabt, in Istanbul waren sie zur Gewißheit geworden.

In Enzos »Ökuthrill-Deutschland« hatte ich ein Büro am Ende des Ganges, an dem auch das von Enzo lag, worin jetzt Maroun arbeitete. Die Sekretärin, eine knochige Blondine, teilte ich mit ihm. Ich hatte kein Büro gewollt, aber Maroun hatte darauf bestanden, und schließlich fand ich es doch ganz reizvoll, wieder eines zu haben. Maroun hatte mir die Kontakte mit den Behörden überlassen. Er meinte, man würde mir als Deutschem mehr vertrauen.

Neben anderen interessierten Käufern verhandelten wir mit einer Firma namens »Deliciosa«. Sie gehörte einem Albaner und einem Serben, die unseren Preis für die »Ökuthrill« akzeptierten, doch dann stellte sich leider heraus, daß »Deliciosa« einmal wegen mangelnder Hygiene und ein anderes Mal wegen illegalen Waffenhandels geschlossen worden war. Die Presse hatte noch immer nicht ihr Interesse an uns verloren, doch waren wir auf die hinteren Seiten zurückgefallen. Mit den Versicherungen standen wir vor einer Einigung, das Strafverfahren gegen Enzo zog sich jedoch in die Länge. Atteste aus Singapur bestätigten, daß Enzo reiseunfähig war.

An einem sonnigen Julimorgen rief dessen Steuerberater an, er wünschte mich unter vier Augen zu sprechen. Eine Stunde später erfuhr ich von Herrn Krauskampf, daß Enzo sich steuerlich daneben benommen hatte, ja zu Methoden gegriffen hatte, wie er sie nur aus Italien kannte. Krauskampf rauchte eine Gauloise nach der anderen, seine Züge wurden im Qualm unscharf, bis ich das Fenster öffnete. Er entschuldigte sich damit, ständig unter Hochspannung zu stehen, alle seine Klienten seien von der Manie befallen, am liebsten keine Steuern mehr zu zahlen, und verlören in rasantem Tempo alle Skrupel. »Aber«, fügte er mit ernster Miene hinzu, »was sich Ihr Freund Sardone geleistet hat, schlägt dem Faß den Boden aus. Der hat glatt beschissen!«

»Wie das denn?« rief ich.

»Beschiß ist nicht das richtige Wort, bei uns gilt das als Betrug.« Krauskampf, dessen rechte Wange ein handtellergroßes Muttermal zierte, zündete sich eine neue Zigarette an.

»Denken Sie nie an Ihre Lunge?« fragte ich.

»Nicht jetzt«, sagte er nach zwei tiefen Zügen, und nun erfuhr ich, daß Enzo die Villa in Bogenhausen zum größten Teil als Büro deklariert hatte, nicht zu rechtfertigende Royalties nach Liechtenstein verschoben und seine Söhne als Direktoren mit hohen Gehältern in den Büchern geführt hatte, obwohl sich die beiden kaum hatten blicken lassen.

»Das ist aber noch lange nicht alles!« rief Krauskampf. »Schlimm sind die Schwarzarbeiter und die Verkäufe ohne Rechnung.« Sein Muttermal lief blau an. Krauskampf wollte nichts mehr mit uns zu tun haben, es sei denn, wir verdoppelten umgehend das Honorar. Ich bat Maroun zu uns, der offenbar keine Ahnung hatte und zusagte. Als ich dann mit ihm allein war, war auch ich kurz davor, den Bettel hinzuwerfen, doch dann dachte ich an die Schmerzen, die am frühen Morgen eingesetzt hatten und nach Marouns Massage verflogen waren.

13. Kapitel

Ich träumte wieder von Bea, deren Tagebuch, das sich nun unserer Zeit in Istanbul widmete, zusammenhangloser und wirrer wurde.

Zwischen Bemerkungen über die Stadt schrieb Bea über sich selbst, ihre Liebe und Sorge um Pia und die mangelnden Schuldgefühle mir gegenüber. Sie war eine hervorragende Schauspielerin und Lügnerin geworden, wobei ihr das gute Gedächtnis half. Die vielen Lügen mußte sie sich gut merken, um ihr Doppelleben zu verbergen.

Henry war öfter in Istanbul gewesen, als ich es je gewußt hatte. Bei uns war er nur hin und wieder erschienen, spielte mit mir Tennis, oder wir saßen in einem Fischlokal am Bosporus. Er war mit einer Reihe reicher Türken befreundet, die wir durch ihn kennenlernten, wie Cem Aksöy, einen jungen, blonden Mann, dessen Vater ein bekannter Schauspieler war. Cem liebte Henry, und Henry liebte Cem, der wiederum mit Henry Bea liebte. Mit ihm probierten sie alle Rauschgifte aus, die damals zu haben waren. Bea kämpfte dagegen, von Henry abhängig zu werden, und immer wieder suchte sie auszubrechen. Nach jeder Niederlage beherrschte Henry sie um so mehr. Sie reiste immer häufiger über Teheran nach Europa, hatte Erfolg und Geld, um das sie mich nicht mehr bat, was mir angenehm und zugleich unheimlich war. Ich dachte viel zuwenig darüber nach und gab mich damit zufrieden, daß aus Bea eine gutbezahlte Innenarchitektin geworden war. Ich arbeitete zuviel. Der Mittlere Osten ließ mir keine Ruhe, auch ich war ständig unterwegs und trieb unsere Niederlassungen von Teheran bis Kairo zu besseren Ergebnissen an.

Um Pia kümmerte sich eine armenische Witwe, die ein Hüftleiden quälte und mit hoher Kopfstimme ständig auf sich aufmerksam machte, wenn sie einen von uns erwischen konnte.

Immer öfter erwähnte Bea ihre persischen Freunde Shanaz und Mahudschir, die inzwischen in London und Paris lebten und die sie am Flughafen abholten oder am Abend nach ihrer Ankunft trafen. Beide, als amüsant und gebildet beschrieben, enstammten alten Quajarenfamilien. Von ihnen hatte Bea fast nie erzählt, ich hatte sie auch nie gesehen und inzwischen längst vergessen. Was ich dann über sie las, nahm mir den Atem. Wenn sie die Perser getroffen hatte, gab sie Mengen zwischen ein bis zwei Kilo in Klammern an, über die ich mich wunderte, bis ich begriff, daß es sich um Heroin handelte, das sie von Henry übernahm und den in Europa lebenden Persern übergab. Bea transportierte das Rauschgift entweder in einem Kosmetikkoffer oder in einer Reisetasche, deren doppelte Böden so konstruiert und chemisch behandelt waren, daß Polizei und Spürhunde der Droge nicht auf die Spur kamen. Bei jeder Reise verdiente Bea fünfzehn Prozent vom Wert ihrer Lieferungen. Eine Weile las ich nicht weiter, meine Augen brannten. Bea hatte den Vorhang aufgezogen, um sich zu erleichtern, wie sie schrieb. Mit mir wagte sie darüber nicht zu sprechen, und auch sonst mit niemandem. Auf einmal fürchtete sie sich vor einer Scheidung, über die sie ein Jahr nachgedacht hatte. Ich war ihr Halt, auch wenn ich sie mit meinem corporate life langweilte.

Ich schloß die Augen und stellte mir Henry vor. Er hatte so harmlos ausgesehen und so kultiviert getan! Bea war ein idealer Kurier gewesen, eine gutaussehende, sicher auftretende Europäerin, die nirgendwo Verdacht erregte.

Am Tag danach rief mich Corinna im Büro an, sie müsse mich sofort sprechen. Wir trafen uns zu Hause. Corinna wirkte beunruhigend ruhig und sprach so langsam und prononciert, wie ich sie noch nie gehört hatte. Sie strich sich die Haare aus der Stirn: »Ich wurde bedroht, vor dem Mittagessen und vorhin, kurz bevor ich dich anrief. Beim ersten Mal glaubte ich an einen schlechten Witz. Aber als ich wieder angerufen wurde, bekam ich Angst.«

Meine Unruhe wuchs, Corinna ließ sich nicht so leicht einschüchtern.

»Es war die Stimme«, sagte sie. »Eine unheimliche Stimme, gekünstelt, entstellt, sehr hoch und schrill. Ich weiß nicht, war es ein Mann oder eine Frau, es könnte auch eine Tonbandstimme gewesen sein, beide Male waren es die gleichen Worte.«

Ich nahm ihre Hand, und sie lehnte sich an mich. Ich solle unser Haus verlassen, sagte sie, auf ihm läge ein Fluch. Ob ich nicht wüßte, wie Bea umgekommen sei, und daß meine Eltern früh gestorben seien, ohne richtig krank gewesen zu sein.

Meine Eltern waren tatsächlich früh gestorben, erst meine Mutter an Herzversagen und kurz darauf mein Vater mit Mitte Fünfzig an einem Gehirnschlag. Meine Mutter hatte die Fünfzig noch nicht einmal erreicht.

Corinna sagte dazu nur: »So jung und trotzdem hintereinander.«

»Bei Ehepaaren, die sich lieben, soll das öfter vorkommen.«

»Öfter?«

»Bei uns nicht, ich bin zu alt.«

Jetzt aber war Corinna beunruhigt: »Wie sollen wir uns zu den Stimmen verhalten? In der Firma weiß noch niemand etwas davon, ich wurde über meinen direkten Anschluß angerufen.«

»Wer käme denn in Frage?«

»Ich weiß nicht. Ich weiß nur, daß sich unser Leben nach dem Brand wirklich verändert hat!«

»Vor allem meines, seit Enzo und Myriam unterwegs sind.«

»Geflüchtet!« Corinna sah mich fest an. »Welche Schwierigkeiten hat Enzo denn wirklich?«

»Mit der Steuer.«

»Die haben viele. Was ist mir dem Strafverfahren?«

»Das zieht sich hin.«

»Was noch, da muß doch noch mehr sein.«

Ich war verblüfft. Plötzlich erinnerte mich Corinna an Bea, die auch sehr bestimmt sein konnte, wenn es darum ging, etwas zu ergründen. Aber Bea war, soweit ich wußte, nie ernsthaft bedroht worden.

»Wer sind Enzos Feinde?« fragte Corinna leise. »Siehst du schon durch?«

»Noch nicht, aber einer wie Enzo hat immer Feinde. Doch wie ist es eigentlich mit dir? Du vergibst interessante Aufträge, und immer kommen welche zu kurz, oder nicht?«

Sie überlegte, dann sagte sie: »Entscheidungen treffe ich nicht.«

»Aber du bereitest sie vor.«

»Traust du Maroun?« fragte sie zögernd.

»Warum nicht? Meinst du, er veranstaltet solche Spielchen?«

Darauf antwortete sie nicht.

Abends gingen wir mit Pia und Maroun ins Kino, in einen japanischen Film. Ich war nicht bei der Sache. Die Anrufe ließen mich nicht los, wer steckte bloß hinter ihnen? In der Nacht wachte ich auf. Corinna redete wild durcheinander, einmal stöhnte sie auf.

Über ihre Sucht schrieb Beatrice so wenig, als wollte sie die verdrängen. Fast nie las ich, wann sie sich schlecht, deprimiert gefühlt hatte oder wann sie eben high war. Sie schrieb viel über Istanbul, den Basar, den sie liebte, die großen Moscheen, den Bosporus zu allen Tageszeiten im schnell wechselnden Licht, den Winden, die ständig drehten. Über Bebek, Yeniköy, Tarabya, die Vororte am europäischen Ufer, wo die besten Fischlokale zu finden waren und viele unserer neuen Freunde wohnten. Über ihre Reisen schrieb sie immer weniger, hauptsächlich vermerkte sie die Daten der Flüge und die Mengen geschmuggelten Rauschgifts. Manchmal reiste jetzt Henry mit ihr, allerdings nur auf Rückflügen, wenn sie ihre Mission erfüllt hatte. Sie verdiente viel, Henry hatte sie zu seiner Partnerin gemacht. Bea war nicht mehr nur Kurier, sondern kaufte und verkaufte neben der Kurierware auch kleinere Mengen auf eigene Rechnung. Sie wurde kecker, die Mengen größer. Einen besonderen Coup leistete sie sich, als wir in einem gecharterten Boot in der Ägäis segelten und im Hafen von Kalymnos eine Nacht verbrachten.

Während der Skipper und ich schliefen, übergab sie drei Kilo Heroin an einen Mittelsmann der Organisation, auf die sie nie näher einging. Ihre Ware hatte sie in einem Wäschesack an Bord versteckt. Ich verstand nicht, was in Bea gefahren war, woher kamen diese Geld- und Raffgier? Auch darüber verlor sie kein Wort, wie ein Buchhalter vermerkte sie die verkauften Mengen. Auf dem Boot war sie zärtlicher als üblich mit mir umgegangen. Es hätte ein Neuanfang werden können, aber inzwischen war ich doch stutzig geworden.

Ich hatte Bea bei einem Telefongespräch mit Henry belauscht. An diesem Abend war ich früher nach Hause gekommen. Ich hatte meinen Hausschlüssel vergessen und war von unserem Mädchen durch den Kücheneingang eingelassen worden, was Bea nicht bemerkt hatte. Viel hatte ich von dem Gespräch nicht mitbekommen, aber was ich hörte, beunruhigte mich sehr. Damals hatte ich große geschäftliche Probleme und wünschte mir meine Ehe als sicheres Hinterland. Ich fürchtete mich davor, Bea und die achtjährige Pia zu verlieren. Doch jetzt war es nahezu unmöglich, weiter auszuweichen. Der liebevolle Ton des »darling« und des zweimaligen »my love« war zu eindeutig. Trotzdem stellte ich Bea nicht zur Rede, sondern beobachtete sie, vor allem dann, wenn sie mit mir und Henry zusammen war, den ich gerade als eine Art Freund zu sehen begonnen hatte. Das freundschaftliche Verhältnis mit Beas Liebhabern hatte sich mit Henry fortgesetzt, aber er war der erste, den ich als solchen erkannt hatte.

Unser Leben änderte sich vorerst nicht, ich hatte, wie gesagt, Angst vor einem Schnitt, aber ich wußte, daß es dazu kommen mußte. Ich staunte, wie ungeniert sich die beiden vor mir benahmen. So wie Bea Henry begrüßte, war ihr Kuß für den Bruchteil einer Sekunde zu lang und zu intensiv. Ich beobachtete die verräterischen Blicke, die sie austauschten, und ihre Hände, die sich streiften, und fühlte mich verletzt. Meine Frau und Henry mußten mich für einen totalen Trottel gehalten haben.

Bea liebte Henry, den Drogenhändler, der internationales Flair verbreitete, viel wußte und Lebenserfahrung besaß. Aber was hatte Bea so beeindruckt, nachdem Horacio und Gilberto ihr nicht genug gewesen waren? Henry hatte für sie offenbar neue Grenzen gesteckt, sein Selbstbewußtsein und Zynismus mußten ihr imponiert haben. Horacio, Gilberto und ich schienen, verglichen mit ihm, reine Einfaltspinsel zu sein. Von uns dreien war Gilberto noch am ungewöhnlichsten, weshalb auch er mit Henry befreundet gewesen war, der jetzt meine Wut, eigentlich war es Haß, wieder erregte.

Manche Beschreibungen wiederholten sich im Tagebuch, Sonnenaufgänge über dem Schwarzen Meer oder Kairo, Sandstürme in der Wüste, Abendstimmungen von Istanbul bis Dubai und immer wieder die Stipvisiten in Europa.

Um ehrlich zu sein, hatte ich damals auf eine Gelegenheit zur Vergeltung gewartet. Wenn es mir unmöglich gewesen wäre, mich von Bea im guten zu trennen, hätte ich für Pia schon eine Lösung gefunden.

An diesem frühen Sommerabend, an dem, einige Stunden vorher, Corinna erneut bedroht worden war, fing ich das letzte Heft an, in dem ich auf Beas Nummernkonto in der Schweiz stieß.

Es stand am Anfang einer Seite, darunter die Bank in Zürich und daneben der Name des Angestellten, der das Konto verwaltete, Jean Louis Geretli. Und ich las, daß ich Vollmacht hatte und als Alleinerbe eingesetzt worden war.

Eine Weile war ich wie betäubt, trank Whisky und hätte geraucht, wenn Zigaretten im Haus gewesen wären. Noch wußte ich natürlich nicht, wieviel ich wohl geerbt hatte, und etwas sträubte sich in mir, es in Erfahrung zu bringen. Um mir das zu offenbaren, hatte Bea sicher auf einen passenden Zeitpunkt gewartet, den sie dann nicht erlebt hatte. Einige Monate nach ihrer Verfügung war sie umgekommen.

Lange hatte ich nicht mehr an diesen nebligen Spätnachmittag gedacht. Wir hatten gemeinsam mit Henry ein Wochenende am Uludag, dem Skiberg Istanbuls, verbracht. Für einen Engländer lief Henry erstaunlich gut.

Am Vormittag hatte die Sonne geschienen, die Sicht war klar gewesen, über riesige verschneite Wälder bis zu den Dardanellen im Westen und der Ägäis im Südosten. Nach dem Mittagessen hatte sich der Himmel bezogen, gegen vier waren die ersten Flocken gefallen, was uns nicht gestört hatte. Wir waren wie im Rausch und fuhren außerhalb der Piste durch Lärchenwälder. Bea schwebte im Sessellift abwechselnd mit Henry und mir zur Bergstation hoch.

Es dämmerte, der Schnee fiel dichter. Wir waren allein auf der Piste und entschieden uns, ein letztes Mal abzufahren. Oben angekommen, mahnte ich zur Vorsicht. Aber Henry war nicht zu bremsen und schoß die Hänge hinunter, als wolle er mich provozieren. Bea wedelte hinter ihm her in ihrem wunderbar weichen Stil, sie war ja ganz in der Nähe der Alpen aufgewachsen.

Ich blieb hinter den beiden, fiel dann zurück, ließ Henry sein Vergnügen. Über eine Kante im mittleren Teil der Strecke, über die wir nur fuhren, um zum Hotel zurückzukehren, schoß Henry im Schneetreiben und diffusen Licht in die falsche Richtung. Anstatt halbrechts abzubiegen, raste er geradeaus weiter. Da sie im unberührten Firnschnee abseits der Pisten fuhren, bemerkten Bea und Henry ihren Irrtum nicht. Die Stelle war als gefährlich bekannt, lange Hänge führten in unwegsame Wälder, in denen Bären und Wölfe lebten. Nach allem, was ich inzwischen gelesen hatte, nahm ich jetzt an, daß Bea und Henry Rauschgift genommen hatten.

Ich war zu weit zurückgefallen, um sie durch Schreie warnen zu können, beschleunigte aber wie wild, schwang immer weniger ab und fuhr nahezu Schuß, doch es war schon zu spät. Die beiden waren im dichter gewordenen Schneefall unter der Kante verschwunden. Den gleichen Fehler machte ich nicht. Wie von eiserner Hand gelenkt, bog ich zum Hotel ab, streifte Zweige und Büsche, so schlecht war die Sicht geworden, und ließ die Ski vor dem Hoteleingang auslaufen. Es dämmerte, und nach einer knappen Stunde meldete ich Bea und Henry als vermißt. Inzwischen hatte es so heftig geschneit, daß man keine fünf Meter sehen konnte, und es schneite die ganze Nacht und den nächsten Tag weiter. Der Poiras, der Nordwind, heulte um den Uludag so stark, daß die Suche zweier Militärhubschrauber bald abgebrochen werden mußte.

Ich war verzweifelt, verwirrt und konnte oder wollte mich vielleicht auch nicht mehr erinnern, wo ich die beiden verloren hatte.

14. Kapitel

Nach dem Skiunfall am Uludag schlief ich lange schlecht, Alpträume plagten mich, Henry und Bea erschienen mir, die im Dickicht Schutz suchten oder immer weiter über steile Hänge rasten oder sich gegen Wölfe wehrten oder eng umschlungen die Nacht zu überstehen hofften, das letzte Kokain teilten, die letzten Zigaretten rauchten und erfroren. Was man dann wirklich in Erfahrung gebracht hatte, war, daß Henry gegen einen Baum gerast war und sich das Bein gebrochen hatte. Bea mußte ihm aus der Bindung geholfen haben und war wohl eine Weile bei ihm geblieben. Sie hatten noch immer nicht begriffen, daß sie sich auf der falschen Seite des Berges befanden, sonst wäre Bea nicht bei Schneetreiben in der Dunkelheit weiter talabwärts gefahren, um Hilfe zu holen. Auch sie mußte dann gestürzt sein, wobei sie einen Ski verlor, der sich etwa hundert Meter unter ihr in einem Busch verfing.

Die Verunglückten wurden im Frühjahr von Waldarbeitern nach der Schneeschmelze gefunden, zwei Leichen, die ich zu identifizieren hatte. Bea erkannte ich an ihren kastanienbraunen Haaren, die sie nach hinten gekämmt und durch einen Fischknochen gezogen hatte. Die Arbeiter hatten Henrys silbernes Kettenarmband gefunden, in das sein Geburtsdatum und die Blutgruppe eingraviert waren.

Ein halbes Jahr danach verließ ich Istanbul und wechselte die Firma. Ich wollte nie wieder heiraten und hielt zehn Jahre durch, in denen Pia alles tat, um mögliche Stiefmütter zu verscheuchen.

Jemand hatte es auf uns abgesehen. Corinna wurde täglich vor, und nachmittags angerufen. In der Firma konnte sie das noch immer für sich behalten. Die Stimme und die Drohungen auf einem Tonband änderten sich nicht.

Dann aber war Pia an der Reihe. Eine helle Kinderstimme fragte, warum sie noch ruhig schlafen könne, sie habe doch versucht, ihren Vater umzubringen, der den Tod ihrer Mutter verschuldet habe.

Pia war bei Grebe angerufen worden, dreimal hintereinander. Eine Männerstimme hatte gefragt, ob sie zu sprechen sei, und bevor sie dann antworten konnte, ertönte die Kinderstimme. Beim dritten Anruf reichte sie Grebe den Hörer. Er erschrak, aber dachte gleich an einen neuen Film. Grebe hatte Pia nicht aufgegeben und inzwischen gestanden, zweiundsechzig zu sein. Er färbte sich nicht mehr die Haare und sah ergraut viel besser aus, auch redete er ihr nicht mehr ins Drehbuch hinein. Das Drama am Ayers Rock wurde zunehmend zu einer Persiflage auf den modernen Tourismus.

Eine Japanerin und ein australischer Ureinwohner spielten entscheidende Rollen bei der Lösung der Ehekrise. Tote gab es nicht mehr, nur der verwöhnte Dackel des Ehepaars stürzte in die Tiefe.

Beim vierten Anruf hatte sich eine andere Stimme gemeldet. Es war jetzt eine Frau mit französischem Akzent. Sie mahnte Pia zur Vorsicht, sie sei in Gefahr, verschwieg aber, weshalb.

Grebe hatte Pia nach Hause gefahren, war aber nicht hereingekommen. Er wollte weder mir noch Maroun begegnen.

Pia erzählte mir das alles an einem föhnigen Sommerabend. Der Himmel war schwarzblau, und die Bäume wirkten erdrückend nah. Seit Monaten hatte ich mit meiner Tochter nicht so ausführlich geredet, die, ganz die Tochter von Bea, keine Anzeichen von Angst zeigte. Über ihre Beziehung zu Überhuber und auch Grebe war Pia immer sehr offen gewesen, aber noch hatte sie mit mir nicht über Maroun gesprochen, und bisher hatte auch Maroun mir gegenüber über Pia kein Wort verloren. Aber nun sagte sie: »Ich werde auch mit Maroun darüber sprechen.«

»Ihr seid viel zusammen.« Mir fiel nichts Besseres als dieser Satz ein.

»Er ist ganz anders, als ich dachte. Als ich ihn bei Myriam zum ersten Mal sah, hielt ich ihn für einen arroganten jungen Mann, der sich aushalten läßt.«

»Liebst du ihn?«

»Vielleicht.«

Ich schwieg. Wahrscheinlich war er Pias erster guter Liebhaber. Aber was wußte ich schon, ich kannte ja nur Überhuber und Grebe. Pia beobachtete mich, ich spürte ihren Blick. Ich hätte gern mehr über sie und Maroun gewußt, kam mir aber wie ein Voyeur vor.

»Mit Maroun ist es wunderbar im Bett«, sagte sie. »Das wolltest du doch wissen.«

»Na ja.« Ich verstummte.

Pia war jetzt so alt wie Corinna, als wir geheiratet hatten. Corinna war damals noch sehr unerfahren gewesen. Wie würde sie sich verhalten, wenn meine Kräfte schwänden? Seit ich halb Krüppel, halb Athlet war, hatte mich ein Verlangen nach körperlicher Liebe erfaßt, das mir bislang unbekannt gewesen war.

Abends erfuhr Pia von Corinna, daß sie ebenfalls bedroht wurde. Und später hörte sich Maroun noch einmal alles an. Er suchte die beiden Frauen zu beruhigen, meinte aber auch, daß man die Anrufe nicht auf die leichte Schulter nehmen dürfe. Er wollte mit Greddeneck, dem Anwalt, sprechen, damit der die Polizei mit dem Abhören der Leitungen beauftragte. Corinna wollte davon nichts wissen, sie fürchtete, daß dies in der Firma nicht geheim bleiben würde.

Nach dem Abendessen blieben wir alle am Tisch sitzen. Wenn das Telefon läutete, fuhren wir zusammen. Ich nahm immer ab, aber es meldeten sich keine anonymen Anrufer. Gegen elf, wir wollten gerade ins Bett, war Myriam am Apparat, von der wir eine ganze Woche nichts gehört hatten. Sie sagte, sie sei mit Enzo auf einer Insel, der sich allmählich erhole und uns allen sehr dankbar sei.

Ich bat, ihn sprechen zu dürfen. Maroun nickte zustimmend und trat neben mich. Enzo freute sich, daß Maroun mit mir so gut zusammenarbeitete. Er hätte ja gewußt, daß es mit uns beiden klappen würde.

»Mit der Steuer haben wir große Schwierigkeiten«, sagte ich. »Sie haben sich da einiges geleistet.«

»Es war alles mit dem Steuerberater abgesprochen.«

»Der wollte schon nichts mehr mit uns zu tun haben.«

»Lassen Sie mich mit Maroun sprechen!« Enzos Stimme hatte plötzlich ihre Brüchigkeit verloren. Maroun nahm mir den Hörer ab und hörte nach einer kurzen Begrüßung fast nur noch zu. Nachdem er aufgelegt hatte, sagte er: »Enzo läßt grüßen, er will jetzt alles in Europa verkaufen, auch in Italien.«

Bald danach gingen wir schlafen. Während ich mich auszog, fragte Corinna, am Toilettentisch stehend, ob ich nicht bald aufhören würde, für Enzo zu arbeiten.

»Erst wenn alles verkauft ist«, erwiderte ich.

»Warum nicht eher, du hast das doch nicht nötig.«

»Nein, natürlich nicht«, sagte ich und dachte an Beas Konto in der Schweiz, um das ich mich noch nicht gekümmert hatte. Ich mußte unbedingt nach Zürich.

Im Haus war nichts zu hören, keine Schritte, keine Türen, die geöffnet oder geschlossen wurden. War Maroun bei Pia, oder war sie bei ihm? Ich drückte die Schlafzimmertür zu, was Corinna nicht entging. Sie beobachtete schärfer als Bea, die meinen Verdacht nicht bemerkt hatte, sonst hätte sie das im Tagebuch festgehalten. Aber auch mir war von ihrer Sucht nichts aufgefallen, was bei der Art, wie wir nebeneinander lebten, erklärlich war, und schließlich waren wir mit der Zeit auch immer weniger zusammen gewesen.

»Deine Tochter ist verliebt«, sagte Corinna leise. »Zum ersten Mal.« Sie stand nackt vor dem Spiegel ihres Toilettentisches und rieb ihr Gesicht mit Creme ein.

In diesem Moment wäre ich am liebsten mit ihr allein auf der Welt gewesen.

Die beiden Polizisten vor unserem Haus hatte man abgezogen. Corinna und Pia ließen ihre Telefonleitungen nicht überwachen. Corinna wollte nicht auffallen, und Pia hatte sich seit längerem wieder einmal nicht gegen Grebe durchsetzen können, der weitere Anrufe geradezu erhoffte. Unsere Leitung im Haus ließ ich vorerst auch nicht abhören, ich war ja nicht bedroht worden.

Am Morgen hatte eine Freundin Pia angerufen und sie darauf aufmerksam gemacht, was in einer Boulevardzeitung stand. In dem Artikel wurde behauptet, in Indien und Kambodscha verdichteten sich die Gerüchte, daß Enzo einen Ring von Organräubern mitfinanzierte, die frische menschliche Organe aus diesen Ländern nach Europa schmuggelten, wo sie an reiche Patienten verkauft würden. Die Organe stammten von jungen Frauen und Männern, die man umgebracht und ausgeschlachtet hätte. Die Opfer würden durch Anzeigen, die zum Blutspenden aufforderten, angelockt. In den Schlachthöfen, so hieß es, untersuche man die Spender. Waren sie gesund, wurden sie narkotisiert, und dann war es um sie geschehen.

Enzo, aber auch Carlo Becker-Manzini hätten mit einigen anderen Männern den Schmuggel finanziert, um selbst jederzeit im Notfall Zugriff auf frische Organe zu haben und nicht auf die Wartelisten gesetzt zu werden. Kliniken, in denen die Ärzte keine unbequemen Fragen stellten, gäbe es überall in Europa. Der Artikel zielte voll auf Enzo, der Brand und alle anderen Anschuldigungen wurden wieder breitgetreten. Es hieß, Enzo habe sich wie Becker-Manzini im Fernen Osten versteckt, seine Helfershelfer seien ein pensionierter Deutscher und ein Chinese, welche die Schmutzarbeit der Abwicklung seiner Geschäfte verrichteten – und danach folgten unsere Namen. Ich besorgte mir sofort die Zeitung. Über mich las ich dann, Enzo hätte mit mir die richtige Wahl getroffen, ich hätte eine lange Praxis in krummen Deals in Ländern der dritten Welt, wobei der Reihe nach alle jene erwähnt wurden, in denen ich tätig war. Dort sei man nicht so empfindlich, aber diese Touren wünsche man in Deutschland nicht. Der Artikel schloß damit, Maroun und ich seien Meister im Korrumpieren, der eine habe es im Blut, der andere habe es sich durch Erfahrung angeeignet.

»So eine Schweinerei!« rief Maroun. »Wo kommt das her?«

»Von jemandem, der aus allen Rohren schießt.« Corinnas Gesicht glühte.

»Und aus der Hüfte.« Maroun wandte sich ab und blickte in den Wald. »Enzo muß das wissen. Diesen Artikel werde ich ihm zukommen lassen.«

»Das darf doch nicht alles wahr sein!« Corinna sah mich verzweifelt an.

»Ist es auch nicht«, sagte Maroun.

Mehrere Zeitungen der Sensationspresse zitierten diesen Artikel, der in Holland zuerst erschienen war und von einer indischen Agentur stammte – so hieß es jedenfalls. Das Ganze war äußerst dubios und verfehlte trotzdem seine Wirkung nicht. Auch wenn ich sicher war, daß Enzo die Gesetze nicht immer genau nahm, konnte ich nicht glauben, daß er oder Becker-Manzini ihre Hände im Organhandel beschmutzten. Enzo, dieser fragile, mehr alte als ältere Herr, der so vornehm erschien, wie nur Italiener wirken können, und der elegante Becker-Manzini, der vom Typ her eher bullig war – nein, das konnte nicht sein.

Ich ließ Maroun im Büro allein und fuhr an den Barmsee bei Mittenwald. Es regnete leicht, und ich spazierte um den See, wie früher oft mit Bea. Ich atmete tief die feuchte Moorluft ein. Die Berge waren grau verhangen, der Wald schwarz vor Nässe.

In einem Gasthof am See aß ich eine Renke, blickte über das Wasser, dachte nach und kam nicht weiter. Wir hätten uns von Maroun trennen können, der mich von den Schmerzen befreite und zu einem Freund geworden war, gegen den auch Corinna keine Bedenken mehr hatte. Sie hing jedoch am wenigsten an ihm. Alles überlegend, war es mir fast unmöglich geworden, auf Maroun zu verzichten.

Auf der Rückfahrt parkte ich den Wagen in Kaltenbrunn, einem Weiler bei Partenkirchen, und stieg den Waldweg nach Wamberg hoch. Der Arm hatte bereits am See zu schmerzen begonnen, die Stiche hatten sich verstärkt. Ich wollte die Blutzirkulation antreiben, was immer half. Auch deshalb hatte ich ja den mir noch immer lächerlich erscheinenden Kraftraum eingerichtet. Wie immer minderte die körperliche Belastung den Schmerz, aber als ich oben ein Bier trank und mich mit dem Wirt unterhielt, setzten die Stiche so heftig ein, daß ich fluchtartig aufbrach.

Zu Hause erwartete mich eine verstörte Corinna. Lyle & Bout hatte ihr die Kündigung nahegelegt. »Rausgeschmissen«, sagte Corinna. »Den Artikel von heute morgen haben sie nicht verkraftet.«

Ich wollte sie an mich ziehen, aber sie sträubte sich. »Ich bin für meine Kunden unzumutbar geworden.«

»Die lassen auch nichts aus!« entfuhr es mir.

»Wer ist die?« fragte Corinna.

15. Kapitel

Ich stieg aus dem Taxi und stand vor einer Villa der Jahrhundertwende, die in einer Seitengasse der Bahnhofstraße lag. Ich war am Morgen in Zürich angekommen und wollte nachmittags wieder nach München zurück. An dem schmiedeeisernen Tor war in eine silberne Platte »Beaunier & Beaunier« eingraviert, ich hatte die Bank gefunden, die Beas Geld verwaltete. Um mich anzumelden, hatte ich aus München angerufen und war schließlich mit Jean Louis Geretli verbunden worden, der sich auszukennen schien, sich aber am Telefon nicht weiter auslassen wollte. Ich drückte auf den Klingelknopf und fragte mich, ob die Herren Beaunier noch die Besitzer der Bank waren.

Das Tor öffnete sich automatisch mit einem unangenehmen Summton. Eine sonore Stimme bat mich einzutreten. Unter hohen Eichen ging ich auf die Villa zu. Mich empfing ein livrierter Pförtner, der mit seinem grauen Schnurrbart und weiß gestutzten Brauen Seriosität und Vertrauen ausstrahlte, was wohl zum Image der Bank beitragen sollte.

Ich folgte ihm über einen weichen roten Teppich durch das Foyer. An den Wänden hingen breite Stiche, Zürich im letzten Jahrhundert. Über allem lag Gediegenheit, Vertrauen hatte hier Tradition. Hatte Bea die Bank gefunden, oder war sie ihr von Henry empfohlen worden? Wir schritten in den langen Korridor eines Anbaus. Die Türen waren hier niedriger als die hohen weißgelackten in der Villa. Bea hatte nicht zu den wichtigsten Kunden der Bank gehört. Der Pförtner verließ mich mit einer leichten Verbeugung. Ich trat in das Vorzimmer von Jean Louis Geretli und sah mich einer sehr damenhaften Sekretärin gegenüber. »Herr Frank?« fragte sie.

Hinter ihr betrat ich Geretlis Büro, auf dessen Schreibtisch ich eine Tageszeitung sah. Geretli reichte mir die Hand und sagte zu der Sekretärin: »Die Akte Beatrice Marie Frank.«

Sehr lange hatte ich nicht mehr Beas vollen Namen gehört. Geretli bat mich nun, vor seinem leeren Schreibtisch Platz zu nehmen. Er war etwas jünger als ich, graumeliert und gebräunt, er sah wie ein Skilehrer am Ende der besten Jahre aus, um den sich um Entspannung bemühte Damen noch immer reißen würden. »Seit langem habe ich auf Sie gewartet«, sagte er.

Die Sekretärin brachte einen Aktenordner und Kaffee. Ich fühlte mich unbehaglich, fast wie ein Hochstapler.

»Nur eine Formalität«, betonte Geretli. »Aber bevor Sie Einblick in das Konto Ihrer verstorbenen Gattin nehmen, darf ich Sie bitten, sich auszuweisen.«

Ich reichte ihm meinen Paß, in den ich Erbschein und Sterbeurkunde gesteckt hatte. Zur Sicherheit hatte ich Beas letztes Heft mitgenommen, das ich aber in meiner Mappe ließ.

»Ihre Frau starb, ohne ein Testament gemacht zu haben.« Geretli studierte den Erbschein, der wie die Sterbeurkunde ins Deutsche übersetzt und von einem Istanbuler Notar beglaubigt worden war.

»Wie gut, daß Sie daran gedacht haben.« Geretli betrachtete die türkischen Formulare. »Eine eigenartige Sprache, so viele üs und ös.«

»Meine Frau hat die Vollmacht bei Ihnen hinterlegt.«

»Das schon, aber es ist alles lange her.« Geretli trank einen Schluck Kaffee und spreizte den kleinen Finger von der Tasse ab. Er hatte nun etwas weniger von einem Skilehrer. Er blätterte in Beas Akte, die er schräg von sich hielt. Ich konnte nichts sehen. Auch wenn mich Beas Geld im Grunde bedrückte, ärgerte mich Geretlis Zögern. Er genoß seine Macht, noch wußte er mehr als ich.

»Warum sind Sie eigentlich nicht eher gekommen?« fragte er.

»Ich wußte mein Erbe in guten Händen.«

»Ihre Frau war beeindruckend, ihr Verlust muß schwer zu ertragen gewesen sein.«

»Die Akte, bitte.«

»Warum haben Sie so lange gewartet, mich interessiert das

persönlich. Den meisten geht es nicht schnell genug, bis sie ans Geld kommen.«

»Herr Geretli, die Akte!« Ich sah auf eine Rosenhecke und bemühte mich um Beherrschung.

»Ihre Frau verunglückte beim Skifahren und erfror. War Sie eigentlich allein?«

»Das spielt keine Rolle.«

»Mich interessieren meine Kunden, das Leben, das sie führen, und wie sie daraus scheiden. Vielleicht schreibe ich ein Buch darüber, wenn ich pensioniert bin.«

»Wann wird das sein?«

Er reichte mir die Akte über den Tisch. »Sie sind jetzt reich, aber vielleicht waren Sie es ja schon vorher.« Er blickte mich gespannt an, während ich den Depotauszug überflog, an dessen Ende der Gesamtwert mit mehr als zehn Millionen Dollar ausgewiesen war. Zuerst spürte ich nichts, dann wurde mein Herzschlag schneller, und ich hatte das Gefühl, nicht mehr schlucken zu können, meine Kehle war wie ausgetrocknet. Ich suchte mir nichts anmerken zu lassen, räusperte mich und mußte husten. Ich griff nach der Kaffeetasse, fand aber kaum den Weg zu den Lippen.

»Ist Ihnen nicht gut?« fragte Geretli.

Ich schüttelte den Kopf, worauf er sagte: »Ihre Frau hat fleißig gespart, aber ich habe ihr Vermögen mehr als verdoppelt.«

Die Sekretärin erschien wieder, ich sollte Formulare unterschreiben. Obwohl sie die Stelle angekreuzt hatte, an der ich unterzeichnen mußte, setzte ich meine Unterschrift zitternd zwei Zeilen darunter. Beim zweiten Formular erwischte ich nur den weißen Rand, und erst beim dritten traf ich die richtige Stelle.

»Meinen Glückwunsch.« Geretli reichte mir die Hand und fragte, ob ich spezielle Anlagewünsche hätte. Ich verneinte und steckte den Depotauszug ein. Mein Magen zog sich in Krämpfen zusammen, mir schwindelte, ich fürchtete, mich übergeben zu müssen.

»Ihre Frau war etwas ganz Besonderes«, sagte Geretli. »Einmal hat sie mich ins Baur au Lac eingeladen. Wir aßen auf der Terrasse über dem See.«

Ich erhob mich, ich mußte ins Freie.

»Haben Sie sonst noch einen Wunsch?« fragte Geretli. »Vielleicht möchten Sie etwas cash mitnehmen, sonst lege ich den Barbestand an.«

»Legen Sie an!« Ich verabschiedete mich. Im Foyer traf ich einen fetten Araber in weißer Galabeya, der ebenfalls von einem würdigen Portier begleitet wurde. Im Garten gingen zwei Inder mit einem Mann im dunklen Anzug auf und ab.

Mein Rückflug war für den Nachmittag gebucht. Zum Baur au Lac war es nicht weit. Ich ging zu Fuß, setzte mich auf die Terrasse und bestellte unter lauter zu Mittag essenden Menschen eine Portion Tee.

Der Abend in München war trist. Corinna hatte ihren letzten Tag bei Lyle & Bout verbracht, und ihr Chef hatte sie nicht einmal zum Mittagessen eingeladen. Mit den Kollegen hatte sie zum Abschied etwas im Büro getrunken und saß nun deprimiert vor mir.

Am frühen Morgen war Pia angerufen und bedroht worden, nachmittags war Grebe an der Reihe gewesen. Man hatte ihm nahegelegt, sich von Pia zu trennen, sie nütze ihn aus und sei für ihn ein zu hohes Risiko. Grebe, der sich nicht einschüchtern ließ, hatte am Telefon mitgeschrieben. Er witterte den großen Stoff und fühlte sich mitten in der Realität.

Auch Maroun wußte nichts Gutes zu berichten. Enzo ging es wieder schlechter, zur Lösung seiner Probleme hatte er nichts beitragen können und alles auf die Lügen und Verleumdungen bösartiger Konkurrenten geschoben. Ich hatte Maroun gefehlt, sagte er, mit niemand anderem könne er so offen wie mit mir sprechen.

Es mußte etwas geschehen, ein Szenenwechsel war nötig. Ich schlug vor, schon am nächsten Tag nach Viareggio zu fahren. Corinna und Pia hatten sich in meinem Haus dort immer wohl gefühlt. Maroun war begeistert, aber eigentlich hatte ich ohne ihn reisen wollen.

Das Haus in Viareggio, das mein Vater in den Sechzigern gekauft hatte, lag am Rande des Seebades in einer Pineta. Der Garten war wie ein kleiner Park. Das Haus bestand aus zwei mit einer efeuüberwachsenen Pergola verbundenen Teilen. Im Grunde waren es zwei Häuser: In dem einen befanden sich Küche und Gesellschaftsräume, in dem anderen die Schlafzimmer und Bäder. Die Räume waren hoch und weiß gekalkt, die Außenwände terrakottafarben, an einigen rankten Forsytien hoch. Oleander und Hibiskusbüsche säumten Pool und Terrasse. Im hinteren Teil des Gartens wohnte der alte Gärtner Emilio mit seiner Frau. Bea hatte das Haus, das sie liebte, mit einigen modernen Möbeln eingerichtet. Corinna hatte danach kaum etwas verändert. Mit den Jahren waren nur mehrere Körbe und Tonkrüge hinzugekommen. Pia hatte sich hier zum ersten Mal mit einem italienischen Jungen in eine Disco verdrückt, und ich hatte fast nur schöne Erinnerungen.

Über unsere Ferien in Italien hatte Bea kaum etwas geschrieben. Aufregend war es nie gewesen. Nur Horacio hatte uns einmal besucht, und jetzt konnte ich mir gut vorstellen, daß Bea mit ihm nicht nur Kaffee getrunken hatte, wenn ich zum Tennis verschwunden war.

Da sich Emilio in den letzten Jahren nur noch um den Garten kümmern konnte, weil das Haus ihm zuviel geworden war, verbrachten wir die ersten Tage fast ausschließlich mit Handwerkern. Es gab kein heißes Wasser, die Toiletten funktionierten schlecht, und der Gasofen in der Küche hatte sich mit einem enormen Knall verabschiedet. Im Dach entdeckte ich ein Loch, und die Alarmanlage war nach unserer Abreise im letzten Jahr kaputtgegangen. Emilio hielt das für nicht so schlimm, bei uns gäbe es ja sowieso nichts zu holen, sagte er, nicht mal einen Fernseher. In drei Tagen jedenfalls gab ich für Reparaturen mehr aus als für zwei Wochen in einem Fünf-Sterne-Hotel.

Trotz Sonne und Meer war Corinna weiterhin bedrückt. Sie fühlte sich nicht nur ungerecht behandelt, unsere ganze Situation beunruhigte sie viel mehr als mich. Sie überlegte, wie sie eine neue Stellung finden konnte. Bei dem Vermögen, das ich inzwischen besaß, war das zwar lächerlich, aber noch hatte ich weder ihr noch Pia etwas davon gesagt.

Wenn Maroun, dessen Spanisch sich in eine Art Italienisch verwandelt hatte, nicht mit mir Handwerker überwachte, telefonierte er mit Enzos Firmen, Anwälten und Steuerberatern. Inzwischen wurde Enzo etwas Neues vorgeworfen: Er hätte, hieß es, in Thüringen Scheininvestitionen vorgenommen, Kredite erschwindelt, die Fabrikanlagen ausgeschlachtet und das Fabrikgelände als Bauerwartungsland verkaufen wollen. Maroun schwor, daß daran kein Wort wahr sei, alles sei mit rechten Dingen zugegangen, und die alten Anlagen seien abgebaut worden, um durch moderne ersetzt zu werden.

Es sollte jedoch noch härter kommen. Einige Illustrierte schrieben, Maroun sei nicht nur Myriams Liebhaber gewesen, sondern auch der von Enzo. Morgens habe er den Alten versorgt, tagsüber die gnädige Frau, und abends seien sie zu dritt ins Bett gegangen. Als Zeuge wurde ein philippinisches Dienstmädchen genannt, das nach dem Brand entlassen, in einer Tanzgruppe untergekommen und schließlich abgeschoben worden war. Maroun hatte sich die Artikel faxen lassen, und als er sie mir zeigte, war er so gefaßt wie immer.

Wir tranken auf der Terrasse Prosecco, der Wind fuhr durch die Pinien. Gegen Abend würde er stärker werden, ein Scirocco war im Anzug. Die Faxe raschelten, Maroun griff nach Pias Hand. Er war zu vielem fähig, wenn er etwas beabsichtigte, diese Erfahrung hatte ich mit ihm gemacht. Aber was wollte er wirklich? Er sagte, Enzo habe mit Männern nichts im Sinn, seit Jahren unterhalte er eine Geliebte in Mailand. Maroun war gespannt, wann die Papparazzi das herausfänden.

Wir aßen Spaghetti mit Scampi und Knoblauch. Corinna stand Bea mit ihrer Kochkunst in nichts nach.

»Weiß Myriam von dieser Freundin?« fragte Pia.

»Sie kennt sie. Myriam hängt sehr an Enzo, aber rein physisch ist er ihr zu alt. Sie hat sich gewundert, warum ich mich nicht vor ihm ekele.«

Ich dachte an meinen Arm, vor dem ich mich ekelte. Doch da sagte Maroun: »Wenn ich massiere, spüre ich kaum die Berührung mit den massierten Körperteilen, ich muß mich konzentrieren. Es ist nicht so, als wenn du einem anderen über den nackten Hals oder Arm streichst.«

Den sexuellen Verfehlungen seiner zukünftigen Adoptiveltern, über die in den Zeitungen spekuliert wurde, maß Maroun keine Bedeutung bei. »Das ist so dumm«, sagte er. »So was läuft sich von alleine tot.« Die Artikel über die angebliche Betrugsaffäre in Thüringen beunruhigten ihn weit mehr. »Das müssen wir in den Griff kriegen.«

»Wer denkt sich diese Scheiße eigentlich aus?« fragte Pia. »Wer sind die Leute, die uns schaden wollen?«

»Vernichten«, sagte Corinna.

Über die neuen Beschuldigungen vergaß ich fast Beas Erbe, es war mir auch irgendwie peinlich.

Maroun surfte mit Pia. Ich hatte meine Tochter schon früh zum Surfen mitgenommen, und sie konnte es gut, jedenfalls glaubte ich das, bis Maroun ihre Fehler zu korrigieren begann. Corinna hatte keine Lust zu surfen, und so saß ich mit ihr am Strand und sah Pia und Maroun zu. Der Arm schmerzte nicht, was vielleicht auch an der Sonne und dem warmen Sand lag.

Corinna schien sich zu entspannen. Ich hätte sie jetzt an einer Beratungsfirma beteiligen können, aber das hätte sie wohl nicht gewollt, und ich hätte ihr die Herkunft des Geldes erklären müssen. Das aber wollte ich vorerst nicht.

Nachdem das Haus instand gesetzt worden war, verbrachten wir ein paar ruhige Tage. Wir zeigten Maroun Lucca und Pisa, schliefen viel, und abends aßen wir in kleinen Fischlokalen. Eines Nachts liebten sich Maroun und Pia heftig. Ich hatte vergessen, wie hellhörig dieses Haus war. Corinna schlief bereits nach der ersten Nacht mit Ohrenstöpseln, mit denen ich wiederum keinen Schlaf finden konnte. Die Stimme meiner von Maroun umarmten Tochter zu hören, hatte für mich nichts Erregendes.

Am nächsten Morgen rief Grebe an und sprach länger mit Pia. Er wollte das Drehbuch nicht ohne Pias Zustimmung abschließen. Er war noch einige Male angerufen und bedroht worden und glaubte, daß Überhuber an dem Unsinn beteiligt war, der in seiner Eifersucht Maroun und Pia schaden wollte.

Einmal hatte ich Myriam am Apparat, die von Maroun auf dem laufenden gehalten wurde. Sie klang etwas unnatürlich und verlangte Maroun, der gerade mit Pia im Ort einkaufte. Ich erkundigte mich nach Enzo und wünschte mit ihm zu sprechen. Myriam bat, wir sollten ihn nicht aufregen, die Zeitungsartikel hätten ihm schwer zugesetzt. Immer wenn es ernst wurde, schob Myriam Enzos schwache Gesundheit vor, mein Ärger wuchs. Ich fragte, wie Enzo aus dieser Misere herauszukommen gedächte, worauf sie nur antwortete, wo ein Wille sei, sei auch ein Weg. Ich solle auch die momentanen Schwierigkeiten nicht so ernst nehmen.

»Deswegen hat Corinna immerhin ihren Job verloren«, entgegnete ich verärgert.

»Enzo kann ihr jederzeit einen besseren besorgen, wir müssen ihn nur ein bißchen schonen.«

Eine Woche hatten wir in Frieden verbracht, da spürte uns die italienische Skandalpresse auf. Es war ein angenehm kühler, fast windstiller Morgen, und das Meer rauschte leise wie von ganz weither.

Wir frühstückten, als uns die Reporter, es waren mindestens zwanzig, interviewen wollten. Sie standen am Gartentor und wollten eingelassen werden.

Noch waren sie einigermaßen höflich.

Corinna verschluckte sich, mir wurde warm. Maroun bekam einen harten Zug um den Mund, den ich noch nie an ihm bemerkt hatte.

»Jetzt geht das wieder los«, sagte Pia und begleitete ihn zum Tor. Sie sprach von uns das beste Italienisch.

Ein Minibus hielt auf der Straße, aus dem mindestens zehn Frauen und Männer sprangen und sich unter die Presseleute mischten. Plötzlich schlug die Stimmung um, und die Meute schrie im Chor: »Enzo, Carlo, wo seid ihr alten Schweine!«

Maroun drohte mit der Polizei. Einem breitschultrigen Mann gelang es, die Schreihälse zu beruhigen, doch gleich darauf mußten wir uns über Lautsprecher anhören, was Enzo und Carlo für Verbrecher seien, die vor nichts zurückschreckten, nicht einmal vor Mord an unschuldigen jungen Menschen, deren Armut sie in die Fänge dieser Monster treibe. Namen und Fotos der angeblich Getöteten waren auf Plakate gedruckt, die, auf Karton geklebt, an Stangen geschwenkt wurden. Vergrößerte Fotos von menschlichen Organen hingen wie Wäsche an einem Seil, das junge Leute über ihren Köpfen hielten. Ab und zu wurden die Beschimpfungen von Trauermärschen unterbrochen.

Ein Bursche mit Hakennase fragte mit hoher Stimme, ob Maroun in Indien auch geschlachtet werden sollte. Der verbat sich den Unsinn und rief: »Verschwindet! Alle!«

Da niemand Anstalten machte, versuchte er die Meute mit eindeutigen Handbewegungen zu verscheuchen. Eine zwei Meter große Frau fragte, wohin Enzo und Carlo denn geflohen seien, und ein junger Glatzkopf mit vielen Ringen in den Ohren schrie, daß Carlo und Enzo an den Galgen gehörten.

Dann sprangen einige über den Zaun, fotografierten und beschimpften uns als Schieber und Gangster, die mit schmutzigem Geld solche Grundstücke kauften und große Häuser darauf bauten. Als einer, der Maroun gefragt hatte, ob er Organe in die Staaten verkauft hätte, an Maroun vorbei wollte, packte ihn der an den Schultern und stieß ihn zurück. Eine Frau mit violett gefärbten Haaren fragte Pia, ob sie sich nicht schäme, mit Menschen wie uns zu leben, und zeigte auf Corinna und mich.

Zwei junge Männer mit Muskeln wie Bodybuilder beschimpften Maroun und stürzten sich auf ihn. Maroun machte sie mit zwei Karateschlägen kampfunfähig. Vor Schmerz brüllend, lagen sie auf dem Rasen und mußten sich übergeben. Kurz darauf wurde das Haus angegriffen. Steine flogen, Fenster wurden eingeschmissen. Maroun und Pia liefen auf uns zu, hinter meinem Rücken splitterte Glas. Die Scherben einer Glastür schlitterten über den Boden. Pia rannte ins Haus und rief die Polizei an, die auch bald eintraf. Aber die Bande hatte sich verzogen. Die Polizisten schrieben gelangweilt einen Bericht und setzten bedauernde Mienen auf. Wer uns angegriffen hatte, konnten sie nicht wissen, dafür reichten unsere Beschreibungen nicht aus. Maroun drohte die Blätter zu verklagen, die über den Überfall berichteten, worauf die Polizisten meinten, daran könne ihn zwar niemand hindern, aber viel würde er damit nicht erreichen.

In Deutschland hatten wir diverse Verfahren und einstweilige Verfügungen gegen verschiedene Sensationsblätter angestrengt, diesen aber nur Stoff für neue Artikel geliefert.

Am Abend kamen sie wieder, schlugen die Fenster ein, die den Ansturm überlebt hatten, und warfen Stinkbomben. Als die Polizei eintraf, waren sie längst wieder verschwunden. Wir hatten inzwischen das Feuer gelöscht, das im Garten gelegt, aber nicht ins Haus gedrungen war. Immerhin hatte die Polizei herausgefunden, daß die Mehrheit der Vandalen nicht Zeitungsleute waren, sondern berufsmäßige Randalierer und Demonstranten, die man engagieren konnte. Unglaublich! Wer hatte ein Interesse daran gehabt, diese Randale zu veranstalten? Etwa die, die darüber schreiben wollten? Es erschien immer wahrscheinlicher, daß alles von langer Hand vorbereitet war, um die Sardones, die Becker-Manzinis und uns niederzumachen. Wer konnte das sein? Die Mafia, Konkurrenten, persönliche Feinde oder Organisationen, von denen wir keine Ahnung hatten?

Die Polizisten hinterließen eine Bewachung, und wir wurden aufgefordert, in ein nahes Hotel zu ziehen. Als wir aus dem Garten rollten, weinten Corinna und Pia. Maroun saß am Steuer und schwieg. Ich drehte mich zum Haus um. Die Wächter hatten alle Lampen angezündet, deren Licht nun durch die Fensterhöhlen fiel. Der Gärtner Emilio räumte die Terrasse auf. Mein Arm schmerzte. Wir fuhren am Gartenzaun entlang, der an vielen Stellen niedergetreten worden war. Ich blickte noch einmal zum Haus und vermied es, Maroun anzusehen. Ohne ihn hätten wir ruhige Ferien verbracht, und Corinna wäre nie und nimmer entlassen worden. Wir hätten keine anonymen Drohungen bekommen, und ich wäre von keiner Zeitung zum zweifelhaften Geschäftsmann erklärt worden. Aber es war auch meine Schuld, ich hatte nicht nein sagen können. Jetzt hätte ich die Konsequenzen ziehen müssen, aber Maroun war schon zu sehr Bestandteil meines und unseres Leben geworden. Pia liebte ihn, wie sie wohl noch keinen Mann geliebt hatte.

Im Hotel rief Maroun, während wir in unserem Zimmer aßen, Myriam an. Maroun berichtete ihr, was vorgefallen war, dann sprach er mit Enzo, das heißt, er hörte ihm hauptsächlich zu, dann sagte er zu mir: »Enzo hat einen Käufer gefunden.«

Ich wollte Maroun den Hörer aus der Hand nehmen, er aber griff nach meinem Arm. Ich hätte schreien können, aber dann war der Schmerz auch schon vergangen.

Ich hörte Enzos Stimme: »Maroun wird Sie informieren. Es tut mir alles sehr leid, ich werde Ihnen natürlich den Schaden ersetzen.«

»Wir müssen Sie sehen!« rief ich. »So darf es nicht weitergehen! Wann kommen Sie nach Europa?«

»Ich lade Sie und Ihre Familie ein, meine Frau und ich freuen uns, Sie wiederzusehen. Kommen Sie zu uns!« Enzo verabschiedete sich, er klang noch sehr geschwächt.

Was würde wohl, fragte ich mich, Myriam zu Pia sagen?

Von Maroun erfuhren wir, daß »Human Reality«, ein Konzern in Singapur, an Enzos Firmen stark interessiert sei, da man in Europa investieren wolle.

Es war spät geworden, wir waren alle erschöpft. Bevor Maroun sich mit Pia zurückzog, riet er, Enzos Einladung anzunehmen, ein Tapetenwechsel sei für jeden von uns das beste.

»Tapetenwechsel«, wiederholte Pia. »Wo hast du das denn her?« Sie schmiegte sich an ihn. So hatte ich sie noch nie mit einem Mann umgehen sehen.

»Also auf nach Singapur!« sagte Maroun.

»Vielleicht ist diese Reise für uns alle wirklich ganz gut«, flüsterte Corinna, als wir in den steifen Laken des Hotelbettes lagen.

16. Kapitel

An einem kühlen Sommerabend stiegen wir in Frankfurt in die Maschine einer ostasiatischen Fluggesellschaft ein. Die Stadt lag im Dunst, über dem Odenwald war die Sonne durchgebrochen. Wie oft war ich hier gelandet und wieder abgeflogen, immer mit einem Koffer voller geschäftlicher Probleme, und jetzt war es wieder so und hätte doch soweit nicht kommen dürfen.

Die Skandalpresse ließ von Enzo und Carlo Becker-Manzini nicht ab, über den Organhandel wurde weiter gemutmaßt. Die angebliche menage à trois der Sardones mit Maroun hatte sich totgelaufen. Inzwischen war Enzos mailändische Freundin von den Papparazzis aufgespürt worden. Fotos zeigten sie in Läden, einem Restaurant, an einer Kinokasse und in einem Taxi. Sie war eine hübsche Frau in mittleren Jahren, die Myriam mit ihren üppigen Formen und den rotblonden Haaren ähnelte. Enzo hing auch im Alter an diesem Typ Frau.

Von Carlo hieß es, er sei an einem schweren Nierenleiden erkrankt. Man vermutete ihn im Fernen Osten, wo er an sich vor Ort, direkt an der Quelle, eine Transplantation vornehmen lassen wollte. Die Becker-Manzinis wurden mit Maroun nicht in Zusammenhang gebracht und als gute Freunde der Sardones beschrieben. Enzo und Carlo seien Jugendfreunde und hätten schon in der Nachkriegszeit fragwürdige Geschäfte gemacht. Auf diese wurde jedoch nicht näher eingegangen, auch nicht auf die Kunstliebe der beiden Männer.

Maroun hatte unsere Reise von »Seven Winds«, einer internationalen Reiseagentur, organisieren lassen. Wir flogen erster Klasse, das hatte sich Enzo nicht nehmen lassen, und wurden mit fernöstlicher Aufmerksamkeit behandelt. Wäre es erlaubt gewesen, hätte man uns ins Flugzeug getragen. Am Schalter wurden wir von einem Herrn von »Seven Winds«

empfangen, der uns neben Prospekten und Broschüren ein Schreiben überreichte, in dem man uns willkommen hieß und versicherte, daß keine Anstrengung zuviel sei, um unsere Reise so angenehm wie möglich zu gestalten.

Erst einmal würden wir über Bangkog nach Rangun fliegen. Ich hatte unbedingt wieder einmal nach Burma gewollt, und Enzo war noch so geschwächt, daß er uns nicht so bald empfangen konnte. Von Rangun aus würden wir nach Pagan reisen, der tausendjährigen Tempelstadt am Irrawady. Pia kam die Reise gelegen, das Drehbuch war beendet, und sie suchte einen neuen Stoff, außerdem war sie glücklich, mit Maroun zusammen zu sein. Grebe beneidete sie um die Reise, er wurde inzwischen nicht mehr bedroht. Den Überfall in Viareggio hatte ihm Pia seitenlang beschreiben müssen, denn in den einschlägigen Blättern war kaum etwas darüber zu lesen. Hingegen berichteten Zeitungen und Wirtschaftsmagazine über den möglichen Verkauf von Enzos Firmen an »Human Reality« in Singapur. Über die Verkaufsbedingungen wurde nichts Konkretes berichtet, auch nicht über den zu erwartenden Erlös, nur auf Enzos hohe Bankschulden wurde detailliert eingegangen. Maroun meinte jedoch, Enzo blieben mindestens vierzig Millionen Dollar. Jetzt reiste er mit Myriam seit sechs Wochen von einem Land ins andere, von einem Hotel zum nächsten. Soweit wir wußten, war er auf Pamalikan, einer philippinischen Insel im Südchinesischen Meer.

Die Stewardessen waren hübsche junge Frauen, die uns alle Wünsche erfüllten. Dauernd boten sie etwas zu essen oder zu trinken an. Corinna war es fast zuviel, aber ich genoß es. Nirgendwo wurde man für sein Geld so verwöhnt wie in Südostasien. Die anderen Passagiere waren außer zwei weiteren Ehepaaren nur Männer, fernöstliche Geschäftsleute und Europäer, die sich in zwei Gruppen aufteilten: Die eine hatte nur Sex im Kopf, und die andere war daneben noch hinter dicken Aufträgen her. Die Blicke, die sie den Stewardessen zuwarfen, waren oft unverschämt, und ihr zumeist schlechtes Englisch war peinlich. Ein dickbäuchiger Mann mit roten

Backen schlug sich bei jedem Witz klatschend auf die Schenkel. Neben ihm fiel ein junger Mann, aus dessen Hemd Herzen und Engelköpfe aus Ebenholz hingen, stets in das Lachen mit ein.

Nach dem Abendessen schliefen Corinna und ich bald ein, wir hatten genügend Rotwein getrunken. Ich träumte schwer und wachte ein paarmal auf, vielleicht weil wir über Länder flogen, in denen ich mit Bea gelebt hatte, und womöglich waren wir auch über den Uludag geflogen. Seit ich in Zürich mit Herrn Geretli gesprochen hatte, bedrängten mich wieder Träume, in denen ich mit Bea auf Skiern steile Hänge bei schlechter Sicht und Schneetreiben herunterraste. Über dem Nordosten Indiens wurden wir bei Sonnenschein geweckt, das Frühstück wurde serviert. Maroun hatte fest geschlafen, unter Schlaflosigkeit litt er nie. Pia dagegen hatte kein Auge zugemacht und einen Block vollgeschrieben. Ich fragte, ob sie ein Tagebuch führe.

»Wie kommst du darauf?« entgegnete sie erstaunt.

In Bangkog hatten wir bis zum Abflug nach Rangun mehrere Stunden Aufenthalt. Zwei junge Damen von »Seven Winds« nahmen sich unser bereits an der Gangway an und führten uns in einen VIP-Raum, in dem ein zweites Frühstück serviert wurde. Ich aß die Früchte, Maroun alles. Oft hatte er diesen Heißhunger, als hätte er als Kind nicht genug zu essen bekommen, und dennoch setzte er kein Fett an. Pia und Corinna lasen die »Bangkog Post«. In Chiang Mai war ein Europäer tot in seinem Hotelzimmer aufgefunden worden. Angeblich hatte er eine Überdosis Schlafmittel geschluckt. An der Grenze zwischen Thailand und Kambodscha war es wieder zu Kämpfen gekommen, die Roten Khmer gaben keine Ruhe. Der Tod des Unbekannten wurde damit in Verbindung gebracht. Alle besseren Geheimdienste trieben in der Tschanebene und in den Grenzgebieten ihr Unwesen. Nirgendwo wurde mehr Heroin hergestellt.

Eine Limousine brachte uns zur Maschine der burmesischen Fluglinie, die früher keinen guten Ruf gehabt hatte, zu meiner Zeit war eines ihrer Flugzeuge nach dem anderen abgestürzt. Aber das hatte sich offenbar geändert, viele japanische und amerikanische Touristen flogen mit uns. Zum Abschied hängten die jungen Damen von »Seven Winds« Corinna und Pia Kränze aus Orchideenblüten um.

Im Flugzeug vertiefte sich Corinna in den Reiseführer, ihre Stimmung verbesserte sich zusehends. Pia las weiter Zeitung, und Maroun arbeitete auf seinem Laptop. Als wir in Rangun gelandet waren, wurden wir am Flugzeug von einem Minibus von »Seven Winds« abgeholt. Dieses Mal bemühten sich zwei Männer mit bartlosen Gesichtern, beide in Marouns Alter, um uns.

Maroun begrüßten sie unterwürfig. Sie trugen statt Hosen eine Art Rock, den Longie.

Auf dem Flugfeld war es unerträglich heiß, der Asphalt eine weiche Paste, aber im Bus lief die Klimaanlage. Nach dem riesigen Flugplatz in Bangkok, den nicht endenwollenden Gängen und immer wieder neuen Abflughallen, war dieser Flughafen angenehm provinziell, klein, eng und eiskalt. Die beiden Burmesen schlotterten.

An der Paßkontrolle war alles für unsere Ankunft vorbereitet. Unsere Burmesen verschwanden für Minuten mit unseren Pässen, dann passierten wir ungefragt den Zoll, die Koffer blieben ungeöffnet. Barfüßige Männer trugen sie mit gesenktem Blick an uns vorbei. Zwei Taxis warteten: Maroun fuhr mit Pia, Corinna mit mir. Zu jedem von uns setzte sich einer der Burmesen. Über eine mehrspurige Schnellstraße fuhren wir in die Stadt, vorbei an kolonialen Villen in großen Gärten, in denen hohe Bäume wuchsen und Büsche und Blumen in allen Farben blühten. Über allem ragte die Schwedagong Pagode mit der vergoldeten Stupa in den wolkenlosen Himmel.

Im »Strands« waren Zimmer reserviert, worauf ich bestanden hatte. Um die Jahrhundertwende hatte dieses Hotel zu den besten Asiens gezählt und war vor einigen Jahren renoviert worden.

Ich trat hinter Maroun ins Foyer, eine sehr hohe quadratische Halle. Ein kühler Luftzug schlug uns entgegen. Über uns surrten riesige Ventilatoren, es roch nach Sandelholz und Vanille. Sessel und Stühle aus Rattan oder Bambus standen um niedrige Tische. Die holländische Empfangsdame, die auffallend Akne hatte, begrüßte uns mit unserem Namen. Die Zimmer waren im zweiten Stock, um den eine Galerie lief, von der man in die Halle blicken konnte. Wir sahen auf den Hafen, auf die in Hitze und Staub unbeweglichen Palmen.

Corinna ließ sich aufs Bett fallen. »Da sind wir wieder.« Kurz nach unserer Hochzeit hatte sie mich auf einer Geschäftsreise nach Rangun begleitet, und damals war das »Strands« ein heruntergekommener Bau, in dem man in der warmen Feuchtigkeit unter ratternden Ventilatoren Schlaf suchte. Der Service war lausig und die Gin Tonics lauwarm gewesen. Das Hotel hatte nur über einen mit Gas betriebenen Kühlschrank verfügt.

Ganz plötzlich wurde es dunkel. Ich hatte fast schon vergessen, wie schnell die Nacht in den Tropen hereinbricht, die Sonne war eben erst untergegangen. Wir aßen im Hotel, indisch, heißes Nanbrot, Chatneys, Safranreis, Currysauce über geschmortem Huhn und gedünstetem Lamm. Es war halb acht und das Restaurant überfüllt. Internationale Reisegruppen hatten fast alle Tische besetzt, nur in den Ecken saßen einzelne Männer, die wohl geschäftlich unterwegs waren. Über uns schwebten ausladende Ventilatoren. Das scharfe Essen trieb mir das Blut in den Kopf. Wir tranken philippinisches Bier, San Miguel. In den vielen Jahren in Südostasien hatte ich bestimmt einige Hektoliter davon getrunken.

Wir hatten noch nicht zu Ende gegessen, als einer der beiden Burmesen von »Seven Winds« im Restaurant erschien und Maroun einen dicken Umschlag überreichte, den er öffnete und wieder schloß. Maroun warf dem jungen Mann einen mißbilligenden Blick zu, weil er uns beim Abendessen gestört hatte, und sagte zu mir: »Faxe von Enzo, wir reden morgen darüber.«

Seitdem wir uns in Asien befanden, hatte sich Maroun in einen unnahbaren Chef verwandelt, es kam jetzt ganz das Asiatische in ihm zum Tragen. Maroun war keiner der vielen Eurasier, die nicht wußten, wo sie hingehörten. Er hätte gut aus dem Mittleren Osten kommen können, dort hatten Menschen wie er weniger Schwierigkeiten mit der westlichen Wesensart. Maroun aber hatte einen Teil seiner Jugend in Manila verbracht, und die Philippinen waren das einzige Land in Fernost, in dem noch am ehesten westlich gedacht wurde.

»Seven Winds kümmert sich ja um alles«, sagte Corinna zu Maroun. »Wie bist du auf die gekommen?«

»Enzo hat sie empfohlen.«

»Wie das?«

»Seven Winds ist überall in Asien vertreten, in Italien und anderen europäischen Ländern.«

Wir gingen auf Marouns Empfehlung früh auf unsere Zimmer, er wollte noch ein bißchen arbeiten. Corinna schlief schnell ein. Mir machte der Zeitunterschied zu schaffen. Um zehn stieg ich vorsichtig aus dem Bett, in München war es jetzt vier Uhr nachmittags. In Hemd und Hose schlenderte ich durch die Lobby, einer der beiden Burmesen hatte sich mit geschlossenen Augen in einem Sessel zurückgelehnt. Es sah aus, als schliefe er.

Ich machte einen Bogen um ihn und stellte mich an die Bar, die noch ganz wie früher war, eine dunkle Boiserie hinter einem langen, massiven Tresen aus poliertem hellbraunen Holz. Der Barkeeper war ein weißhaariger Inder, der schon für die Engländer Getränke gemixt hatte. Ich trank aus alter Gewohnheit einen Gin Tonic. An der Bar saßen drei Japaner, ein amerikanischer Mulatte, der Pressefotograf und ein Deutscher, der Journalist war, wie ich aus dem Gespräch der beiden entnahm. Ich war auf Journalisten weiß Gott nicht scharf. Sie unterhielten sich über den Toten in Chiang Mai, den Selbstmörder, wie wir gelesen hatten. Doch wußten die beiden mehr. Der Tote, sagte der Mulatte, sei Italiener, eigentlich nur ein halber, da er eine deutsche Mutter gehabt hatte. Das Zimmermädchen des Hotels habe einen Brief gefunden, der aber verschwunden sei.

Die beiden glaubten weder an den Brief noch an einen Selbstmord und diskutierten über verschiedene Möglichkeiten, wie der Halbitaliener zu Tode gekommen sei, bis der deutsche Journalist fagte: »Wie hieß der Mann eigentlich, weiß man das jetzt?«

»So ähnlich wie Packer und noch was Italienisches dran«, erwiderte der Mulatte.

»Becker-Manzini«, platzte ich, einer Eingebung folgend, heraus.

»That's it!« rief der Mulatte und wandte sich gemeinsam mit dem Deutschen mir zu.

»Was hat Becker-Manzini in Chiang Mai getrieben?« fragte ich auf englisch und lud die zwei zu einer Runde ein. Sie wußten es nicht oder wollten es mir nicht sagen. Der Mulatte meinte nur, der Verdacht, Becker-Manzini sei Agent eines Geheimdienstes, stimme wohl nicht. Tote Agenten ließe man nicht im Hotelzimmer, auch würden sie dort selten umgebracht, wenn es professionelle Killer auf sie abgesehen hätten.

»War er mit seiner Frau in Chiang Mai?« fragte ich.

»Von der ist nichts bekannt«, sagte der Deutsche, dessen Akzent ihn als Rheinländer verriet. »Mit seiner Frau sollte man auch nicht nach Thailand reisen.«

»Hatte er überhaupt eine?« fragte der Mulatte.

»Er war verheiratet«, sagte ich.

»Kannten Sie die beiden?« fragte der Rheinländer, dessen Akzent mich nervte. Und plötzlich beherrschte mich das beunruhigende Gefühl, das ich am Anfang mit Maroun empfunden hatte und das wieder erwacht war.

»Eigentlich nicht«, sagte ich schließlich. »Wie man die Leute halt so kennt.«

»Aber eigentlich doch«, sagte der Rheinländer auf deutsch und rutschte zu mir heran.

»Arno!« rief der Mulatte. »Eure Geheimsprache verstehe ich nicht.«

Der Mulatte und Arno arbeiteten für eine Nachrichtenagentur. Sie waren jung und schworen, nur so kurz wie möglich für diese Sklaventreiber zu schuften. Der Mulatte war ein bereits bekannter Pressefotograf, der vor einem Jahr für den Pulitzerpreis nominiert worden war, wie Arno stolz bemerkte.

Der Mulatte hieß Henry und reichte mir die Hand, die ich um ein Haar übersehen hätte, was ihm nicht entgangen war. »Bist du Rassist?« fragte er.

»Überhaupt nicht, ich habe eben nur an etwas anderes gedacht.«

»Sicher nichts Gutes«, sagte der Rheinländer und glitt gähnend von seinem Hocker. »Henry hat sich übrigens den Künstlernamen Malcolm III zugelegt. Er glaubt, das klingt besser.«

Wir unterschrieben die Kassenzettel. Meine Zimmernummer hatte ich vergessen. Der Barkeeper zeigte auf meinen Zimmerschlüssel.

Trotz des Alkohols konnte ich auch jetzt nicht schlafen. Ich trat durch die Drehtür ins Freie. Die Feuchtigkeit legte sich auf mich wie ein nasses Handtuch.

Nur eine Handvoll Menschen waren auf den schlecht beleuchteten Straßen unterwegs. Unter den Palmen und Eukalyptusbäumen am Straßenrand herrschte Finsternis. Eine alte Frau überholte mich auf einem Fahrrad, ihre weißen Haare leuchteten in der Dunkelheit. Ein großer Hund schnüffelte an mir. Ich hatte keine Angst, in Fernost bissen solche Köter nicht. Eine junge Frau hockte mit einem Baby unter einer Straßenlampe und streckte die Hand aus. Ich hatte kein Geld in der Tasche und wechselte auf die andere Straßenseite. Zwei Männer kamen auf mich zu, die lange Stangen wie Speere trugen. Sie eilten vorbei, ohne mich anzusehen. Ich hätte jetzt gern eine Zigarette geraucht und drehte zum Hotel um, das hoch und weiß ins Dunkle aufragte und Sicherheit versprach. Ich fühlte mich als Tourist.

Am nächsten Morgen besuchten wir mit einem Führer die Schwedagong Pagode, die sich hoch über die Stadt erhob und von allen Stadtteilen aus zu sehen war. Die Sonne spiegelte sich in der vergoldeten Stupa, die sich, spitz zulaufend, in den Himmel schob.

Der Führer war wieder von »Seven Winds«. Er erzählte, daß die Stupa alle zehn Jahre mit Gold neu verkleidet werden müsse, wozu über zehn Tonnen Blattgold nötig seien, die über siebenhundert Millionen Dollar kosteten.

Ein Aufzug brachte uns zu einer Terrasse unter der Pagode. Es roch hier nach Thanaka und Jasmin. Um uns waren viele Menschen in Bewegung, unter die sich kahlgeschorene Mönche in safranfarbenen Gewändern mischten. In Buden und Ständen wurden Buddhabilder in allen Größen, Perücken, Kosmetika aus Tanakaholz, lackierte Schachteln und Behälter und große Mengen Blumen verkauft, die weiter oben Buddha dargebracht werden sollten.

Über eine Freitreppe erreichten wir den eigentlichen Tempelbezirk, auf dem sich noch sehr viel mehr Menschen bewegten, aber auch saßen, hockten oder sich ausgestreckt hatten, ruhten oder schliefen. Hier wurden Geschäfte abgeschlossen, Ehen gestiftet und alle möglichen Pläne gemacht. Familien picknickten, Studenten studierten, viele lasen Zeitungen oder Bücher, alles geschah zwischen den Gebeten.

Wir folgten Gläubigen und Mönchen, immer im Uhrzeigersinn, und ließen die Pagode auf der rechten Seite liegen. Links standen mausoleenartige Tempel und Pavillons, weißgekalkt und teilweise goldverkleidet, die zu Ehren von guten und bösen Geistern, den Nats, errichtet worden waren.

Der Führer kannte sich hervorragend aus und ließ keine Frage unbeantwortet. Hinter einem Wasserbecken aus Marmor wurde eine ein Meter hohe, verwaschene Buddhafigur von den Gläubigen mit Wasser begossen. Der Führer forderte uns auf, dem Buddha auch etwas Gutes anzutun. »Bei dieser Hitze«, wie er sagte. Wir stellten uns an das Ende der Schlange.

Ich fragte Maroun, ob er hier auch mit Myriam und Enzo gewesen war.

»Ja, sie haben es genossen«, antwortete er.

»Und die Becker-Manzinis?« fragte ich und fing den unaufdringlichen Blick des Führers auf.

»Die auch«, sagte Maroun.

»Warst du mit ihnen hier?«

Maroun schüttelte den Kopf. »Wir trennten uns in Hongkong. Es war ohnehin eher zufällig, daß wir zusammen reisten.«

Corinna wußte, daß es um die Pagode und an den Aufgängen zu den Treppen Wahrsager geben mußte. In Djakarta und Singapur hatte sie sich dauernd die Zukunft lesen lassen, wie Bea in Istanbul und Teheran. Meine beiden Frauen waren nicht nur ehrgeizig, sondern auch abergläubisch.

Was sie zu erwarten hatten, wurde aus Karten, Kaffeesatz, den Handflächen oder Zahlen entnommen.

Der Führer kannte einen Wahrsager, den besten natürlich. Er saß im Schatten eines Elefanten aus Gips, der Schutzherr für alle war, die an einem Mittwochmorgen geboren waren. Der Mann war alt, trug eine starke Brille und strömte einen intensiven Minzegeruch aus. Er sprach kein Englisch und las die Zukunft aus den Geburtsdaten. Der Führer übersetzte unsere Angaben, und der Alte schrieb alles auf, dann rechnete er.

Als erste war Pia an der Reihe. Alles bei ihr war wunderbar, es gab nicht einen Grund zur Beunruhigung, und so war es bei jedem von uns, wir schienen einer sorgenfreien Zukunft entgegenzugehen. Geld, Glück und Erfolg, Liebe und gute Gesundheit. Der Alte machte nur eine Einschränkung, jeder von uns wurde ermahnt, ein Organ immer besonders zu pflegen. Bei mir war es die Leber.

Es entging mir nicht, wie der Alte zweimal den Kopf schüttelte und seine Lippen sich schweigend formten. Ich hatte den Verdacht, daß er alles verstanden hatte und nicht einverstanden mit dem war, was der Führer übersetzte. Doch dann drückte er uns zum Abschied herzlich die Hand. Bevor er sich wieder im Schatten des Elehanten niederließ, wechselte er einige Worte mit dem Führer. Den regungslosen Mienen der Männer war nichts zu entnehmen.

17. Kapitel

Das Flugzeug schwebte über dem dichten Nebel, drang in ihn und sank durch den milchigen Dunst, ohne daß Pagan oder der Irrawady zu sehen waren. Noch wußten wir nicht, daß die alte Tempelstadt auf Sicht angeflogen wurde. Corinna saß am Fenster, ich daneben. Der Nebel erinnerte an dunkle Wintertage, an Skiabfahrten, bei denen man sich leicht verfahren konnte.

Der Pilot riß das Flugzeug hoch, es wurde heller, und dann war wieder der blaue Himmel über uns, unter uns blieben Nebelschleier.

Plötzlich zog der Pilot die Maschine im spitzen Winkel herunter, als hätte er ausweichen wollen oder die Landepiste nicht gefunden. Mir war, als würden wir durch den Nebel stürzen. Pia drückte den Kopf an Marouns Schulter, Corinna griff nach meiner Hand. Die Touristen um uns behielten auch die Nerven, als wir wie durch eine Kurve geschleudert wurden. Nur ein hagerer Mann in einem T-Shirt der Chicago Bulls rief: »Shit!«, und das hatten auch die beiden Engländer vor vielen Jahren im Flugzeug zwischen Djedda und Riad gerufen, nachdem ich sie darauf aufmerksam gemacht hatte, daß die Ölkappe auf dem Flügel an meiner Seite nicht geschlossen war und das Öl wie aus einer aufgeschnittenen Pulsader gegen die hinteren Fenster spritzte, wo niemand außer mir saß.

Corinna fragte die Stewardeß, ob wir Probleme hätten. Sie verneinte, es sei bloß der Nebel, und den gäbe es in Pagan nur alle zehn Jahre einmal. Mir fiel der indische Steward ein, den der Ölverlust damals ebensowenig gestört hatte. Wir waren die einzigen Passagiere gewesen, und ich war ins Cockpit gestürzt und hatte den Piloten angeschrien, der erst nervös wurde, nachdem ich ihn nach dem Ölmesser gefragt und er auf eine sinkende Nadel am Armaturenbrett gezeigt hatte.

Das hatte uns das Leben gerettet.

Wir setzten den Steilflug durch den Nebel jetzt wieder nach oben fort, bis die Sonne in die Kabine schien. Über Lautsprecher erfuhren wir, daß wir nach Rangun zurückflogen. Ein Thai drehte sich um und sagte: »Die haben da unten nicht mal ein Telefon«, und ein dicker Amerikaner fügte hinzu: »Wir sind nicht allein in der Luft.«

Wir näherten uns Rangun, flogen am Irrawady über spärlich bebaute Felder. Die karge Ebene wurde von verkarsteten Bergen begrenzt. Vor uns tauchte die Schwedagong Pagode als feines Gebilde am Horizont auf, bald darauf weitere Pagoden.

Wir flogen im Bogen über die Stadt, unter uns lag der Scott Market. Wie magisch angezogen hatten wir ihn in den letzten Tagen immer wieder besucht. Corinna und Pia waren nicht zu halten gewesen, fein gearbeiteter Perlmuttschmuck, Schals und Blusen aus Seide, gelackte Schalen, Dosen und Etuis, manches aus der Kolonialzeit wie Tabakpfeifen und Taschenuhren, Zigarren für Damen, Armbänder aus Jade und Marionetten. Den Führer von »Seven Winds« baten wir, alle Einkäufe nach München zu schicken. Auf dem Dachboden würden sich neben Beas Kisten und Kartons, die voll mit mittelöstlichem Tand waren, nun weitere mit fernöstlichem ansammeln, aber ein Tagebuch würde nicht mehr zu finden sein.

Wir hatten morgens und abends Ausflüge in die Stadt gemacht, die von asiatischem Treiben erfüllt war, friedlich und fremd, anziehend und geheimnisvoll. Die heiße Mittagszeit hatten wir im Hotel verbracht. Während der Spätnachmittage und frühen Abende hatten wir uns in der Schwedagong Pagode im Strom burmesischen Lebens mittreiben lassen. Und immer hatte uns einer der Führer von »Seven Winds« begleitet, die wie Kletten an uns klebten. In der Lobby war ich einmal Arno und Malcolm begegnet, die zu einem Taxi eilten. »Nicht viel Neues!« hatte mir Arno zugerufen.

Nachdem wir in Rangun gelandet waren, verbrachten wir

mehrere Stunden am Flughafen, entweder unter einem Wellblechdach auf kochend heißen Kunststoffstühlen oder im VIP-Salon bei winterlichen Temperaturen. Unser unermüdlicher Führer versorgte uns ständig mit Getränken.

Am Nachmittag flogen wir dann wieder nach Pagan, die Zahl der Passagiere hatte sich halbiert. Hätten Maroun und Pia Corinna und mir nicht Mut gemacht, wären ich und Corinna lieber ins »Strands« zurückgekehrt.

Als wir uns endlich unserem Ziel näherten, dampfte feiner Nebel über dem Fluß, über Pagan war der Himmel wolkenlos. Unser Flugzeug war noch nicht zum Stillstand gekommen, da flog bereits ein anderes die einzige Landepiste an, und über uns kreisten weitere Maschinen.

Das Hotel hieß »Thiripyitsaye« und war erheblich einfacher als sein Name. Uns wurde ein Bungalow zugewiesen, in dem kein Wasser lief, und im Bad stank es. Die Betten waren durchgelegen und zu kurz, aber Corinna klagte nicht und hoffte, daß »Seven Winds« schon etwas einfallen würde.

Uns wurde von dem Führer geraten, die Pagoden entweder am frühen Morgen oder vor Sonnenuntergang zu besteigen, es sei dann kühler und das Licht gäbe den Tempeln klarere Konturen. Er schlug vor, wir sollten einen ersten Eindruck von einer Pagode am Rande der Tempelstadt gewinnen. Das grelle Licht des Nachmittags wurde bald zu gelblichem Orange, und als wir unser Ziel erreichten, war es in Karmin übergegangen. Die Pagode war etwa dreißig Meter hoch und teilweise restauriert worden. Stufen und Vorsprünge waren ausgetreten. Maroun folgte dem Führer, ich dicht hinter ihm. Corinna und Pia waren auf einem Sims zurückgeblieben. Ich schwitzte, die Kamera schlug gegen meine Brust, und der Arm, den Maroun nach dem Frühstück massiert hatte, schmerzte. Ich wäre gern einmal stehengeblieben, um Atem zu schöpfen, aber Maroun war inzwischen fünf Stufen voraus.

Gerade als ich mich durchgerungen hatte, etwas auszuruhen, rutschte Maroun mit dem rechten Fuß aus und knickte mit dem linken um. Er verlor das Gleichgewicht und schlitterte mir auf dem Rücken entgegen. Ich hielt ihn an den Füßen fest, so daß ich auf ihn fiel. Auf einer schmalen Empore in etwa zwanzig Meter Höhe blieben wir liegen.

Der Führer zog Maroun die Schuhe aus, der linke Fuß schwoll an. Ich wickelte mein Taschentuch um den Knöchel, und notgedrungen mußten wir uns an den Abstieg machen. Bis wir endlich wieder im Hotel waren, dauerte es eine ganze Weile, und mehr schlecht als recht stützten der Führer und ich Maroun, der immer wieder umzukippen drohte.

Im Hotel bandagierte Corinna Marouns Fuß und rieb ihn mit einer Salbe ein, auf die sie schwor. Corinna reiste nie ohne ihre Reiseapotheke. Uns war klar, daß Maroun sich in den nächsten Tagen zu schonen hatte und viel liegen mußte.

Nach dem Abendessen verließ ich die anderen und trat in die sternenklare Nacht hinaus. Ich war öfter in Burma gewesen und wollte mit meinen Erinnerungen allein sein. Für meine Firma hatte ich damals eine Zementfabrik an die Regierung verkauft, von der ich das Geld in Raten kassierte. Um die Zahlungen verzögern zu können, hatte man mich zu korrumpieren versucht, mit Geld, Mädchen und Drogen. Aung Myat Min hatte alles versucht, mit Charme und Argumenten, die ich nie akzeptierte, weil sie zu burmesisch waren, dann hatte er mit Gewalt gedroht. Ich hatte lange nicht mehr an Aung Myat Min gedacht, aber jetzt glaubte ich in Maroun eine gewisse Ähnlichkeit zu sehen, keine äußerliche allerdings. In beiden war die gleiche Entschlossenheit, die stille Energie, die Kraft, sich durchzusetzen.

Ich wollte zur Ananda Pagode, die weißgekalkt weit von mir im Licht des zunehmenden Mondes leuchtete. Ein leichter Wind war aufgekommen, es hatte sich abgekühlt. Ein Karren kam mir entgegen, auf dem ein alter Mann zwei Ochsen lenkte. Ich deutete auf die Pagode. Der Mann nickte zustimmend und sog an einer angenehm duftenden Zigarette. Er reichte mir die Hand, und ich setzte mich neben ihn. Wir schwiegen, ich ließ meine Gedanken treiben, mir fielen Menschen ein, die ich vergessen, und viele riskante Situationen, die ich überlebt hatte. Was hatte ich für ein Glück gehabt!

Kurz vor der Pagode näherte sich ein Taxi und fuhr dicht an mich heran. Arno lehnte sich aus dem Fenster und fragte, ob ich auch zur Ananda Pagode wollte. Ich wäre lieber allein geblieben, aber dann steckte ich dem Alten Geld zu und setzte mich zu den beiden jungen Männern.

»Einmal ohne den Chinesen?« begrüßte mich Malcolm.

Die beiden wurden von einem staatlichen Reiseführer begleitet, der einen goldenen Stern auf der Brust trug und amerikanische Zigaretten rauchte. Wir folgten ihm in das Innere der Pagode durch einen hohen, aber engen Korridor, von dem mehrere niedrigere Gänge abzweigten. Den Mittelpunkt der Pagode bildete ein domartiger Raum, in dem vier über zehn Meter hohe Buddhas jeweils in einer Himmelsrichtung standen. Malcolm, der eigentlich Henry hieß, knipste sofort los, bis er den Film wechseln mußte. Arno fragte, wo ich Weib und Kind gelassen hätte – etwa bei dem Chinesen?

»Er hat sich den Fuß verstaucht, was habt ihr gegen ihn?«

»Nichts, überhaupt nichts«, sagte Arno.

»Stellt euch unter den Buddha!« Malcolm deutete auf den, der uns am nächsten war. Arno ergriff meine kaputte Hand und zog mich auf eine Stufe. Der Schmerz durchzuckte mich, ich stöhnte auf.

»Sorry«, sagte Arno.

Malcolm knipste in einem fort, weshalb ich sagte: »Du verschwendest deine Zeit, ich bin völlig uninteressant.«

»Du bist Teil der Geschichte.« Malcolm fotografierte nun aus einem anderen Winkel.

»Was für eine Geschichte?«

»Eure, die auch unsere ist.« Arno hüpfte von der Stufe.

»Wir wissen was, was du nicht weißt.« Malcolm wechselte schon wieder den Film. »Jetzt haben wir Fotos von dir mit einem Buddha.«

»Für was eigentlich?«

»Für unsere Geschichte«, sagten beide gleichzeitig.

»Ich habe keine.«

»Jeder Mensch hat eine«, sagte Arno. »Deine ist interessant.«

»Lohnt sich aber nicht.«

»Nein, nein«, sagte Malcolm. »In den letzten Wochen wart ihr dauernd in der Zeitung, du und der Chinese.«

»Alles gelogen.« Ich kämpfte mit einem flauen Gefühl, und Malcolm sagte: »Etwas ist immer dran, und in eurem Fall wohl eine ganze Menge.«

»Bitte, weiter«, bat der Führer.

»Okay, okay.« Malcolm schoß ein letztes Bild von uns.

Vor dem Eingang wartete das Taxi. Arno wollte noch etwas trinken und schlug ein Lokal mit Aussicht auf den Fluß vor. Erst weigerte ich mich, aber dann gab ich doch dem Drängen der beiden nach.

Arno sagte: »Ich denke mal, daß du uns noch brauchen kannst.«

Ich fragte, wie er das meinte, aber das wußte er nicht oder wollte es mir nicht sagen. Wir fuhren nach Pagan zurück.

Das Restaurant lag in einem großen Garten, der bis zum Rand einer steilen Böschung reichte, die zum Irrawady abfiel. Wir bestellten Bier und blickten über den im Mondlicht schimmernden Fluß. Malcolm und Arno saßen im Schein einer Gartenlampe. Der Mulatte erinnerte etwas an Michael Jordan, er hatte einen ähnlich glattrasierten Schädel, leicht geschlitzte Augen, war aber natürlich viel kleiner. Arno, der ihm bis zu den Schultern reichte, war rundlich, hatte blaue Kulleraugen und dichtes weißblondes Haar. Er fragte: »Was weißt du von den Becker-Manzinis?«

»Wenig, eigentlich nichts. Er hat wohl einige Probleme, aber was über den Organschmuggel geschrieben wurde, halte ich für reinen Blödsinn.«

»Ein übler Witz«, fügte Malcolm hinzu. »Ein krummer Hund ist er trotzdem, nach dem Krieg verschob er Lebensmittel aus amerikanischen Hilfssendungen. Als er ein paar

Millionen zusammen hatte, begann er Kunst zu sammeln, mit alten Meistern aus dem achtzehnten Jahrhundert fing er an, die waren damals billig.«

»Woher weißt du das?« fragte ich.

»So was hat man zu wissen, wenn man eine Geschichte an den Mann bringen will. Wir geben uns nicht mit Gerüchten ab.«

Die Biergläser waren leer, und Malcolm bestellte eine neue Runde. Ich blickte über den breiten Fluß, zu den Lichtern am anderen Ufer, ein hoher, länglicher Bau war hell beleuchtet. »Eine Düngemittelfabrik«, sagte Malcolm.

»Nur das?« fragte Arno.

»Hör endlich mit diesem Scheiß auf!« fuhr ihn Malcolm an. »Die stellen dort weder Atombomben noch Heroin her.«

»Einmal Drogen, immer Drogen.« Wie recht Arno hatte, dachte ich.

»Das ist bei ihm eine fixe Idee.«

Malcolm nahm dem Kellner die Gläser ab. »Aber damit hatte Becker-Manzini nichts zu tun, er machte viel Geld mit Klamotten. Bis in die siebziger Jahre liefen Textilien in Europa sehr gut, dann stieg er rechtzeitig bei Banken und in Tourismus ein.«

»Was sollen wir ihm noch erzählen?« fragte Arno und blies in den Bierschaum.

»Später, aber sag mal, wer ist Maroun?« Malcolm sah mich fragend an.

»Ein kluger Junge.« Arno kicherte. »Also, was will der Chinese?«

»Er arbeitet rund um die Uhr für Enzo Sardone.«

»Dafür hat er bestimmt seine Gründe«, sagte Malcolm.

»Er kann heilen.« Das hatte ich eigentlich für mich behalten wollen.

»Stimmt das?« Arno kratzte sich am Ohr, dann fragte er: »Wie heißt der Chinese?«

»Maroun.«

»Das wissen wir, wie noch?« sagte Arno ungeduldig.

»Han Fen oder Gerwaikan oder so ähnlich. In Südostasien haben ethnische Chinesen oft mehrere Familiennamen aus Gründen der Sicherheit.« Maroun war für mich Maroun, doch da er ja adoptiert werden sollte, sagte ich: »Sardone, er heißt Maroun Sardone.«

»Wie das denn?« fragte Arno.

»Tu nicht so dumm!« sagte Malcolm. »Er wurde oder wird adoptiert, das wissen wir längst.«

»Wahrscheinlich nicht«, sagte ich. »In den Zeitungen war er entweder Maroun oder meistens der Chinese.« Ich wollte zahlen, aber Malcolm fuchtelte mit den Armen durch die Luft und rief: »Kommt nicht in Frage, aber eines geben wir dir noch auf den Weg, Carlo Becker-Manzini und Enzo Sardone sind nicht nur Jugendfreunde, sie haben auch ganz schön was miteinander gedreht.«

»Was?«

Malcolm zuckte die Schultern: »Darüber möchten wir noch nicht reden – aber in großen Häusern mit vielen Angestellten bleibt nichts geheim.«

Ich sah die beiden ungläubig an und bemerkte, daß darüber noch kein Journalist geschrieben hätte.

Corinna empfing mich ziemlich aufgeregt. Wo ich denn so lange geblieben sei. Spazierengegangen, sagte ich, immer weiter in die Tempelstadt hinein, ich hätte einfach nicht aufhören können. Am nächsten Morgen erzählte ich Pia und Maroun das gleiche.

Ich fand kaum Schlaf. Das Bett war eine Zumutung, aus dem Bad stank es, und meine Gedanken kreisten ruhelos. Von Corinna, die zwei Meter von mir entfernt in einem ähnlichen Koben lag, waren tiefe Atemzüge zu hören.

Nachdem ich in Beas Tagebuch auf das Konto gestoßen war, hatte ich eine Weile nicht weitergelesen, und als ich es dann getan hatte, versuchte ich den Inhalt der letzten zwanzig Seiten zu verdrängen und nicht darüber nachzudenken, obwohl ich sie kopiert und in meinem Koffer versteckt hatte.

Aber in dieser Nacht gelang es mir nicht, meine Gedanken zu kontrollieren.

Bea begann sich allmählich zu ängstigen. Sie hatte mit Henry darüber geredet, der mich aber für friedlich hielt. Doch hatte ich immer öfter eine gewisse Unsicherheit mir gegenüber gespürt, wenn er Bemerkungen über mich machte, bei denen ich nicht sicher war, ob sie nur witzig sein sollten. Er hatte Bea damit zu beruhigen versucht, daß ich schon viel früher einen Verdacht hätte haben müssen, spätestens Gilberto gegenüber. Henry fand, daß er und Bea sich vor mir richtig verhielten, wie unter Freunden eben üblich. Es gelang ihm aber nicht, Bea die Angst zu nehmen, im Gegenteil.

Bea schrieb, in meinen Blick trete immer häufiger etwas Zynisches. Es sei ein Glück, daß ich soviel reisen müsse. Im Bett empfand sie nichts mehr mit mir. Sie warf mir vor, ich würde zuviel trinken und sie mit meiner Rute quälen. Ich hätte Spaß daran, sie zu strafen. Aber daran konnte ich mich beim besten Willen nicht mehr erinnern. Eher war mir, als hätten wir überhaupt nicht mehr miteinander geschlafen und nur noch mißtrauisch nebeneinander gelegen. Eines aber stand fest: Ich war der schlechtere Schauspieler gewesen.

Sie hatte sich mit Pia getröstet und diese verwöhnt, wann immer sie nicht mit Drogen unterwegs war. Und Pia war wohl das Band zwischen uns, weshalb sie sich nicht von mir trennen konnte. Zudem fühlte sie sich inzwischen von Henry bedroht. Sie glaubte, daß er sie loswerden wollte, weil er in ihr ein zunehmendes Risiko sah. Dennoch, bei allem was wir miteinander durchzumachen hatten: Ich erinnerte mich, daß ich bis zum letzten Tag die kleinste freundschaftliche Geste Beas als Zeichen einer nicht völlig verlöschten Liebe empfunden habe.

18. Kapitel

Am nächsten Morgen traf ich Malcolm beim Frühstück. Arno war mit Kopfschmerzen im Bett geblieben. Ich war allein, aber Corinna mußte jeden Moment kommen. Pia frühstückte mit Maroun im Zimmer.

»Becker-Manzini hat die letzten Wochen in einer Klappsmühle in Chiang Mai verbracht«, sagte Malcolm.

»Er war doch nicht irre.«

»Natürlich nicht, er muß aus der Anstalt geflohen sein.«

»Und wie ist er da reingekommen?«

»Das wissen wir noch nicht.«

Corinna erschien auf der anderen Seite des Speisesaals, der an ein Bahnhofsrestaurant aus der Nachkriegszeit erinnerte.

»Morgen fliegen wir nach Rangun zurück«, sagte er. »Dann nach Bangkok, da wollt ihr doch auch hin.«

»Davor geht's zum Mount Popa.«

Malcolm verzog sich, bevor Corinna ihn erreicht hatte. »Wer war das?« fragte sie, und bevor ich antworten konnte, sagte sie: »Komisch, wo kennst du den denn her?«

Wir setzten uns. Das Tischtuch war fettig, und so waren auch die Spiegeleier. Sie schmeckten ranzig. Ich verschwieg, was ich soeben gehört hatte, wie ich bisher überhaupt vermieden hatte, mit ihr über Becker-Manzini und dessen mir immer wahrscheinlicher werdenden Tod zu reden.

Es war wie eh und je, kaum war man in Asien, hatte man wieder Geheimnisse voreinander.

Nach dem Frühstück fuhr ich mit Corinna und einmal ohne Führer von »Seven Winds« in einem Taxi zum Mount Popa. Pia hatte Maroun nicht allein lassen wollen.

Am Fuß des wie ein Turm aufragenden Berges waren die Nats, die guten und bösen Geister Burmas, in einem engen Museumsraum ausgestellt. Die meisten sahen aus wie Gartenzwerge. Corinna fühlte sich zu müde, um mit mir den Mount Popa zu besteigen, und zog es vor, in den Ständen und Läden nach Marionetten in alten burmesischen Gewändern zu suchen.

Die nahezu tausend Stufen von unregelmäßiger Höhe gingen mir in die Glieder. Auf der Spitze des Berges umringten Burmesen und Touristen eine Anzahl kleiner Tempel, die zu Ehren verschiedener Nats errichtet waren. Der Schweiß rann mir aus allen Poren, ich rang nach Atem.

Auf der Rückfahrt machten wir Umwege durch Ortschaften, in denen palastartige Kolonialvillen und alte Pagoden versteckt lagen. Wenn sich Corinna im Auto an mich lehnte, spürte ich ihren warmen Körper unter dem leichten Kleid. Ich war sehr froh, daß sie bei mir war. Am Irrawady ging die Landstraße in eine Piste über, die flußaufwärts durch Zuckerrohrfelder führte. Wir begegneten einer Gruppe buddhistischer Mönche, von denen die jüngsten elf oder zwölf Jahre alt sein mochten.

Als wir im Hotel ankamen, verhandelten Arno und Malcolm mit einem Mann hinter der Rezeption. Wohlgefällig betrachteten sie Corinna, zu der mich Arno beglückwünschte.

»So jung«, brachte Malcolm nur heraus.

»In Rangun haben wir uns im Hotel kennengelernt«, sagte ich und stellte die beiden Corinna vor.

»Ihr Mann kannte Carlo Becker-Manzini!« Malcolm nieste und hielt sich die Hand vor den Mund. »Es geht ihm nicht so gut, es sieht so aus, als hätte er Pech gehabt.«

Corinna trat einen Schritt zurück. »Nein, den haben wir nicht gekannt.«

»Aber gute Freunde von Ihnen kannten ihn, ist es nicht so?« fragte Arno.

»Mag sein«, erwiderte Corinna, die ich vom Empfang wegbugsierte.

»Wir sehen uns spätestens in Bangkok.« Malcolm zwinkerte mir zu. »Da ist mehr los.«

Draußen auf dem Weg zu unserem Bungalow fragte mich

Corinna, was Malcolm gemeint hatte. Ich gab mich ahnungslos, was sie mir aber nicht abnahm. Dennoch fragte sie nicht weiter, wofür ich dankbar war. Mir war klar, daß sie ihre Fragen nur verschoben hatte.

Am späten Nachmittag fuhren wir mit dem Führer von »Seven Winds« wieder durch die Tempelstadt, ein Labyrinth von Pagoden, Ruinen und wiederaufgebauten Tempeln und Palästen. Die tiefstehende Sonne färbte alles dunkelrot.

Wenn wir das Taxi verließen, blieb Maroun im Auto. Er humpelte noch stark, aber der Knöchel schwoll ab. Als wir aus den Gängen der Pagode zurückkehrten, sah ich, wie Maroun in ein Zellulartelefon sprach. Corinna fragte ihn, mit wem er telefoniert hatte.

»Ich habe in Bangkok das Oriental angerufen«, erwiderte er. »Ich wollte wissen, ob unsere Reservierung in Ordnung ist.«

Abends saßen wir in dem Restaurant über dem Irrawady, dem besten, wie Maroun herausgefunden hatte. Wieder war die Nacht sternenklar, und unter uns schimmerte dunkel der Fluß. Das Essen war heiß und scharf, eine Mischung aus indischer und kantonesischer Küche.

Myriam hatte angerufen, Enzo ginge es besser, sie wollten uns nun bald in Singapur treffen. Corinna fragte Maroun, ob er Neues von Carlo Becker-Manzini wüßte, ob ihm vielleicht etwas passiert sei. Maroun verneinte. »Wie kommst du denn darauf?«

»Von Presseleuten, die hinter dieser Geschichte her sind.«

»Haben wir nicht die Nase von denen voll?« sagte Pia, und Maroun fragte: »Meinen sie wirklich die Becker-Manzinis?« Er deutete auf das anliegende Grundstück. Es gehöre einem Deutschen, der es über einen Strohmann gekauft habe, da Ausländer in Burma kein Land kaufen dürften.

Corinna ließ nicht locker. »Wie konnte das bloß mit den Becker-Manzinis passieren, er ist doch reingelegt worden, oder?«

»So sieht es aus«, sagte Maroun.«

»Wieso, was meint ihr?« fragte Pia. »Was soll passiert sein?«

»Er soll tot in einem Hotelzimmer gefunden worden sein.« Maroun schneuzte sich. »Aber erzählt und geschrieben wird vieles, und von Sylvia, seiner Frau, ist nichts bekannt.«

»Woher weißt du das alles auf einmal?« fragte Corinna.

»Ich habe mit Bangkok telefoniert, es stand dort in der Zeitung.« Maroun wirkte erstmals etwas verlegen, als bereute er, uns nicht gleich unterrichtet zu haben. »Vielleicht ist der Tote auch ein anderer, ich wollte euch nicht unnötig aufregen.«

Pia fröstelte, und Maroun hängte seine leichte Jacke um ihre Schultern.

»Ich glaube, es hat ihn erwischt.« Corinna blickte mich fest an. »Warum sagst du nichts, die Becker-Manzinis sind doch Freunde von Myriam und Enzo.«

»Natürlich sind sie das, und wir müssen wissen, was und warum es passiert ist, wenn es wahr sein sollte.« Mich durchfuhr dabei der Gedanke, daß eine Amputation meines Armes bald möglich sein konnte. Vor dem Abendessen, ich hatte höllische Schmerzen, hatte Maroun den Arm massiert, seitdem war ich wieder schmerzfrei und würde es wohl bis zum Morgen bleiben.

Wir tranken Bier, und Maroun erzählte von einem Freund in Hongkong, der beim Golf nicht verlieren konnte, immer falsch zählte und dabei in vier Sprachen fluchte. Ich hörte kaum zu, Maroun wollte ablenken. Das Schicksal der Becker-Manzinis bewegte ihn offenbar mehr, als er zugab.

Durch den Garten schlenderten Malcolm und Arno auf uns zu. An unserem Tisch war noch Platz. Ich hoffte, sie würden sich nicht zu uns setzen wollen.

Die beiden blieben am unteren Ende des Tisches stehen. Von Maroun wollten sie wissen, warum er so gut Deutsch spreche und was Enzo im Fernen Osten plane? Maroun erwiderte kühl, im Vereinigten Europa müsse man Deutsch können, und Enzos Pläne gingen sie nichts an.

Arno blieb hartnäckig: »Wußten Sie, daß Myriam Sardone aus dem Lyzeum flog, weil sie was mit einem Novizen aus dem benachbarten Benediktinerkloster hatte?«

»Idiot«, unterbrach ihn Malcolm. »Es war doch der Abt!«

»Bitte verschonen Sie uns damit«, sagte Maroun. »Das ist doch Klatsch aus der Antike.«

»Überhaupt nicht«, entgegnete Malcolm. »Myriam war schon immer ein lockerer Vogel, und so treibt sie auch den alten Sardone ins Unglück.«

»Alter schützt vor Torheit«, bemerkte Arno. »Aber wir wissen jetzt, daß die Irrenanstalt in Chiang Mai, aus der Becker-Manzini floh, keine staatliche ist, sondern von einer Sekte finanziert und geleitet wird.«

»Wie kam er bloß in eine Irrenanstalt?« fragte Corinna. »Von wem haben Sie das?«

»Er hat dort gearbeitet«, erwiderte Arno. »Morgen steht es in der Bangkok Post.«

»Er soll an Herzversagen gestorben sein.« Malcolm stützte sich auf die Rückenlehne eines der freien Stühle.

»Vielleicht wurde er von selbst verrückt«, sagte Pia.

Malcolm legte seine schwere Kamera vorsichtig auf den Tisch. Ich fürchtete, er würde Platz nehmen, doch hängte er gleich darauf die Kamera wieder über seine Schulter und beugte sich zu mir: »Du warst schon gesprächiger, an deiner Stelle würde mich Becker-Manzini mehr interessieren!«

»Das finde ich auch«, sagte Corinna.

Maroun verlangte die Rechnung und wünschte den Journalisten eine gute Nacht. Arno sagte zu Maroun: »Wir sehen uns bestimmt bald wieder.«

Maroun neigte leicht den Kopf.

Bevor wir am nächsten Nachmittag nach Bangkok abflogen, zog Maroun mit Corinna und Pia ein letztes Mal durch den Scott Market.

Ich hatte mich in der Lobby des »Strands« niedergelassen, genoß die Atmosphäre des Hotels und beobachtete die Gäste.

Arno und Malcolm hatten sich zu mir gesetzt. Sie hatten einen früheren Flug gebucht und warteten auf ihr Gepäck.

»Es gibt nichts Neues«, bedauerte Arno, und Malcolm sagte: »Sorry, gestern abend waren wir etwas aufdringlich, der Chinese ist gewieft.«

Arno deutete auf drei Deutsche, die mir auch aufgefallen waren. Zwei waren über Sechzig, der dritte war erheblich jünger. Der eine Ältere war lang und dünn, der andere kurz und dick und hatte den fetten Oberkörper in ein Trikot des FC Bayern gezwängt. Der Lange rauchte Pfeife und redete mit dem Dicken auf den jungen Mann ein, von dem nur »Ja, Herr Doktor« oder »Nein, Herr Doktor« zu hören war.

Die beiden älteren Männer sprachen mit gesenkter Stimme, aber einiges war doch zu verstehen. Von Fertigmachen war die Rede, von Rausschmeißen und In-die-Eier-Treten. Dann sagte der Lange laut: »Kaum war ich weg, ist er zwei Tage später tot umgefallen.«

»Die Kasse muß stimmen«, fügte der Dicke hinzu.

»Deutsche Bosse auf Reisen.« Arno knipste die drei. »Fürs Archiv«, sagte er.

Im Flughafen rief der Lange vor dem Abflugschalter: »I have first class ticket!«

In den letzten beiden Tagen war mir Corinna mehrfach über den Mund gefahren, was sie bisher fast nie getan hatte. Im Flugzeug schloß ich die Augen und stellte mich schlafend. Ich dachte an das Ende des Tagebuchs, an Beas letzten Liebhaber, von dem ich erst jetzt erfahren und den Henry als solchen schnell erkannt hatte: Gabriel Travazoni, halb Zypriot und halb Venezianer, im Grunde Byzantiner. Er war in meinem Alter gewesen, verheiratet, war mit drei kleinen Kindern gesegnet und sah aus, wie man sich Apoll vorstellt, kurze, schwarze Locken, eine griechische Nase und ein voller Mund über gespaltenem Kinn. Sein Vater galt als einer der größten Reeder im östlichen Mittelmeer. Gabriel war aus Amerika zurückgekommen, um sein Erbe anzutreten. Im Laden eines griechischen Antiquitätenhändlers waren sich Gabriel und Bea zum ersten Mal begegnet. Eine halbe Stunde später fuhren sie mit dem Taxi zu einem billigen Hotel in Bakerköy, einem ödem Vorort Istanbuls, wo sie niemand kannte. Mit Gabriel hatte Bea das wahre Glück gefunden, wie sie schrieb, endlich war sie dem Mann begegnet, mit dem es sich zu leben lohnte. Gabriel erfüllte offenbar ihre hohen Anforderungen, und neben ihm verblichen Horacio, Gilberto, Henry und ich zu Schattengestalten.

Beas Schrift veränderte sich, wurde fester und klarer. Es gelang ihr, ihren Glückszustand vor mir zu verbergen. Henry aber bemerkte ihre Veränderung, und als aus ihrer Handtasche eine kleine goldene Taschenuhr fiel, welche die Form einer Muschel hatte, begriff er. Er machte ihr keine Szene und schrie nicht, sondern ging einfach aus dem Café, quer über die Straße.

Während sie ihre nächste Reise vorbereitete, tat er, als sei nichts gewesen. Sie hatte ihre Ware Manutschir in Paris übergeben und danach Henry getroffen. Im Hotel zwang er sie, mit ihm ins Bett zu gehen, und seitdem hatte sie sehr viel mehr Angst vor Henry als vor mir.

Sie war jetzt froh, wenn sie nachts neben mir lag und nicht von Henry erniedrigt wurde.

19. Kapitel

Maroun humpelte zwischen Corinna und Pia, die ihn stützten, über einen der endlose Gänge des Bangkoker Flughafens. Ich ging hinterher und trug meine Reisetasche mit der gesunden Hand.

In mir wuchs die Eifersucht, nicht nur Pia war der Grund, auch Corinna. Im Flugzeug hatte sie ihre Hand auf meinen Schoß gelegt. Als sie spürte, daß ich eine Erektion bekam, hatte sie die Hand weggezogen.

Am Ausgang des Flughafens erwartete uns ein Minibus. Kaum hatten wir Platz genommen, sagte jemand hinter mir im Halbdunkel: »Das ist doch Maroun!« Es war die tiefe Stimme eines Freundes von Maroun, den dieser uns vorstellte. Ben Adler lebte seit über fünfunddreißig Jahren in Asien, seine Glatze schimmerte in der Neonbeleuchtung, die jetzt angeschaltet worden war. Er bot uns aus der Hand eine Mischung aus Körnern, Sonnenblumenkernen und Mandelsplittern an. Wir lehnten dankend ab. Er duzte alle sofort.

»Ihr wißt nicht, was ihr verpaßt«, sagte er und stopfte sich den Mund voll. Er freute sich, Maroun, den er länger nicht gesehen hatte, und uns getroffen zu haben. Während Maroun uns von ihm erzählte, quälten wir uns durch das Chaos des Verkehrs. Ben Adler hatte sein Leben lang Antiquitäten in Südostasien gesammelt, die inzwischen ein Vermögen wert waren, und er gehörte zu den drei besten Restaurateuren von Buddhafiguren in Asien. Zwischen Singapur und Hongkong war er an Firmen beteiligt, stieg meist im richtigen Moment aus, wie Maroun sagte, und suchte sich neue Partner. Er war einige Jahre älter als ich und sehr viel öfter verheiratet gewesen. Asiatinnen, Eurasierinnen und eine Französin hatten ihm Gesellschaft geleistet, er hatte mit ihnen über ein Dutzend Kinder in die Welt gesetzt. Von diesen erzählte er, sie waren nun zwischen vierzig Jahren und sechs Monaten alt, und wie es sich anhörte, liebte er sie.

Der Bus hielt an einem Quai, wir stiegen in ein Boot des »Oriental« und glitten den Chao Prao flußabwärts hinunter. Lange, scharf geschnittene Taxiboote rasten an uns vorbei, überholten die tief im Wasser liegenden Lastkähne. Ben erzählte von Palästen, Pagoden und Bordellen, von Klöstern, Drogenkriegen, Palastintrigen und davon, welche fernöstliche Regierung es gerade am schlimmsten trieb. Mit seinen muskulösen Armen fuchtelte er durch die Luft. Er war untersetzt, hatte breite Schultern und einen Bauch, der das Hemd spannte. Er sprach mit uns wie mit Freunden, die man schon lange kennt.

Die Stadt zog an uns vorbei, es roch nach Brackwasser, Dieselöl und faulendem Gemüse. Bangkok hatte ich in den letzten Jahren nicht mehr gemocht, aber jetzt mit Ben Adler erschien es mir wie früher, als ich als sehr junger Mann einige Monate hier zur Ausbildung verbrachte und mit einer Thai, Priscilla, zusammengelebt hatte.

Wir näherten uns dem »Oriental«, das sich hell beleuchtet über dem Fluß erhob, und legten an. Eine kurze Steintreppe führte zum Restaurant, in dem Maroun schon einen Tisch hatte reservieren lassen. Am Empfang begrüßte uns ein Führer, der uns registrierte.

»Maroun ist ein toller Bursche«, sagte Ben Adler leise. »In Hongkong hat er mir eine Finanzierung vorbereitet, alles vom Feinsten. Ist er nicht von einem Italiener adoptiert worden?«

»Er soll es werden«, erwiderte ich überrascht.

»Deine Tochter ist in ihn verliebt«, flüsterte mir Ben Adler zu. »Ich sehe das an ihrem Blick und ihren Bewegungen.«

Ich sah ihn verdutzt an.

»Soll ich es dir vormachen?«

»Bitte nicht!«

»Du bist aber prüde.«

In der Lobby lag die Bangkok Post aus. »Italiener war flüchtig«, lautete die Schlagzeile. Ich nahm die Zeitung an mich. Sie schrieb, Becker-Manzini hätte sich in Europa schwerer Steuervergehen schuldig gemacht, ein zweifelhaftes Leben geführt und stünde der Mafia nahe. Er hätte sich in einem Irrenhaus in Chiang Mai versteckt, das von »Cross of the Universe« geführt würde, und hätte dort auch gearbeitet.

Ich fragte, wer das sei, »Cross of the Universe«, aber Maroun reichte mir nur den Zimmerschlüssel, und Ben Adler antwortete nicht.

Nach dem Duschen bemerkte Corinna, unsere Reise gefiele ihr immer weniger, Ben Adler sei ja ganz interessant, aber etwas störe sie an ihm, nur wisse sie nicht, was genau. Sie hätte auch gern gewußt, wer »Cross of the Universe« sei.

»Vielleicht eine Sekte«, sagte ich.

Der Arm tat mir weh, und ich überlegte, ob noch Zeit war, um von Maroun massiert zu werden – aber er war nicht mehr in seinem Zimmer. Unten hatte er den Tisch gewechselt. Wir saßen jetzt alle höher und überblickten das Restaurant.

Was sich an den mit Orchideen geschmückten Tischen niedergelassen hatte, erschien mir wie die Begegnungsstätte der Generationen. Junge Frauen jeglicher Hautfarbe leisteten älteren Herren Gesellschaft, und verdächtig gut aussehende junge Kerle waren in Begleitung von Männern, die ihre Väter oder Großväter sein konnten. Der Schmerz im Arm nahm zu, aber hier konnte ich Maroun nicht um eine Massage bitten. Das ging nun wirklich nicht. Ben setzte sich an das Kopfende des Tisches, Corinna und Pia zu beiden Seiten. Er wischte sich den Schweiß von der Glatze. Der faulige Geruch vom Fluß her mischte sich mit dem Duft von Jasmin.

»Es riecht hier wie in einer Damentoilette«, sagte Ben wenig charmant.

Maroun bestellte Fruchtsäfte, Ben ließ sich Gin Tonic kommen. Ich schloß mich ihm an, in der Hoffnung, der Alkohol würde den Schmerz lindern.

Ein jüngerer Mann mit langen Locken und schweren Ringen an den Fingern steuerte auf uns zu.

»Wo kommst du denn her, Arbogast?« fragte Ben.

»Aus dem Puff.« Er gab Ben einen Klaps auf die Schulter und ging auf eine ältere, tief dekolletierte Dame zu.

Ben hatte sich Maroun zugewandt und fragte ihn, was er jetzt mache. Einen neuen Job, erwiderte Maroun. Ben hakte nach: Ob Maroun denn nicht bei seinem Adoptivvater arbeite, er hätte so etwas gehört, und als Maroun nickte, fragte Ben nach Enzos Firmen – wie sie hießen, womit sie sich befaßten. Marouns Antworten blieben kurz. Vor Enzo hatte er in einer bekannten Bank in Hongkong gearbeitet und vermögende Privatkunden betreut, dabei hatte er Ben kennengelernt, wie er uns sagte.

Maroun hatte Verschiedenes studiert, wie nun Ben erzählte, und alle Studien hervorragend abgeschlossen. Als Ben fragte, ob er schon Italienisch könne, gab Maroun keine Auskunft, sondern begann nun selbst Fragen zu stellen. Aber Ben ließ sich nicht ausfragen, er sei zu alt, wenn er sein Leben erzählen würde, kämen wir vor Sonnenaufgang nicht ins Bett.

Das Essen war gut, hätte aber in jedem ordentlichen Restaurant der Welt zubereitet sein können. Nur der in Koriander gedünstete Fisch erinnerte daran, daß wir in Thailand waren. Corinna hätte lieber in einem ganz normalen Thairestaurant gegessen, aber Maroun behauptete, einmal im Leben müßte man im »Oriental« zu Abend gegessen haben.

Ben kam auf die steigende Kriminalität in Thailand zu sprechen.

»Sie steigt nicht nur in Thailand«, sagte Maroun.

»Der tote Italiener soll reich gewesen sein. Er war mit seiner Frau in Asien unterwegs, und jetzt ist auch sie verschwunden.« Ben fuhr sich wieder über die Glatze, langsam, zärtlich, als koste er sie.

»Woher weißt du das?« fragte ich.

»Wenn man in dieser Stadt zweimal mit Thaifrauen verheiratet war, hört man schnell, was los ist.«

»Wie sind sie als Ehefrauen?« fragte Pia.

»Süß wie Schokolade und hart wie Stahl, mit ihnen lebt

man gleichzeitig in Himmel und Hölle.« Ben kraulte den grauen Haarkranz im Nacken.

»Ob Sylvia noch lebt?« fragte Corinna.

»So schlimm muß es ja nicht sein«, sagte Pia. »Vielleicht war der Tote auch gar nicht Becker-Manzini.«

»Sie heißt also Sylvia«, murmelte Ben.

Maroun griff über den Tisch nach meiner Hand und massierte sie leicht. Bens Blick war mir peinlich. Bis auf ihn wußten wir alle, daß Maroun die Becker-Manzinis bis Hongkong begleitet hatte und wenige Tage später nach München zurückgeflogen war. Nach Marouns Abreise waren die Becker-Manzinis lange durch China und Indien gereist, das wiederum wußten wir von Myriam.

Arbogast kam mit der verblühten Dame vorbei. »Schmeckt euch der Fraß?« fragte er mit lauter Stimme.

»Wo willst du hin?« fragte Ben.

»Ins Bett.« Er deutete auf die Frau an seiner Seite. »Sie spricht nur Russisch.«

»Übernimm dich nicht!« rief ihm Ben nach.

Am nächsten Morgen erschienen Corinna und ich als erste zum Frühstück auf der Terrasse. In der Nacht hatte es geregnet, Bangkok dampfte unter einem hellgrauen Himmel. Ein Touristendampfer zog an uns vorbei. Man hörte, wie eine schmale Frau den Touristen in schlechtem Englisch erzählte, wie alt und wie teuer das Hotel sei und welche Schriftsteller es bevölkert hätten.

Während der ganzen Nacht war der Schiffsverkehr auf dem Fluß nicht zur Ruhe gekommen. Als wir die Schlange vor dem Buffet passieren wollten, liefen wir Arno und Malcolm in die Arme, deren Teller schwer beladen waren.

»Das ›Oriental‹ zahlt die Firma nicht«, sagte Arno, der mit Malcolm zum Frühstück gekommen war.

»Die sollen an ihrem Geiz ersticken.« Malcolm leckte sich die Lippen. »In Asien gibt es kein besseres Frühstück.«

»Wo ist der Chinese?« fragte Arno. »Und deine Tochter?«

Ich spürte, wie Corinna unruhig wurde, und wollte mich verabschieden, aber Malcolm sagte: »Die Frau von deinem italienischen Freund lebt ja auch nicht mehr!«

»Mein Gott!« rief Corinna. »Ich wußte es doch!«

»Es kam in den Nachrichten«, sagte Arno. »Zwei Thais wurden erwischt, wie sie die Leiche in den Fluß warfen, die dann wieder herausgefischt wurde.«

Malcolm steckte sich ein Lachsbrötchen in den Mund. Ich empfand die Schwüle als doppelt unangenehm. Schweißtropfen rannen in meine Augen. Corinna schwitzte kein bißchen. Hitze und Feuchtigkeit machten ihr viel weniger aus als mir. Sie sagte: »Die Becker-Manzinis müssen sehr unvorsichtig gewesen sein.«

»Er hat bestimmt auch hier seine Spielchen getrieben, er konnte es einfach nicht lassen.« Malcolm schnalzte mit der Zunge. »Ein Draufgänger wie er meldet sich nicht in der Irrenanstalt zum Toilettenputzen an.«

»Aber sie war ganz anders«, fiel ihm Arno ins Wort. »Sie hatte ein großes Herz und nie eine Affäre. In Mailand schwärmen alle von ihr.«

»Wir gehen rauf!« sagte Corinna, ihr Blick war ernst.

»Laß uns erst was frühstücken.« Ich trocknete meine tränenden Augen mit dem Taschentuch. »Ich bin hungrig.«

Die Journalisten ließen uns endlich allein. Arno murmelte etwas von dicker Luft und sagte in einigen Metern Entfernung, aber noch hörbar, daß man mit Ehefrauen auf Reisen doch hauptsächlich Ärger hätte.

»Bitte komm!« Corinnas Stimme war leise und bestimmt.

Ich sah Maroun und Pia über uns im Hotelgarten. Maroun sprach kurz mit einem jungen Thai, dann folgte er Pia, die ihm vorausgegangen war.

»Wo wollt ihr hin?« fragte sie.

Corinna küßte sie auf die Stirn. »Deinem Vater ist nicht gut.«

»Trink wenigstens eine Tasse Tee.« Maroun zeigte auf unseren Tisch, der im Schatten einer Palme gedeckt war. Der junge Thai war nachgekommen, auf seinem T-Shirt stand »Seven Winds«. Maroun schlug vor, das Programm zu ändern und erst am Nachmittag den königlichen Palast zu besuchen, dann ginge es mir sicher besser. Inzwischen fühlte ich mich tatsächlich unwohl. Ich sah, daß etwas zu Ende gehen mußte. Maroun bedeutete mir mehr, als ich es hatte zugeben wollen, auch wenn mich immer wieder Eifersucht überkam. So wie er vor uns stand, gesund, überaus gesund, immer auf einen eingehend und nie die Fassung verlierend – so mochte ich ihn einfach.

»Wir fliegen zurück«, sagte Corinna. »So bald wie möglich.«

»Warum denn das?« Pia sah sie verständnislos an.

»Setzen wir uns erst einmal.« Maroun schob Corinna zu unserem Tisch und bat den Thai, Tee und Zitrone zu holen. Dann drückte er Corinna sanft in einen Stuhl. Pia und ich nahmen neben ihm Platz.

»Sind die Becker-Manzinis der Grund?« fragte Maroun, worauf Corinna nickte.

»Dann fliegen wir beide morgen nach Singapur, wir haben mit Enzo viel zu tun.« Maroun machte eine Handbewegung in meine Richtung.

»Ich fliege mit!« rief Pia.

»Wir sollten uns nicht trennen, wir fliegen zusammen zurück.« Corinna machte Anstalten, sich zu erheben.

Maroun legte die Hand auf ihre Schulter und sagte: »Was mit den Becker-Manzinis passierte, ist noch nicht klar. Wir wissen nicht, warum es geschah, und vor allem haben wir keine Ahnung, mit welchen Leuten sie sich eingelassen haben. Carlo wollte unbedingt etwas erleben, obwohl seine Reise einer Flucht glich, aber so war Carlo. Er wollte in seinem Alter keine Stunde verschenken, und Sylvia wollte ihm den Spaß nicht nehmen, so war es doch.«

Eine junge Frau brachte auf einem Tablett Früchte, Tee und Yoghurt. Corinna trank nur Tee, ich verschlang mehrere Bananen und Mangos.

Corinna wirkte tief besorgt, so hatte ich sie noch nie erlebt. Maroun zog sie an sich, obwohl sie sich sperrte, und sagte, es sei sehr schade, die Reise abzubrechen, die so harmonisch angefangen habe. Noch nie habe er eine Reise so genossen. Zu Hause würde uns nicht viel Gutes erwarten, und noch sei nicht bewiesen, wer der Tote wirklich sei.

»Seine Frau ist auch tot«, entgegnete Corinna. »Das wußtest du noch nicht?«

»Nein«, sagte er leise. »Ich glaube es auch nicht.«

Corinna wandte sich zu mir: »Ich gehe jetzt rauf.« Und zu Maroun sagte sie: »Wir fliegen heute zurück, bitte laß die Flüge buchen.«

Maroun sah still von einem zum anderen und senkte leicht den Kopf zum Zeichen seines Einverständnisses.

»Wir haben mit Enzo viel zu entscheiden«, wandte ich ein. »Wir müssen nach Singapur.«

»Wir müssen nur eines: Wir müssen aus dieser Gegend verschwinden.« Ich folgte Corinna, es hatte keinen Sinn, vor den anderen mit ihr zu diskutieren, so kategorisch war sie in zehn Jahren Ehe nicht gewesen. Im Lift waren wir nicht allein, also schwiegen wir.

Als wir in unser Zimmer traten, erwartete uns ein Strauß weißer Orchideen, den uns Myriam und Enzo geschickt hatten. Sie freuten sich darauf, uns in Singapur zu sehen, und wünschten interessante Tage in Bangkok. Ich gab Corinna das Kärtchen.

Gegenüber auf der anderen Uferseite ragten die Hochhäuser in den gelblichen Dunst, einige Wats waren mit ihren steil hochgezogenen Dächern nur verschwommen zu erkennen. Das Wat Pho, das älteste und größte buddhistische Kloster, hatte ich Pia zeigen wollen.

Mit Corinna hatte ich dort einen wunderschönen Nachmittag während unserer Hochzeitsreise verbracht. Ich machte eine Handbewegung in Richtung dieses Wats. Ich wollte die Reise nicht abbrechen, auf die ich mich gefreut hatte.

Corinna ließ das Kärtchen in die Ochideen fallen und begann zu packen. »Ich fliege und bitte dich mitzukommen.«

»Und Pia und Maroun?«

»Mit Pia rede ich noch, und du hängst zu sehr an Maroun. Es gibt Schlimmeres als eine Amputation.«

»Wenn einem nichts fehlt, sagt sich das leicht. Du tust ja, als hätte Maroun die Becker-Manzinis umgebracht.«

»Das hat er natürlich nicht, aber irgend etwas stimmt nicht. Warum willst du nicht einsehen, daß wir zu Hause besser aufgehoben sind als zwischen Bangkok und Singapur. Seit wir Maroun kennen, jagt eine Aufregung die andere.«

»Das fing mit Myriam an, mit deiner Freundin!«

»Erst als Maroun bei ihr einzog! Warum willst du nicht auf mich hören, nur ein einziges Mal? Ich lasse dich doch sonst machen, was du willst. Aber du möchtest mich einfach nicht verstehen. Du läßt Maroun zu sehr dein Leben bestimmen.« Sie nahm mein Gesicht in beide Hände und schüttelte meinen Kopf.

»Du tust mir weh!« rief ich.

»Das will ich auch!« Sie schüttelte noch heftiger. »Bitte, wach auf!«

Das Telefon läutete. Es war Enzo, der enttäuscht klang. Er hatte bereits von Maroun erfahren, daß Corinna die Reise abbrechen wollte. Seine Stimme war heiser und brüchig. Er müsse unbedingt mit mir sprechen und verstünde nicht, warum wir uns so leicht verschrecken ließen. Was mit den Becker-Manzinis passiert sei, sei bedauerlich und mysteriös, aber noch lange kein Grund, um sich in München zu verstecken. Er beschwor mich, wenigstens für ein oder zwei Tage nach Singapur zu kommen. Wie ich ja wüßte, könnten wir uns zur Zeit nicht in Europa treffen.

Dann war Myriam in der Leitung. Es käme überhaupt nicht in Frage, daß wir zurückflögen, ohne einander gesehen zu haben. Sie habe Heimweh und wünsche unbedingt, ihre Freunde zu sehen und mit Corinna zusammen zu sein.

Myriam redete über eine Viertelstunde auf Corinna ein,

und zwar so geschickt, daß die moralisch ins Hintertreffen geriet und der Abbruch der Reise sich zu einer Art Verrat auswuchs. Corinna sah sich in die Enge getrieben und räumte schließlich ein, sich ihren Entschluß überlegen zu wollen.

Myriam war das nicht genug, sie sprach von unbegreiflicher Hysterie, darüber, auf wie wenige Menschen man sich noch verlassen könne und man Freundschaft erst beweise, wenn der andere in Schwierigkeiten sei. Danach sagte Corinna zu, noch zwei Tage in Singapur zu bleiben.

Wenig später rief Maroun an, alle Flüge seien bis zum Abend des übernächsten Tages ausgebucht, es sei Ferienzeit. Wir trafen uns in der Lobby. Pia war glücklich, daß die Rückreise aufgeschoben worden war.

Gemeinsam besuchten wir nun das Wat Pho am Fluß, dann das Wat Sakret, von dem man eine alptraumhafte Sicht über den Wildwuchs der Stadt hatte, fuhren zu einem Laden von Jim Thomson, was unvermeidlich war, und kauften wie alle Touristen bunt bedruckte Tücher, Blusen und Tischtücher aus Seide. Mittags aßen wir in einem kleinen Thairestaurant an einem Klong, das uns Ben Adler empfohlen hatte und das einer seiner ehemaligen Ehefrauen gehörte. Er erwartete uns bereits in einem kleinen Raum, der über dem Wasser schwebte und dessen Wände mit Holzschnitzereien verziert waren. Es war bereits für uns gedeckt worden.

Die Tom Yang Kum Suppe brannte den Gaumen aus, der Thai Curry nahm einem den Atem, der Glasnudelsalat, das geschnetzelte Schweinefleisch und ein Gemüsegericht waren nicht weniger scharf. »Warum nur muß man so höllisch scharf essen, bis alle Speisen ihren Geschmack verlieren?« fragte ich Ben, der erwiderte, daß ich noch oder schon wieder sehr deutsch sei.

Die Besitzerin des Restaurants wirkte sehr damenhaft, obwohl sie mit Ben eine Haschischzigarette rauchte, an der sie abwechselnd sogen. Sie tuschelte mit ihm, bis er sagte: »Die Tote war übrigens nicht die Frau des Italieners. Es soll eine Schwedin gewesen sein, die in Hongkong gelebt hat.«

»Aber Sylvia bleibt verschwunden«, sagte Corinna.

Abends trafen wir Arno und Malcolm in der Lobby des »Oriental«. Sie warteten auf einen Freund, wie sie sagten, aber ich hatte den Verdacht, daß sie uns abfangen wollten.

»Die Tote war nicht Sylvia«, sagte Arno. »Es soll eine Schwedin sein.«

»Die in Hongkong gelebt hat«, fügte Corinna hinzu.

»Ihr wißt ja auch was!« staunte Malcolm. »Ob der Tote nun wirklich Becker-Manzini war? Was meint ihr?«

»Nichts«, sagte ich.

»Wie geht eure Reise weiter?« fragte Arno.

Ich wich aus, daß wir uns noch nicht entschieden hätten, aber Corinna verschwieg nicht, daß wir nach Singapur wollten. Beide hielten das für eine gute Idee und hofften auf ein Wiedersehen.

Als die Journalisten uns verlassen hatten, fragte ich Corinna, warum sie unser nächstes Reiseziel ausgeplaudert hätte. Sie fühle sich mit den beiden in ihrer Nähe sicherer, war ihre Antwort.

Nachts wachte ich nach kurzem Schlaf auf. Die Schmerzen ließen mich nicht schlafen. Ich setzte mich ans Fenster. Der Fluß war in Nieselregen und Nebel kaum zu erkennen, die Lichtkegel der Boote und Kähne durchbrachen im Konzert der Nebelhörner nur schwach den Dunst. Im Schein einer Leuchtreklame las ich das Ende von Beas Tagebuch, dessen letzte zwanzig Seiten ich kopiert hatte, um sie immer wieder lesen zu können.

Bea wußte nicht ein und aus. Henry ging immer unverschämter mit ihr um. Ihre Angst, er könnte sie umbringen, wuchs. Er hatte sie noch in der Hand, aber er sah das steigende Risiko, sie an Gabriel zu verlieren. Henry hat kein Gewissen, schrieb sie, er ist purer Egoist.

Dann mußte Gabriel geschäftlich für zwei Wochen verreisen. Bea hatte es nicht gewagt, ihm ihre Probleme anzuvertrauen, da sie ihn zu verlieren fürchtete. In dieser Zeit muß sie sehr gelitten haben. Ihre Schrift wurde wieder fahrig und war oft nur schwer zu entziffern. Henrys Launen wurden unerträglich, aber er schien sich auch zu sorgen, sie als Geschäftspartnerin zu verlieren, und vielleicht, so vermutete sie, war es auch nicht Henry, sondern die Organisation, die hinter ihr her war. Bea erwog, mir ihr Doppelleben zu gestehen und mich um Hilfe zu bitten. Mir vertraute sie noch, und offenbar hatte sie nicht gemerkt, daß ich ihrem Verhältnis mit Henry auf die Spur gekommen war. Mir schien es jetzt immer wahrscheinlicher, daß Henry auf dem Uludag Bea das Leben genommen hatte, dabei aber selbst erfroren war. Hätte er sich nicht den Fuß gebrochen, hätte er den Rückweg durch den Neuschnee überstanden. Kräftig genug war er gewesen.

20. Kapitel

Am nächsten Nachmittag flogen wir nach Singapur. Im Flugzeug schlief ich neben Corinna ein und träumte von Bea. Eigentlich war es ein schöner Traum, nur am Ende hatten wir uns um Geld gestritten. Von dem Vermögen in der Schweiz träumte ich nie, daran dachte ich nur, zunehmend verwirrt. So wie Bea ihren Schatz zusammengetragen hatte, stieß er mich im Grunde ab, und Henry machte ihn mir zuwider. Aber der Faszination des großen Geldes hatte ich mich dennoch nicht entziehen können.

Das »Goodwood Parkhotel« war eines der guten alten Hotels Singapurs. »Seven Winds« hatte die Zimmer reserviert, aus unserem sah man auf Eukalyptusbäume und Ölpalmen. Ben hatte uns im Taxi begleitet. Er besaß ein Haus in Holland Village, einem Viertel, in dem betuchte Ausländer lebten. Er wollte sich um uns kümmern und hoffte, daß wir ein paar Tage länger blieben.

In unserem Zimmer fanden wir einen Strauß Orchideen, dieses Mal waren es gelbe, einen Brief von Enzo, in dem er sich für unser Kommen bedankte und seine Trauer über das Schicksal der Becker-Manzinis ausdrückte. Er war mit Myriam im »Raffles« abgestiegen und wünschte uns am nächsten Morgen zu sehen. Den heutigen Abend wollten er und Myriam allein mit Maroun verbringen.

Ich fragte mich, wie dieser sich Myriam entziehen wollte. Sie hatte ihn länger nicht gesehen. Vielleicht würde er ja um des lieben Friedens willen für eine oder zwei Runden im Bett nachgeben?

Ich traf Ben in der Bar des Hotels. Corinna lag noch in der Badewanne, und Pia war in ihrem Zimmer geblieben.

»Wir fahren zu mir«, sagte Ben. »Bei uns wird besser als im Restaurant gekocht.« Er rührte in seinem Whisky Soda. »Morgen beginnt für dich wohl der Ernst des Lebens, oder?

Von Maroun habe ich nicht ganz verstanden, um was es geht.«

»Im Grunde weiß ich es auch nicht.«

»Und Maroun?«

»Weiß auch nicht viel mehr, er wird jetzt alles von Enzo erfahren!«

»Seinem Adoptivvater.« Ben ließ das Eis im Glas klirren. »Ich hörte, er will in Europa alles verkaufen, stimmt das?«

»Wer soll das kaufen?« fragte ich, obgleich ich es wußte.

»Man spricht von Human Reality, einer chinesischen Holding, die jeden Tag stärker wird. Gute Leute und finanziell in Ordnung.« Ben strich sich über die Glatze, langsam, fast zärtlich, seine Hand blieb auf den grauen Haaren im Nacken liegen. »Muß oder will Sardone verkaufen?«

»Er hat Steuerprobleme und von Europa die Nase voll.«

»Deshalb verkauft man nicht!« Ben zeichnete auf die Serviette ein üppiges Mädchen, das sich mit den Armen aufstützte und den Hintern hochstreckte. Ich war überrascht, wie talentiert er war.

»Warum verkauft Sardone?« fragte Ben. » Was steckt dahinter?«

»Das, was bei uns in der Zeitung stand, war meist gelogen. Auf ähnliche Weise wurde auch Becker-Manzini fertiggemacht.«

»Hatte der nicht in Tourismus investiert, Reiseagenturen und Hotels?«

»Und in zwei Banken.«

»Er soll ein sehr guter Freund von Enzo Sardone gewesen sein.«

»So genau weiß ich das auch nicht.«

»Er war ein großer Kunstliebhaber und Sammler. Das steht bei uns heute in der Zeitung. Hast du mit Enzo Sardone nie darüber gesprochen?«

Ich schüttelte den Kopf. Ben Adler wollte mich aushorchen, wobei er Wissen und Unwissen durcheinander mischte. Vielleicht wollte er aber auch nur herausbekommen, wie weit ich informiert war. Plötzlich durchfuhr mich eine Idee, und ich fragte, ob Human Reality am Tourismus interessiert sei, vielleicht auch an Reiseagenturen und Hotels? Ben Adler zeichnete weiter an dem Mädchen. »Möglich schon. Meinst du etwa, sie interessieren sich für Becker-Manzinis Unternehmen?«

»Ich meine gar nichts, es war nur so ein Gedanke.« Ich muß dem weiter nachgehen, dachte ich noch, da fiel mir ein, daß Enzo am meisten seine Bilder betrauert hatte, die bei dem Brand vernichtet worden waren. Aber in seiner Villa in Meran hingen noch Bilder bis unter die Decke – so hatte es Myriam erzählt.

»Sardone war doch mit den Becker-Manzinis gut befreundet, oder?« Ben Adler sah mich auffordernd an, als hätte er gern mehr über diese Freundschaft gewußt. Sein Hemd stand offen, auf der Brust glänzte ein goldenes Kreuz, um dessen Balken sich Schlangen wanden, und dort, wo die Balken sich kreuzten, prangte eine Rose im Strahlenkranz.

»Was bedeuten die Schlangen auf dem Kreuz?« fragte ich.

»Dieses Kreuz paßt nicht auf jede Brust.« Ben knöpfte mein Hemd auf und sagte: »Dir könnte es auch stehen.«

Pia und Corinna näherten sich. Bevor Ben die Serviette zerriß, flüsterte er: »So ein Hintern ist noch immer das Beste.«

Bens Haus war um die Jahrhundertwende gebaut worden. Die Räume waren groß und dunkel und so angelegt, daß immer ein Luftzug durch die Zimmer strich. Von jedem Zimmer aus konnte man in den Garten treten, der nicht sehr groß war, doch den Eindruck vermittelte, als würde das Haus im Dschungel liegen. Von den hohen Mauern, die es umgaben, war hinter den Palmen, dichten Büschen und hohen großblättrigen Pflanzen nichts zu sehen. Unter einem Jacarandabaum stand ein Buddha aus schwarzem Granit, vor dem in einem Becken Lotusblüten schwammen. Im hinteren Teil des Gartens schimmerten im Mondlicht marmorne Paare und Gruppen aus dem Khamasutra. In einem Calachichabusch gurrten Papageien mit grünen Bäuchen und tiefblauen Hälsen. Sie beäugten uns aufmerksam. Um eine Bar standen etwa zwei Dutzend junge Männer und Frauen, von denen die ältesten um die Dreißig und die jüngsten unter Zwanzig waren. Alle waren leicht gekleidet, viele Eurasier, Chinesen und einige Europäer.

»Die Hälfte sind Kinder von mir«, sagte Ben.

Mein Arm schmerzte, und ich holte mir einen Gin Tonic vom Tablett eines Dieners. Ich trank schnell, obschon ich wußte, daß Alkohol keine Alternative zu Marouns Massagekunst war.

Corinna und Pia wurden von zwei deutschsprechenden Eurasiern angesprochen, Zwillinge, Söhne Bens. Sie waren größer als ihr Vater, schlanker und wirkten eleganter. Ihre Mutter war eine Taiwanesin, die sich eines Tages auf die Socken gemacht hatte, wie Ben sagte, der uns nun seine jetzige Ehefrau vorstellen wollte.

»Sandra!« rief er, Körner kauend. »Komm doch mal her!«

Eine junge Frau, die jüngste von allen, kam auf uns zu. Sie war höchstens achtzehn und hochschwanger, eine Perserin aus Yazd, wie Ben sagte, noch nie sei er mit einer aus dem Mittleren Osten verheiratet gewesen. Ich merkte, daß Pia, vor allem aber Corinna, Ben immer schrecklicher fanden. Corinna konnte ältere Männer, die hinter jungen Mädchen her waren, nicht ausstehen, obwohl sie mich geheiratet hatte. Mit dem Finger fuhr Ben in den Mund der Perserin und hob die Lippen an.

»Seht mal her«, sagte er. »Habt ihr je so gesunde Zähne gesehen?«

Pia mischte sich unter die jungen Leute, und Corinna folgte ihr. Meine Schmerzen wurden stärker. Ich trank noch einen Gin Tonic und brach in Schweiß aus.

»Schade, daß Maroun nicht mitgekommen ist«, sagte Ben. »Deine Tochter vermißt ihn bestimmt, ein reizendes Mädchen. Ich hätte sie gern als Schwiegertochter.«

»Solange du sie nur als das willst!«

Ben lachte und schob erneut eine Ladung Körner in den Mund.

Zum Abendessen war an einem langen Tisch zwischen zwei Erkern gedeckt worden. Ben setzte sich an das Tischende, Corinna und ich nahmen links und rechts von ihm Platz. Am anderen Ende des Tisches hatte sich das Mädchen aus Yazd mit Pia niedergelassen. Ben genoß es offenbar, viele seiner Kinder um sich zu haben.

»Du bist sehr orientalisch geworden«, sagte ich, und Corinna fügte hinzu: »Und vielleicht auch katholisch geblieben.«

»Das ganz bestimmt nicht, die christlichen Religionen haben abgewirtschaftet, mit denen ist nichts mehr los.«

»Ist das nicht zu hart?« fragte Corinna.

»Noch viel zu harmlos, das Christentum hat sich überlebt und ist nicht mehr zeitgemäß.«

Corinna löffelte schweigend ihre Suppe.

»Den lieben Gott hat es nie gegeben. Wenn man überhaupt von Gott sprechen kann, dann ist es einer, in dem sich Gutes und Böses mischen und vereinen.« Ben zwirbelte sein Brusthaar. Ich deutete auf das Kreuz. »Hat das einen religiösen Sinn?« Ben ließ das Schlangenkreuz in seiner Faust verschwinden, dann knöpfte er das Hemd zu und erzählte von seinen Buddhafiguren, davon, wie er sie restaurierte und Blattgold auftrug, daß er längst aufgehört hätte, sie nach Europa zu schmuggeln, und daß er in Laos ein Haus voll von ihnen besäße.

»Bestimmt paßt eine Frau auf sie auf«, sagte ich.

»Und deren Kinder.« Ben strich wieder über die Glatze, seine Hände waren dauernd in Bewegung. Im Haus knallte eine Tür zu. Der Lärm scheuchte die Papageien auf. Kreischend flogen sie durch den Garten, kreisten über Ben und drängten sich dann auf seinen Schultern.

Nach dem Kaffee brachen wir auf. Ein Fahrer von »Seven Winds« brachte uns im taghellen Licht der Leuchtreklamen über die Orchard Road ins Hotel. Maroun war noch nicht zurück. Ich hoffte, er würde die Nacht nicht im »Raffles« verbringen.

Auf dem Gang vor unserem Zimmer sagte Pia: »Das Schlangenkreuz nennen sie ›Cross of the Universe‹.«

»Von wem weißt du das?« fragte ich.

»Von einem von Bens Söhnen.«

»Ist das eine Sekte?«

»Es scheint so, aber Bens Frau wußte nichts darüber.«

Recht früh am nächsten Morgen fuhr ich mit Maroun, der kurz vor Mitternacht zurückgekommen war, zu Enzo zum Frühstück. Myriam wollte mit Corinna und Pia in Melakka, nicht weit von der malaysischen Küste, nach Antiquitäten suchen. Ein Führer würde sie begleiten, er war ebenso von »Seven Winds« wie der Fahrer, der uns zum »Raffles« brachte. Selten hatte ich eine Agentur erlebt, die sich so effizient um ihre Kunden kümmerte. Die Burschen waren überall, und einer von ihnen wartete auch in der Halle des »Raffles«, um den Sardones jederzeit behilflich zu sein. Wir trafen Myriam und Enzo in einem Patio unter terrassenartig angelegten Umlaufbalkonen, die zu den Hotelzimmern führten.

Sie saßen unter einem Sonnenschirm. Als sie uns zwischen den Tischen auftauchen sahen, standen sie auf und breiteten die Arme aus. Enzo umarmte mich. Durch die leichte Jacke spürte ich seinen mageren Rücken. Myriam küßte mich auf beide Backen, dann auf den Mund. Maroun wurde von beiden innig in die Arme geschlossen. Die Wiedersehensfreude der Sardones erschien mir echt. Sie sahen besser als in München aus, ihre Gesichter hatten Farbe bekommen, Enzos war regelrecht gebräunt. Er hatte mehr als Myriam abgenommen. »Wegen der Aufregung«, wie er sagte. Wir setzten uns, umringt von amerikanischen und japanischen Reisegruppen. Enzo dankte mir, Maroun geholfen zu haben, in all dem Durcheinander sei ich eine wertvolle Stütze gewesen. Ich fragte ihn, und das nicht zum ersten Mal, wer hinter all diesen Schwierigkeiten steckte, die wir gehabt hatten, das sei doch alles organisiert worden.

Enzo zuckte die Schultern, die leichte Leinenjacke verlieh ihm fragile Eleganz. »Weißt du, es war großes Pech, eine Kette von unglücklichen Umständen und Vorfällen, mit dem Brand fing es an.« Enzo hatte mich soeben zum ersten Mal geduzt, und ich vermutete, daß er mich weiter einspannen wollte.

»Du mußt doch irgendeinen Verdacht haben!« Enzo zu duzen fiel mir nicht leicht, eigentlich hatte ich nie etwas näher mit ihm zu tun haben wollen.

»Natürlich habe ich nicht nur Freunde«, räumte er ein. »Aber eine derartig böse Pressekampagne ist unerklärlich.«

»Wenn man erst einmal ins Rutschen kommt, ist es schwierig, wieder Halt zu finden.« Myriams Blick lief zwischen Pia und Maroun hin und her.

Myriam streichelte Enzos Hand. Ich glaubte ihr genausowenig wie ihm, aber diese Pose stand ihr, Myriam hatte die Ausstrahlung einer liebevollen Tochter.

Das Frühstück wurde serviert. Maroun aß drei Omelettes, die von Myriam und Enzo verzehrte er mit. Wieder hatte er diesen Heißhunger.

»Dein Freund Becker-Manzini soll tot sein«, sagte ich zu Enzo. »Du hast sicher davon gehört.«

»Der arme Carlo.« Myriam ließ Enzos Hand los und wischte sich über die Augen.

»Er mußte mit seiner Frau Europa verlassen«, sagte ich, »so wie ihr. Und in der Presse wurde er ständig mit euch in Verbindung gebracht.«

»Du ahnst nicht, wie schrecklich Carlos Tod für mich ist«, entgegnete Enzo. »Er war einer meiner besten Freunde.«

Maroun hob den Kopf. »Das war doch Schwachsinn, was geschrieben wurde, alles Lügen!«

»Warum ausgerechnet du und Carlos!« rief ich. »Es gibt viel größere Steuersünder!« Mir kam der Gedanke, daß Carlo und Enzo mehr unter einer Decke steckten, als ich es mir je hätte vorstellen können, und nun sagte Maroun zu

Enzo: »Bitte, denk nach, gibt es etwas Wichtiges, was wir noch nicht berücksichtigt haben?«

Enzo ließ stumm die Arme hängen, und Maroun wirkte zum ersten Mal leicht verzweifelt.

»Carlos soll in Chiang Mai aus einer Irrenanstalt geflohen sein, was hältst du davon?« fragte ich Enzo, der energisch den Kopf schüttelte.

»Das kann nicht stimmen«, erwiderte er. »Auch wenn Carlos schon immer exzentrisch war. Aber Sylvia konnte ihn stets bremsen.«

»Der arme Carlos«, wiederholte Myriam. Enzo regte sich jetzt über all die Lügen auf, die über ihn und Carlos verbreitet worden waren, der Organschmuggel sei das geschmackloseste Stück überhaupt gewesen. Ich fragte, ob sie was von Sylvia wüßten. Sie hatten keine Ahnung und machten sich um sie Sorgen. In der Irrenanstalt in Chiang Mai sei Sylvia nie gewesen. Von Carlos wußten sie nicht einmal, ob er sich wirklich in Thailand aufgehalten hatte.

Ich war in einer Sackgasse. Am Telefon waren die ausweichenden Antworten Myriams und Enzos noch eher verständlich gewesen, aber auch jetzt änderte sich wohl nicht viel. In mir wuchs der Ärger, schließlich hatte Enzo mich in seine Probleme hineingezogen, und als Krönung von allem war Corinna entlassen worden.

»Verkaufst du alles bloß wegen der Steuer?« fragte ich.

»Vergiß den Brand nicht.«

»Das warst du doch nicht, oder hast du dein Haus angezündet?«

»Es gibt noch die Geschichte in Thüringen, über die vergleichsweise wenig geschrieben wurde.« Enzo wollte Honig auf seinen Toast streichen, ließ jedoch das Messer auf den Teller sinken. Ihm war wohl der Appetit vergangen.

»Endlich hätte man einmal in Deutschland verdienen können«, sagte Myriam, und ich fügte hinzu: »Bestechung?«

»Gibt es dafür kein anderes Wort?« Myriam führte die Teetasse leicht zitternd an die violett geschminkten Lippen.

An ihrem Armband hing zwischen einem grünen gläsernen Schwein und einem emaillierten Kleeblatt ein kleines goldenes Kreuz, das Schlangenkreuz. Ich sah immer wieder darauf, bis ich die Hand ausstreckte und fragte, von wo sie das hätte.

»Gefällt es dir, ich habe es in einem Basar gefunden.«

»Da findet man vieles.« Mich interessierte aber mehr – mich interessierte, was Enzo nun wirklich vorhatte und wohin er mit Myriam ziehen wollte. Wenn ich die beiden danach fragte, fiel ihnen immer nur etwas von ihren letzten Reisen ein. In Indonesien waren sie von einer Insel zur anderen gesegelt. Enzo hatte eine Jacht gechartert, nur eine kleine, wie Myriam sagte, und in den Philippinen ein Flugzeug, natürlich auch nur ein kleines, um nicht von Piraten gekillt zu werden, das hätte noch gefehlt. Sie erzählten, was sie alles besichtigt hatten, und sprachen außer Schanghai jedes Wort falsch aus.

Ich fragte, ob »Seven Winds« die Reise organisiert hätte. »Ja, und zwar hervorragend«, erwiderte Enzo. »Eine fabelhafte Organisation.«

»Wie hast du das alles so gut überstanden, wir fürchteten schon, du würdest abkratzen.«

»So schlimm war es nicht.«

»Das hätten wir wissen sollen!« rief ich. »Wird »Human Reality« tatsächlich alles übernehmen?«

»Alles, so ist es«, antwortete er schwach. »Maroun hat die Vorverträge, schau sie dir bitte an.«

»Sind es Entwürfe, die noch ausgehandelt werden müssen?«

»Die Grundbedingungen sind festgelegt.«

»Hattest du Anwälte?«

»Sehr gute«, sagte er leise.

Ich dachte, daß ich mich bei der Lektüre der Verträge nicht besonders anstrengen mußte, und fragte: »Wo willst du dann eigentlich leben?«

»Ich will nur noch mein Leben genießen«, erwiderte er kaum hörbar.

»Wo?« rief ich. »Wo?«

Enzo sah unsicher an mir vorbei. Er konnte ohne Sitzungen und Termine nicht existieren und hatte diese Freuden bereits zwölf Jahre länger als ich genossen. Ihn konnte der Tod nur im Büro treffen.

»Wir wissen noch nicht, wo wir leben werden«, sagte Myriam. »Auf jeden Fall weit weg von Europa.«

Ich fühlte mich hochgenommen und wandte mich an Enzo: »Hast du sonst noch Fragen, oder möchtest du mir etwas sagen?«

Er schüttelte den Kopf und kam mir merkwürdig geistesabwesend vor. »Das ist vorerst alles«, flüsterte er.

In der Empfangshalle traf ich Arno, Malcolm wartete in unserem Hotel. Durch die Fluggesellschaft hatten sie herausbekommen, wo wir zu finden waren.

»Ben Adler gefällt uns nicht«, sagte Arno. »Er ist nicht sauber im Schritt.«

Enzo und Maroun näherten sich. Plötzlich hatte es Arno eilig. »Du bist mit den falschen Leuten zusammen«, sagte er schnell. »Wir sehen uns noch.« Dann wünschte er mir laut einen schönen Tag.

»Wer war das?« fragte Enzo.

»Ein Journalist«, sagte Maroun.

»Habt ihr denn von denen nicht genug?« Enzo kratzte sich am Ohr.

Vor dem Hotel warteten zwei Limousinen von »Seven Winds«. Ich fuhr mit Enzo und Maroun zu »Human Reality«. Myriam wurde zu Corinna und Pia gebracht. Für sie war ein kleines Flugzeug gechartert worden, mit dem sie nach Melakka fliegen würden. Myriam hatte diese Idee gehabt.

22. *Kapitel*

Auf dem Weg zu »Human Reality« saß ich hinter dem Chauffeur, einem auffallend großen Sikh, dessen Turban mit Spangen im hochgebundenen Haar befestigt war. Neben ihm las ein Führer von »Seven Winds«, ein muskulöser Malaie, einen chinesischen Comic. Maroun beugte sich vor und sprach mit dem Führer in dessen Muttersprache.

»Welche Sprache ist das?« fragte Enzo.

»Malaiisch«, erwiderte Maroun, der in seiner Kindheit mit den Eltern einige Jahre in Kuala Lumpur gelebt hatte.

»Das kann er also auch«, murmelte Enzo und starrte wieder vor sich hin. Es nieselte, der Nebel hing zwischen den Hochhäusern. Wir fuhren in Richtung des Flughafens zu einem neuen Büroviertel und kamen an einem Golfplatz vorbei. Er sei einer der besten in Asien, sagte Maroun zu Enzo, der Golf liebte, aber nur »so, so« flüsterte. Trotz seiner gesunden Hautfarbe sah er müde aus. Auf seinem Schoß ruhte ein schmaler Aktenkoffer, der Koffer Marouns war wesentlich größer. Er hatte sich vorgebeugt und besprach mit den beiden Männern vor ihm das Programm für den Nachmittag. Als er sich zurücklehnte, sagte Enzo, daß wir mit »Human Reality« so bald wie möglich fertig werden sollten.

»Ich kann das verstehen«, sagte Maroun. »Aber es ist das Klügste, was wir machen können.«

Der Plan war einfach: »Human Reality« würde alle Firmen Enzos in Europa übernehmen, nachdem sie von einem erstklassigen Buchprüfer geprüft worden waren.

»Wie bist du an ›Human Reality‹ geraten?« fragte ich Enzo.

»Ich habe früher schon Geschäfte mit ihnen gemacht.«

Ich glaubte ihm. Von Maroun und Ben Adler wußte ich, daß »Human Reality« die Holding eines Konglomerats vieler Firmen war. »Human Reality« wollte in Europa Fuß fassen, und Enzos Fastfoodketten, die Schuh- und Nudelfabriken sowie die spanischen Ölmühlen paßten in das Programm. Maroun und ich sollten die Übernahme kontrollieren. Enzo hatte seine Hände auf dem Aktenkoffer gefaltet, die Handrücken waren braun gesprenkelt. Welche Rolle würde Maroun nach dem Ausverkauf in der Familie Sardone spielen? Hoffentlich nur die des Adoptivsohns. Aber Myriam würde auf jeden Fall einen Liebhaber haben wollen – zu hoffen war, daß sie schon einen hatte. Meine Mission würde bald erfüllt sein, aber wie ginge es dann mit Pia und Maroun weiter? Zunächst kehrte er wohl mit uns nach München zurück.

Der Verkehr floß leicht dahin, der Motor der schweren Limousine war kaum zu hören. Wir schwiegen. Maroun blickte kurz zu mir hin, zog die Augenbrauen hoch und kniff die Lippen zusammen. War er nervös? Er atmete tief ein und stieß die Luft langsam durch den Mund aus. Er schien wieder total beherrscht zu sein, so wie immer, manchmal wurde mir das fast zuviel.

In der Kühle des Wagens fächelte sich Enzo Luft zu. Seine Nasenlöcher blähten sich, das eine war beträchtlich größer als das andere. Ich hatte das Gefühl, von uns dreien am wenigsten zu wissen, was mich mehr hätte beunruhigen müssen.

Wir näherten uns einem ovalen vielstöckigen Gebäude, dessen dunkel getönte Glasfassaden an den Enden in scharfer Schwingung zusammentrafen. Vor dem Eingang war ein kreisförmiges buntes Blumenbeet angelegt, aus dessen Mitte ein mannshohes H und R emporragten: »Human Reality«. Es war ein typisch chinesischer Firmenname, an sich fehlte nur noch das Wort »golden«. Der Führer half Enzo aus dem Auto, der zwischen mir und Maroun auf das Portal aus Glas und rötlichem Marmor zuging und sich auf Marouns Arm stützte. Der Pförtner, ein dunkelgesichtiger, zwei Meter großer Mann, ließ uns ungefragt durch die Drehtür in die Halle treten, die hoch wie ein Kirchenschiff war. Er wußte wohl, wer wir waren. Der Fußboden war aus grauem Granit, die Wände mit Palisander verkleidet. Auf einer Tafel konnte man in Chinesisch und Englisch lesen, welche Abteilung oder Firma in welchem Stock zu finden war. Die Luft war angenehm kühl, es roch leicht, aber nicht unangenehm nach einem Reinigungsmittel. Maroun ging auf die Empfangsloge zu, die Eisen an den Spitzen seiner Schuhe klackten. Der Führer war draußen geblieben und unterhielt sich mit dem Pförtner. Ich wartete vor den Liften mit Enzo, der unregelmäßig atmete.

»Geht es dir nicht gut?« fragte ich.

Er sah mich traurig aus wäßrigblauen Augen an. »Das ist schon ein besonderer Tag, findest du nicht auch?«

»Bestimmt nicht einfach.« Ich war jetzt überzeugt, höchstens einen Bruchteil von dem zu wissen, was hier ablief.

»Aber deine Sorgen wirst du bald los sein«, sagte Maroun, der sich zu uns gesellt hatte.

Der Lift war mit rotem Damast tapeziert. »Rot ist die Farbe des Geldes«, sagte Enzo.

»Nur bei den Chinesen«, fügte Maroun hinzu.

Eine junge Inderin in einem beigen Sari holte uns im letzten Stock ab und führte uns in einen englischen Salon, an dessen Wänden Ölbilder in schweren Rahmen hingen. Wir warteten, Maroun und ich blickten auf die Hochhäuser im Dunst. Enzo sah sich die Bilder an und sagte, daß hier nicht gespart worden sei.

Nach einer Viertelstunde wurden wir von der Inderin in ein Sitzungszimmer geleitet, in dem uns drei ältere Chinesen empfingen. Zwei davon hatten die Haare schwarz gefärbt. Der am jüngsten erscheinende erinnerte mich ein wenig an Cyril Ho, der bei Myriams Fest an meinem Tisch gesessen hatte. Doch irrte ich mich sicher. Lebte man nicht ständig im Fernen Osten, war es schwierig, die Leute wiederzuerkennen, die man länger nicht gesehen hatte. Die drei erhoben sich hinter einem runden Tisch, und Enzo stellte uns vor.

Der, den ich fast als Cyril Ho ausgemacht hätte, hieß Francis Zhoe Bin.

Der älteste war der Präsident von »Human Reality«, Trevor Tang. Er war grauhaarig und führte das Wort. Die beiden anderen nickten ab und zu. In diesem Raum hingen moderne Bilder. Ich erkannte einen Picasso, und ein Warhol war auch dabei.

Trevor Tang freute sich, uns als neue Mitglieder der Familie von »Human Reality« begrüßen zu dürfen. Mit einer schwungvollen Handbewegung deutete er zuerst auf Enzo, den neuen Verwandten. Familiäre Beziehungen dieser Art riefen in mir ausgesprochenen Widerwillen hervor. In allen Gesellschaften, in denen ich gearbeitet hatte, war davon ständig die Rede gewesen, damit ließen sich Intrigen und Rausschmisse verschleiern. Vorerst hatte Trevor Tang aber nur gemeint, Enzos Firmen in aller Freundschaft in den Verbund von »Human Reality« aufnehmen zu wollen, ohne die Folgen zu thematisieren.

Er bat uns jetzt in einen anschließenden Saal, den Boardroom, ein Museum, in dem sich ein Globus von zwei Meter Durchmesser drehte, auf dem blaue und rote Punkte aufleuchteten, hauptsächlich in Asien. Aber Enzo hatte nur Augen für die Kunstwerke an den Wänden.

»Wir achten auf Vielseitigkeit.« Trevor Tang verschränkte die Arme über der Brust. »Geld ist nicht alles.«

Das Parkett ächzte unter unseren Schritten. Eine junge Malaiin bot Jasmintee an. Trevor Tangs Blick lief völlig ungeniert zwischen Enzo und Maroun hin und her. Bestimmt wußte Trevor Tang mehr über die beiden als sie über ihn. Er hielt den Globus an und räusperte sich. »Human Reality besteht noch nicht lange, in diese Holding haben wir alle Unternehmen eingebracht, die unseren Partnern gehörten.« Er deutete auf die beiden anderen Chinesen und sagte: »Wir sind noch mehr. Früher waren wir durch verwandtschaftliche Beziehungen und Freundschaften verbunden, eine Konzentration, die schwer zu führen war. Die Gründer waren unsere Urgroßväter. Wir sind die vierte Generation. Unsere Söhne sind dabei, alles von uns zu übernehmen, oder sie haben es schon getan.

Bei uns ist es nicht wie im Westen, wo die Enkelsöhne meist das Geschäft ruinieren, weil sie verwöhnt sind und Härte von ihnen ferngehalten wurde.«

Er machte eine Pause, und ich wußte jetzt, warum ich von »Human Reality« nichts gehört hatte, als ich in Südostasien gelebt und gearbeitet hatte. Ganz einfach: Die Holding war danach entstanden. Ich kannte eine Reihe von Firmen, die zu ihr gehörten: Stahlwerke in Korea, Petrochemie in Indonesien und Malaysia, Banken in Hongkong und Singapur, Chips- und Softwarefirmen in den Philippinen. Enzo war in bester Gesellschaft. Auf dem Globus glühten nur wenige Lampen in Europa, die roten waren Produktions-, die blauen Dienstleistungsbetriebe, von denen sich die meisten in Italien befanden.

Ich fragte Tang, in was »Human Reality« in Ialien investiert hätte.

»Tourismus«, antwortete er. »Hotels und Reiseagenturen.«

»Gehört ›Seven Winds‹ auch Ihnen?«

Trevor Tang bejahte, sie hätten sehr viel Erfolg, und Italien sei wunderschön. Dann blickte er auf Enzo: »Was haben Sie für ein Glück gehabt, so lange in diesem Land leben zu dürfen.« Er wandte sich an mich: »Ihre nächste Reise werden Sie hoffentlich wieder mit uns buchen.«

»Wir bleiben Ihre Kunden.« Mein Arm schmerzte heftig.

»Schön, daß Sie mit uns zufrieden sind. Wir Asiaten haben es nicht immer leicht, die Wünsche der Europäer zu befriedigen.«

»Wir wurden hervorragend betreut!« Ich hätte gern hinzugefügt, daß nicht für jeden Schritt ein Führer nötig war.

Trevor Tang freute sich über mein Lob, und die beiden anderen Chinesen nickten nun etwas länger. Enzo sagte, er habe »Seven Winds« gewählt, weil er wußte, mit wem er es dann zu tun hatte. Trevor Tang dankte ihm für das Vertrauen. Ich fühlte mich wie auf einer Bühne, aber die Schmerzen waren jetzt so stark geworden, daß ich nur noch ins Hotel fahren und mich von Maroun massieren lassen wollte. Ich faßte in die Jackentasche und fingerte nach einer Schmerztablette, die ich mit Tee herunterspülte, was keinem der Chinesen entging. Ihre Blicke hafteten an meiner Hand. Um sie abzulenken, fragte ich, was »Human Reality« in Deutschland vorhabe.

»Vor allem Dienstleistungen«, erwiderte Trevor Tang. »Die Deutschen wollen nicht dienen, das wird ein gutes Geschäft.«

Enzo mußte ihm wie gerufen gekommen sein, und ich hatte keine Zweifel, daß »Human Reality« Enzos Probleme lösen würde, nur – zu welchem Preis? Trevor Tang drückte auf einen Knopf, und der Globus rotierte wieder. Er nahm Enzo am Arm, und wir kehrten in den Sitzungssaal zurück. Enzo wirkte sehr fragil neben Tang, der nur einen halben Kopf kleiner als Maroun war.

Wir setzten uns wieder um den runden Tisch. Trevor Tang fixierte mit seinen Augen nun hauptsächlich Enzo, manchmal sah er auch mich an. Maroun schenkte er kaum Beachtung, er war ihm wohl zu jung. Als Enzo einmal von Maroun als seinem Sohn sprach, huschte ein Anflug eines Lächeln über Tangs Gesicht. Aber vielleicht hatte ich mir das nur eingebildet. Wann wußte man schon, ob Chinesen wirklich lächelten. Nur wenn sie lachten, gab es keinen Zweifel, niemand lachte so laut und hart wie sie.

Trevor Tang wirkte mit seinem durchbluteten Gesicht gesünder als die beiden anderen Chinesen, obgleich er der älteste war. Ich schätzte ihn in Enzos Alter. Sein grauer, kurzgeschnittener Schnurrbart war dicht und fest wie eine Bürste und hatte nichts von der schütteren Oberlippenbehaarung vieler Chinesen. Er sprach von den Schwierigkeiten, die Enzo in Europa hatte, der Unverschämtheit der Journalisten und der Undankbarkeit von Regierungen im allgemeinen. Er ging nicht auf die Einzelheiten ein, doch ließ er uns spüren, wie gut er informiert und wie ungut die Situation für uns war.

Zu mir sagte er: »In Deutschland werden Sie uns doch helfen«, und zu Maroun: »Sie hoffentlich auch, als Sohn sind Sie dazu verpflichtet.«

»Selbstverständlich«, sagte Maroun. »Ich werde mein Möglichstes tun.«

Noch nie hatte ich bei ihm auch nur einen Anflug von Unterwürfigkeit bemerkt, aber vor Trevor Tang hatte er Respekt.

»Mit dem Fiskus werden wir uns überall einigen«, sagte der zu Enzo. »Aber billig wird es nicht sein. Ich möchte einen sauberen Anfang, und die Schwierigkeiten in Thüringen werden wir lösen, auch wenn es nicht einfach sein wird.« Er strich nachdenklich über seinen Schnurrbart. »Und um den Rest werden wir uns zu Ihrer Zufriedenheit kümmern.«

Ich wunderte mich. Welchen Rest meinte er? Enzo brummelte etwas Unverständliches, aber Maroun sah Trevor Tang, ohne eine Miene zu verziehen, geradewegs ins Gesicht. Tang wurde mir unheimlich. Mir war, als stünde er vor einem Vorhang, den er kurz und nur ein kleines Stück hochgezogen hatte. Ich kannte dieses Gefühl, und dann hatte immer nur Intuition geholfen – und diese wollte sich nicht einstellen. Ich wußte nur, daß ich noch viel vorsichtiger zu sein hatte. Durch den Arm zuckten Stiche. Ich preßte die rechte Hand auf den Unterarm und spürte wieder die Blicke der Chinesen.

»Haben Sie Schmerzen?« fragte Trevor Tang, und als ich den Kopf schüttelte, wandte er sich an Enzo: »Eines muß ich noch von Ihnen wissen, Ihre rechtlichen Probleme kennen wir, aber versichern Sie mir auf Ehre und Gewissen, daß es keine uns unbekannten Probleme gibt.«

»Keine«, sagte Enzo, »glauben Sie mir.« Er griff nach Marouns Hand. Einen Moment tat er mir leid, trotz allem, was er sich geleistet hatte. Was hatte Tang nur mit dem Rest gemeint? Kontakte zur Mafia etwa?

Die junge Malaiin füllte Jasmintee nach. Sie duftete nach Rosenwasser, um ihren Hals schimmerte eine grüne Jadekette auf glatter, hellbrauner Haut.

Eine spindeldürre Chinesin verteilte Prospekte und die

letzten Bilanzen von »Human Reality« auf Büttenpapier. Enzo würde mit Aktien von »Human Reality«, die fünf Jahre nicht stimmberechtigt waren, bezahlt werden. Die Dividenden sollten aus steuerlichen Gründen an einen Trust geleitet werden, der »Human Reality« verwaltete. Wenn Maroun es richtig anstellte, konnte er für »Human Reality« in Europa arbeiten.

Neu und überraschend war für mich eine Klausel, die vorsah, daß vierzig Prozent des Reinerlöses von Enzos Eigentum für wohltätige Zwecke an eine von »Human Reality« zu bestimmende wohltätige Organisation zu zahlen seien.

»Damit sind Sie dann von allen Sünden frei«, sagte Trevor Tang zu Enzo, der apathisch wirkte. Trevor Tang zog Maroun jetzt mit in das Gespräch hinein, da es um Einzelheiten in den Verträgen ging. Maroun war sicher geworden, und bald war er es, der von unserer Seite das Gespräch führte, bis endlich ein Notar erschien, der das Vertragswerk von Anfang bis Ende laut vorlas. Kaum hatte er damit begonnen, trat wieder die Malaiin ein und reichte Trevor Tang eine Notiz, der sich entschuldigte und der jungen Frau folgte.

Als Enzo die vielen Seiten am Rand unterschrieb, zitterte seine Hand. Maroun unterzeichnete als Enzos Adoptivsohn, Maroun Sardone. Baldini, Enzos Anwalt in Mailand, war es gelungen, die Adoption im Schnellverfahren durchzuziehen. Die beiden Söhne Enzos hatten ihre Klage zurückziehen müssen. Gegen den gerissenen Baldini war nichts auszurichten gewesen. Kurz bevor der Notar die Verträge zu Ende vorgelesen hatte, erschien Trevor Tang wieder. Mit seinen Kollegen brachte er uns zum Aufzug, und wir erfuhren von ihm, daß Francis Zhou Bin, für mich noch immer Cyril Ho, für Europa und Amerika verantwortlich war.

Trevor Tang sagte zu Enzo: »Er wird Ihnen helfen, für ihn gibt es keine unlösbaren Probleme, auch nicht in Ihrem Fall.«

Wir warteten auf den Lift, junge Chinesen huschten an uns vorbei. Sie waren blaß und trugen Brillen. Vor unseren Begleitern senkten sie ehrfürchtig den Kopf, den sie erst wieder hoben, wenn sie außer Sicht waren. Der Aufzug hielt mit leisem Klingeln, und wir verabschiedeten uns. Trevor Tang freute sich, uns am Abend wiederzusehen. Zu Enzo sagte er: »Aber Sie werden ja länger in dieser Gegend bleiben.«

Als die Lifttür sich in einem der unteren Stockwerke öffnete, rief eine ältere Frau: »Oh, ihr hier!«

Ich hatte mit dem Rücken zur Tür gestanden. Als ich mich umdrehte, war sie schon wieder halb geschlossen. Aber ich hätte wetten können, daß die ältere Frau Sylvia Becker-Manzini gewesen war, obwohl ich sie eigentlich nie richtig kennengelernt hatte.

»Sylvia!« rief ich. »Das war sie!«

»Du siehst Gespenster«, sagte Enzo.

Am liebsten hätte ich den Lift angehalten, aber ich wußte nicht, in welchem Stockwerk die Tür aufgegangen war.

23. *Kapitel*

Ich lag im Hotel auf dem Bett, über mir summte der Ventilator. Ein kühler Lufthauch strich über mich hinweg. Der Arm schmerzte nicht mehr. Maroun hatte ihn massiert.

An den vergangenen Vormittag würde ich sicher noch lange denken. Enzo hatte Federn lassen müssen. Er hatte uns etwas verschwiegen, was ihn wohl schwer belastete und uns alle noch in große Schwierigkeiten bringen konnte. Ich hatte ihn beim gemeinsamen Mittagessen fragen wollen, aber in Ben Adlers Gegenwart war mir das nicht ratsam erschienen. Für meinen Geschmack hatte sich Ben ohnehin schon sehr eingemischt, und letzten Endes hatte Enzo auch ein Recht auf Geheimnisse. Corinna und Pia wußten auch nichts von Beas Vermögen, und ich würde gewiß noch lange nicht darüber sprechen. Ich fürchtete, daß das Geld unsere kleine Familie erheblich beunruhigen würde. Die Aussicht, vorerst nicht auf Maroun verzichten zu müssen, erleichterte mich. Niemand hatte eine Ahnung, wie herrlich es war, ohne Schmerzen zu leben. Ich war gerade in Gedanken an eine angenehme Zukunft eingedöst, als Corinna die Tür aufriß.

Sie war außer sich und sah mit ihren verweinten Augen bejammernswert aus. Ihr dünnes Kleid klebte schweißnaß am Körper, die Haare an den Schläfen. So hatte ich sie noch nie erlebt. Ich fuhr hoch. Sie sagte nur: »Pia ist verschwunden.« Dann wurde sie von einem Heulkrampf geschüttelt. Ich zog sie an mich, wir setzten uns.

»Verschwunden!« rief ich. »Was heißt das?« Schlagartig überfiel mich Angst.

»Wir wissen nichts, plötzlich war sie weg.« Langsam beruhigte sich Corinna. In Melakka hatte sie mit Myriam und Pia und dem Führer von »Seven Winds« die historischen Gebäude und Plätze besucht, die Portugiesen und Holländer hinterlassen hatten, das Fort, die Kirchen und kopfsteingepflasterte Gassen, in denen restaurierte Bürgerhäuser standen.

In Melakka, wo eine Minorität heute noch eine Art Portugiesisch sprach, war ich früher öfter gewesen.

Die Frauen hatten mit dem Führer Antiquitätenläden besucht. In einem der Läden, am Ende einer Straße, war Pia über einen Patio allein in ein Lagerhaus gegangen, in dem auch gelackte vietnamesische Schachteln und Kästen aufbewahrt wurden, wie einer der Verkäufer gesagt hatte. Der Führer war bei Corinna und Myriam geblieben. Nach fünf Minuten waren sie dann mit dem Verkäufer Pia gefolgt. Das Lager war bedeutend großflächiger, als es von außen ausgesehen hatte. Die Regale waren ohne erkennbare Ordnung aufgestellt, ein einziges Labyrinth.

Corinna brach in Tränen aus und verbarg das Gesicht in den Händen.

Wir saßen in einer Falle, ohne Pia konnten wir die Heimreise nicht antreten. Aus dem Badezimmer holte ich ein Glas Wasser und Kleenex. Es klopfte, es war Myriam. Sie sah nicht ganz so jammervoll wie Corinna aus, aber auch ihre Bluse war schweißgetränkt. Sie hatte schon mit Maroun gesprochen, der mit den Zentralen von »Seven Winds« in Malaysia und Singapur telefonierte.

Nachdem Myriam alles, was Corinna erzählt hatte, noch einmal, aber genauer beschrieben hatte, wiederholte sie mehrmals, daß am Ende der Lagerhalle ein Tor war, das abgeschlossen war. Es hatte über eine Viertelstunde gedauert, bis der Verkäufer die Schlüssel aus dem Büro des Besitzers geholt hatte, der mit ihm erschienen sei und in einem fort aufgeregt auf ihn eingeredet habe. Das Tor führte auf einen Hof, der mit Latten eingezäunt war und an eine Straße grenzte, hinter der eine Plantage von Ölpalmen lag. Dauernd hätten sie nach Pia gerufen, sagte Myriam, die nun ihrerseits mit den Tränen kämpfte. »Wir suchten zwischen Bananenstauden und schrottreifen Lastwagen den Hof ab.«

»Wir wollten sofort zur Polizei«, sagte Corinna, schwer atmend. »Aber der Führer meinte, daß dies nichts nützen und alles nur komplizieren würde. Die Polizei sei korrupt. Der Besitzer des Ladens bestand jedoch darauf, er wollte sich keinesfalls verdächtig machen. Dann haben wir noch einmal die Halle und den Hof abgesucht. Vielleicht war Pia die Hitze zuviel geworden, und sie war in einer Ecke ohnmächtig zusammengebrochen.«

Corinna hatte immer wieder im Hotel angerufen, aber weder Maroun noch ich waren in unseren Zimmern gewesen, und am Empfang hatte man nicht gewußt, wo wir uns aufhielten.

»Wir mußten über eine Stunde auf die Polizei warten«, sagte Myriam.

»Der Ladenbesitzer hätte uns ohne Polizeiprotokoll nicht fortgelassen. Als Chinese in Malaysia kann er sich das nicht leisten.«

Von alledem wußte Enzo nichts. Er schlief im Hotel, die Sitzung und das Mittagessen hatten ihn sehr angestrengt, sagte Myriam, die im Badezimmer verschwand.

»Wir sollten auf sie aufpassen«, flüsterte Corinna. »Manchmal denke ich, daß sie und Enzo vielleicht mit »Seven Winds« und weiß Gott wem unter einer Decke stecken.«

»Ist Pia der Grund deines Verdachts?« Noch brachte ich das Wort »Entführung« nicht über die Lippen, zumal ich noch Schrecklicheres denken konnte. Corinna blickte zum Bad, lehnte sich an mich und kam mir mit dem Kopf sehr nah. »Es ist nur ein Gefühl, aber ich finde, Myriam hat sich mit Enzos Schicksal zu schnell abgefunden. Und dabei wissen sie noch nicht einmal, wo sie leben werden, oder sie will es mir nicht sagen.«

»Und ›Seven Winds‹?«

»Keinen Augenblick lassen die uns allein, das ist dir doch auch zuviel.«

»Und Maroun?« fragte ich gegen meinen Willen und spürte ihre Lippen an meinem Ohr. »Seit heute vormittag ist alles möglich.«

»Hoffentlich nicht.« Plötzlich dachte ich: Jemand, der immer wußte, was wir vorhatten, war hinter uns her, und Pia war nun sein Opfer geworden. Ich hoffte nur, daß sie noch lebte.

Myriam kam aus dem Bad, sie hatte sich zurechtgemacht und drückte Corinna fest an sich. Wenig später rief Maroun aus der Zentrale von »Seven Winds« an.

Er wollte mit uns sofort nach Melakka. Die Agentur hatte das gleiche Flugzeug gechartert, mit dem Myriam mit Corinna und Pia am Morgen geflogen waren.

Myriam bat um Verständnis, daß sie nicht mitkommen konnte, sie mußte jetzt bei Enzo sein, vielleicht würde er, wie sie sagte, nie wieder in Europa leben können. Meine Wut auf ihn wuchs. Immer wenn es kritisch wurde, ging es ihm nicht gut. Seinetwegen waren wir schließlich in rapide zunehmende Schwierigkeiten geraten, die sich zu einer Katastrophe ausgewachsen hatten. Aber auch Maroun hatte uns zu dieser Reise verführt.

Wir schwebten über der dampfenden Stadt. Es nieselte. Die Büros und Hoteltürme, umgeben von Parkanlagen und Wohnvierteln, waren nur als dunkle Blöcke wahrzunehmen. Das Meer war grau mit einem Stich ins Gelbliche. Auf der Melakkastraße schwammen Tanker neben Containerschiffen, Fischerbooten, Jachten, Sampangs und Dows, oft trennten sie nur wenige Meter voneinander. Maroun saß vor Corinna und mir, neben ihm las der Führer ein Rugbymagazin, obschon er nicht das geringste von einem Rugbyspieler an sich hatte. Wir landeten auf dem kleinen Flugplatz von Melakka und flogen mit einem Hubschrauber zur Polizeistation, vor der wir ausstiegen. Ein korpulenter Kommissar empfing uns, unter seinem Hemd ballten sich die Fettwülste zu Ringen, die um den Körper liefen. Sein Fahrer und Assistent war jung, mager und etwas dunkelhäutiger, beide waren Malaien.

Nach kurzer Begrüßung rollten wir durch Melakka. Der Regen war stärker geworden, die Touristen hatten Regenschirme aufgespannt, es war schwül. Der Fahrer fand den Antiquitätenladen, ohne jemanden gefragt zu haben, »Omars Treasure Box«. Im Schaufenster sah es ordentlich aus. Der chinesische Besitzer erwartete uns, der Kommissar hatte schon angerufen. Die sechs indischen Angestellten standen in gebührendem Abstand hinter dem Chinesen. Am Vormittag waren nur zwei Angestellte im Laden gewesen, die anderen hatten in einer Garküche gegessen. Der Chinese führte uns herum, während der Kommissar laut auf ihn einredete. Im Hof hinter dem Lagerhaus hatte einer der Inder eine schwarzlackierte Schachtel mit rotem Rand gefunden. Vermutlich hatte sie Pia verloren, oder man hatte sie ihr aus der Hand gerissen und weggeworfen. Der Chinese wollte sie uns schenken und gab sie Corinna.

»Omars Treasure Box« war genauso wie von Corinna und Myriam beschrieben. Das Lager war ein Chaos, doch der Chinese und die Inder kannten sich aus. Sie hatten jeden Meter abgesucht, und auch wir ließen keine Ecke aus. Aber von Pia fanden wir nicht die geringste Spur. In der Nähe des Eingangs waren die Lackschachteln auf mehrere Regale gestapelt. Auf dem Hof stank es, zwischen Bananenstauden lag ein toter Hund. Pia war gewiß aus dem Lager hierhergeschleppt und in ein Auto gestoßen worden. Um diese Vorstellung kam ich nicht herum.

Corinna war jetzt gefaßt, beantwortete die Fragen des Kommissars auf englisch und redete nur, wenn sie gefragt wurde. Maroun sprach mit den Polizisten mal Englisch, mal Malayisch. Der Führer schwieg meistens.

Wir wollten uns gerade verabschieden, als einer der Inder mit einem Schuh Pias auf uns zulief, einem flachen, braunen Slipper. Maroun wollte ihn an sich nehmen, aber der Kommissar ließ es nicht zu. Sein Assistent packte ihn in eine Kunststofftüte.

Vor dem laufenden Hubschrauber versicherte uns der Kommissar, er würde alles tun, was in seiner Kraft stünde, um Pia zu finden.

Als Melakka unter uns im Nebel verschwand, bat Maroun uns für das, was wir durchmachten, um Vergebung.

Kaum waren wir in unseren Hotelzimmern, rief Arno an. Corinna duschte und konnte nichts hören. Arno und Malcolm hatten Zimmer in einem billigeren Hotel in unserer Nähe.

»Damit wir schneller bei euch sind«, sagte er. »Sardone hat endgültig verkauft.«

»Woher weißt du das?«

»Es steht in den Abendblättern. Dieser Trevor Tang dreht ein großes Rad. Aber wir haben noch nichts veröffentlicht, die Geschichte ist noch nicht zu Ende, der große Knaller kommt erst, ganz sicher.«

Ich hörte das Klicken eines Feuerzeugs, Arno sog den Rauch ein. »Wir wollen dir einen Tip geben, unter Freunden.«

»Sind wir das?«

Arno bekam einen Hustenanfall. Im Hotelgarten warf ein Mann im gelben Overall Chemikalien in das Schwimmbecken, und einer in roter Hose hockte auf einem knatternden Rasenmäher. Es regnete immer noch. Die Hotelgäste verhandelten in Büros oder kauften ein, es gab keinen größeren Supermarkt als diese Stadt.

»Hast du schon was vom »Cross of the Universe« gehört?« fragte Arno, als er sich beruhigt hatte. Ich wollte wissen, was dahintersteckte, und dachte an das Schlangenkreuz.

»Sieht aus wie eine Sekte«, sagte Arno. »Auf jeden Fall ist es eine wohltätig erscheinende Vereinigung, die »Human Reality« nahesteht.«

»Etwa Partner?«

»Das glaube ich nicht, die sind bekannt, alles einflußreiche Chinesen, einer davon ist Trevor Tang, der hat die meiste Power.«

Ich hörte im Hintergrund die kehlige Stimme Malcolms, der Arno zurief, er solle endlich zu telefonieren aufhören, sie könnten jemanden, dessen Namen ich nicht verstand, nicht länger warten lassen.

»Kümmere dich um das Kreuz«, riet Arno. »Das könnte zu einer Überraschung werden, die nicht gerade lustig ist.« Er hängte ein, und ich starrte nach draußen: Von den Palmen tropfte Regenwasser. In ein Handtuch gehüllt, kam Corinna aus dem Badezimmer und bat mich, unsere Flüge zu annullieren.

Sie wollte an mir vorbei, und ich streifte ihr das Handtuch ab. Die folgenden zwei Stunden verbrachten wir allein miteinander. Wir wußten nicht weiter, und etwas Besseres fiel uns nicht ein.

Es war früher Abend, Corinna schlief noch, als ich Ben Adler anrief. Ich wußte nicht, ob ich das Richtige tat, ich folgte meinem Gefühl, dem Wunsch, mit ihm reden zu wollen.

»Warum sprichst du so leise?« fragte er. »Ich verstehe kaum etwas.«

»Corinna schläft«, flüsterte ich. »Kann ich dich gleich sehen?«

Er nannte ein Café in der Nähe des Hotels.

Eine halbe Stunde später saßen wir uns gegenüber. Er kaute Körner und Mandelsplitter, trug einen hellen Anzug und eine feuerrote Krawatte mit hellen Punkten, die mir sowohl Bea als auch Corinna vom Hals gerissen hätten.

»Pia ist verschwunden«, sagte ich. »Wahrscheinlich ist sie entführt worden.«

»Mach keine Witze.« Ben hörte zu kauen auf.

»Es passierte heute morgen in Melakka.« Ich erzählte ihm das wenige, das ich wußte.

Ben riet mir, mit Trevor Tang zu sprechen, »Human Reality« hätte sehr viel Einfluß im Fernen Osten. Ich fragte, welche Organisationen als Kidnapper am bekanntesten seien.

Er runzelte die Stirn. »Ich bin nicht in diesem Geschäft, aber es werden jeden Tag mehr.« Er trank Gin Tonic, ich Tee. Für das Abendessen mit Trevor Tang wollte ich einen klaren Kopf bewahren.

Ben nannte als erstes Organisationen der Triaden in

Hongkong und Taiwan, aber die waren auch mir nicht unbekannt. Das organisierte Verbrechen ähnelt sich überall auf der Welt, die tschetschenische Mafia ist wohl die grausamste, und die japanische Yakuza am besten organisiert. Ben hätte noch länger über dieses Thema sprechen können und hatte gerade mit der Camorra in Neapel begonnen, als ich ihn unterbrach und bat, mir das Kreuz auf seiner Brust zu zeigen.

»Welches Kreuz?« fragte er.

»Das an der goldenen Kette.« Er steckte eine Handvoll Körner in den Mund und spülte mit Gin Tonic nach. Um uns herum saßen junge Leute, was Ben gefiel, unter ihnen fühlte er sich wohl.

Ich zerrte an seiner Krawatte. »Du bildest dir Dinge ein, du bist nervös, das ist verständlich.« Er nahm die Krawatte ab und knöpfte das Hemd auf, aber außer grauen Haaren war nichts zu sehen. Eine junge Malaiin schaute Ben aus hellbraunen Augen an und senkte auch nicht den Blick, als er mit seinen Fingern kreisend über die Brust strich.

»Das gefällt diesen Mäuschen.« Ben schob eine neue Ladung Körner in den Mund.

»Knöpf das Hemd zu«, sagte ich enttäuscht. »Wir sind nicht in einer Badeanstalt.«

Er ließ das Hemd offen, winkte einem Kellner und bestellte noch einen Gin Tonic. Ich fragte ihn, ob er schon mal was vom »Cross of the Universe« gehört hätte. Kauend sah er mich an. »Nicht viel, aber das ist keine Sekte, die den Weltuntergang herbeisehnt. Sie sollen pragmatisch vorgehen, sehr chinesisch, und tun tatsächlich Gutes.«

»Stimmt das wirklich?«

»Wenn man den größten Teil seines Lebens im Fernen Osten verbracht hat, weiß man viel von dem, was hier so vor sich geht. Aber von Sekten halte ich Abstand, die meisten meiner Frauen waren Buddhistinnen.« Körner kauend, ging er auf mich wie auf einen Kranken ein und versuchte mir etwas auszureden. Ben war asiatischer als die Asiaten.

»Cross of the Universe«, sagte er. »Glaubst du, das ist das, was ich auf der Brust trage?«

Trevor Tang und Francis Zhou Bin empfingen uns in einem der Restaurants im »Raffles«, weil es für Enzo so am bequemsten war. In seinem Zustand, erklärte er, verließe er das Hotel ungern. Enzo litt gern. Der dritte Chinese, dessen Namen ich nicht verstanden hatte, ließ sich entschuldigen. Er war durch einen Unglücksfall in der Familie verhindert.

Corinna aß mit Myriam in der Suite der Sardones, dort sei es, wie Myriam meinte, am sichersten.

Das Restaurant war sehr hell und sehr kolonial. In seiner Mitte war eine gewaltige indonesische Reistafel aufgebaut, es roch nach Curry. Trevor Tang erklärte diese Reistafel für die beste in Singapur und zu einem »Must« für ausländische Gäste, andere Gerichte kamen also gar nicht in Frage. Trevor Tang entschied, wie er wohl sehr viel für »Human Reality« entschied. Ich hatte Lust auf Weißwein, doch wir mußten Bier trinken, da Trevor Tang Bier vom Faß hatte kommen lassen. Stolz sagte er, es sei aus München, Löwenbräu, und trank sein Glas mit einem Zug halbleer. Neben uns nahm eine koreanische Großfamilie Platz, die schon vor dem Essen nach Knoblauch stank. Am Tisch vor uns zankte sich ein Ehepaar mit texanischem Akzent. Die Serviererinnen waren durchwegs junge Südinderinnen, dunkel und wohlgeformt eilten sie zwischen den Tischen hin und her.

Die beiden Chinesen langten ordentlich zu und redeten viel. Völlig unüblich aß Maroun wenig. Auch ihm war wohl der Appetit vergangen. Enzo nahm schon aus Vorsicht kaum etwas zu sich.

Offenbar wußten weder Trevor Tang noch Francis Zhou Bin von Pias Verschwinden. Enzo wußte auch nichts davon, er war gewiß geschont worden, sonst hätte er mich längst bedauert. Maroun wartete wie ich auf den Moment, um die Chinesen um Hilfe zu bitten. Wir unterhielten uns über die Schwäche des japanischen Bankensystems, die skandalösen

Verhältnisse in Indonesien und die letzten Funde in Xi-An, die Armee der Terrakottasoldaten im Grab des Kaisers Quin Shihang vergrößerte sich ständig.

Trevor Tang stellte sich als Historiker heraus, der sich aber bald nach dem Studium für das Geschäftsleben entschieden hatte. Ihm fiel jetzt auf, wie wenig wir aßen. Maroun sagte, das seien die Sorgen, und als Trevor Tang fragte, welche wir hätten, erwiderte Maroun, daß Pia am Vormittag in einem Antiquitätengeschäft in Melakka spurlos verschwunden und wohl entführt worden sei.

Die Chinesen konnten es nicht glauben. »Das ist doch unmöglich!« rief Francis Zhou Bin. Trevor Tang verstand nicht, warum wir uns nicht eher bei ihm gemeldet hätten, und Enzo wiederholte immer nur: »Wie konnte das bloß passieren?«

Trevor Tang versprach, sich unverzüglich in die Suche nach Pia miteinzuschalten. Er sprach kurz mit Francis Zhou Bin in Mandarin und schickte ihn los, um Kontakte aufzunehmen, wie er sagte. Welche das waren, darüber ließ er uns im dunklen. Er bestand darauf, daß wir etwas aßen, wenn schon keine Reistafel, dann eben etwas anderes, aber essen müßten wir. Aus der Jackentasche zog er eine Packung Multivitamine. Jeder von uns mußte zwei Pillen schlucken. Für Enzo ließ er Kräutertee bringen.

Ich bat um ein Glas Weißwein, Trevor Tang ließ eine Flasche kommen. Ich zwang mich zu essen, auch Maroun führte die Gabel lustlos zum Mund. Enzo ließ sich schließlich auf Haferflocken ein. Trevor Tang versicherte immer wieder, alles, was in seiner Macht stünde, zu unternehmen, damit Pia bald wieder bei uns wäre.

Ich hätte ihn gern nach »Cross of the Universe« gefragt. Doch hatte ich Hemmungen, vielleicht wäre meine Frage unpassend gewesen, auch mochte ich ihn nicht unterbrechen. Er hatte eine suggestive Art zu reden, die einen zum Zuhören zwang.

Jetzt sprach er Enzo an: »Was haben Sie mit Ihrem Sohn vor?«

»Das wird sich ergeben«, wich Enzo aus.

»Wenn Sie erlauben, werde ich mit ihm reden, wenn Sie alle wieder ruhiger leben, was hoffentlich bald der Fall sein wird. Momentan können Sie beide nicht auf ihn verzichten.« Trevor Tang schloß mich mit einer Bewegung seiner Hände ein. Er blickte freundlich zu Maroun, bereits ganz dessen Chef: »Ich hoffe, Sie sind einverstanden.«

»Wenn die Bedingungen stimmen«, entgegnete Maroun, worauf Trevor Tang leise lachte. Maroun verzog keine Miene.

Ich überlegte schon, Maroun für Europa zu empfehlen, aber darauf mußte ich Trevor Tang nicht aufmerksam machen. Zum Abschied sagte er zu mir: »Was mit Ihrer Tochter geschehen ist, ist mir sehr peinlich. Ich bin immer für Sie da.«

24. *Kapitel*

Die Angst um einen geliebten Menschen lähmt und macht einen unfähig, klare Gedanken zu fassen. Dagegen versuchten Corinna und ich anzugehen.

Wir hatten kaum geschlafen. Corinna hatte die meiste Zeit wach auf dem Bett gelegen, die Augen in der Armbeuge verborgen. Ich hatte gelesen, »Die Rote«.

Pia hatte mir den Roman geschenkt, sie liebte Alfred Andersch. Etwa zwei Stunden vor der Morgendämmerung war ich dann eingenickt, jetzt aber lag ich wieder wach neben der endlich schlafenden Corinna und hörte, wie unter uns der Rasen gemäht wurde. Am quälendsten war, daß man nichts unternehmen konnte. Wir waren gezwungen zu warten, bis man uns ein Zeichen gab. Und das würde hoffentlich bald eintreffen, wenn sich die Entführer sicher fühlten. Noch kam für mich nur eine Entführung in Frage, alles andere hätte keinen Sinn ergeben, jedenfalls glaubte ich daran, und auch Corinna sprach nur von Entführung.

Sie hatte aus Pias Zimmer deren Reisetasche geholt, den Koffer auf dem Boden und die Kleider im Schrank gelassen. Pia hatte mit Maroun kein Zimmer teilen dürfen, weil sie nicht verheiratet waren.

Als ich mich rasierte, rief Trevor Tang an. Er fragte, ob wir was von Pia gehört hätten, was ich verneinte. Er meinte, es sei für die Entführer noch sehr früh, Bedingungen zu stellen, sie würden uns erst einmal beobachten. Einige einflußreiche Personen, die ihm einen Gunstbeweis schuldeten, wüßten aber, was los sei. Er versicherte mir, daß Pia bald frei sein würde, wir sähen sie bestimmt rasch wieder. Im Hintergrund hörte ich Stimmen, Trevor Tang stand vor seiner ersten Sitzung.

»Ich rufe wieder an«, sagte er. »Und wenn sich Neues ergibt, lassen Sie es mich sofort wissen.«

Ich duschte lange, irgendwie mußte die Zeit vergehen. Wir

durften unser Zimmer nicht verlassen. Die Entführer würden sich wohl am Telefon melden oder einen Brief abgeben. Am ehesten waren wir in unserem Zimmer zu finden. Tage würden vergehen, vielleicht eine Woche. Maroun würde unsere Verbindung nach draußen sein, sicher auch zu den Entführern, mit denen Pias Übergabe und das Lösegeld verhandelt werden mußten.

Während ich mich abtrocknete, suchte ich mir die Männer vorzustellen, die Pia in der Gewalt hatten. Frauen kamen in diesen Ländern eigentlich nicht in Frage, aber auszuschließen war es nicht. Ich hoffte, daß es professionelle Kidnapper waren und keine Amateure. Profis gingen kein unnötiges Risiko ein und planten jeden Schritt voraus. Amateure verloren schnell die Nerven.

Im Spiegel bemerkte ich, daß mir zwei Haare aus der Nase wuchsen. Ich wollte sie mit der Nagelschere abschneiden, aber meine Hand zitterte zu stark. Es war kurz vor neun, Zeit zu frühstücken. Was aber dann? Erst würde ich Zeitung und dann »Die Rote« zu Ende lesen. Die Rote war eine Frau, die sich entschieden hatte, anders als Bea, die so lange gezögert hatte, bis es zu spät war.

Ich nebelte mich mit Toilettenwasser ein, da läutete das Telefon. Es war Maroun, der längst gefrühstückt hatte und nun zu Enzo und Myriam wollte, es gäbe viel zu besprechen. Von Pia wußte er nichts. Er atmete tief ein. Er vermutete, daß Corinna, Myriam und Pia vom ersten Moment an in Melakka verfolgt worden waren, bis der günstige Moment eingetreten war. Es hätte Corinna oder Myriam genausogut treffen können. Er beschwor mich, geduldig zu sein.

»Wir haben dem Chinesen und seinen Indern zuviel vertraut«, sagte ich.

»Die haben noch mehr Angst als wir, die werden vom Kommissar noch an die Brust genommen, das darfst du mir glauben.« Maroun klang überzeugend, und ich hoffte, er würde in der Nähe sein, wenn sich die Entführer meldeten. Wie für Enzo wurde Maroun immer mehr zu unserer Stütze.

»Hoffentlich hast du recht«, sagte ich trotzdem.

»Regt euch bitte nicht zu sehr auf und haltet eure Kräfte zusammen.«

Corinna hockte auf dem Boden und las in einem Heft. Pias Reisetasche stand offen neben ihr. Corinna war so in ihre Lektüre vertieft, daß sie nicht merkte, wie ich mich über sie beugte. Ich erkannte Pias kleine genaue Schrift, die sich von Beas nach links fallenden Buchstaben stark unterschied. Ich bückte mich weiter nach vorn. Mein Atem streifte Corinnas nackte Schulter, über die sie mit der Hand fuhr, dann blickte sie auf: »Sie hat Tagebuch geführt.«

Wie Bea, dachte ich. Was würde ich von meiner Tochter zu lesen bekommen? Ich griff nach dem Heft, das Corinna festhielt.

»Du riechst wie ein ganzer Parfümladen.« Corinna hatte die ersten Seiten des Tagebuchs überflogen, das sie in Pias Reisetasche gefunden hatte. Sie schlug vor, gemeinsam weiterzulesen, und während sie das Frühstück bestellte, widmete ich mich den Seiten, die sie bereits kannte.

Es ging gleich richtig los. Pia hatte das Tagebuch ihrer Mutter gefunden, was sie auf die Idee gebracht hatte, selbst eines zu führen. Ich hatte mich also ungeschickt angestellt! Sie hatte bemerkt, daß ich die Hefte zu verstecken suchte, wenn sie mich überrascht hatte, und war nachts, wenn ich schlief, in die Bibliothek geschlichen, wo sie sich ein Heft nach dem anderen vorgenommen hatte. Sie wollte nicht, daß Maroun etwas davon erfuhr, weil sie fand, daß er von dem Vorleben ihrer Eltern nichts zu wissen hatte, bevor sie es nicht selbst kannte.

Zu Beas Doppelleben äußerte sie zunächst nichts und schrieb hauptsächlich über Maroun. Während ich bei Bea nicht gerade glänzend abgeschnitten hatte, kam Maroun groß heraus, obgleich er Pia in vielem unbegreiflich war, manchmal zu selbstbewußt und dann wieder sehr in sich gekehrt. Eines aber hatte Maroun seinen Vorgängern ganz besonders voraus: Er wußte immer, was er wollte. Pia nannte das seine mentale Stärke. Überhuber, Grebe und ein gewisser Franz, den ich nie richtig wahrgenommen hatte, kamen schlecht weg. Überhuber wurde als Loser und Franz als Windei entlarvt. Mit Grebe ging sie großmütiger um, er sei dabei, schrieb sie, sich zu überleben. Von mir war noch nicht die Rede.

Nach dem Frühstück lasen Corinna und ich zusammen weiter. Ich hätte die Lektüre lieber alleine fortgesetzt, denn nun mußte ich vor Corinna zugeben, Beas Tagebuch für mich behalten zu haben, aber Corinna hatte Pias Aufzeichnungen als erste entdeckt.

Ich las schneller als sie und mußte nach jeder Seite warten. Als Pia mich damals bei Myriam abgeholt hatte, war sie von Maroun sofort beeindruckt gewesen, und ihm war es wohl ähnlich gegangen. Aber noch war er Myriams Liebhaber, die sie als ältere Frau bezeichnete, die gern mit ihren Erfahrungen hausieren ging. So hatte sie gesagt, woran ich mich nicht erinnerte, daß Frauen Männer aus drei Gründen liebten, aus finanziellen, sexuellen oder intellektuellen, und träfen zwei zusammen, wäre es das große Glück.

Der Roomservice klingelte an der Tür, und wir griffen in unserer Nervosität nach dem Telefon. Zum Frühstück setzten wir uns auf den Balkon, das Telefon in Reichweite. Die Sonne schien, in der Feuchtigkeit war das Licht gelblich. Wir hatten Hunger, was wir erst merkwürdig fanden, dann aber für ein gutes Zeichen hielten.

Als das Frühstück abgedeckt wurde, rief Ben Adler an. Er erkundigte sich nach unserem Befinden und wollte wissen, wie lange wir in Singapur blieben.

Ich antwortete, daß es uns sehr gut ginge, wir aber in einigen Tagen abreisen wollten.

»Seid Ihr mit ›Human Reality‹ fertig?« fragte er.

»Wir haben unterschrieben.«

»Gibt's was Neues von deiner Tochter?«

Ich schwieg, ich war jetzt nicht in der Laune, darauf einzugehen.

»Falls sie wieder auftaucht, möchte ich sie einladen. Einer meiner Söhne hat heute Geburtstag.«

»Du hast vielleicht Nerven!« rief ich.

»Wenn einem so etwas passiert, muß man sofort so weiterleben, als sei nichts gewesen. Das Fest ist für junge Leute.«

»Nur Pia? Ohne Maroun läuft nichts.«

»Du bist aber altmodisch, ich schicke Pias Einladung ins Hotel.«

»Und eine für Maroun«, sagte ich sehr laut.

Pia schrieb, daß sie gern mehr über Maroun erfahren hätte. Er sprach ungern über sich. Immerhin wußte sie, daß Maroun Geschwister hatte und sein Vater zweimal verheiratet war. Die Mutter war eine großartige Frau, eine schöne Filipina, in der sich spanisches, deutsches und malaiisches Blut mischte. Zurückgezogen lebte sie südlich von Manila in einem Dorf am Meer. Maroun schwärmte wohl von ihr, soweit er überhaupt solche Regungen zuließ. Von Marouns Vater, mit dem sie drei Söhne und zwei Töchter hatte, war sie geschieden. Nach der Scheidung war sie unverheiratet geblieben. Mit etwas Romantik, schrieb Pia, konnte sie sich Marouns Mutter als Malerin vorstellen, aber vielleicht fischte sie mit den Dörflern, züchtete Algen, die sie verkaufte, und war glücklich, wenn man ihr die Enkelkinder brachte. Die Brüder waren älter als Maroun, verheiratet und in großen Unternehmen, sicherlich auf dem Weg nach oben, vermutete Pia. Die Schwestern hatten geheiratet, aber nicht aus Liebe. Ihre Ehemänner waren Söhne der besten Freunde ihres Vaters. Maroun hielt viel von ihm, auch wenn er es besser fand, mit ihm auf Distanz zu leben. Sie hätten, betonte er, den gleichen schlechten Charakter. Der Vater litte nicht am Hungertuch und sei ständig auf Achse – diese Ausdrücke hatte Maroun von Myriam übernommen. In den kurzen Antworten Marouns, wenn es um ihn selbst ging, läge keine Arroganz, sondern eine Pia unverständliche Scheu, über sich selbst zu sprechen. Aber im Bett gäbe es diese Scheu nicht. Endlich sei sie mit einem richtigen Mann zusammen. Ist die Unterhose gefallen, beginnt die Macht oder Ohnmacht des Sex, schrieb Pia. Corinna fand das ziemlich schrill und nicht zu Pia, eher zu Myriam passend. Bea hätte das auch schreiben können, was hatte sie nicht alles mit ihren Liebhabern durchgemacht!

»Bea hat also auch Tagebuch geführt.« Corinna legte ihre Hand auf meinen Arm. »Aber keine Angst, ich werde nicht darin lesen.«

Ich war erleichtert, es war schon schwierig genug, das Wissen um Beas Leben mit Pia und vielleicht auch mit Maroun zu teilen. Ich hoffte, mit beiden nie darüber reden zu müssen, und Corinna und ich würden auch so tun, als hätten wir Pias Notizen nie gelesen.

Im Nebenzimmer übte eine Sängerin. Wenig später wurde auf dem Gang Staub gesaugt. Der Gesang der Sopranstimme mischte sich mit dem Lärm des Staubsaugers.

Corinna fragte, ob wir zusammen weiterlesen sollten, da läutete das Telefon. Wir griffen gleichzeitig nach dem Hörer.

Ein Mann mit einer Fistelstimme war falsch verbunden worden. Ich hängte ein. Wenig später läutete es wieder. Dieses Mal waren es Arno und Malcolm.

»Wir wollten euch zum Mittagessen einladen«, sagte Arno.

»Wir haben schon was vor«, wich ich aus.

»Noch mehr große Deals?« fragte Arno. »Aber wußtest du, daß die Reisebüros von Becker-Manzini alle von ›Seven Winds‹ übernommen wurden?«

Ich schwieg, Trevor Tangs Liebe zu Italien hatte sich also bereits geschäftlich niedergeschlagen. Irgendwie waren Enzo und Becker-Manzini viel mehr miteinander verstrickt, als wir ahnen konnten. Jugendfreundschaften wurden später eine solide Grundlage für vieles.

»Vielleicht sollten wir doch zusammen essen«, sagte Arno. »Wir könnten zusammen nachdenken.«

Womöglich hätte uns das tatsächlich einen Schritt weitergebracht, aber ich wollte Corinna nicht den Anruf der Entführer alleine entgegennehmen lassen.

Malcolm fragte: »Wo ist deine Tochter? Sie ist nicht mehr im Hotel und hat ihr Zimmer aufgegeben. Wir riefen sie an, und eine Archäologin hat sich gemeldet.«

»Du bist falsch verbunden worden, das passiert hier oft.«

»Sie hat ausgecheckt, frag den Empfang.«

Ich erschrak und versuchte mich zu sammeln. Das war ganz klar ein Zeichen der Entführer, die uns zeigen wollten, wie gut sie über uns Bescheid wußten.

Ich suchte nach einer Erklärung und sagte schließlich: »Pia ist mit Freunden für zwei Tage nach Penang geflogen. Ich wußte nicht, daß sie ihr Zimmer aufgegeben hat.«

»Schön, wenn Kinder sparsam sind«, sagte Malcolm. »Aber das hier ist zu schön, um wahr zu sein.«

»Hör endlich auf, uns zu bespitzeln!« rief ich.

»Du sitzt in der Scheiße.« Arno war wieder am Apparat. »Ganz tief.«

»Um so besser für euch.«

»Deine, nein unsere Geschichte wird immer heißer, und merk dir eines: Wir wissen immer mehr, als wir sagen.«

»Macht so weiter!«

»Wir bleiben in Verbindung, du solltest begriffen haben, daß du Freunde brauchst.« Darin mußte ich Arno allerdings recht geben.

Über den Balkon lief eine graue Angorakatze, die sich uns gegenüber hinkauerte und sich putzte. Vielleicht war sie einem Hotelgast entlaufen. Ich fuhr zur Rezeption hinunter. Der Empfangschef, ein Libanese mit riesigen Ohren, bestätigte, daß Pias Zimmer abbestellt worden sei. Sie habe am Morgen selbst angerufen.

Um uns abzulenken, lasen wir weiter in Pias Tagebuch. Pia erwähnte Beas Affäre mit Horacio in wenigen Sätzen, regte sich aber weiter nicht auf. Von älteren Männern hatte sie genug, und nach Grebe würde wohl kaum einer mehr eine Chance bekommen. Ich tat ihr zwar leid, aber dann lasen wir, daß Männer meist selbst schuld seien, wenn sie betrogen würden.

»Er hieß also Horacio«, sagte Corinna.

»Es kommt noch mehr.«

»Ich höre auf.«

Es wäre mir nur recht gewesen, doch sagte ich schwach: »Warum das?«

Pia ärgerte sich, daß Maroun stets vor Sonnenaufgang aufstand und eine Stunde meditierte, öfter auch länger, dann folgte Yoga. Pia fand seinen Ehrgeiz oft »too much«. Aber sie war auch überzeugt, daß er es, so überlegt wie er alles anging, weit bringen würde. Sie schrieb, sie fühle sich nur in der Umarmung mit ihm eins, und räumte sogleich ein, daß dies reichlich pathetisch sei. Diesen Satz hatte sie mehrfach durchgestrichen, doch konnten wir ihn entziffern.

Pia machte sich Gedanken, wie lange Marouns Leidenschaft anhalten würde, und hatte ihn gefragt, ob er sie wirklich liebte. Dummerweise, wie sie in Klammern hinzufügte. Maroun hatte ihre Frage bejaht. Ihr war das nicht genug gewesen, und in Klammern folgte: So idiotisch kann nur ich sein. Maroun hatte gefragt, warum sie zweifelte, aber sie hatte keine Antwort gehabt. In der Nacht hatte sie dann auf und unter ihm kaum Schlaf gefunden. Sie schrieb von seinem Stachel, der Rute und Lanze, mit der er sie erschöpfte, bis sie leicht wie ein Blatt zu schweben schien. Offensichtlich war sie in Beas Stil verfallen, was sie auch bald bemerkte, aber damit entschuldigte, daß sie ja noch nie über sich selbst geschrieben hatte. Zwei Seiten später lasen wir dann, daß Maroun und sie die halbe Nacht gevögelt hatten.

Corinna haßte es, über die körperliche Seite der Liebe zu sprechen, obgleich sie ihr gefiel. Was sie nicht in Worten ausdrücken mochte, ließ sie mich mit ihrer Zärtlichkeit spüren.

Der Zimmerdienst schloß die Tür nun schon zum dritten Mal hintereinander auf. Die beiden Malaiinnen sahen uns noch immer halbnackt und schlugen die Tür mit einem »Sorry« wieder zu.

Nach einer Pause fing die Sängerin von nebenan wieder zu üben an. Ohne den begleitenden Lärm des Staubsaugers war ihr Gesang unerträglich. Auf dem Balkongeländer ließen sich zwei Papageien mit grünem Bauch und dunkelblauen Hälsen nieder, sie sahen aus wie die aus Ben Adlers Garten. Als das Gezeter eines kleinen Jungen aus dem Garten ertönte, flogen sie davon.

Vor uns lag das Tagebuch. Wir ruhten aus, waren nervös, und Pias sexuelle Freuden waren für mich nicht ganz einfach zu verdauen. Wir blickten in den Himmel, der sich mit schweren Wolken überzog.

Gegen Mittag läutete wieder das Telefon. Es war Enzo, der sich nach uns erkundigte. Ob wir Neues wüßten. Maroun war bei ihm, zusammen waren sie bei »Human Reality« gewesen. Enzo und Myriam wollten uns am Abend treffen. Ich sagte, das sei nur in unserem Zimmer möglich. Dennoch wollten sie kommen. Ich betrachtete wieder die Monsunwolken, als uns ein Rascheln an der Tür auffahren ließ, unter der ein Umschlag ins Zimmer geschoben wurde. Wir sprangen auf. Der Umschlag war an mich adressiert. Es war die Rechnung für Pias Zimmer.

Corinna ließ mich nun allein in Pias Tagebuch weiterlesen, ich sollte ihr das Wichtigste erzählen.

Pia entdeckte Marouns Phantasie, er hatte ihr von einer Idee erzählt, die wie ein Märchen klang. Pia schrieb von einem Berg auf einer Insel, der zu einer kleinen Stadt ausgehöhlt worden war. Säle, Hallen und Fluchten von Räumen und Zimmern waren durch Gänge, Treppen, Aufzüge und Terrassen verbunden. Die Menschen, die hier zeitweise lebten, bereiteten sich auf ein sinnvolleres, ein erfülltes Leben vor. Maroun trage diese Idee schon länger mit sich herum, schrieb Pia, manchmal träume er davon. Er hatte Pia davon erzählt, um sie anzuregen. Pia wollte etwas darüber schreiben, vielleicht eine Erzählung oder einen Roman, daran hatte sie sich bislang noch nicht gewagt. Von Drehbüchern hatte sie die Nase voll, wie sie schrieb.

25. Kapitel

Abends besuchten uns Enzo und Myriam in unserem Zimmer. Ein bißchen fühlte ich mich wie im Krankenhaus. Enzo wollte nichts essen und trinken, schließlich ließ er sich aber zu Mineralwasser überreden. Wir tranken Champagner, worauf Myriam bestanden hatte, obwohl es bei Gott keinen Anlaß dafür gab. Maroun war in der Stadt und wollte seine Adoptiveltern später zurück ins »Raffles« bringen. Myriam hatte an den richtigen Stellen abgenommen. Bei ihrem Anblick mußten die verschlafensten Männer wach werden. Ich hoffte wieder, sie würde Maroun in Ruhe lassen. So reizvoll und entspannt, wie sie aussah, hatte sie wahrscheinlich einen neuen Liebhaber. Das beruhigte mich.

Myriam bedauerte Pia, und Enzo bezichtigte sich als indirekt Schuldigen. Doch mich überzeugte das Mitleid der Sardones nicht. Ich meinte zu erkennen, daß sie gekommen waren, um sich zu verabschieden. Auch wenn sie uns nicht helfen konnten, fühlte ich mich von ihnen allein gelassen.

Nach zweimaligem Anlauf rückte Enzo mit der Sprache heraus. Das Klima in Singapur bekäme ihm schlecht. Die Ärzte hätten ihm kühlere Temperaturen und frische Luft empfohlen – dabei sah er so gut wie nie aus. Myriam klapperte, um Verständnis heischend, mit den Augendeckeln. Sie wollten beide nach Cameron Highlands, einem malaiischen Ferienort in über tausend Meter Höhe. Mit einem besonders schwierigen Golfplatz, fügte Enzo noch hinzu.

Ich war enttäuscht und hätte das auch fast zum Ausdruck gebracht, aber Corinna kam mir zuvor: »Dann müssen wir eben selbst mit dieser schwierigen Situation fertig werden.«

Enzo war Corinnas Verstimmung peinlich, sie seien ja nicht aus der Welt und immer telefonisch zu erreichen. Telefonate mit Enzo kannte ich zur Genüge, meist ging es ihm angeblich zu schlecht, um überhaupt an den Apparat zu kommen. Myriam hob ihr Glas und sagte, sie sei sicher, wir würden mit dem Schrecken davonkommen. Pia sei bestimmt bald wieder bei uns.

»Bist du mit dem Ausverkauf zufrieden?« fragte ich Enzo. »Für mich sah es so aus, als hätte Trevor Tang mehr Grund zur Zufriedenheit. Er vermittelte mir den Eindruck, dich in der Hand zu haben, und nicht nur mit dem, was ich weiß. Ist da nicht noch mehr?«

»Auf jeden Fall nichts Besonderes. Er meinte ein Konto in Luxemburg, das die Italiener entdeckt haben, und in Thüringen vergrößert Human Reality die Schokoladenfabrik. Sie garantieren der Regierung fünfhundert Arbeitsplätze.« Ich merkte Enzo an, daß er nicht die Wahrheit sprach. Er sah an mir vorbei und senkte schließlich den Blick.

»Trevor Tang meinte etwas anderes«, entgegnete ich. »Etwas, das nur ihr beide wißt und wovon auch Maroun keine Ahnung hat.«

»Du kennst meine Schwierigkeiten so gut wie ich, es gibt keine anderen Probleme«, log Enzo.

Ich wollte schon aus der Haut fahren, da sagte Corinna: »Fabian ist sehr nervös, Pia ist seine einzige Tochter.«

»Das ist mehr als verständlich.« Enzo rückte seine Jacke zurecht. »Ihr wißt doch, wie dankbar ich euch bin, in einer Lage wie dieser kommt es leicht zu Mißverständnissen, auch unter Freunden.«

Corinna füllte mein Glas nach. »Habt ihr noch was von den Becker-Manzinis gehört?«

»Carlo ist tot«, erwiderte Enzo. »Ich verstehe nicht, wie das passieren konnte. Schrecklich, er war einer meiner besten Freunde.«

»In der Presse wurdet ihr oft zusammen erwähnt«, sagte Corinna.

»Geschäftlich hatten wir nichts miteinander zu tun. Wir wollten uns nicht in die Haare kriegen.« Enzo wurde unruhig, ich sah ihm an, daß er uns so bald wie möglich verlassen wollte.

»Seit wann kennt ihr euch eigentlich?« fragte Corinna.

»Wir waren im Krieg zusammen.«

»Den ganzen Krieg?« sagte Corinna erstaunt. »Das schweißt zusammen.«

»Nicht den ganzen Krieg, so alt bin ich nun auch wieder nicht, nur die letzten Monate. Wir waren Teenager.«

»Danach ging es auch schön ruppig zu«, warf ich ein.

»Carlo wußte die Gunst der Stunde zu nutzen.« Enzo lächelte wie verloren in seinen Erinnerungen. »Er war flexibel und von rascher Entschlußkraft.«

»Geschlafen hast du ja auch nicht«, sagte Corinna. »Du hast einiges auf die Beine gestellt.«

»Und jetzt ist alles verkauft.« Myriam strich über Enzos Wange. Was dich mit Carlo verband, war die Kunst.«

»Die Liebe zur Malerei«, sagte Enzo. »Wenn man selbst kein Talent hat, muß man Schönheit wenigstens nachempfinden können.«

»Die beiden haben gesammelt.« Myriam ließ die Hand fallen, nach der Enzo griff. »Und eine gute Anlage wurde auch noch daraus, die Preise sind gestiegen.«

»Was wird aus euren Häusern, den Bildern?« fragte ich.

»Maroun wird sich darum kümmern«, erwiderte Enzo. »Auf ihn ist Verlaß.«

Wieder einmal dachte ich, daß mit Maroun das Chaos begonnen hatte, in dem wir uns nun befanden.

»Vielleicht werden wir durch Maroun noch zu Verwandten!« Myriam verdrehte die Augen. »Wenn er Pia heiratet, werdet ihr seine Schwiegereltern.«

»Aber bitte nur eine kleine Hochzeit.« Enzo erhob sich und blickte Myriam auffordernd an, die sagte: »Ganz klein, viele Freunde haben wir nun auch nicht mehr.«

Als die Sardones uns verlassen hatten, schaltetete ich den Fernseher an, nach wenigen Minuten aber wieder aus. Ich hatte Hunger, Corinna nicht. Wir ließen Sandwiches kommen. Die Lichter der Hochhäuser flimmerten auf uns herab, der Himmel war dunkel. Wir hörten Stimmen und Schritte, auf dem Gang wurde Gepäck vorbeigeschleppt. Corinna trat auf den Balkon und stützte sich auf das Geländer. Pias Koffer hatte sie in den Schrank gestellt, deren Kleider neben ihren aufgehängt. Vor dem Telefon lag Pias Tagebuch, ich las weiter.

Maroun hatte Pia von einer Reise mit Enzo nach Italien erzählt und war mehr als sonst aus sich herausgegangen. Enzo hatte ihn als Adoptivsohn vorgestellt und manchmal auch als Sohn. Er hatte Maroun zeigen wollen, was er geschaffen hatte, die Fabriken, die Büros. Die erste Nacht hatten sie in Meran verbracht, in einer alten Villa in einem kleinen Park, in dem es nach dem Harz von Koniferen und Zedern duftete. Enzo hatte das Anwesen in den fünfziger Jahren gekauft. Er war ja in Meran geboren, hatte Maroun die Stadt gezeigt und am Abend alte Freunde eingeladen. Am Morgen danach hatte er Maroun einen Teil seiner vielen Bilder und Gemälde erklärt. Er hatte sich nie auf eine Richtung festgelegt und immer nur gesammelt, was er schön fand.

In den folgenden Tagen waren sie durch Oberitalien gefahren und hatten Enzos Lebensmittel- und Schuhfabriken sowie Restaurants seiner Imbißketten besucht. Eine Nacht hatten sie im Friaul in einer Burg über Weinbergen verbracht. In der Burg, die ihm gehörte, hatte Enzo Maroun sein größtes Geheimnis anvertraut. Sie waren in die nach Maische und Moder riechenden Keller gestiegen, durch Wehrgänge, Verließe und Gewölbe, die als Weinkeller dienten. Hier lagerten Tausende von Litern Wein in Flaschen und Fässern. Maroun hatte Enzo noch nie so freudig wie hier unten erlebt. Den sonst so nüchternen, zurückhaltenden Mann hatte eine geradezu euphorische Freude überkommen. In einer Mauer war unter der Holzverkleidung eine Schalttafel versteckt. Enzo beschwor Maroun, sich diese Stelle zu merken. Er würde etwas zu sehen bekommen, was er noch keinem gezeigt hätte. Es sei an der Zeit, daß ein junger Mensch, dem er vertraue, erfahre, was ihm und Carlo lebenslang das größte Vergnügen gewesen sei. Maroun mußte Enzo versprechen, über alles, was er nun sehen sollte, zu schweigen.

Vor ihm öffnete sich eine Tür in der Wand, und er blickte in einen Saal, in dem Bilder und Gemälde über- oder nebeneinander wie in einer Galerie hingen. Ein niedriger Tisch und zwei drehbare Sessel waren die einzigen Möbel in diesem Saal.

Die wertvollen Kunstwerke gehörten Enzo und Carlo Becker-Manzini. Die meisten hatten sie während der Nachkriegszeit bis in die siebziger Jahre auf dem Schwarzmarkt gekauft. Viele waren Beutegut der Nazis und hatten Juden gehört. Später hatten sie Bilder über Hehler erworben, die der Mafia nahestanden, oder durch diese stehlen lassen.

»Raub auf Bestellung«, sagte Enzo. »So verrückt waren wir.«

Er nannte Maler, die in allen großen Museen ausgestellt waren. Enzo trank Rotwein mit Maroun und kommentierte Werke weltbekannter Künstler. Öfter sprang er auf und machte mit einem Leuchtstab auf Besonderheiten aufmerksam. Mit dem Wein wurde Enzo immer offener. An einigen Bildern klebt Blut, sagte er. Als sie geraubt wurden, war es nicht ohne Gewalt abgegangen. In einem Museum war ein Angestellter des Sicherheitspersonals schwer verletzt worden. Vor einigen Jahren war bei einem anderen Überfall einer der Räuber erschossen worden. Enzo wurde deswegen erpreßt und zahlte dafür noch immer an Mittelsmänner der Mafia, die das Geld angeblich an die Frau des Toten weiterleiteten.

Ich vermutete stark, daß Trevor Tang auch diese Erpressung aus der Welt schaffen wollte, sie war wohl das Herzstück dessen, worum sich Trevor Tang zu Enzos Zufriedenheit hatte kümmern wollen.

Die Burg war im Krieg als Widerstandsnest ausgebaut worden. Der Saal wurde aus einer Reihe von Kellern zu einem Waffenarsenal eingerichtet, den Enzo erheblich vergrößerte, nachdem er die Burg von einem Onkel geerbt hatte.

Enzo und Carlo waren, schrieb Pia, in einem Internat in Norddeutschland Freunde geworden. Ihre Väter, die Hitler verehrten, hatten auf einer deutschen Erziehung bestanden. Enzo, den Meraner, und Carlo, dessen Mutter Deutsche gewesen war, hatte die südliche Heimat zusammengeschweißt. Im Internat hatten sie miteinander nur italienisch gesprochen. Dem Militär waren sie nicht entkommen. Da sie zweisprachig waren, hatten es ihre Väter fertiggebracht, daß sie in einer italienischen Einheit, die Kontakt zur deutschen Wehrmacht hielt, eingesetzt wurden.

Maroun wollte sein Wissen mit Pia teilen. Er glaubte, gefährliche Geheimnisse gemeinsam zu hüten verbinde stärker als alles andere und sei der Beweis für Vertrauen und Liebe – das schrieb Pia jedenfalls.

Corinna kam vom Balkon ins Zimmer und setzte sich zu mir aufs Bett. Ich erzählte, was ich gelesen hatte, und sie sagte: »Vielleicht hat Enzo Maroun in erster Linie deshalb adoptiert, damit er sich einmal um die Bilder im Friaul kümmern kann.«

»Becker-Manzini hatte keine Kinder«, fiel mir ein. »Im Grunde haben sie Maroun gemeinsam adoptiert.«

Wir hatten nicht schlafen können, uns hin- und hergewälzt, aneinandergedrängt, und dann war wieder jeder auf seine Seite gerollt. Trotzdem hatten wir nicht gemerkt, daß ein Brief unter der Tür ins Zimmer geschoben worden war. Corinna fand ihn, als sie ins Bad wollte. Der weiße Umschlag war mit Tesafilm zugeklebt. Unsere Zimmernummer hatte man in großen runden Zahlen auf ihn gemalt. Corinna riß den Umschlag auf und überflog den Brief, dann gab sie ihn mir.

»Seid morgen in Hongkong«, las ich, »zwanzig Uhr, Victoria Peak, Pok Ful Ham Building.« Es war Pias Schrift. Ein Foto des Gebäudes war unter den Text geklebt.

Wollten uns die Entführer durch den Fernen Osten hetzen? Trotzdem waren wir erleichtert, Pia lebte. Diese Gewißheit hatten wir jetzt. Es war kurz vor fünf Uhr morgens, zu früh, um etwas zu unternehmen. Wir wollten Maroun nicht anrufen, um diese Zeit meditierte er. Mein Arm schmerzte. Um sieben würde ich mit Maroun sprechen, mehr Zeit wollte ich ihm nicht geben.

Wir packten die Koffer. Etwas später überzog die Morgenröte den Himmel mit hellem Rosa. Dann ging die Sonne auf, und ihr Licht flutete ins Zimmer. Ich las die Zeitung, die auf dem Korridor in einer Plastiktüte an unsere Türklinke gehängt worden war.

Kurz nach sieben rief ich Maroun an: »Wir müssen nach Hongkong!« Maroun hängte ein und war kurz danach bei uns. Er sah auf den Brief. »Das ist ihre Schrift, ganz sicher.«

Wie üblich wollte er Flüge und Hotel durch »Seven Winds« buchen lassen. Immerhin sei die Agentur ein Glied zu Trevor Tang, auf den wir wahrscheinlich noch angewiesen seien.

Maroun merkte, daß ich Schmerzen hatte. Er schob den Ärmel hoch, strich über Hand und Arm, dann griff er stärker zu. Es half nichts, die Stiche quälten weiter. Zum ersten Mal konnte mir Maroun keine Linderung verschaffen. Er schloß die Augen und bohrte die Daumen in den Handteller. Ich stöhnte auf, aber der Druck ließ nicht nach. Es tat so weh, daß ich ihm die Hand entreißen wollte, die er aber festhielt. Schließlich ließ er sie los.

»Ist es überhaupt nicht besser?«

Ich antwortete nicht, die Schmerzen waren noch heftiger geworden.

»Ich kann mich nicht konzentrieren«, sagte Maroun leise. »Es ist zuviel los.«

»Später«, sagte ich. »In Hongkong versuchst du es noch einmal.«

In einer Limousine von »Seven Winds« fuhren wir zum Flughafen. Als Maroun gerade die Flughafensteuer bezahlen wollte, tauchte Arno vor uns auf. »Sang- und klanglos zu verschwinden ist nicht fair.«

»Ihr habt den halben Empfang bestochen«, sagte ich.

»Den ganzen.« Arno schielte zu Maroun, als wollte er nicht von ihm gesehen werden.

»Wann fliegt ihr?« fragte ich.

»Bald. Hast du was von deiner Tochter gehört? Ist sie etwa in Hongkong?«

»Ich kann nur hoffen.«

»Red nicht herum, wir haben euch gut behandelt und nichts über euch geschrieben.«

Corinna dankte und bat ihn, erst dann etwas zu veröffentlichen, wenn wir mit Pia in Deutschland wären. Arno sah wieder zu Maroun hin, der sich in der Schlange dem Schalter näherte. »Noch etwas! Seid vorsichtig mit Ben Adler, der hat für einen Ausländer zu gute Beziehungen.«

»Er lebt seit über dreißig Jahren in dieser Gegend.«

»Wissen wir«, sagte Arno. »Ben Adler wäre auch eine gute Geschichte, wenn man die ganze Wahrheit wüßte. Buddhas, Koks und Körnerfutter, die vielen Ehefrauen und Kinder machen sich gut, sind aber eher ein Deckmantel. Wer ihn lüftet, spart das Begräbnis, das besorgen dann die Haie im Südchinesischen Meer.«

»Ben kennt sicher eine Menge Menschen, aber übertreibst du nicht ein bißchen?« Ich hätte gerne herausbekommen, ob er nicht doch etwas mehr über Ben wußte.

»Ganz wie du meinst.« Arno drückte mir die Hand zum Abschied. Zu Corinna machte er eine Verbeugung, die eher einem Knicks glich. Er mischte sich unter eine Gruppe von Judokas des TSV Ludenburg 1897, wie man den Jacken entnehmen konnte.

Im Flugzeug wurde ich erst richtig aufgeregt. Nervös wie ich war, machte mir der Blutdruck zu schaffen. Corinna hoffte nur schwach, Pia noch am Abend in die Arme schließen zu können, von den Entführern waren keine Bedingungen gestellt worden. Wo würden sie verhandeln wollen? Glaubten sie uns erst weichklopfen zu müssen?

Maroun saß vor Corinna und mir. Er hatte den Kopf

zurückgebogen, schlief oder meditierte. Was ich in der Nacht gelesen hatte, beschäftigte mich und lenkte etwas von der Angst um Pia ab. Gern hätte ich jetzt in ihrem Tagebuch weitergelesen, aber Marouns Nähe machte das unmöglich. Er war um Pia zutiefst besorgt, was er zu verbergen suchte, so wie er eben gewohnt war, wenig Gefühle zu zeigen. Aber Maroun war nicht nur ein Mensch aus dem Fernen Osten, er war auch wie wir, und diese Mischung hatte uns alle für ihn eingenommen.

Am Morgen hatte er uns die europäische Seite seines Wesens gezeigt. Ihm gelang es eben auch nicht immer, Unruhe und Unsicherheit zu unterdrücken, und daß er mir nicht hatte helfen können, hatte ihm zu schaffen gemacht.

Corinna lehnte sich an meine Schulter. Von Tagebüchern habe sie genug, flüsterte sie, bevor sie einschlief. Oder tat sie nur so?

Noch immer war ich völlig erstaunt und überrascht, wie weit Maroun sich Pia offenbart hatte.

Wir näherten uns Hongkong. Die Silhouette der Stadt hob sich gegen einen wolkenlosen Himmel ab, Hochhäuser, die aus der Ferne gläsernen Kathedralen glichen. Unter uns begann das Gewirr von großen und kleinen Schiffen, Booten, Fähren und Dschunken. Ich war immer gern nach Hongkong gereist, die Mischung aus Kolonialem und Hochmodernem hatte für mich nie etwas von ihrer Anziehungskraft verloren. Wir senkten uns auf Kai Tak, wohl der einzige Flugplatz der Welt, wo man bei Start und Landung in Küchen und Wohnzimmer blickt.

Wir setzten hart auf und rasten an gestapelten Containern und parkenden Flugzeugen vorbei, schnurgerade auf das Flughafengebäude zu. Zum ersten Mal kam ich nicht gern in Hongkong an. Ich hatte ein ungutes Gefühl, als ich Maroun nachsah, der sich den Weg zur Paßkontrolle bahnte. Um uns herum tobte ein nervtötender Krach, wir waren von einer Gruppe Festlandchinesen umzingelt, was an deren ärmlicher

Kleidung zu erkennen war. Chinesisch ist eine Sprache, die hauptsächlich geschrien wird.

Wir wurden durch die Paßkontrolle gedrängt. Maroun suchte das Förderband, auf dem unsere Koffer liegen sollten. Jemand zupfte mich am Ärmel. Es war Arno, und nun sah ich auch Malcolm, der einen kleinen Bogen um uns machte und grüßend den Arm hob. Überrascht fragte Corinna, wie sie es geschafft hätten, jetzt schon hier zu sein. Ob sie mit uns geflogen seien?

»Holzklasse«, erwiderte Arno. »Wir haben keine reichen Gönner.«

»Wirklich schade«, sagte Corinna.

Arno fragte mich, in welchem Hotel er uns finden könnte, wir sollten uns nicht aus den Augen verlieren. Er stellte sich hinter Corinna, so daß er von Maroun nicht zu sehen war. Eine neue Hundertschaft von Chinesen flutete an uns vorbei.

»Also, wo wohnt ihr?« drängte Arno. »Es kann euch nur nützen, wenn Freunde wissen, wo ihr zu erreichen seid.«

»Im Peninsula«, sagte Corinna.

»Immer vom feinsten! Dort können wir uns nicht einmal das Frühstück leisten.«

»Und wo seid ihr?« fragte ich.

»Drittklassig, davon hast du noch nie gehört. Aber eines solltet ihr noch wissen, euer Freund Ben Adler ist ein ganz gehenkter Junge. Er arbeitet mit Human Reality zusammen und spielt im Cross of the Universe auch eine Rolle.«

»Die Sekte?« fragte Corinna.

»Sie wird zum größten Teil von Human Reality finanziert.«

»Sind Sie sicher?« Corinna ließ nicht locker.

»Ganz sicher, als Journalist kann man sich keine Panne erlauben.«

Eine Fußballmannschaft aus Nanjing drängte uns zur Seite. Corinna schwankte, Arno wäre fast hingefallen, und ich erhielt einen Tritt in die Wade.

»Viel Glück!« Arno hob seinen Aluminiumkoffer hoch.

»Und Vorsicht mit Ben Adler.« Er folgte Malcolm, der schon den Zoll passiert hatte. Den beiden war es gelungen, ihr Gepäck in die Kabine mitzunehmen.

Ein Führer von »Seven Winds« empfing uns am Ausgang, und eine Limousine der Agentur glitt auf uns zu. Der Mann von »Seven Winds« sprach neben Kantonesisch auch Mandarin, wie er sagte. Ich fragte mich, welche Sprachen er noch beherrschte, und überlegte, wie wir ihn rasch loswerden konnten. Nach der vergangenen Nacht fühlte ich mich ganz zerschlagen. Unter Corinnas Augen lagen bläuliche Ringe. Maroun wirkte mühsam kontrolliert. Sein Gesicht war starr, die Haut war wie geliftet, straff hinter die Ohren gezogen.

Der Führer erzählte von der Geschichte Hongkongs, von den Taipans. Bekannte Dinge. Wir stellten keine Fragen, schwiegen und wurden immer nervöser. Corinna starrte in den Verkehr. Sie ärgerte sich wie ich über den Redefluß des Führers, von dem wir jetzt erfuhren, daß er taiwanesischer Meister im Armbrustschießen gewesen war.

»How wonderful«, bemerkte Corinna geistesabwesend.

Der Arm schmerzte, ich preßte die rechte Hand in die linke. Maroun strich über meinen Ellenbogen. Wir hielten vor dem YMCA. Ich dachte schon, Enzo hätte mit Sparen begonnen. Er hatte darauf bestanden, auch diesen – ungeplanten – Teil der Reise zu bezahlen. Aber dann fuhr der Fahrer wieder an, wir bogen in eine breite Straße und hielten vor dem Peninsula.

Es war ein früher Sommernachmittag. Die Luft war kühler als in Singapur. Über der Stadt breitete sich feiner Dunst aus, und vom Meer her dröhnten die Sirenen der Dampfer, quietschten die Hupen der Taxiboote und klangen die Glocken der Fähren. Der Führer fragte nach unseren Wünschen und fing an, uns mit Vorschlägen zu kommen. Ich hätte ihn am liebsten zum Teufel geschickt, in seiner Geschäftigkeit ging er mir fürchterlich auf die Nerven. Bis zu unserem »Termin« war noch Zeit. Maroun hatte unser voraussichtliches Treffen so bezeichnet.

Er erklärte dem Führer, daß wir nicht zum ersten Mal in Hongkong seien und uns jetzt auszuruhen wünschten. Der Führer wollte in der Lobby warten, er werde dafür bezahlt, uns zu begleiten.

Die Zimmer lagen im obersten Stock, unseres war ein Eckzimmer mit der Sicht über die Bucht von Kowloon und hin bis zum Victoria Peak, auf dessen Spitze wir uns einzufinden hatten. Maroun klopfte an, ich trat mit ihm auf den Balkon und sagte: »Die Burschen von ›Seven Winds‹ gehen uns auf den Geist.«

»Aber wir können uns auf sie verlassen.«

»Hoffentlich.«

»Sie kennen sich aus, und wir wissen nicht, was noch kommt!« Maroun blickte nachdenklich zum Peak.

Corinna trat hinter uns und legte die Hände auf seine und meine Schulter. Sie wollte unbedingt mitkommen. Ich hatte ihr das nicht ausreden können. Sie meinte, auf dem Blatt stünde nichts, was sie daran hindern könnte. Maroun war einverstanden, sechs Augen sähen mehr als vier.

Der Schmerz fuhr durch meinen Arm. Wie im Reflex hielt ich ihn Maroun hin, der zögerte. Hatte er gehofft, ich würde den Tag ohne Massage überstehen? Er strich kreisend über den Arm, massierte die Hand, doch der Schmerz blieb. Zehn Minuten versuchte er erfolglos, mir die Schmerzen zu vertreiben.

»Heute läuft nichts«, sagte er leise. »Ausgerechnet jetzt.«

Corinna und ich hatten zu ruhen und Kräfte zu sammeln versucht, und einmal war ich sogar kurz eingeschlafen. In Pias Tagebuch hatte ich nicht gelesen. Ich war zu aufgeregt. Als es an der Zeit war, fuhren wir mit Maroun im Lift in die Lobby. Ich hatte gehofft, daß Führer und Fahrer von »Seven Winds« inzwischen nach Hause gegangen wären. Doch der Führer thronte auf einem mit Schnitzereien verzierten Sessel in einer

Ecke, von der aus er die Lobby übersehen konnte. Sein Gesicht war ohne besondere Merkmale, einfach nur chinesisch. Maroun sagte zu ihm, daß wir allein auf den Peak und mit der Peakbahn fahren wollten, seine deutschen Freunde wünschten das. Maroun hatte englisch gesprochen und war nur einmal kurz von dem Führer in Mandarin unterbrochen worden. Maroun schickte ihn nach Hause und bat den Fahrer, er solle dann an der Talstation auf uns warten.

Wir durchquerten Kowloon. Bevor wir in den Tunnel tauchten, der die Halbinsel mit Hongkong Island verbindet, fragte ich Maroun, warum wir kein Auto gemietet hätten, so wie ich es vorgehabt hatte.

»Kein Leihwagen und kein Taxi«, erwiderte er.

»Order von Tang?« Ich fühlte mich gegängelt.

»Bitte keine Namen.«

Die eines neben dem anderen stehenden Hochhäuser bedrängten mich, zu viele Menschen, zuviel Verkehr und unerträglich viele Geschäfte. Wenn man ausgeruht und einigermaßen sorglos war, erschien einem dieses auf wenige Quadratkilometer zusammengepferchte Leben faszinierend, aber jetzt glaubte ich, kaum noch Luft zu bekommen. Ich vermeinte die Brutalität zu spüren, die notwendig war, um mitten unter Millionen von Menschen hier zu überleben.

Wir waren an der Talstation angekommen. Die Peakbahn stammte aus dem letzten Jahrhundert, und gewiß hatten sich schon Generationen von Touristen gefragt, ob das Kabel halten würde. Maroun betonte, es sei bisher noch nie etwas passiert. Es war kurz vor sieben, und die Sonne stand tief über Chai Wan, dem Vergnügungsviertel. Dahinter spiegelten sich der Tathong Kanal und die Junk Bay im warmen Licht.

Lange hatten wir nicht warten müssen, die Kabine war halb besetzt. In etwa dreißig Meter Höhe ließ die erstickende Enge der Straßenschluchten zwischen Büros und Apartmenttürmen nach, Bäume und Büsche wuchsen an steilen Hängen.

In Höhe der Station »Midlevel« waren weiße Villen in den Berg gebaut, als hingen sie an ihm. Früher hatte ich oft in

Hongkong zu tun gehabt und war immer auf den Peak gefahren, stets in der freudigen Erwartung, frische Luft atmen und mit Freunden Whisky Sodas trinken zu können. Nie hätte ich gedacht, daß ich später einmal unter so unheilvollen Umständen zurückkommen würde. Ich war froh, nicht allein zu sein, obwohl ich mit Corinna noch nie in einer derartig riskanten Situation gewesen war. Seit wir aus dem Hotel waren, hatten wir über Pia nicht mehr gesprochen und nur daran gedacht, wie wir uns zu verhalten hatten. Hoffentlich reagierten wir richtig. Der Gedanke, mit Pia in ein oder zwei Stunden wieder hier herabzufahren, war beglückend, und die Vorstellung, es könnte nicht so sein, beängstigend.

Rechts von uns betäschelte sich liebevoll ein junges korpulentes Paar, vielleicht waren die beiden auf Hochzeitsreise. Maroun lehnte sich zurück und schloß die Augen. Neben ihm spreizte ein fahler Schotte im Kilt die Beine und sah ständig um sich. Er schien noch nervöser als wir zu sein.

Nach dem dritten Halt erreichten wir den Peak. Seit dem Einstieg waren etwa zehn Minuten vergangen. Wir gingen an einer Schlange von Passagieren vorbei, die in die Stadt hinunter wollten, dann durch eine überdachte Galerie, in der in Läden und Ständen Touristenschund verkauft wurde, bis wir endlich ins Freie und in angenehme Luft traten.

Die Dämmerung brach herein. In den Häusern, wo einst Freunde von mir gelebt hatten, flammten Lichter auf.

Die Spitze des Peaks überragte die Bergstation um etwa hundertfünfzig Meter, Palmen mischten sich hier mit Nadel- und Eukalyptusbäumen.

»Ob sie uns schon beobachten?« fragte Corinna. Wir sahen zu dem Gebäude hoch, das auf dem Foto abgelichtet war. Es bestand aus zwei Teilen, die wie Mietskasernen aussahen, wobei die eine dicht vor die andere gebaut war, so daß kaum Licht in die Innenseiten drang, die durch überdachte Gänge verbunden waren.

Es war mir unbegreiflich, wie auf einem der schönsten Aussichtspunkte Asiens ein so häßliches Bauwerk entstanden sein konnte. Es stand in dieser hügeligen Parklandschaft unter dem Peak, etwa einen Kilometer von uns entfernt.

Wir blickten über die Parks, die Stadt, in der die Reklameschilder flackerten, das Meer und die Inseln. Wir hatten noch eine halbe Stunde Zeit.

»Jetzt sollte Enzo hier sein«, sagte Corinna. »Die alte Ratte.«

Maroun sah uns entschuldigend an. »Es tut ihm furchtbar leid.«

»Beim Golf in Cameron Highland«, entfuhr es mir.

Wir stiegen sehr langsam die Straße hoch. Viele Menschen, hauptsächlich Touristen, kamen uns entgegen, die ständig stehenblieben und den Sonnenuntergang fotografierten. Niemand ging in unsere Richtung, keiner folgte uns. Corinna drehte sich immer wieder um. Maroun bot ihr Valium an, das sie ablehnte. Der Wind wurde stärker und blies Staub auf. Es war Trockenzeit und hatte wohl länger nicht geregnet.

Je mehr wir uns dem vor uns aufragenden Gebäude näherten, desto langsamer wurden unsere Schritte, wir hatten Zeit. Hinter einigen Fenstern schimmerte jetzt Licht, aber die Dunkelheit war noch nicht völlig hereingebrochen. Wir hatten noch fünf Minuten und blieben etwa fünfzig Meter vor dem Gebäude stehen, das einen verwahrlosten Eindruck machte, überall blätterte die Farbe ab, ein verwaschenes Gelb mit vielen dunklen Flecken.

Es war ein leichtes, uns hier zu beobachten.

»Für Myriam wäre das jetzt auch mal was Neues gewesen«, sagte Corinna. »Spielt sie eigentlich Golf?«

»Nein, aber sie läuft hinter Enzo her«, antwortete Maroun lächelnd.

»Das tut ihr gut.« Corinna wich einem ungeheuer dicken Mann aus, dessen Bauch ihm bis auf die Knie hing.

Punkt acht machten wir vor dem Eingang halt. Die Haustür war aus Metall, blau gestrichen und in einem besseren Zustand als die Fassade des Hauses. Aus dem Erdgeschoß roch es nach Sojasauce und Ingwer. Von weitem hatte das

Haus einen wenig bewohnten Eindruck gemacht, doch wir hatten uns getäuscht. Ich hörte das Geschrei eines Babys, aus dem obersten Stockwerk drang chinesische Schlagermusik, irgendwo knallte eine Tür zu, und in einer Wohnung im zweiten oder dritten Stock stritten sich zwei, wenn nicht drei Frauen.

Dann entdeckte Corinna den Briefumschlag, der oben am Türrahmen so hoch klebte, daß ich ihn nicht erreichen konnte und Maroun ihn herunterholen mußte. Der Umschlag war an mich adressiert, die Nachricht in Deutsch: »Keine Journalisten mehr, sonst fliegen Sie allein nach München zurück. Morgen abend zwanzig Uhr, Minerva Hotel in Ermita, Manila.«

26. *Kapitel*

Während der Rückfahrt zum Hotel schwiegen wir. Der Führer hatte ein Abendprogramm hinterlassen, aber wir hatten keine Lust, in der Bucht von Aberdeen auf einem schwimmenden Restaurant unter ohrenbetäubendem Krach schlecht chinesisch zu essen. Von weitem erschienen die gewaltigen buntbeleuchteten Schiffe wie Attrappen auf einer Bühne. Wir waren auch nicht scharf auf eine Hafentour im Sampan oder auf eine Kabukioper, die hohen kreischenden Stimmen hätten unsere Nerven noch zusätzlich strapaziert. Maroun rief »Seven Winds« an und ließ unsere Flüge nach Manila und Zimmer im Minerva buchen, das der Agentur unbekannt war. Maroun sprach Englisch und Mandarin durcheinander, aber ich verstand immerhin, wie sehr man sich wunderte, in welchem Hotel wir absteigen wollten.

Im Peninsula erfuhren wir, daß Trevor Tang angerufen hatte. Wir riefen zurück. Enzo wollte wissen, wie es uns ergangen war, und meinte, Manila sei der richtige Platz, um Lösegeld auszuhandeln und Geißeln zu übergeben, es handele sich offenbar um Profis. Nach Hongkong hätte man uns nur gelockt, um Zeit zu gewinnen. Vor ein paar Wochen hätte es mich noch überrascht, wie Enzo sich das so schnell zusammenreimen konnte, aber seitdem ich wußte, wie er Gemälde sammelte und die Kunstschätze aufbewahrte, erstaunte mich nichts mehr an ihm. Trevor Tang sprach erst mit Maroun, dann mit mir. Er bedauerte Corinna und mich, machte uns Mut und empfahl, die beiden Journalisten zu überzeugen, uns in Ruhe zu lassen. Er riet mir, weiterhin die Dienste von »Seven Winds« in Anspruch zu nehmen, die auch in den Philippinen gut organisiert seien, und war froh, daß Maroun bei uns war, auf ihn sei Verlaß. Ich dankte und versprach, aus Manila wieder anzurufen.

»Du hast ihm von den Journalisten erzählt«, sagte ich zu Maroun.

»Tang wollte wissen, was in dem Brief stand.«

»Die zwei sind zu aufdringlich«, sagte Corinna. »Wir müssen mit ihnen reden. Die Entführer wissen mit Sicherheit, daß sie in Hongkong sind.«

Unten auf der Straße stand ein Chinese in Shorts und rotem Hemd und verkaufte Nelken. Ein älterer Herr in einem Glencheckanzug, auch Chinese, sprach ihn an und kaufte einen Strauß.

Wir aßen auf der Terrasse des Hotels. Es war eine mondlose Nacht, die Sterne schimmerten nur schwach. Ab »Midlevel« war der Peak in Wolken gehüllt. Es roch nach Meer, Dieselöl und Tang. Hinter uns wurde eine Reisegruppe aus Atlanta abgefüttert, Damen mit rosa und bläulichen Locken und einige ausgepowerte Rentner.

Maroun langte kräftig zu, er hatte wieder großen Hunger und erzählte von seiner Zeit in Hongkong, wo er in einer Investmentbank gearbeitet hatte. »Bis tief in die Nacht«, sagte er. »Wir verdienten gut, und sonntags wurde von morgens bis abends auf Booten gesoffen.«

»Aber du doch nicht«, sagte Corinna.

»Doch, ich auch.« Maroun wandte sich an mich. »Du hast Schmerzen, ja?«

Sie hatten eben erst angefangen, bis zum Abendessen war ich schmerzfrei geblieben. Maroun schob den Ärmel hoch, strich über die Hand und massierte sie. Aber der Schmerz wurde nur noch stärker. Maroun knöpfte die Manschette zu und aß schweigend weiter.

Der Nelkenverkäufer hatte sich jetzt so plaziert, daß er die Hotelterrasse überblicken konnte. Der Herr im Glencheckanzug redete noch immer oder schon wieder mit ihm. Er hielt den Strauß in den Händen.

Ich sagte zu Maroun: »Die beiden da drüben drücken sich schon eine halbe Stunde vor dem Hotel herum.«

»Nicht wegen uns«, erwiderte er, und Corinna fügte hinzu: »Vielleicht wollen sie zur Abwechslung einen erpressen.«

Bevor wir aufbrachen, wurde Maroun ans Telefon gerufen. Es war »Seven Winds«, man ließ sich bestätigen, daß wir tatsächlich das Minerva Hotel gewählt hatten.

Wie befürchtet, konnten weder Corinna noch ich einschlafen. Sie hatte mir Pias Tagebuch überlassen, vielleicht weil sie nicht zuviel über sich oder mich lesen mochte. Bea war ziemlich schonungslos mit mir umgegangen, Pia aber hatte sich vorerst auf Maroun konzentriert. Sie suchte ihn zu ergründen, wie sie schrieb, und wir wurden immer nur kurz erwähnt. Pia liebte Corinna, auch wenn sie ihr manchmal zu katholisch war und ihre Arbeit zu ernst nahm. Mir gegenüber hatte Pia ein schlechtes Gewissen, sie fühlte sich für den Unfall damals mitverantwortlich.

Was für ein Glück, schrieb sie, daß ich Corinna geheiratet hätte. Eine weniger gutartige, ebenso junge Frau würde mich später verkommen oder sich von mir scheiden lassen und mich dabei gründlich ausnehmen. Corinna machte ihr keine Sorgen, ein bißchen sah sie ihre Stiefmutter wohl schon als Kranken- oder Altenpflegerin. Sie fragte sich, wie es wäre, wenn sie ein Kind von Maroun hätte. Ob sie überhaupt eines wollte?

Maroun hatte sie gefragt, ob sie sich Kinder wünsche. Überhaupt hatten sie sich über vieles im Bett unterhalten. Sie schrieb, daß wohl die meisten Männer im Bett am gesprächigsten seien, auch Maroun, der ihr, was mich wirklich überraschte, vom »Cross of the Universe« erzählt hatte. Er hatte wissen wollen, ob sie an den Gott aus dem Religionsunterricht glaubte, ihr die Antwort vorweggenommen und gesagt, er wüßte, daß es nicht so sei. Wenn es überhaupt eine göttliche Kraft für sie gäbe, käme ihr »Cross of the Universe« entgegen, das die Existenz eines Gottes annähme, in dem sich Gutes und Böses vereinten. Dies sei in dieser Welt die einzige Möglichkeit für so etwas wie Göttlichkeit. Die christliche Lesart, daß Gott in seiner Größe uns derartig überlegen sei, daß wir ihn nicht erfassen könnten, ließ Maroun nicht gelten, schrieb sie. Er hielt das nur für einen Vorwand, weil nicht zu erklären sei, warum der christliche Gott in einer Welt, die er erschaffen hatte, soviel Leiden und Schrecken zulasse. Es sei realistischer zu glauben, daß das Böse wie das Gute von ihm geschaffen worden sei, weil dies ihm selbst entspreche. Unsere Aufgabe sei es, aus dem Bösen Gutes werden zu lassen, das Elend zu mindern, und um das zu erreichen, müsse man anfangs sich oft des Bösen bedienen. Gerechtigkeit müsse bereits in diesem Leben mehr geübt werden, und deswegen solle den Zukurzgekommenen schon jetzt ein Ausgleich gewährt werden.

Pia hatte Maroun gefragt, ob er dem Kreuz angehöre. Er stehe ihm nahe, hatte Maroun zugegeben, er glaube an eine göttliche Macht, die das Universum und uns geschaffen habe, nur müsse sie neu definiert werden, so wie es Cross of the Universe getan habe. Dies sei in Schriften niedergelegt, die man überreicht bekomme, wenn man seine Prüfungen bestanden hätte, die man von den Räten auferlegt bekäme. Pia schrieb von Prüfungen mit verschiedenen Schwierigkeitsgraden. Je höher man steige, desto komplizierter seien die Prüfungen. Die Erfolgreichsten müßten schließlich die schwierigsten bestehen, die seien eine Elitetruppe.

Corinna hatte ihre Nachttischlampe ausgeschaltet, mir den Rücken zugewandt und schlief. Ich stieg aus dem Bett, nahm mir vorsichtig ein Fläschchen Scotch und eine Dose Mineralwasser aus der Minibar und öffnete sie.

Das Telefon läutete, und ich nahm sofort ab. Es war kurz vor Mitternacht. Arno war am Apparat. Ich flüsterte, er solle uns schlafen lassen.

»Bei euch ist noch Licht im Zimmer.« Arno wohnte mit Malcolm im YMCA, um uns nahe zu sein. Im Hintergrund hörte ich Malcolms Stimme. Er wollte, daß Arno mich etwas fragte, aber ich verstand nicht, was es war.

»Haut endlich ab«, sagte ich leise. »Jeder Schritt von uns wird überwacht, und ihr seid der Grund, warum bisher alles danebengegangen ist.«

»Das ist doch Unsinn, wie geht's weiter?«

»Keine Ahnung.«

»Wo sollt ihr hin?«

»Weiß ich auch nicht.«

»Natürlich weißt du es.«

»Sie wollen keine Journalisten, sonst fliegen wir allein nach München zurück.«

»Leere Drohungen.«

»Ihr solltet auch aufpassen, das sind keine Anfänger.«

»Natürlich nicht«, meldete sich Malcolm. »Deshalb sind wir hinter ihnen her.«

»Vergeßt sie«, sagte ich lauter als beabsichtigt. »Es lohnt sich nicht!«

»Wir lassen uns schon nicht die Fresse polieren.« Malcolm war noch hartnäckiger als Arno. Ich legte auf, aber es läutete gleich wieder. Und noch einmal war es Malcolms kehlige Stimme: »Wir wollen nur sicher sein, wo sie euch hinlotsen.« Er machte eine kurze Pause. »Philippinen, stimmt's?«

Ich schwieg, und er sagte: »Also Manila, welches Hotel?«

»Laßt euch bloß nicht mehr blicken!«

»Interconti, Mandarin, Shangrila?«

Ich legte auf, aber Malcolm rief sofort wieder an. »Ihr schlaft nur in Edelkneipen, bitte sag, welche?«

Ich ließ den Hörer auf die Gabel fallen und umgehend unseren Anschluß für die Nacht sperren. Corinna hatte sich halb aufgerichtet. »Diese Wahnsinnigen!«

Ich wachte früh auf, Corinna schlummerte noch. Für einige Stunden waren wir beide in tiefen Schlaf gefallen. Ich setzte mich im Bademantel mit Pias Notizen auf den Balkon. Die Luft war feucht. Über den New Territories überzog die Morgenröte den Himmel, es wurde hell. Pia wunderte sich, warum eine starke Frau wie Beatrice drogenabhängig geworden war – sie mußte wohl sehr unglücklich gewesen sein. Sie gab Henry und mir die Schuld und verstand nicht, warum es so lange gedauert hatte, bis ich Henry gegenüber Verdacht geschöpft hatte. Eine Seite danach gestand sie aber, daß Maroun ihr gerade noch rechtzeitig den Genuß von Kokain ausgeredet hatte, wozu sie Grebe verführen wollte. Kokain sei die Droge der Kreativen der neuen Zeit, hatte Grebe das weiße Pulver in seinem Jugendwahn verniedlicht, und ich hatte wieder von allem keine Ahnung gehabt.

Pia schrieb, ich gehörte der Stuyvesant-Generation an, für die ein Päckchen Zigaretten und zwei Bier der Höhepunkt aller Ausschweifungen gewesen wäre.

Die Sonne ging auf und wärmte mich. Ich streckte wohlig die Beine von mir. Die Hügel und Hochhäuser warfen lange Schatten. Der frühe Morgen war im Fernen Osten die schönste Tageszeit. Unter mir brandete bereits der Verkehr, Tausende waren in Bewegung.

Maroun war zu Pia nicht ehrlich gewesen, wie sie schrieb. Seinen Vater hatte er zunächst als einen Mann beschrieben, der nicht am Hungertuch nagte, das Gegenteil war aber der Fall gewesen. Der Vater war Spieler und ein Windhund, der Haus und Hof verjubelt hatte. Maroun hatte sich seinetwegen geschämt, und erst jetzt, als Pia seine Eltern kennenlernen wollte, hatte er ihr die Wahrheit gestanden.

Die Mutter war die stärkere der beiden gewesen und hatte nicht weniger als der Großvater von ihm verlangt. Maroun war in der Schule schnell aufgefallen und hatte alle Prüfungen der Sekte hervorragend bestanden, die dann seine Ausbildung übernommen hatte, erst in den Philippinen, dann in Singapur, London und den Staaten, und immer nur in den besten Schulen und Universitäten. In den Ferien hatte er in den Zentren der Sekte gearbeitet und an Seminaren teilgenommen. Seine Jugend waren Arbeit und Disziplin gewesen, so wie es das »Cross of the Universe« verlangte.

Auf einer bestimmten Insel, deren Namen ich nicht entziffern konnte, war Maroun am liebsten gewesen. Dort hatte er meditiert, seine Heilkräfte gestärkt und sich auf die Examina vorbereitet. Diese Insel hatte Maroun Pia als Hintergrund für eine Geschichte oder ein Märchen beschrieben, aber es gab sie wirklich, wie er bekannte, ein Ort der Ruhe in einem ausgehöhlten Berg, umgeben von fruchtbarem Land und Meer.

Manchmal kam es Pia so vor, als zweifle Maroun an seinem bisherigen Leben. Er verdankte dem »Cross of the Universe« jedoch sehr viel und fürchtete wohl auch, sich von der Sekte loszusagen. Bis zu den Spitzenkadern war es für ihn nicht mehr weit, die härtesten Tests hatte er hinter sich, wie er Pia gestand. Aber mehr hatte er ihr nicht verraten, obschon sie ihn bedrängte.

»Später dann wirst du mehr wissen«, hatte er gesagt.

Pia verstand nicht, warum ich Bea und Henry so lange zugeschaut hatte. Sie kam immer wieder auf dieses Thema zurück und hielt mich weder für naiv noch langmütig, sondern einfach nur für bequem. Erst wenn die Dinge unhaltbar würden, legte ich los und würde dann über das Ziel hinaus schießen.

Zwei ihrer Freundinnen hatte Maroun eingeschüchtert, aber ihre beste war von ihm begeistert. Über mich las ich, daß ich von Maroun schon ziemlich abhängig sei, was vielleicht später einmal ein Problem für uns alle werden könnte. Maroun hatte ihr erzählt, wie sehr mich die Schmerzen quälen konnten, was ich vor ihr immer heruntergespielt hatte, weil sie sich nicht verantwortlich fühlen sollte – was sie auch nicht war. Aber nun tat sie es um so mehr. Mehrmals las ich, daß es ihr größter Wunsch war, eines Tages eine gute Geschichte zu schreiben.

Pias Notizen wurden zunehmend zu einer zusammenhanglosen Reihe von Eindrücken und Gedanken. Nur die Daten der Tage, an denen sie sie geschrieben hatte, gaben ihren Aufzeichnungen den Anschein eines Tagebuchs. Das ihrer Mutter hatte sie einige Zeit nicht gelesen. Ich hatte es nicht mehr im Schreibtisch, sondern in einer Kommode versteckt, was sie aber auch herausbekam.

Sie hatte die Lektüre nicht sonderlich vermißt. Die Affäre ihrer Mutter mit Henry fand sie inzwischen widerlich und den Drogenschmuggel unglaublich, einfach kriminell.

Marouns Einfluß auf Pia nahm zu. Ab sieben Uhr morgens machte sie jetzt mit ihm Yoga. Noch weigerte sie sich, ab fünf zu meditieren, auch wenn Maroun beteuerte, ihr Schlaf würde dadurch erholsamer werden. Über ihn schrieb sie, er sei ein guter Zuhörer und merke sich Ausdrücke von anderen. Man solle gesund sterben, habe Enzo gesagt, und Carlo habe behauptet, daß Frauen, die schlecht kochten, auch im Bett nichts taugten, und die sich beim Tanzen nicht führen ließen, hätten einen schlechten Charakter. Myriam war auf Männer mit langen Nasen hereingefallen, es stimme nicht, was man ihnen nachsagte, und ich hätte gesagt, der erste Verlust sei immer noch der kleinste.

Von mir wünschte sich Pia mehr Intellektualität und Kunstverständnis und gab darin Bea recht. Pia glaubte, daß sie deshalb von Grebe eine Weile angezogen worden war, einem intellektuellen Vaterersatz, der nicht gehalten, was sie sich versprochen hatte.

Enzo hatte sie bei der ersten Begegnung beeindruckt. Ein harter Knochen, schrieb sie, mit erstaunlichen Seiten, jetzt da sie das Ausmaß seiner Kunstleidenschaft kannte.

Corinna trat hinter mich und kraulte meinen Kopf. Sie duftete, ich hatte mich noch nicht gewaschen. Etwas später klopfte Maroun an die Tür, wollte mit uns frühstücken und sagte, daß er uns übers Telefon nicht hatte erreichen können. Mir fiel ein, daß ich es hatte abstellen lassen.

»Warum?« fragte Maroun.

»Arno und Malcolm wurden penetrant.«

»Hoffentlich haben wir keinen Anruf verpaßt.«

»Sie hätten dich anrufen können, außerdem haben wir einen Marschbefehl.«

»Der sich ändern kann.«

Corinna und ich wußten nun sehr viel mehr über Maroun, gaben uns aber ahnungslos, erst mußte Pia wieder bei uns sein. Ich war überrascht, wie leicht Corinna sich der Situation anpaßte. Für sie kam es überhaupt nicht in Frage, sich unterkriegen zu lassen. Je höher die Gefahr, desto gelassener wurde sie. Für mich war das eine neue Seite von ihr, zehn Jahre hatten wir miteinander gelebt, ohne je gefährdet gewesen zu sein.

Als wir vom Hotel zum Flughafen abfuhren, startete ein Taxi vom YMCA.

Corinna fragte, ob das unsere Freunde von der Presse gewesen seien, und Maroun sagte: »Es waren zwei Männer, aber nicht die.«

Ich hatte den Nelkenverkäufer entdeckt. Er stand auf der anderen Straßenseite, konnte das Peninsula und den YMCA übersehen und unterhielt sich mit einem jungen verschwitzten Chinesen in Shorts und ärmellosem Netzhemd, der wie ein Jogger aussah. Seine Tennisschuhe mit ihren dicken Sohlen machten ihn um fünf Zentimeter größer. Langsam rollten wir an den beiden Männern vorbei und hielten an der nächsten Ampel, die auf Rot geschaltet hatte.

Der Nelkenverkäufer lief hinter uns her und wollte einen Strauß verkaufen. Er redete laut, schien auch zu lachen. Wir sahen in einen Mund, in dem alle Zähne fehlten, bis auf vier Schneidezähne, zwei unten und zwei oben, genau übereinander. Der Chinese im Netzhemd setzte sich vor dem Taxi in Bewegung, das uns vom YMCA gefolgt war. Er lief elegant und konnte sicher viel schneller laufen.

Die Ampel sprang auf Orange. Der Nelkenverkäufer stand jetzt vor der Scheibe auf Corinnas Seite und schrie uns etwas zu. Wir blickten tief in den roten Schlund, die vier Zähne waren spitz zugefeilt. Der Läufer hatte uns erreicht. Unter dem Netzhemd hing eine Art Kreuz, soweit das zu erkennen war. Etwas später überholte uns das Taxi mit den Männern aus dem YMCA, die hinter den getönten Scheiben aber nicht zu sehen waren. Der Nelkenverkäufer fuchtelte mit dem Strauß hinter uns her. Der Jogger war neben ihm stehengeblieben.

Vor dem Flughafen erwartete uns der Führer von »Seven Winds«, den wir nach Hause geschickt hatten. Er fragte, ob der Sonnenuntergang auf dem Peak schön gewesen sei, und wünschte uns gute Reise, dann checkte er für uns ein. Ich ließ den Blick durch die Abflughalle des Fughafens schweifen. Glücklicherweise konnte ich Arno und Malcolm nicht sichten.

Im Flugzeug saßen wir zu dritt in einer Reihe. Corinna am Fenster, ich in der Mitte und Maroun am Gang, damit er seine Beine ausstrecken konnte. Ich fühlte mich leicht besser, und Corinna, die aus dem Fenster schaute, ging es ähnlich. Maroun gähnte. Ich war enttäuscht, daß ich erst aus Pias Tagebuch erfahren hatte, daß er Mitglied des Kreuzes war, dieser Sekte mit offensichtlich sehr weltlichem Charakter. Corinna genügte es, daß Maroun sich Pia anvertraut hatte. Ich hätte ihn gern nach den Prüfungen gefragt, worin und wie geprüft wurde, wo und zu welchem Zeitpunkt.

Offenbar wußte Maroun nichts von Pias Tagebuch, sonst hätte er sich gleich um ihr Gepäck gekümmert. Aber von Bea hätte ich auch nicht erwartet, daß sie sich in ihren Heften aussprach. Es fehlte nur, daß Corinna auch ein Tagebuch begann. Wäre es so, wünschte ich es nie lesen zu müssen. Nichts sollte sich an dem Bild ändern, das sie sich, wie ich glaubte, von mir gemacht hatte.

Die Stewardessen servierten Getränke. Maroun deutete auf den Orangensaft, kostete und gab ihn zurück. Er wolle nicht zu den Gewinnen der chemischen Industrie beitragen, sagte er und bekam Mineralwasser.

Corinna wünschte nichts, und ich trank Sekt. Nach längerem Überlegen fragte ich Maroun: »Was hast du eigentlich für eine Religion?«

»Keine richtige, aber warum willst du das jetzt wissen?«

»Wir haben noch nie darüber gesprochen.«

»Von allem etwas«, sagte Maroun mit leichtem Zögern. »Christ, Moslem, Buddhist, Hindu, ich wuchs unter Menschen auf, denen ihr Glauben etwas bedeutet. Aber was bist du, Atheist, Protestant, Katholik, oder protestantisch getauft und Corinna zuliebe konvertiert? Auch eine Mischung, ein bißchen wie ich.«

Ich ließ mein Glas nachfüllen und brachte das Gespräch auf das Entstehen und schnelle Wachstum von Sekten in Südostasien und Südkorea. Ich wollte Marouns Meinung dazu hören, vielleicht würde sich ja eine Gelegenheit ergeben, über das Kreuz zu reden.

Maroun aber ließ sich auf nichts ein und tat so, als interessierte ihn das Thema nicht, und vielleicht lag ihm tatsächlich viel weniger daran, als ich annahm. Er wußte natürlich nicht, was wir über ihn erfahren hatten. Schließlich fragte ich ihn, was er über »The Cross of the Universe« wisse, seit dem Beginn unserer Reise sei mir dieser Name immer wieder begegnet. Maroun zeigte sich nicht im geringsten überrascht, wurde nachdenklich und schloß für Sekunden die Augen.

»Die machen aus sich kein Geheimnis«, sagte er. »Ihr Ruf ist tadellos, und soweit ich weiß, tun sie viel Gutes.«

»Was denn?«

»Eben Gutes, sie unterhalten Waisenhäuser, Hospitäler, Schulen, Leprastationen und Altersheime.«

»Und Irrenhäuser«, unterbrach ich ihn. »Aus einem ist Becker-Manzini geflohen.«

»Aber nicht aus einem, das dieser Sekte gehörte.«

»So soll es aber sein.«

»Glaube ich nicht, und Carlo war auch nicht irre.«

»Eben deswegen.«

»Wahrscheinlich hat er sich falsch benommen.«

»Wie denn?« fragte ich.

Maroun verzog leicht verärgert den Mund, er war wohl ein winziges Stück zu weit gegangen. Nun aber sagte er: »Wer flieht und dabei umkommt, hat immer etwas falsch gemacht.«

Der Schmerz durchfuhr mich, ich packte den Arm und biß die Zähne zusammen. Maroun blickte auf meine Hand, die den Arm umspannte.

»Ist es sehr schlimm?« Er strich über das Handgelenk, griff in die verstümmelte Hand und massierte dann den Arm, aber die heftigen Stiche blieben.

»Besser?« fragte er nach einer Weile.

»Kein bißchen«, erwiderte ich und wurde den Gedanken nicht los, daß Maroun auch Schmerzen verursachen konnte.

Er knöpfte meinen Ärmel zu. »Mir geht zuviel durch den Kopf. Ich liebe Pia.«

27. *Kapitel*

Wir näherten uns Manila, über der Stadt hing der Smog wie eine dunkle Glocke. In den Reisfeldern spiegelte sich die Sonne. Das Flugzeug flog in einem Bogen über die Bay auf Manila zu. Unter uns war die Insel Corridor, die in der Einfahrt zur Bucht lag, auf Reede liegende Frachtschiffe und Tanker tauchten auf, dann die von Palmen gesäumte Uferstraße.

Corinna schloß wie vor jeder Landung die Augen. Wir schwebten über Malate, Ermita, irgendwo mußte hier das Minerva Hotel sein.

»Du kennst dich ja in Manila aus«, sagte ich zu Maroun.

» Du doch auch.«

»Nicht mehr gut, ich war lange nicht mehr hier.«

Maroun wollte noch etwas sagen, schwieg dann aber. Wir senkten uns auf die Stadt, über Kanäle, in denen das Wasser faulte, einem riesigen Durcheinander von Hütten, Schuppen und grauen Gebäuden entgegen.

Die Mitreisenden waren hauptsächlich Chinesen, Japaner und Koreaner. Die meisten von ihnen würden abends in einer der zahllosen Girlybars oder auf dem Knabenstrich anzutreffen sein.

Wir landeten und hielten vor dem Flughafengebäude. Vor der Paßkontrolle spielte eine Gruppe von Musikanten zum Empfang der Reisenden, es klang wie mexikanisches Mariachi. Wir stellten uns an einem Schalter an. Maroun blickte um sich: »Deine Freunde, die Journalisten sehe ich nicht.«

»Die geben nicht so schnell auf«, sagte Corinna.

Maroun hatte einen Filipino in einem T-Shirt von »Seven Winds« entdeckt. Er war klein und rundlich, und seine Augen waren nur leicht geschlitzt. Während er mit Maroun sprach, senkte er respektvoll den Kopf. Im Nu waren wir durch den Zoll. Wie Pia wohl ins Land gebracht worden war, ob das überhaupt geschehen war und wir nicht nur nach Manila gelockt wurden, um weiter zermürbt zu werden, war mir ein Rätsel.

Auf der Rampe vor dem Flughafengebäude parkte ein Wagen von »Seven Winds«, obgleich das streng verboten war. Der Fahrer riß die Türen auf, und wir fädelten in den Verkehr ein. Es ging durch Dreck und Verfall, bis wir Makati, ein modernes Geschäftsviertel, erreichten.

Bis dahin hatten wir uns Stoßstange an Stoßstange durch den Verkehr gequält, vorbei an Hütten, Buden, Ständen, Garküchen und verwahrlosten Gebäuden, über Kanäle, an deren Ufern käfigartige Unterkünfte klebten, die beim nächsten Erdbeben oder Taifun von Flutwellen ins Meer gerissen würden. Schließlich stießen wir auf eine mehrspurige Schnellstraße und rollten an hohen Mauern aus grauen Betonsteinen entlang. »Forbes Park«, sagte der Filipino. »Dahinter sieht es ganz anders aus, da wohnen die Reichen.«

Wir kamen an großen Hotels vorbei. Der Führer fragte, ob wir tatsächlich ins Minerva wollten, was Maroun und ich gleichzeitig bejahten.

»Seien Sie nicht enttäuscht«, sagte der Filipino.

Die Straßen wurden enger, Mopeds und Radfahrer überholten uns hautnah. Wir folgten einem Jeepney, einem überlangem Jeep, bunt bemalt mit offenen Fenstern, hinter denen dicht gedrängt die Passagiere hockten. Eine zweirädrige Kalesche kam uns entgegen, die von einem Gerippe von Pferd gezogen wurde und auf der zwei junge Männer mit langen Haaren saßen. Aus den mehrstöckigen Häusern ragten unzählige Schilder, die mit großen Lettern verkündeten, wer hier seine Dienste anbot. Es wimmelte von Kindern, überall warteten Zigaretten und Lotterieverkäufer auf Kunden.

Hoffentlich ist das Minerva in einer Seitenstraße, dachte ich, wo es etwas ruhiger zugeht, aber dann hielten wir und stiegen aus. Die Hitze des Nachmittags schlug uns entgegen, es stank nach faulendem Obst, Gemüse und ranzigem Kokosnußöl. Der Eingang zum Minerva war von zwei Nachtclubs gesäumt, dem »Young Pharaon« und dem »Fidji Club«, der von außen mit seinen rotgestrichenen Fensterläden und einer dunklen massiven Tür gepflegter aussah als der »Young Pharaon«, dessen Fassade angeschlagene griechische Gipssäulen zierten. Von der anderen Straßenseite her schallten aus einer Eisdiele, dem »Gelati Mundial«, amerikanische Schlager aus den sechziger Jahren, daneben wurden Eingeweide in schwarz gewordenem Öl und Knoblauch in einer Garküche gebraten, deren Dünste sich mit den Abgasen mischten. Vor der Pfandstube »Golden Arrow« lümmelte das streikende Personal. Das »Golden Arrow« gehörte einem Chinesen, der über hundert Pfandhäuser besaß, wie wir von dem Führer erfuhren. Direkt neben dem »Fidji Club« war eine Wechselstube geöffnet, in der zwei Chinesen hinter Eisenstangen auf Kundschaft warteten. Der Führer trug mit dem Fahrer unser Gepäck ins »Minerva«. Der Fußboden wurde gerade von einer alten Frau gewischt, es roch nach Chlor. Maroun trat an die Rezeption. Ein Mestize mit überwiegend spanischem Einschlag richtete sich aus dem Sessel auf, in dem er geschlafen hatte.

»Sorry«, sagte er. »So früh ist bei uns nichts los.« Sein Blick blieb an Corinna haften und bekam etwas Freches. Doch er hatte uns erwartet, was ihm einfiel, als er unsere Pässe durchblätterte. Der Fahrer ging zum Auto zurück, Corinna sah ihm nach.

»Er bleibt bei uns«, sagte Maroun, was mich beruhigte.

Der Mestize kratzte sich unter dem Arm, griff dann hinter sich und gab mir einen Umschlag, der an mich adressiert war.

Ich las: »Willkommen in Manila, wir melden uns.« Der Satz war mit Computer geschrieben, das Datum vom Vortag. Ich fragte den Mestizen, wer den Brief abgegeben hätte.

Er zuckte die Schultern. »Ich war nicht hier, einer meiner Kollegen hatte Dienst.«

Wir fuhren mit dem Lift in den zweiten Stock. Der Führer, der sich bei dem Mestizen einen Espresso bestellte, blieb unten. Maroun hatte wieder das Zimmer neben uns. Eine geschmeidige junge Frau in ärmelloser Bluse schloß auf. Das erste, was ich in unserem Zimmer sah, war ein brauner Slipper, ein Schuh von Pia, der, zur Tür gerichtet, auf einem Tischchen stand.

»Oh«, stieß die junge Frau aus, über deren Brustansatz ein Medaillon mit der Jungfrau Maria ruhte. Sie wollte den Schuh an sich nehmen und bat um Entschuldigung, den hätte jemand vergessen. Ich nahm ihr Pias Slipper aus der Hand.

»Sammeln Sie Schuhe?« fragte sie und griff nach dem Medaillon, das sich mit dem schneller gewordenen Atem auf ihrer glatten hellen Haut hob und senkte. Maroun sagte etwas zu ihr in Tagalog. Ihr Lächeln versiegte, die weißen Zähne verschwanden hinter den Lippen. Sie verließ das Zimmer, dessen rosa Wände mit dunklen Flecken übersät waren.

Pias Schuh hatte uns beide erschreckt, aber wir verloren kein Wort darüber. War es der Slipper, den sie in Melakka verloren, oder der, den sie anbehalten hatte? Ich konnte mich nicht erinnern, ob der Kommissar den rechten oder den linken an sich genommen hatte. Ich bemerkte, wie Corinnas Blick dem Schuh ständig auswich. Wir ließen ihn stehen, wo er war, als hätten wir Angst, ihn zu berühren.

Über dem Doppelbett hing Jesus am Kreuz, darunter Marilyn Monroe in Öl. Um das Tischchen standen zwei durchgesessene Sessel, die einem uralten Fernseher zugewandt waren. Aus dem Duschkopf tropfte es. Corinna drehte an den Hähnen, es tropfte weiter. Ich setzte mich, es kam mir unwahrscheinlich vor, daß in diesem Hotel viel passieren würde. Wahrscheinlich würde man uns ein neues Reiseziel angeben, vielleicht auch einige Bedingungen stellen. Corinna sank neben mir in den Sessel. Ich beugte mich über sie und küßte sie.

»Wie lange soll das so weitergehen?« fragte sie. »Wo werden sie uns als nächstes hinschicken?«

In diesem Moment rief Trevor Tang an. Er gab das Übliche von sich, wie es uns ginge, daß wir nicht die Geduld verlieren dürften, daß uns »Seven Winds« voll zur Verfügung stünde und er das Gefühl hätte, daß Pia bald wieder bei uns sei. Mit Sicherheit müßten wir Lösegeld zahlen, aber wieviel? Ich war versucht, Trevor Tang zu fragen, mit welchen Forderungen man in der Regel zu rechnen hätte, aber irgendetwas hemmte mich. Er suchte mich noch einige Sätze lang zu ermutigen, aber Neues wußte er auch nicht. Immerhin stünde nichts in der Zeitung, sagte er, was ein gutes Ende wesentlich erleichtern würde. Ich pflichtete ihm ständig bei und bejahte, was immer er mir mitteilte.

Mir war bewußt, daß man in unserer Situation in Asien nur reagieren konnte. Ergriffe ich die Initiative, ginge das mit hoher Wahrscheinlichkeit schlecht aus.

Kurz darauf kam Maroun, der ein paar Freunde angerufen und erfahren hatte, daß es in letzter Zeit viel häufiger als früher zu Entführungen gekommen sei. Die Syndikate seien multinational geworden, hätten sich hervorragend organisiert und operierten von Moskau bis Washington und von Peking bis Buenos Aires über alle Grenzen hinweg. Trevor Tang hatte auch ihn angerufen, dabei aber auch nichts anderes als zu mir von sich gegeben.

»Er will uns helfen«, sagte Maroun. »Das ist sicher.«

»Dein zukünftiger Boß?«

»Mal sehen.« Maroun hatte auch mit Enzo telefoniert, dem Cameron Highland gefiel: »Er erholt sich auf dem tatsächlich sehr schwierigen Golfplatz.«

»Leidet er sehr?« fragte ich.

»Wie meinst du das?« Maroun lächelte mich an.

»Was denkst du: Wird er je nach Italien zurückkehren?«

»Es sieht nicht gut aus, aber Enzo ist viel tougher, als man es von einem Mann seines Alters erwartet.«

»Mit dem Alter hat das nichts zu tun«, sagte Corinna.

Wir hatten versucht, ein wenig zu schlafen, den Mittagsschlaf nachzuholen, aber daraus war nichts geworden. Die Laken waren hart und rochen süßlich nach Waschpulver. Aus dem abgetretenen Spannteppich drangen muffige Ausdünstungen. Das durch die schmutzigen Stores fallende Sonnenlicht hatte den Raum erwärmt, es war jetzt fünf Uhr nachmittags. Die ganze Zeit hatte ich zu denken vermieden, was wäre, wenn wir ohne Pia die Heimreise antreten müßten.

Auf dem eben noch ruhigen Gang wurden weibliche Stimmen laut, junge Frauen und Mädchen, die kicherten und alberten. Ihre hohen Hacken verursachten ein hartes Klacken auf dem gekachelten Fußboden. Türen wurden geöffnet und fielen wieder ins Schloß. Ein Amerikaner verfluchte eine »fucking rat«. Er hatte zuviel getrunken, trommelte an unsere Tür und verlangte nach einer Julie. Kurz danach wurde eine uns gegenüberliegende Tür geöffnet, die der Amerikaner mit einem Fußtritt hinter sich schloß.

Auf dem Gang wurde es immer lebendiger. Der Lift, der sich fortwährend mit einem Scheppern öffnete und schloß, kam nicht zur Ruhe. Es wurden ständig mehr Männer, die mit ihren Mädchen ihr Zimmer suchten, schwere und leichte Schritte mischten sich. Jemand ging sehr langsam und ächzte. Einem Franzosen waren sechzig Dollar zuviel, wie wir hörten. Kein Zweifel, wir waren in einem Bordell gelandet, und das war die Frühschicht.

Maroun rief uns an, er rang um seine Fassung. Noch nie zuvor hatte ich ihn derart wütend erlebt. Er empfand das »Minerva« als eine einzige Demütigung. Das mußte sich ändern!

Durch die Türritzen drang Zigarrenrauch. Ein Mann – oder waren es mehrere? – rauchte Zigarre. Weibliches Lachen war zu hören, jemand lehnte sich an unsere Tür. Dann quietschten schlecht geölte Räder eines Rollstuhls, der mit einem Stoß aus dem Lift geschafft worden war. Vom Ende des Ganges ertönte lautes Kreischen, das sich mit einem hohen vergnügten Lachen mischte.

Dann klopfte Maroun an die Tür. »Das geht ja zu wie auf der Herbertstraße«, sagte er. In einem mit Eis gefüllten Plastikbeutel hatte er Champagner und Gläser mitgebracht.

»Wir haben noch keinen Anlaß«, sagte er. »Aber etwas müssen wir gegen die Misere hier tun.« Er öffnete die Flasche, die er im »Fidjiclub« besorgt hatte, und deutete mit dem Daumen nach unten: »Der Betrieb geht früh los, das ist schon eine Schweinerei.« Er erblickte Pias Slipper auf dem Tischchen: »Verdammt, die lassen nichts aus!« Er senkte den Blick und trank den aus der Flasche quellenden Schaum.

Ich schaltete den Fernseher an, die lokalen Kanäle sendeten hauptsächlich Seifenopern in Tagalog, CNN flimmerte stark. Larry King machte sich mit zwei anderen Herren Gedanken, wie man das Eintreiben von Steuern weltweit verbessern könnte. Dann läutete das Telefon. Es war Arno, der mit Malcolm von der Eisdiele auf der anderen Straßenseite unser Zimmer sehen konnte und fragte, warum wir im Dunklen fernsähen. Inzwischen war die Dämmerung hereingebrochen.

»Laßt uns in Ruhe!« rief ich.

»Seid ihr allein?« fragte Arno.

»Nein, haut sofort ab!« Ich hörte, wie Malcolm zu Arno sagte, ich sollte allein zu ihnen runterkommen, vor dem Chinesen könnten sie nicht mit mir reden.

»Komm runter!« sagte Arno. »Aber allein!« Und Malcolm rief: »Wenn du wüßtest, was wir wissen, wärst du schon auf der Treppe und würdest nicht auf den Lift warten.«

»Ihr habt schon in Hongkong alles vermasselt, verpißt euch!«

Malcolm erregte sich. »Wenn du in der Zeitung lesen willst, warum wir dich warnen wollen, dann schau weiter fern!«

»Wir werden beobachtet.«

»Das sind wir gewöhnt. Du tätest gut daran, uns wissen zu lassen, wo ihr demnächst hin müßt, dieser Puff ist nicht die Endstation.« Malcolm klang, als wollte er mir drohen.

»Keine Ahnung!« rief ich.

»Glauben wir nicht!« hörte ich Arno. »Kauf dir ab morgen internationale Zeitungen, dann weißt du, was los ist.«

Ich gab nach, obwohl Corinna dagegen war, aber Maroun hielt es für besser, wenn ich mit den Journalisten spräche.

Arno und Malcolm waren von der Straße aus nicht zu sehen. Sie saßen im Neonlicht in der hintersten Ecke der Eisdiele, vor ihnen schmolzen zwei unberührte Portionen Eis mit Früchten.

»Du bist ja wirklich störrisch«, empfing mich Arno. »Warum willst du nicht auf deine Freunde hören?«

»Hör bitte damit auf!«

Das »Gelati Mundial« war gut besucht, viele Jugendliche und einige ältere Frauen. An der Theke lehnten zwei Transvestiten in bunten Fetzen und bis zu den Ellbogen reichenden Handschuhen, die unentwegt zu uns blickten.

»Vor denen brauchst du keine Angst zu haben«, sagte Arno. »Die wollen nur ein paar Dollar verdienen.«

»Die benehmen sich doch viel zu auffällig.« Malcolm zahlte.

»Eben deshalb«, sagte ich.

Wir verließen gemeinsam die Eisdiele. Es war dunkel geworden, eine sternlose Nacht hatte begonnen. In den Girlybars hatte der Betrieb angefangen, Musik dröhnte auf die Straße. Malcolm meinte, man sei da sicherer – und bestimmt sei es auch etwas gemütlicher.

Wir überquerten die Straße und betraten den »Young Pharaon«. Wir waren die ersten Gäste. Sechs goldbraune Mädchen sprangen auf die Bühne, begannen zu tanzen und bewegten sich, ohne dem Takt zu folgen. Am Rand der Bühne hockten vier Mädchen, zwei löffelten Yoghurt, die beiden anderen lackierten sich die Fußnägel.

Wir nahmen an einem runden Tisch unter bläulichem Licht Platz. Es roch nach Bier, Zigarettenrauch und Schweiß. Zwei Mädchen, die mit dem Yoghurt fertig waren, wollten sich zu uns setzen. Arno küßte die eine aufs Ohr.

»Später, mein Engel.« Er deutete auf mich. »Wir müssen erst noch mit unserem Onkel sprechen.«

Schmollend verzogen die beiden ihre Münder und wandten sich ab. »So was Hübsches«, sagte Malcolm.

»Nimm dich zusammen!« fuhr ihn Arno an und fragte

mich: »Wo geht die Reise hin? Nur das wollen wir wissen, dann kannst du wieder rauf zu Mami.«

»Wir warten hier.«

»Wollen wir ihm glauben?« Arno sah fragend zu Malcolm.

»Ich glaube, er weiß tatsächlich nicht mehr.« Malcolm betrachtete mich prüfend. »Der Chinese ist nicht echt, er gehört zu dieser Sekte.«

»Cross of the Universe«, ergänzte Arno. »Wahrscheinlich arbeitet er auch mit Human Reality zusammen.«

Ich verschwieg, was ich wußte, und tat erstaunt. »Woher habt ihr denn das?«

»Interessiert nicht«, erwiderte Malcolm. »Du kannst aber sicher sein, es stimmt. Wir verplempern unsere Zeit nicht.«

»Hat er nie etwas davon erzählt?« fragte Arno.

Ich schüttelte den Kopf.

»Paß bloß mit ihm auf«, warnte Malcolm. »Der Knabe hat es faustdick hinter den Ohren. Wer weiß, wie das mit deiner Tochter passiert ist?«

Eine Gruppe australischer Sextouristen stürmte das Lokal. Hinter einem Vorhang tauchte urplötzlich ein weiteres Dutzend nahezu nackter Mädchen auf. Ich erhob mich.

»Wir bleiben am Ball«, sagte Malcolm. »Keep ticking!«

Ich hätte Maroun am liebsten zur Rede gestellt. Warum hatte er nicht mit offenen Karten gespielt? Hatte er Carlo und Enzo tatsächlich hintergangen? Vieles deutete darauf hin, aber vieles stellte den Verdacht auch in Frage. Die Sardones wie auch die Becker-Manzinis waren ihm hinterhergelaufen, so wie ältere Menschen oft die Gesellschaft jüngerer suchen. Enzo und Myriam waren dann noch ein Stück weiter gegangen, aber die Initiative war von ihnen ausgegangen. Ich war enttäuschter, als ich es nach der Lektüre von Pias Tagebuch war, obwohl die Journalisten nur bestätigten, was Pia beschrieben hatte. Wir hatten in Maroun schon unseren Schwiegersohn gesehen und wünschten eigentlich noch immer, daß er es würde.

Während ich die Treppe zum zweiten Stock nahm, vor dem Lift warteten zu viele Liebesdienerinnen mit ungemütlich aussehender Kundschaft, befiel mich wieder die Angst vor einer Zukunft ohne Maroun, aber noch nie war sie so beklemmend gewesen. Noch wehrte ich mich gegen die Erkenntnis, daß sich unsere Wege trennen könnten und die Amputation meines Armes unvermeidlich würde. In Gedanken versunken, wurde ich von einem Mädchen angesprochen, das nach Parfüm förmlich stank, Himbeere oder so ähnlich. Sie versperrte mir den Weg, ich schob sie beiseite.

Maroun wartete in unserem Zimmer vor dem Fernseher und wollte sich für den Abend verabschieden. Er bat um Verständnis, daß er uns jetzt allein ließe, doch müßte er seinen Bruder und dessen Familie besuchen, und heute nacht würde sich gewiß nichts mehr ergeben. Die Telefonnummer des Bruders schrieb er für alle Fälle auf einen Zettel.

Wir aßen im Zimmer, es gab sogar einen Roomservice, die Kunden des Minerva wurden schnell hungrig, und die Steaks waren gar nicht so schlecht. Aber Corinna brachte kaum etwas herunter. Ich aß mit gutem Appetit, auch während der größten Krisen meines Lebens hatte sich mein Organismus nie aus dem Rhythmus bringen lassen. Nach Reden war uns nicht zumute, wir dachten nur daran, wann Pia endlich wieder bei uns wäre und wohin man uns noch beordern würde. Bevor wir uns mit irrwitzigen Vermutungen quälten, schwiegen wir lieber. Es war dann sogar Corinna, die den Fernseher anstellte und einige Minuten in ihn hineinstarrte.

Auf dem Gang war es ruhiger geworden. Von unten dröhnte die Musik der Nachtclubs herauf, die das Rattern der Aircondition übertönte. Ohne sich auszuziehen, legte sich Corinna aufs Bett, auf dem sie zwei Handtücher ausgebreitet hatte. Zu meiner Überraschung schlief sie rasch ein.

Ich nahm mir die letzten Seiten von Pias Tagebuch vor. Bereits in Rangun war Maroun von Unruhe erfaßt gewesen, die sich in Pagan und Bangkok gesteigert hatte, von der Corinna und ich aber nichts gemerkt hatten. Maroun war nur Pia gegenüber offen gewesen, von Zweifeln und Überdruß getrieben, wollte er sein Leben ändern, etwas völlig Neues anfangen, vielleicht mit Pia nach Südamerika auswandern, Europa war ihm zu eng und zudem zu rassistisch. Brasilien und Argentinien hielt er für toleranter.

Maroun verwirrte Pia. So sicher und ausgeglichen, wie er vor uns auftrat, so orientierungslos war er vor ihr. Offensichtlich war sie der erste Mensch, dem er sich voll anvertraute. Er hatte die Sekte und Human Reality satt, deren Gängelei, die Prüfungen, die, je höher man stieg, um so unmenschlicher würden, in denen man beweisen mußte, wieweit man fähig war, Schlechtes in Gutes zu verwandeln. Maroun wollte nichts mehr mit Trevor Tang zu tun haben, seinem harten, unerbittlichen Paten, der sich entschlossen hatte, Maroun zu seinem Nachfolger zu machen. Dies allerdings erst nach Tangs Tod. Chinesen behielten ihre Macht, bis sie stürben.

Pia ging mit keinem Satz darauf ein, was genau in diesen Prüfungen verlangt wurde, aber ich ahnte, daß das Schicksal der Becker-Manzinis, Sardones und vielleicht auch Pias ein Teil davon waren.

Auf den letzten Seiten wurde ihre Schrift immer unleserlicher. Sie hatte auf der Toilette oder versteckt im Freien geschrieben, und so wie Maroun war, hätte er von ihr jedes Wort zu lesen verlangt, wenn er von den Notizen gewußt hätte. Obschon sie immer wieder daran zweifelte, liebte sie Maroun – und vertraute ihm auch.

Ihre Aufzeichnungen schlossen damit, daß Maroun sie in der Nacht vor der Entführung überredet hatte, heimlich am nächsten Tag nach München zu fliegen. Später wollte er Corinna und mir alles erklären. Das waren die letzten Sätze, die Pia kurz vor dem Abflug nach Melakka eingetragen hatte.

28. Kapitel

In der Nacht weckte uns eine Schlägerei im Stockwerk über uns. Türen wurden auf- und zugeschlagen, Flüche waren zu hören, Knüppelschläge, die auf Körper prallten, Angst und Wutschreie, dann Malcolms Stimme: »Don't do it!«, immer wieder »Don't«, dann nur noch leiser »Please«, bis er verstummte. Von Arno war nur einige Male »Stop it« zu hören gewesen, während ein schwerer Körper zu Boden geschlagen wurde. Wenig später schleifte man beide über den Gang. Ich trat vor die Tür. Andere Türen waren von lauschenden Mädchen und Männern halb oder auch nur um einen Spalt geöffnet worden, der Gang blieb leer. Nichts war zu sehen. Nur der Schrei einer Frau gellte oben durch die Stille.

Dann fuhr der Lift zweimal hinauf und hinunter. Malcolm und Arno wurden offenbar getrennt voneinander abtransportiert.

Ich klopfte an Marouns Tür, rief seinen Namen, aber nichts tat sich. Es war jetzt kurz vor vier. Ich rief die Rezeption an, niemand nahm ab. In den Nachtclubs war es still geworden. Corinna stand am Fenster und blickte durch eine Ritze in den Stores auf die Straße.

Ich überlegte, wie ich helfen konnte. Als ich auf den Gang getreten war, hatte mich Corinna schon beschworen, im Zimmer zu bleiben, nun aber flüsterte sie mir zu, sie um Gottes willen nicht allein zu lassen. Ich schloß die Tür, und Corinna fragte nach Maroun. Sie erschrak, als ich ihr sagte, daß er nicht in seinem Zimmer sei.

Unten wurden Arno und Malcolm von barfüßigen Männern in verschwitzten T-Shirts über die Straße gezerrt und vor die Eisdiele auf das Trottoir geworfen. Die Köpfe der Unglücklichen schlugen in den Schlaglöchern auf. Malcolm hatte man schlimmer als Arno zugerichtet. Er war nur mit einer Unterhose bekleidet und blutete aus vielen Wunden. Arnos Hemd hing zerfetzt an ihm. Die weiße Brust und der

Bauch waren von größeren Wunden verschont geblieben, jedoch von blauen Flecken übersät. Von seinen Peinigern erhielt er einen letzten Tritt.

Ich zog Corinna ins Zimmer. »Sie sind tot, tot«, schluchzte sie.

»Sind sie nicht.«

»Schau doch bloß Malcolm an!«

Bald darauf heulte eine Polizeisirene auf, dann hielt eine Ambulanz. Ich trat wieder ans Fenster. Arno bewegte sich und richtete den Oberkörper halb auf. Malcolm regte sich nicht. Als ihn zwei Sanitäter aufhoben, sackte sein Kopf nach hinten, und jetzt erst sah ich eine tiefe Wunde am Hals, aus der Blut quoll.

Bis auf einen Jungen, der Zeitungen austrug, war die Straße leer. Wo war Maroun? Ich hätte mich sicherer gefühlt, wenn er in unserer Nähe gewesen wäre, trotz allem, was wir von ihm wußten. Oder gerade deshalb?

Kaum waren Polizei und Ambulanz verschwunden, belebte sich die Straße, und als es auf sechs Uhr zuging, war alles auf den Beinen. Nur im Minerva herrschte Stille, bis jemand über den Gang schritt.

Ich hörte genau, daß es Maroun war, der die Tür zu seinem Zimmer öffnete und von innen wieder verschloß. War er wirklich bei seinem Bruder gewesen, oder hatte er Trevor Tang oder sonstwem in der Organisation berichten müssen? Vielleicht hatte er auch seine eigene Flucht vorbereitet.

Ob Maroun schlief? Konnte er überhaupt schlafen? Zu dieser Stunde meditierte er gewöhnlich und schöpfte Kraft, die er jetzt besonders brauchen würde.

Corinna hatte sich in Pias Tagebuch vertieft, da rief Ben Adler an, der uns einen guten Morgen wünschte und sich entschuldigte, uns so früh stören zu müssen.

»Wir sind nah dran«, sagte er. »Im Laufe des Tages werden wir Pia übernehmen.«

»Wie sicher ist das?« fragte ich.

»Wir sind ganz sicher.«

»Wer ist wir?«

»Human Reality«, erwiderte er ohne Zögern.

»Ist sie gesund?« rief Corinna, die den Hörer übernommen hatte.

»Ich gratuliere zu eurer Tochter, sie benimmt sich fabelhaft.«

»Fehlt ihr wirklich nichts?« rief Corinna. »Wo ist sie?«

Er schwieg einen Moment und sagte dann: »Ihr müßt nach Vigan, ich erwarte euch dort im Cordillera Inn. Der Fahrer bringt euch hin, wir sehen uns zum Abendessen.«

Corinna dankte für seine Hilfe, mir war höchst unwohl. »Wieweit kann man dem glauben?« fragte Corinna. »Der hat doch in allem seine Finger.«

Kurz nach sieben klopfte Maroun an die Tür. Er sah frisch aus. Corinna war bereits angezogen, ich schlüpfte in meinen Morgenmantel und erzählte ihm von Ben Adlers Anruf, daß wir ihn in Vigan treffen müßten und daß Pia bald frei sei.

»Weiß er das so genau?« fragte Maroun.

»Er hat gute Beziehungen, viel bessere, als ich annahm.« Das hatte ich mir nicht verkneifen können, aber Maroun reagierte nicht. Er zog die Stores hoch. Unten wimmelte es von Menschen. Einfach, aber sauber gekleidet waren sie zum täglichen Broterwerb unterwegs. Stimmen, Fahrradklingeln, das Geknatter der Mopeds und die Schellen der Wasserverkäufer drangen zu uns hoch.

»Wir sollten frühstücken«, sagte Corinna.

»Nicht hier«, entgegnete Maroun und erkundigte sich, ob die Nacht sehr schlimm gewesen sei. Er sei erst am frühen Morgen zurückgekommen.

»Das ist uns nicht entgangen«, sagte ich, und jetzt blickte er mich an. »Du weißt doch, wie das hier ist, ich mußte zu meiner Familie.«

»Arno und Malcolm wurden fertiggemacht, Malcolm ist wahrscheinlich tot.«

Für einen Moment zog er die Augenlider zusammen und räusperte sich. »Warum haben sie auch nicht auf mich gehört? Ich habe sie in Singapur und erst recht in Hongkong gewarnt.«

»Wieso du?« fragte Corinna.

»Sie haben auch mich angerufen.« Maroun deutete auf Pias Schuh. »Darf ich den haben?« Er nahm ihn, ohne meine Antwort abzuwarten, und verließ uns rasch. Zehn Minuten später erschienen zwei junge Männer, die Maroun bestellt hatte, und brachten unser Gepäck in die Lobby.

Wir wurden pünktlich von »Seven Winds« abgeholt, wie üblich von einem Führer sowie einem Chauffeur.

»Nach Vigan finden wir alleine«, sagte ich zu Maroun, an dem der Blick des Führers haftete. »Wir brauchen ihn nicht.«

»Er kann nützlich sein.« Marouns Stimme war fest. »Er stört doch nicht.«

»Er stört«, sagte ich.

Corinna hatte Blutspuren auf dem Asphalt entdeckt, die vor allem Malcolm hinterlassen hatte, und sank in die Limousine. Maroun schloß hinter ihr die Wagentür und sagte zu dem Führer etwas in Tagalog, der schweigend auf den Boden blickte, dann fuhren wir ohne ihn los.

Maroun, der neben dem Fahrer Platz genommen hatte, wollte außerhalb der Stadt frühstücken. Wir kämpften uns durch den Verkehr. Manila hörte nicht auf und zeigte sich von seiner häßlichen Seite. Gigantische, fensterlose Supermärkte, grau eingemauerte Wohnviertel der Begüterten zwischen unverputzten Gebäuden und Häusern, ärmlich ausgestattete Läden, Werkstätten und Garküchen. Über allem prangten gewaltige Leuchtreklamen, von Marlboro bis Coca Cola war alles vertreten, die Straße dampfte unter den Abgasen. Auf den Bürgersteigen hielten sich Fußgänger Taschentücher oder Wattebäusche vor Mund und Nase.

Ein Unfall staute den Verkehr, weil ein Lastwagen auf einen anderen aufgefahren war. Bei dem niedrigen Tempo war nicht viel passiert, trotzdem stritten zwei Gruppen miteinander.

Maroun besprach mit dem Fahrer, wie wir am besten nach Vigan gelangten. Mein Arm tat weh, aber in der Nacht war ich von Schmerzen verschont geblieben.

Endlich ließen wir die Stadt hinter uns und stießen auf eine Schnellstraße, die durch weite Reisfelder führte, in denen ab und zu kleine Gehöfte hinter Palmen und Bambusstauden auftauchten. Vor uns erhob sich der Mount Arayat, an dem sich während vieler Jahre Terroristen und Untergrundkämpfer versteckt hatten.

»Was hältst du von Ben Adler?« fragte ich Maroun. »Du hast Pia vor ihm gewarnt.«

»Habe ich das?«

»So hat sie es in ihrem Tagebuch geschrieben.«

Maroun drehte sich um. »Hat sie das wirklich getan? Ich habe ihr abgeraten, eines zu führen.«

»Bea hat niemand gewarnt«, sagte ich.

»Sie ist seit über zehn Jahren tot.« Maroun, der eben noch selbstsicher erschien, wirkte jetzt verlegen. Er blickte Corinna an. »Hast du Pias Tagebuch gelesen? Das von Bea kennst du wahrscheinlich auch, oder?«

»Nur teilweise.«

Ich war schockiert, wie leicht Maroun darüber hinwegging, heimlich Beas Tagebuch gelesen zu haben, und erwartete so etwas wie eine Entschuldigung, die aber nicht kam. Schließlich sagte ich: »Ich finde es ziemlich unverschämt, wie ihr euch das Tagebuch von Bea beschafft habt.«

»Aber wohl nur von mir«, entgegnete Maroun. »Nicht von Pia, sie hat ein Recht darauf, soviel wie du über Bea zu wissen.«

Ich hatte in dem Moment keine Lust zu streiten und sagte: »Pia hat hauptsächlich über dich geschrieben, du warst sehr offen mit ihr.«

»Das werde ich auch mit euch sein, aber nicht jetzt, wir reden beim Frühstück weiter.« Er umschloß seinen Hinterkopf mit den Händen. Im Rückspiegel sah ich, daß er die Augen geschlossen hatte. Er konzentrierte sich wohl darauf, was vor uns lag.

Der Fahrer fuhr erstaunlich gut und überholte geschickt. Im Nordosten tauchten jetzt die Umrisse der Cordillera im hellen Dunst auf. Die Gipfel waren in Wolken gehüllt, auch der des Pinatubo. In einem Städtchen namens Los Angeles hielten wir vor einem sauber aussehenden Lokal. Wir kletterten aus dem Wagen in die Hitze und traten in die Kälte des Restaurants Enano.

Die Besitzerin war eine Zwergin mit quadratischem Kopf, Raffzähnen und schwarzen Locken. Maroun bestellte für uns Rührei und für sich Kanton Pancit, ein scharfes Nudelgericht. Die Zwergin brachte sofort Kaffee. Um uns herum lärmten die Kinder vielköpfiger Familien, die sich über die Zwergin lustig machten, aber augenblicklich zu albern aufhörten, wenn sie von ihr mit zornfunkelnden Augen zurechtgewiesen wurden. Mein Arm schmerzte, ich legte die rechte Hand auf ihn. Maroun knöpfte den Ärmel auf und begann mich zu massieren.

»Hat Ben Adler Pia entführt?« fragte ich.

»Er ließ sie entführen.« Marouns Hand verharrte auf meinem Ellbogen.

Ich erschrak. »Warum gerade er?«

»Ich hatte euch alle ihm zu übergeben, das war meine letzte und schwerste Prüfung.«

Ich dachte an Marouns Gott, in dem sich das Böse und das Gute vereinten und der, da er beides geschaffen hatte, verlangte, daß aus Bösem Gutes entstünde.

»Ich gehöre zu den High Potentials«, fuhr Maroun fort. »Spitzennachwuchs auf deutsch. Bei allen Prüfungen war ich von Anfang an unter den ersten zehn, und als sie schwerer wurden, schaffte ich es stets unter die ersten fünf. Die beiden letzten Prüfungen bestand ich als bester, und deshalb hatte meine Abschlußprüfung den höchsten Schwierigkeitsgrad. Cross of the Universe und Human Reality sind im Grund eines. Die

Ausbildung und Prüfung des Nachwuchses werden gemeinsam durchgeführt. Der oberste Rat ist der Vorstand von Human Reality und gleichzeitig die Spitze des Kreuzes. Mein Großvater war bereits Mitglied und hat es weit gebracht. Meinen Vater hätten sie fast rausgeschmissen, doch er starb rechtzeitig an Lungenkrebs. Seinetwegen hatte ich es schwerer als die anderen, aber mein Großvater half mir und kontrollierte mich. Er ließ nichts durchgehen, ist steinhart und jetzt neunzig. Enzo ist ihm irgendwie ähnlich.« Maroun atmete unregelmäßig, es fiel ihm nicht leicht, so offen von sich zu erzählen. Er massierte mich wieder, sein Griff war nun weicher und ging in ein Streicheln über, als bäte er um Verständnis.

»Warum wurden die Becker-Manzinis, Myriam und Enzo und wir deine Opfer?« Am liebsten hätte ich ihn angeschrien.

»Opfer«, wiederholte er leise.

»Das sind wir«, sagte Corinna. »Und nichts anderes.«

»Carlo hat Trevor Tangs Haß auf sich gezogen, weil er ihn beim Verkauf seiner Reisebüros betrogen hat. Sie waren viel weniger wert! Von Enzo und Myriam wußte man, daß sie Freunde der Becker-Manzinis waren und daß Carlo und Enzo gemeinsam gestohlene Gemälde kauften und sogar stehlen ließen. Das war herausgekommen, nachdem Trevor Tang Carlos Leben hatte durchleuchten lassen. Die beiden Ehepaare hatte ich Ben Adler unter Umständen zu übergeben, die eine schnelle Rückkehr nach Europa unmöglich machten. Ihr seid als dritte hinzugekommen. Cyril Ho hatte Beas Konto bei Beaunier & Beaunier entdeckt. Die Bank gehört Human Reality. Ich glaube, Ben kannte Henry aus der Zeit, als unsere Organisation noch im Rauschgifthandel tätig war.«

»Seid ihr es nicht mehr?« unterbrach ich Maroun.

»Soweit ich weiß, nein. Die jüngeren Mitglieder der Führung sind dagegen.«

»Aber die älteren geben doch den Ton an«, sagte ich.

Maroun ging darauf nicht ein. »Als ich euch kennenlernte, wußte Fabian noch nichts von seinem Vermögen und hatte keine Ahnung von Beas Doppelleben. Henry hatte ihr damals wohl Beaunier & Beaunier empfohlen, um sie, wenn nötig, leichter in der Hand zu haben.«

Maroun aß von den kalt gewordenen Nudeln, Corinna stocherte im Rührei und sagte: »Und als du die anderen abgeliefert hattest, hast du dich an uns herangemacht.«

»Ich mußte drei voneinander unabhängige Personen oder Paare abliefern, die zusammen mindestens fünfzig Millionen Dollar einbrachten. Die dritte Person oder das dritte Paar sollte ich selbst finden, wobei ich die Unterstützung aller zu Human Reality gehörenden Unternehmen beanspruchen konnte. Ich habe auch Ben nach euch gefragt, er hätte dich ja aus deiner Zeit in Südostasien kennen können. Er konnte sich nicht erinnern, aber ihr wurdet überprüft, und so stieß man, wie gesagt, auf Beas Konto.« Er schwieg, trank Wasser, dann Kaffee, aß Nudeln, während er ein Stück Brot zerkrümelte.

»Wieviel ist denn auf dem Schweizer Konto?« fragte Corinna, die Beas Tagebuch nur teilweise aus Pias Notizen kannte.

Maroun warf mir einen erstaunten Blick zu und sagte: »Viel, ziemlich viel.«

Corinna schwieg, und ich hoffte, sie würde verstehen, warum ich ihr das Konto verschwiegen hatte.

»Ich liebe Pia«, sagte Maroun. »Ich habe das nicht gleich begriffen, weil ich zum ersten Mal so empfinde. Ihr wißt nicht, unter welchem Druck ich aufgewachsen bin. Enzos Söhne sind an ihrem Vater zerbrochen. Aber mein nichtsnutziger Vater gab mir die Kraft, dem Druck meines Großvaters, der von der Organisation noch verstärkt wurde, erfolgreich zu widerstehen. Ich wollte nicht wie mein Vater werden und war zu allem entschlossen. Bei einem Paten wie Trevor Tang kam auch nichts anderes in Frage. Von mir forderte er mehr als von allen anderen, ständig hielt er mir die Schlappen meines Vaters vor. Er ist nachtragend und mißtrauisch, was ich erst einmal überwinden mußte, auch wenn ich bei den Prüfungen immer besser abschnitt. Und dann akzeptierte er mich als Patensohn, weil er als Präsident nur die allerbesten nimmt. Alle Mitglieder des Obersten Rates müssen sich jeder um einen High Potential kümmern und diese auf höchste Aufgaben vorbereiten, das fördert Loyalität und Einsatz.«

Corinna flüsterte etwas Unverständliches und bat die Zwergin um eine Zigarette. Dann fragte sie Maroun: »Wie bist du an die Becker-Manzinis rangekommen? Myriam sprach immer davon, daß sie so zurückhaltend seien.«

»Ich unterhielt mich länger mit Carlo auf einer Vernissage, auf die mich Cyril Ho mitgenommen hatte. Ich war gut vorbereitet. Erst sprachen wir über Malerei, von der er natürlich viel mehr als ich verstand, und dann über den Fernen Osten, von dem er nicht soviel wußte. Zwei Wochen später lud er mich in seine Villa nach Vicenza ein, bis dahin hatte ich ihn mit Informationen über Banken, Firmen und Kunstauktionen in Hongkong und Singapur versorgt. Er hatte keine Kinder und hielt sich von jungen Leuten fern, aber vor mir taute er auf. Mit Sylvia verstand ich mich sofort, sie tut sich viel leichter mit Menschen. Als ich Carlo und Sylvia dann Ben Adler in Hongkong übergeben hatte und wieder zurück in München war, ging es mit Myriam und mir los. Euch trafen wir dann auf einer Vernissage, zu der Enzo hätte kommen wollen, aber etwas war ihm dazwischengekommen.«

»Reiste Ben Adler mit den Becker-Manzinis?« fragte ich.

»Nur einige Tage, dann hetzte Trevor Tang die Polizei auf sie, die mit Interpol drohte. Da zogen sie es vor, sich in den Schutz des Kreuzes zu begeben. Carlo und Enzo haben ihr Leben lang Gesetze mißachtet, Steuern so wenig wie möglich bezahlt, am besten gar nicht. Die Mafia ließ sich dabei nutzen, wenn man genügend Puffer einbaute. Und dann diese Bildersucht, dieser wahnsinnige Anspruch auf höchste Exklusivität!«

Ich fragte Maroun, ob seine Mission mit uns in Bangkok beendet war, als uns Ben Adler im Minibus erwartete.

»Nein«, erwiderte er. »Ich zögerte das Ende meiner Mission hinaus, wir mußten ja noch nach Singapur zu Enzo und Trevor Tang.

»Und dann?« fragte ich.

»Ich machte einfach so weiter, Trevor Tang war einverstanden, ich wußte aber nicht genau, was Ben Adler vorhatte. Er hatte überlegt, euch zu erpressen, und dabei an einen organisierten Unfall gedacht, bei dem der schuld gewesen wäre, der am Steuer gesessen hätte. Und das wäre Pia gewesen, so gern wie sieAuto fährt. Deshalb bestand ich auf den Autos und Führern von »Seven Winds«.

»Die uns überwachen«, sagte ich.

Maroun schluckte einige Bissen herunter und trank Wasser dazu. »Ich ahnte in Bangkok, daß Ben etwas mit Pia vorhatte, und wollte mit ihr von Singapur aus heimlich nach Deutschland verschwinden. Ben ist gefährlich, er wirkt wie ein kinderliebender Lebemann, aber er schreckt vor nichts zurück. Die älteren Männer in Human Reality arbeiten mit ihm, aber die jüngeren wollen nicht viel von ihm wissen.« Maroun bestellte neuen Kaffee und Sandwiches. Die Zwergin brachte für jeden von uns eine warme Dampfnudel, »on the house«, wie sie sagte.

Ich fragte Maroun, wer das Feuer in Enzos Garten gelegt hatte. Er wußte es nicht, es sei auch nie herausgefunden worden, wie der Brand entstanden sei. Ich sagte: »Aber deswegen ist es dir doch leicht gefallen, Enzo und Myriam zu der Fernostreise zu überreden!«

»Der Brand war nicht nötig, um die Presse auf ihn zu hetzen. Enzo hatte genug gedreht, wie sich dann herausstellte.«

»Aber der Brand kam wie gerufen, und dann hatte es die Journaille auf uns abgesehen.«

»Die meisten, die uns belästigt haben, waren keine Journalisten. Berufsmäßige Randalierer kann man überall engagieren.«

»Hast du sie engagiert?« fragte Corinna.

»Human Reality ist in Europa schon viel besser organisiert, als es Trevor Tang vor uns zugeben wollte. Atlantica, eine große Medienfirma, gehört zu Human Reality, Filme, Werbung und Beratung, beste Beziehungen zur Presse. So eine Gesellschaft hat viele Verbindungen, auch zu Leuten, die Demonstrationen organisieren.«

»Oder ein Haus demolieren«, unterbrach ich ihn.

»Es wird alles ersetzt werden.«

»Wir wollen nur Pia!«

»Ich auch, das könnt ihr mir glauben.« Maroun entschuldigte sich und verschwand auf der Toilette. Corinna aß eine Dampfnudel, zu der ich sie überreden mußte.

Ich erwartete, sie würde jetzt nach der Höhe des Kontos fragen, statt dessen wollte sie wissen, was wohl mit uns passiert wäre, wenn Maroun mit Pia tatsächlich geflohen wäre.

»Sie hätten uns schon was angedreht«, erwiderte ich. »Denen wäre bestimmt etwas eingefallen.«

»Vielleicht hätten sie mich entführt?«

»Lassen wir das! Aber was meinst du, wer das Feuer gelegt hat? War es Maroun?«

»Der Sommer war trocken«, sagte Corinna. »Kann bei einem so aufwendigen Feuerwerk nicht ein Brand entstehen?«

»War das Feuerwerk nicht Marouns Idee?«

»Nein, Myriam hatte es sich gewünscht.«

»Bildest du dir das nicht ein?«

»Überhaupt nicht, Myriam hat öfter mit mir darüber gesprochen, daß sie sich das Feuerwerk als glanzvollen Höhepunkt ihres Festes vorstellte.«

»Wieweit können wir Maroun überhaupt noch trauen?« Ich hatte die Toilettentür im Visier, hinter der Maroun verschwunden war.

»Er macht uns nichts mehr vor. Er hätte sich ja längst aus dem Staub machen können. Trevor Tang scheint von ihm überzeugt zu sein, vor Maroun liegt eine große Zukunft.«

»Das muß nicht so sein.«

»Alles, was wir jetzt erleben, klickt ineinander.«

»Aber was will er?«

»Pia!«

Maroun steuerte zwischen den Tischen, die voll besetzt waren, auf uns zu. Die Filipinos aßen, was das Zeug hielt. Ich fragte Maroun, ob Myriam und Enzo davon wüßten, worüber wir gesprochen hatten.

»Kein Wort.«

»Enzo wird am meisten enttäuscht sein, er hat dir sein größtes Geheimnis anvertraut.«

»Hat Pia das auch geschrieben?«

»Valdere, die Burg im Friaul.«

»Ich habe so etwas noch nie gesehen, nur Meisterwerke, alle von Hehlern gekauft!«

»Wer weiß oder wußte noch davon?«

»Außer Carlo niemand.«

»Du hast Enzo und ihn hintergangen.«

»Ich weiß, und dafür gibt es keine Entschuldigung.«

»Carlo ist tot, und Sylvia lebt doch auch nicht mehr. Oder ist verrückt geworden. Und Enzo mußte einen großen Teil seines Vermögens an eure Sekte spenden und kann nicht nach Italien zurück!«

Maroun streckte sich. »Enzo hat das meiste Geld unrechtmäßig erworben. Jetzt dient es einem guten Zweck. Sylvia lebt und ist überhaupt nicht verrückt. Was in den Zeitungen stand, war alles falsch. Und ob Carlo tot ist, steht überhaupt nicht fest. Ich vermute, er ist untergetaucht. Ben Adler weiß sicher mehr.«

Die Zwergin brachte die Rechnung, ich fühlte mich wie ausgehöhlt. Wir gingen über den Parkplatz, über Asphalt, der von der Hitze aufgeweicht war.

»Im Auto bitte nicht mehr darüber sprechen.« Maroun öffnete die Wagentür für Corinna.

Nun fuhren wir durch die Provinz Pangasinan und hatten eine ganze Weile geschwiegen, dann fragte ich Maroun: »Ist das hier nicht deine Heimat?«

»Das ist sie, ich bin in San José zur Welt gekommen.«

»Die Provinz der Heiler«, sagte der Fahrer, der ungefragt

von den Faith Healers zu erzählen begann. Die besten, sagte er, lebten in den Bergen um Bagio. Natürlich gäbe es auch viele Scharlatane, die mit einem Stück Hühnerfleisch im Ärmel eine Operation fingierten, aber auf dem Land gingen die meisten Kranken zum Heiler, der besser und billiger als die Ärzte sei. Maroun sagte etwas auf Tagalog zu dem Fahrer, der von nun an still blieb.

In Dogupan stießen wir auf die Küste. An einem Strand aßen wir Hamburger und tranken Kaffee. Für ein Mittagessen reichte die Zeit nicht, wir hatten uns zu lange durch den Verkehr in und um Manila kämpfen müssen. Die Straße führte am Meer entlang, wir fuhren durch die Ausläufer einer Ebene, die an bewaldete Berge grenzte. Corinna hatte die Augen geschlossen. Maroun sah immer geradeaus, was ich im Rückspiegel beobachtete.

29. *Kapitel*

Der Ventilator schwang mit einem dumpfen rhythmischen Geräusch über unseren Köpfen und nebelte uns mit warmer Luft ein. Wir saßen in der Lobby des Cordillera Hotels und warteten auf Ben Adler.

Am späten Nachmittag hatten wir Vigan erreicht. In der Abenddämmerung waren wir durch die Altstadt gegangen, vorbei an wuchtigen Kolonialhäusern. Die Straßen waren mit Kopfsteinen gepflastert. In den Patios wuchsen zwischen Palmen Hibiskus und Oleanderbüsche. Ben Adler war noch nicht angekommen, aber im Hotel war ein Zimmer für ihn reserviert.

Wir saßen in schweren Holzstühlen, die so unbequem waren, daß wir ab und zu aufstanden, uns reckten und die Füße vertraten. Corinna und Maroun tranken Mineralwasser, ich Bier. Das Hotel war schlecht belegt, das Restaurant leer. An Gästen hatten wir nur vier englische Volksschullehrer ausgemacht, die erfolglos versucht hatten, mit uns ins Gespräch zu kommen. Wir hatten keine Lust, philippinische Reiseerfahrungen auszutauschen, und unsere fielen ohnehin aus der Reihe. Mir mißfiel, daß Ben Adler uns warten ließ. Wollte er sich wichtig machen, oder war ihm etwas dazwischengekommen? War etwas mit Pia?

Der Hotelboy schleppte zwei schwere Koffer zum Empfang. Ihnen folgten zwei feiste spanische Fischimporteure, was aus den Flüchen auf ihre philippinischen Lieferanten zu entnehmen war. Doch dann bewunderten die Spanier die Rundbögen, Pfeiler und Säulen, die ihre Vorfahren hinterlassen hatten.

Maroun war nervös, seine Unruhe wuchs mit der verstreichenden Zeit. Eine eigenartige Starre hatte sein Gesicht überzogen. Wollte er wirklich mit Pia ganz weit weg, ein neues Leben beginnen? Wann würde sie endlich bei uns sein? Ben

Adler hatte sehr zuversichtlich geklungen, so daß ich ruhiger geworden war, aber jetzt, da wir auf ihn warteten und er längst hätte hier sein müssen, befiel mich erneut Angst. Die quälende Vorstellung, in Vigan oder woanders tagelang zu warten, von Trevor Tang, Enzo oder Ben Adler angerufen und immer wieder vertröstet zu werden, legte sich schwer auf meine Brust.

Nach zweimaligem Aufflackern verlöschte das Licht, der Ventilator schwang klappernd aus. Zwei Mädchen mit lustigem Lachen und runden Gesichtern, in blauen Kleidern und weißen Schürzen, stellten brennende Kerzen auf. Maroun riet mir, noch ein Bier zu bestellen, solange es im Kühlschrank kalt sei. Er selbst wollte Tee, Corinna ebenfalls.

Mit dem Bier erschien auch Ben Adler, fluchend betrat er die Lobby, in der es schon merklich wärmer geworden war. Er sah uns nicht und ging auf den Empfang zu.

»Hey Ben!« rief ich.

Er drehte sich um und kam auf uns zu. »Na, Sportsfreunde, was macht die Kunst?«

»Wir warten schon ziemlich lange auf dich«, entgegnete ich.

»Tut mir leid, es hat länger gedauert.« Ben erklärte nicht, was länger gedauert hatte. Er trug eine gut gebügelte Leinenhose und ein grünes Hemd mit aufgenähten Taschen. Bevor er sich setzte, knöpfte er das Hemd ein Stück weit auf. Im Schein einer Kerze erkannte ich wieder das verschlungene Kreuz, das an einer dünnen, goldenen Kette im Brusthaar versunken war. Ben sah nicht so wohl wie in Bangkok aus, die Falten lagen tiefer, die Augen wirkten müde, und auf der Glatze sammelten sich Schweißtropfen.

»Hast du abgenommen?« fragte ich ihn.

»Sehe ich so aus?« Er strich über den Bauch, den das weite Hemd verdeckte. »Ich hatte viel zu tun, die Verhandlungen mit den Kidnappern waren nicht einfach und fanden hauptsächlich nachts statt.«

»Aber sie sind doch abgeschlossen«, sagte Corinna.

»Weitgehend.«

»Was heißt das? Heute abend sollte Pia bei uns sein!« Ich verbarg meine Ungeduld nicht.

»Morgen.« Ben tastete über seinen Schädel. »Das ist fast sicher.«

»Was heißt fast?« Ich versuchte meine Angst zu unterdrücken. Warum wollte er uns hinhalten?

»Fast ist fast.« Er wirkte leicht verärgert. »Hundert Prozent gibt es in solchen Fällen nie!«

»Wir müssen uns aber um Pia keine übergroßen Sorgen machen?« suchte Corinna einzulenken.

»Um so ein Mädchen muß man das nicht.«

Der Kellner servierte Ben Adler eine Flasche Bier, es war die letzte aus dem Kühlschrank. Ben leerte sie mit einem Zug zur Hälfte und verwünschte die Hotelleitung, weil sie noch keinen Generator angeschafft hatte. Er blickte Maroun lächelnd an und fragte: »Warum bist du eigentlich noch hier? Ich dachte, du wärst in Manutok?«

»Ich werde rechtzeitig dort sein.«

»Verspätet!« rief Ben Adler. »Was du für rechtzeitig hältst, ist es für andere noch lange nicht.«

»Weil alles relativ ist, meinst du das?«

»Wo ist Manutok?« fragte ich.

»Die Insel ist nicht weit von hier«, erwiderte Ben gereizt. Ich glaubte mich an den Namen zu erinnern. Es konnte die Insel sein, von der Maroun Pia erzählt hatte und deren Namen ich im Tagebuch nicht hatte entziffern können.

Ben spielte mit dem Kreuz, das er in den Händen veschwinden und wieder erscheinen ließ, und sagte zu Maroun: »Hoffentlich gibt es keinen Ärger, weil du noch in Vigan bist.«

Maroun sah Ben mit einer Intensität an, die ich in seinem Gesicht noch nie bemerkt hatte und die an Haß grenzte. »Du bist doch bei mir«, sagte er.

»Ich bin nicht dein Kindermädchen! Ich hatte erwartet, du würdest mehr Rücksicht auf deine Freunde nehmen, vor allem auf Pia.«

»Hör damit auf!« Maroun blieb ruhig. »Diese Tour läuft nicht.«

»Bitte, streitet euch nicht«, suchte Corinna erneut einzulenken. »Ich weiß, daß ihr beide euer Bestes gebt.«

Der Hotelboy trat auf Maroun zu und sagte, Mr. Tang aus Singapur sei am Telefon, er rufe schon zum zweiten Mal an. Ben blickte spöttisch lächelnd zu Maroun: »Na, Sportsfreund, jetzt wird's aber Zeit.« Er steckte eine Handvoll Körner in den Mund, und kauend fragte er: »Wo sind denn eure Freunde, die Journalisten, der Deutsche und der Schwarze?«

»Auf jeden Fall nicht hier.« Ich sah Maroun nach, wie er, ohne sich zu beeilen, zum Empfang schlenderte. Den Hörer am Ohr, lehnte er sich an die Wand, mit einer schlaksigen Eleganz, die von den langen Armen und Beinen unterstrichen wurde. Strähnen seiner glatten schwarzen Haare fielen ihm in die Stirn. Ben fuhr sich entweder über die Glatze oder über die Brust, spielte mit dem Kreuz oder kraulte die Haare im Nacken und aß unentwegt Körner aus der Hosentasche.

»Na, war es der große Boß? Was ist denn von ihm zu hören?« fragte er, als Maroun wieder zurückkam. Der zögerte etwas, dann sagte er: »Ich soll gleich nach Manutok. Ich werde in Bakers Beach abgeholt.« Er wandte sich ab. »Ihr bleibt erst einmal hier, bis man euch anruft. Wir sehen uns in Manutok.« Maroun drückte Corinna an sich und gab ihr einen Kuß auf die Backen, dann umarmte er mich.

»Mach's gut, Sportsfreund!« Ben spuckte die Schale eines Sonnenblumenkerns auf den Boden.

Maroun ging mit festen Schritten aus dem Hotel, dann war er verschwunden. Mein Arm schmerzte, ich legte die Hand auf den Ellbogen, eine Pille wollte ich erst vor dem Abendessen schlucken. Ben Adlers Hemd war inzwischen auf dem Rücken und in den Achselhöhlen durchgeschwitzt. Er knöpfte es weiter auf und erkundigte sich, ob wir Hunger hätten. Vor ein paar Minuten noch hatte Maroun uns diese Frage gestellt, jetzt hatte er uns Ben übergeben, was schon früher hätte geschehen sollen, wie Ben bestätigte. »Tang und ich haben hinter Maroun her telefoniert, damit ich Maroun als euren Begleiter ablöse. Schließlich bin ich der Erfahrenere.«

Wir waren die einzigen Gäste im Restaurant, wo die Luft noch drückender als in der Lobby war. Von den meterdicken Wänden bröckelte der Putz. Eine spanische Haubitze stand in der Mitte des Raums, wir setzten uns ihr gegenüber, bestellten Spaghetti und bekamen erst einmal lauwarmes Mineralwasser zu trinken. Die Mädchen in den blauen Kleidern und weißen Schürzen bedienten. Ben musterte sie schamlos und sagte: »Ich nehme an, ihr beide wißt, daß ihr unter dem Schutz von Human Reality steht. Auf sie und das Kreuz könnt ihr euch verlassen. Für sehr viele Menschen ist diese Welt die Hölle oder ein Teil davon. Wir schaffen bereits in diesem Leben Erleichterung und haben sehr vielen von Gott Verlassenen geholfen, menschenwürdiger zu leben.«

»Wie bist ausgerechnet du an Human Reality geraten?« fragte ich.

»Wenn du hier in diesen Ländern lebst, mußt du dich organisieren. Ich habe zu ihnen gepaßt, und das Kreuz hat mir geholfen. Maroun muß hier leben, ich will es. Sein Großvater gehört zu den Erneuerern des Kreuzes, sein Vater aber war eine schwache Figur und ist irgendwann auch mit Tang und einigen anderen Größen der Organisation nicht ganz ehrlich gewesen.« Ben deutete auf die Mädchen. »Das ist bei mir wie bei Trinkern, ohne die will und kann ich wahrscheinlich gar nicht leben.«

Die Spaghetti, die wir jetzt bekamen, waren zu weich, aber die Tomatensauce war gut gewürzt. Dazu gab es Tangui, den wir nicht bestellt hatten. Der Fisch würde ohne funktionierenden Kühlschrank sehr bald ungenießbar sein.

»Maroun hat eine große Zukunft vor sich«, sagte Ben. »Wir haben uns immer gut verstanden, nur in letzter Zeit klappt es nicht mehr so richtig.«

»Das wird sich einrenken«, sagte ich. »Wenn Pia frei ist.«

Ben warf mir einen erstaunten Blick zu. »Die Zeit in Europa ist Maroun nicht sehr gut bekommen. Er hatte zwar Erfolg, aber in der Wahl seiner Mittel war er zu rigoros. Das gefiel nicht jedem in der Organisation. Der Brand bei Enzo war mehr als einen Tick zuviel. Es gab drei Tote.«

»Maroun hat das Feuer nicht gelegt«, fiel ich Ben ins Wort.

»Behauptet er das?«

»Es hatte länger nicht geregnet, und die Bäume waren mit Gaze verhüllt«, sagte Corinna.

»Eben deshalb.« Ben leckte sich die Lippen.

Warum suchte er Maroun schlecht zu machen? »Wie Maroun das Konto deiner ersten Frau gefunden hat, war genial. Ich habe ihm zwar geholfen, doch er hatte die Idee.« Wollte Ben uns verwirren? Maroun hatte doch behauptet, Human Reality sei auf das Konto gestoßen, als man uns durchgecheckt hatte. Beas Tagebuch erwähnte Ben immerhin nicht, er sagte jetzt vielmehr: »Was Maroun mit dem alten Sardone veranstaltet hat, finde ich bedauerlich.«

»Das war Teil seiner Prüfung«, entgegnete ich. »Ihm blieb nichts anderes übrig, ihr wolltet es schließlich so.«

»Vielleicht.« Ben sah auf die Uhr. Es war kurz nach acht, und plötzlich begann es zu regnen. In wenigen Minuten stand der Patio unter Wasser. Ben hatte noch Hunger und ließ sich noch einmal die Karte kommen. Er bestellte für uns alle Zitronensoufflé, »das können sie hier wirklich!«

Ich hätte mich lieber mit Corinna in unser Zimmer zurückgezogen. Ben, der Maroun wohl beneidete, wurde mir immer unangenehmer. Er hätte am liebsten den Mädchen die Kleider vom Leib gerissen, so wie er ihnen nachglotzte. Corinna blickte immer wieder auf das Kreuz auf seiner Brust. Schließlich hielt er es ihr hin. Sie wich zurück.

»Es ist unser Symbol«, sagte er. »Für das, woran wir glauben.«

»Warum hast du abgestritten, daß du das Kreuz besitzt, als ich danach gefragt habe, nachdem du es mir noch einige Tage vorher, an dem Abend in deinem Garten, unter die Nase gehalten hast?«

»Da war ich zuweit gegangen, ich dachte, ihr wüßtet schon mehr über uns. Und als du mich dann später nach dem Schlangenkreuz gefragt hast, wollte ich einfach nicht mehr darüber reden. Ich wußte nicht, wie es mit euch weitergehen würde.«

»Schlangenkreuz«, wiederholte Corinna, während Ben das Kreuz auf die Brust fallen ließ.

Ich fragte ihn, ob er uns nicht mehr über das Cross of the Universe erzählen könne, da wir doch bald in Manutok seien. Er wunderte sich, daß Maroun uns nicht alles schon erzählt hatte, sagte aber dann: »Unsere Glaubensgemeinschaft müßt ihr euch von den Anhängern her wie eine Pyramide vorstellen. Noch sind wir nur in Asien verbreitet, haben aber auch amerikanische und europäische Mitglieder. Über der breiten Masse der Gläubigen stehen sechs Ebenen, die nach den Fähigkeiten und dem Bildungsgrad jedes einzelnen ausgerichtet sind. Wir empfehlen und unterstützen Studien und Fortbildung. Wer die entsprechenden Prüfungen besteht, rückt eine Ebene auf. Von Ebene zu Ebene werden die Prüfungen schwieriger, wer sie besteht, wird meist auch in der Hierarchie von Human Reality befördert. Die höchste Ebene ist die Alphaebene, über ihr steht der Oberste Rat. Alle anderen Ebenen unterstehen ebenfalls Räten. Wir glauben an die Wiedergeburt im Weltall, wo wir dem Licht Gottes entgegentreten werden. Unser Hauptziel ist es, das Leben der Armen und Benachteiligten schon jetzt erträglicher zu machen und nicht auf das paradiesische Jenseits im Elend zu warten. Allen ist bekannt, daß wir Böses in Gutes zu verwandeln suchen. Auch wenn die allermeisten nie die Gelegenheit bekommen, müssen sie dazu bereit sein, wenn es von ihnen verlangt wird. Nur die drei obersten Ebenen werden in der Regel damit konfrontiert, Maroun zum Beispiel, der bald die Alphaebene erreichen wird.«

»Auf welcher bist du?« fragte ich.

»Alpha«, antwortete Ben sichtlich stolz.

»Und wie hast du das geschafft?«

»Lassen wir das«, erwiderte er. »Es ist schon länger her.« Er stocherte mit zwei Fingern in den Zähnen, dann sagte er: »Wem es gelingt, zu einer der drei obersten Ebenen vorzudringen, erhält auch größere geistige Freiheiten. Er kann Gott in Frage stellen, an ihm zweifeln und ihn ablehnen, solange er prinzipiell an seine Macht glaubt. Jeder, der eine höhere Ebene erreicht hat, muß von Zeit zu Zeit als eine Art Seelsorger für die unteren Schichten arbeiten und Andachten abhalten, in denen viel meditiert wird. Wir haben Lehrbücher für die breite Masse und für die Ebenen. Marouns Großvater hat viele Beiträge dafür geliefert. In den Lehrbüchern sind die besten Schriften über das Spannungsfeld zwischen Gut und Böse zusammengefaßt. Sie werden alle fünf Jahre überprüft, und wenn inzwischen bessere geschrieben worden sind, ersetzen sie jene, die nun als schwächer gelten.«

Die Mädchen servierten das Zitronensoufflé. »Schau dir ihre Haut an!« flüsterte Ben mir zu. Als die Mädchen, die in der Wärme die obersten Knöpfe ihrer Kleider geöffnet hatten, abräumten, raunte Ben mir zu, wie gerne er mit einer von ihnen und am liebsten mit beiden die Nacht verbrächte und sie dazu auch überreden wollte. Als ich schwieg, bemerkte er: »Man muß seine Schwächen akzeptieren! Welche hast du?«

Wieder blieb ich ihm die Antwort schuldig, zum Glück läutete sein Handy. Er stand auf und entfernte sich ein paar Schritte von uns. Nach wenigen Minuten kam er zurück und sagte: »Schade, wir können hier nicht bleiben, wir müssen nach Bakers Beach.«

Draußen wartete schon die Limousine von »Seven Winds«, mit der wir gekommen waren, aber der Fahrer war ein anderer. Der Wind trieb den Regen durch die Gassen der alten Stadt. Das Kopfsteinpflaster glänzte dunkel im Schein der Straßenlampen.

Wir rollten an einer Töpferei vorbei, hinter der es zu einem Unfall gekommen war. Ein Lastwagen, der Tontöpfe geladen hatte, war mit einem Bus zusammengestoßen und umgekippt. Die Trümmer der Krüge bedeckten die Straße, vorsichtig passierten wir das schwarzblaue Scherbenfeld.

»Bakers Beach« war ein heruntergekommenes Strandhotel, etwa zehn Kilometer nördlich von Vigan. Es gehörte Mr. Baker, einem amerikanischen Kriegsveteranen, dessen philippinische Frau bestimmt schon die Sechzig überschritten hatte. Das Ehepaar empfing uns vor dem Eingang und führte uns in ein Lokal, dessen Wände mit Bambus verkleidet waren. Mr. Baker stellte sich als Clyde und seine Frau dementsprechend als Bonny vor, seit über vierzig Jahren waren sie miteinander verheiratet. Als Ben die ausdauernde Geduld des Ehepaares loben zu müssen meinte, behauptete Mr. Baker, daß er mit jedem Tag seine Frau weniger verstünde.

Inzwischen hatte es zu regnen aufgehört, von der Decke aber tropfte es noch auf den Fußboden. Mr. Baker spannte ein paar Sonnenschirme auf, unter die wir uns setzen sollten. Seine Frau brachte unaufgefordert kaltes Bier. Uns gegenüber flammten die Lichter einer bergigen Insel auf, die dunkel aus dem Wasser ragte.

»Ist das Manutok?« fragte ich.

»Da müssen wir hin«, sagte Ben.

»Ist Pia jetzt dort?« fragte Corinna.

»So ist es vorgesehen.« Ben stopfte Körner in den Mund, was er auffallend lange unterlassen hatte.

»Und wann geht's rüber?« fragte ich.

»Wenn sie uns abholen.« Ben knöpfte das Hemd zu, am Meer war es kühler.

»Und wenn nicht?« fragte Corinna.

»Dann schlafen wir hier, weil sie uns morgen das Boot schicken werden.« Ben deutete nach Norden. »Meistens setzen wir von unserem Terminal nach Manutok über.«

Wir sollten wohl möglichst unbemerkt auf die Insel gebracht werden und mußten warten, bis wieder angerufen wurde.

Ich ging zum Strand, stieg über modernde Baumstämme, Palmen, die verfaulten, Hartholz, das vom Wetter gebleicht war, Tanghaufen, die intensiv nach Meer rochen, und trat auf Hunderte von kleinen Muscheln. Corinna war mir gefolgt, Ben war im Lokal geblieben. Corinna fröstelte es, sie drängte sich an mich und umarmte mich. Von irgendwo rief eine Frau nach uns. Im Wind und Rauschen des Meeres erkannten wir die Stimme nicht, bis die Frau auf uns zugelaufen kam. Myriam! Sie trug ein ärmelloses, ausgeschnittenes Seidenkleid und umarmte uns beide. Sie hatte uns mit Maroun zusammen empfangen wollen, aber er sei, erzählte sie, früher angekommen. Danach sei sie mit ihm am Strand spazierengegangen, sie hätten sich unterhalten und seien, bevor er dann nach Manutok hätte übersetzen müssen, endlich einmal allein gewesen.

»Ihr seid im Regen spazierengegangen?« fragte Corinna.

Myriam lachte verlegen, als hätte man sie bei einer Unwahrheit oder Übertreibung ertappt, aber vielleicht oder wahrscheinlich wollte sie uns etwas glauben machen, das so nicht stattgefunden hatte. Mir war es gleichgültig, ich wollte nur wieder Pia bei uns haben. Aber von Pia, nach der Corinna fragte, wußte Myriam nichts. Ich schwieg, preßte den schmerzenden Arm an die Brust und blickte hinüber nach Manutok.

»Sie soll auf die Insel kommen oder auch schon dort sein«, sagte Corinna.

»Möglich.« Myriam zupfte an ihrem Kleid. »Manutok ist groß, sie haben einen ganzen Berg ausgehöhlt und bauen ihn immer weiter aus. Eine ganze Stadt ist da untergebracht, in der von Schulen bis zum Krankenhaus alles vorhanden ist, es gibt sogar ein Museum. Tausende leben dort, aber die meisten bleiben nur eine gewisse Zeit. Sie werden ausgebildet oder bereiten sich auf Prüfungen vor.«

»Wie seid ihr da hingekommen?« fragte Corinna.

»Man hat uns das vorgeschlagen, und wir haben keinen Grund gesehen, den Vorschlag abzulehnen. Manutok ist ein geistiges Zentrum des Cross of the Universe.«

»Seid ihr etwa Mitglieder?« fragte Corinna.

»Wir sind es gerade geworden. Obwohl Enzo gezögert hat.

Wir können aber jederzeit abreisen, wir sind ganz frei.«

»So frei auch nicht«, sagte ich. »Nach Europa könnt ihr jedenfalls nicht zurück.«

Myriam zitterte, der Wind war stärker geworden. Ich legte die Arme um beide Frauen, wir gingen zurück. Ben kam uns entgegen, er habe einen Anruf aus Manutok erhalten, am nächsten Morgen würden wir abgeholt. Von Pia gab es nichts Neues, doch alles laufe wie geplant. Er umarmte Myriam und ließ die Hände auf ihrem Rücken kreisen.

»Laß mich los, altes Ekel«, rief sie.

Er gab ihr einen Klaps auf den Hintern, griff in die Hosentasche und bot ihr ein paar Körner an, die sie in den Wind streute.

Im Restaurant schlurfte Baker auf uns zu und sagte: »Ich mache jetzt dicht und lasse die Hunde raus.« Der Alte hob die Hand mit gestrecktem Zeigefinger. »Ich mache das nur für euch, sonst schlafen die Hunde bei uns im Bett.«

Wir folgten ihm in einen L-förmigen Flachbau. Der Empfang war mit einer Folie aus braunem Kunststoff überzogen, die an den Ecken eingerissen war. Baker schloß die Tür zu einem Gang auf, der zu einem Zwinger führte. Vier kräftige, mehr als kniehohe Bastarde, die Rottweilern noch am ehesten ähnelten, schossen gleich darauf an uns vorbei, drehten um, machten etwa zwei Meter vor uns halt und knurrten böse. Sie stammten aus einem Wurf, waren nicht zu unterscheiden. Baker, dem sie aufs Wort gehorchten, ließ sie ins Freie. Wütend bellend rasten sie aus dem Haus, sprangen an den Scheiben hoch und hätten uns wohl am liebsten in kleine Stücke zerrissen.

Ben und Myriam wollten beide noch nicht schlafen gehen und überredeten uns zu einem Bier. Myriam freute sich ganz offensichtlich, uns wiederzusehen, und erzählte von ihrem neuen Leben, soviel seien sie gar nicht gereist, die meiste Zeit hätten sie in Manutok verbracht.

»Ich habe euch in Cameron Highlands vermutet«, sagte Corinna.

»Wir sind nur einen Tag dort geblieben.« Myriam sagte wohl wieder nicht die Wahrheit und fügte mit flackerndem Blick hinzu, sie würde darauf vorbereitet, anderen zu helfen. Noch suche man festzustellen, wie und wofür sie sich am besten eigne. Sylvia unterstütze sie und sei schon sehr viel weiter.

»Wie bitte? Sylvia?« fragten Corinna und ich gleichzeitig.

»Ja, warum nicht?« Myriam tat oder war erstaunt.

»Sie lebt also und ist nicht verrückt geworden?« sagte Corinna. »Maroun hatte recht!«

»Das war doch für die Presse«, erklärte Ben. »Zuerst sollte sie als tot gelten, das ging daneben, dann wurde die Nachricht in die Welt gestreut, sie sei verrückt geworden, damit man sie in Ruhe ließ.«

»Was ist aus Carlo geworden?« fragte ich. »Ist er auch nicht tot?«

»Das weiß ich nicht so genau.« Ben strich sich über die Glatze, murmelte etwas von unverzeihlichem Starrsinn und daß man eben niemanden zu seinem Glück zwingen könne.

Bald darauf gingen wir zu Bett. Zwei der Hunde schliefen vor der Glastür unseres Zimmers, dahinter weitete sich der Strand. In der Ferne lag Manutok wie ein Schatten auf dem Meer. Von hoch oben, von unterhalb der Spitze des Berges flimmerten Ketten von Lichtern zu uns herüber. Der modrige Geruch der Matratze stieg in meine Nase.

30. Kapitel

Im schwarzblauen Wasser brachen sich die Wellen am Bug, und Gischt spritzte um das Motorboot auf, das uns von Bakers Beach abgeholt hatte. Es war ein sonniger Tag, nur hinter uns über der Cordillera hingen graue Wolkenbänke. Vor uns lag Manutok, nach Süden hin der große Berg, der die Insel beherrschte, davor eine fruchtbare Ebene. Palmen und Papayaplantagen reichten bis an den menschenleeren Strand.

Es war früher Vormittag und völlig windstill, als wir in eine tief eingeschnittene Bucht einliefen und an einer Mole anlegten. Ich war überrascht, daß es hier nur einen so einfachen Naturhafen gab. Ben machte mich auf eine flache Insel aufmerksam, die Manutok im Westen vorgelagert war. Dort befand sich der Flughafen, auf dem, wie Ben sagte, auch große Düsenmaschinen landen konnten, sowie ein Tiefseehafen, in dem alles, was auf Manutok gebraucht wurde, auf Lastkähne umgeladen wurde. Manutok sollte von Lärm und Unruhe verschont bleiben, hier konnten nur Hubschrauber landen. Die Warenlager waren unter der Erde. Die Bucht wurde von einfachen Holzhäusern zwischen gelb und blau blühenden Büschen eingerahmt, einem typisch philippinischen Dorf, nur waren die Häuser in besserem Zustand als anderswo.

Auf der Mole fiel die Hitze wie ein Stein auf uns, nicht der geringste Luftzug brachte Kühlung. Wir verabschiedeten uns von der Besatzung, drei jungen Männern, die uns von Anfang an durch ihre tiefschwarze Hautfarbe, die mächtigen Schädel und raubtierhaft ausgeprägten Kinnladen aufgefallen waren. Myriam hatte von ihnen erzählt, daß sie ohne Sauerstoff-Flasche bis in fünfzig Meter Tiefe tauchen könnten.

Ein Jeepney holte uns ab, dessen Fahrer den gleichen gewaltigen Kopf wie die anderen Inselbewohner hatte, die beim Umladen unserer Koffer zuschauten. Als wir an ihnen vorbeifuhren, riefen sie uns Willkommensgrüße zu und winkten uns nach. Ihre Kinder sahen noch grotesker aus, da deren riesige Köpfe im Verhältnis zum Körper noch weniger proportioniert schienen.

Wir fuhren durch das Dorf über eine Straße aus Erde, auf die man Wasser gespritzt hatte, und stießen auf eine breite Asphaltstraße, die nun durch die Plantagen führte. Im Schatten hoher Santolbäume näherten wir uns langsam einer weißen Mauer, und als wir um die Kurve bogen, sahen wir in ein Tal, in das sanft Berge abfielen. Im Dunst hatten wir die vielen Berge Manutoks als einen einzigen wahrgenommen. Der höchste von ihnen war Bakers Beach zugewandt. Vom Tal her zogen sich Balkone, Terrassen und Gebäude mit vielen Fenstern die Hänge hinauf, die alle mit Treppen und Wegen verbunden waren.

Wir hielten vor einem hohen Tor, vor dem die Wächter freundlich grüßten. Von hier aus sahen wir, daß die Mauer die Insel teilte, die von einem Ufer zum anderen lief. Rechts von uns dehnte sich ein Golfplatz aus, doch in der Hitze spielte kein Mensch. Auf der linken Straßenseite ragten in einem Park fünf bis sieben Meter hohe Schlangenkreuze in einer Gruppenskulptur auf. Die Köpfe der Schlangen, die sich um die Enden der Balken wanden, glitzerten im Licht der hochstehenden Sonne. »Alles Diamanten«, sagte Ben. »Die Schlangen sind aus Gold, die Kreuze aus Hickoryholz.«

»Die Vereinigung des Guten mit dem Bösen«, suchte Myriam zu erklären. »Das Böse wird durch die Schlange symbolisiert, es muß zugunsten des Guten überwunden werden.«

Wir rollten auf einen gläsernen kubischen Bau zu, vor dem sich ein über zwanzig Meter hohes Kreuz aus einem ovalen Orchideenfeld erhob. Die Schlangen blickten aus rot glänzenden Augen auf uns herab. »Rubine«, sagte Ben. Aus den Mäulern schlängelten sich grüne Zungen. »Alles Smaragde«, betonte Myriam.

In dem gläsernen Bau empfing uns eine angenehme Kühle. An den Wänden hingen hier meterhohe fotografische Vergrößerungen von Zentren der Sekte auf Inseln oder in Gebirgen, auch Bilder aus Wüsten und Urwäldern waren dabei. Andere Paneele zeigten Mitglieder der Sekte bei der Arbeit in Zitrusplantagen, Reisfeldern, einer Hühnerfarm oder in Fabriken, Kranken- und Waisenhäusern, Altenheimen sowie in einer Irrenanstalt oder bei der Meditation in kahlen Räumen.

»Für die Krebs- und Aidsforschung geben wir viel Geld aus.« Ben nannte den Namen einer bekannten Arzneimittelfirma, die zu Human Reality gehörte.

»Das macht ihr doch nicht einfach so«, sagte ich. »Ihr hofft auf das große Produkt!«

»Ein Zehntel der Gewinne spenden wir Gesundheitsorganisationen in der Dritten Welt.«

»Schön und gut«, unterbrach ihn Corinna. »Aber was ist jetzt mit Pia?«

»Sie werden sie noch heute in die Arme schließen«, sagte jemand hinter uns auf englisch. Es war Cyril Ho, der uns die Hände entgegenstreckte und zu mir sagte: »Wir haben uns bei Myriams Fest in München gesehen.«

»Das ein so schlechtes Ende genommen hat«, entgegnete ich. »Wir saßen am gleichen Tisch. Damals ahnten wir nicht, was daraus entstehen und vor allem mit meiner Tochter passieren würde. Ich kann nur hoffen, daß wir nicht auch auf diese Insel umsonst gekommen sind.«

»Wann wird Pia hier sein? Noch heute morgen oder erst am Nachmittag?« Corinna ließ nicht locker.

»Sie wurde uns in der Nacht übergeben und ist bereits im Anflug.«

»Wann ist sie hier?« bohrte Corinna weiter.

»Ich verstehe Ihre Ungeduld und versichere Ihnen, daß Ihre Tochter, nein Stieftochter, noch heute bei Ihnen sein wird.« Cyril Ho entging nicht der unsichere Blick, den Corinna mir zuwarf, und sagte: »Es tut mir leid, wie man Sie von einem Land ins andere gehetzt hat. Sie haben gelitten, das weiß ich von Maroun.«

»Wo ist er eigentlich!« rief Myriam mit Sorge in der Stimme.

»Er ist Ihnen allen ans Herz gewachsen, ich weiß. Es ist wirklich großartig, wie er Sympathien schaffen kann.« Cyril Ho schlug vor, einen Imbiß einzunehmen, wir seien ja früh aufgestanden und bis zum Mittagessen sei noch viel Zeit. Ich hätte ihm, nervös wie ich war, am liebsten den Hals umgedreht. Urplötzlich durchfuhren heftige Schmerzen meinen Arm, den ich mit der Hand packte.

»Ist es so schlimm?« fragte Cyril Ho, breitete aber dann die Arme aus und zeigte auf die Vergrößerungen an den Wänden. »Wir dürfen stolz auf das sein, was wir geschaffen haben. Dafür haben wir alle hart gearbeitet.«

»Eine sehr pragmatische Art, sich Gott zu nähern«, sagte Myriam, während Corinna mir einen zweifelnden Blick zuwarf.

»Wir suchen uns in aller Gelassenheit auf Gott vorzubereiten«, fügte Cyril Ho hinzu.

»Wenn es ihn überhaupt gibt«, flüsterte Myriam mir zu.

Cyril Ho bat uns in einen kleinen Salon, in dem Kanapees und kalte Getränke von Sylvia angeboten wurden. Sie umarmte erst Corinna, dann mich und war nicht überrascht, uns hier zu sehen. Von Maroun hatte sie alles über uns erfahren. Ihre weißen Haare waren kurz geschnitten, sie hatte wie Myriam eine gesunde Hautfarbe und war schlanker, als ich sie in Erinnerung hatte.

»Ein Gück, daß Sie noch am Leben sind«, sagte ich zu ihr. »Über Sie standen abenteuerliche Geschichten in der Zeitung.«

»Abenteuerlich, aber übertrieben«, entgegnete Sylvia.

»Vom Schicksal Ihres Mannes waren wir alle sehr betroffen«, sagte Cyril Ho und trank Apfelsaft.

Schweigend reichte Sylvia Myriam ein Glas Champagner.

»Hat er nicht in einer Irrenanstalt in Thailand gearbeitet?« fragte Corinna. Sylvia stutzte, dann erwiderte sie: »Es hat uns viel Freude gemacht, von Gott Vergessenen zu helfen.«

»Auch Ihrem Mann?« fragte Corinna.

»Es war eine Prüfung«, antwortete Ben, der sich über die

Kaviarbrötchen hermachte. »Sylvia durfte ihren Namen ändern, Paula Buntfuß ist auch erheblich schöner, oder?«

»Ihrem Mann ist für die Namensänderung wohl keine Zeit mehr geblieben«, fragte Corinna. »Oder etwa doch?«

»Vielleicht lebt er ja noch.« Myriam war beim dritten Glas Champagner angekommen. »Vielleicht heißt er jetzt Paul Buntfuß.«

Cyril Ho schüttelte unwillig den Kopf und ließ seine Augen über uns wandern. Jetzt fiel mir auf, wie ungemein rund sie waren. Er hatte sie wohl weiten lassen.

»Wo ist denn Maroun?« fragte Sylvia. »Ich dachte, er würde euch begleiten.«

»Er hat zu tun«, bemerkte Cyril Ho, und Sylvia bedauerte Maroun: »Immer muß er arbeiten. Aber er ist ja auch weit gekommen.«

Cyril Ho schlug vor, uns jetzt ein bißchen von Manutok zu zeigen, damit wir einen guten Eindruck bekämen.

»Den richtigen«, sagte Myriam, die schnell ein weiteres Glas gekippt hatte und leicht schwankte. Sylvia verabschiedete sich und küßte Corinna und mich. Wir sollten Pia von ihr grüßen, ihr wünschte sie besonders alles Gute.

»Und viele Grüße an Paul!« fügte Myriam mit schwerer Zunge hinzu.

»Sie bleiben bei ihr!« sagte Cyril Ho zu Sylvia.

Als wir die beiden Frauen verlassen hatten und auf einem Conveyer durch einen Tunnel glitten, sagte Ben: »Myriam verträgt Alkohol nicht besonders, aber sonst hat sie sich gut eingelebt.«

Cyril Ho wurde auf seinem Handy angerufen und hörte länger zu. Er sagte kaum etwas. Ab und zu wollte er etwas von Ben Adler wissen, doch sprachen die beiden so leise, daß sie nicht zu verstehen waren. Endlich sagte Ben zu uns: »Pia wird bald in Manutok landen.«

Am Ende des Tunnels traten wir in eine mit grünem Marmor ausgelegte Halle, in deren Mitte ein Dutzend Schlangenkreuze mehrere Meter hoch aus einem Granitblock aufragten. Die Wände waren mit Porphyr, buntem Sandstein und fernöstlichen Geweben verkleidet. Breite Gänge führten sternförmig in den Berg, zu verschiedenen Ausbildungsstätten, wie Cyril Ho erklärte, zu Werkstätten, Fachschulen und einer Art Hochschule. Die Menschen, denen wir begegneten, waren einfach gekleidet. Nur an Sonntagen, wenn man meditierte, würden hellfarbene Kaftane angezogen, erfuhren wir von Ben. Es duftete nach einem eigenwilligen Parfüm.

Wir stiegen in einen Lift. Cyril Ho drückte auf den obersten Knopf und wurde erneut angerufen. Jetzt redete er mehr, aber da er in Mandarin sprach, konnte ich nichts verstehen, bis er mir sagte, daß wir noch etwas Geschäftliches zu erledigen hätten. Das würden wir an einem Ort mit herrlicher Aussicht machen, fügte Ben hinzu, der nun auf seinem Handy angerufen wurde, aber außer dreimal »Ja« nichts sagte.

»Es läuft wie geplant«, wandte er sich an Corinna und mich. »Pia wird nach der Landung auf unserem Flughafen mit einem Hubschrauber nach Manutok übersetzen.«

Nachdem wir im obersten Stockwerk angekommen waren, wurden wir in ein Sitzungszimmer geführt. Die Aussicht war hier wie aus einer Flugzeugkanzel. Eine Japanerin trat auf uns zu und sagte, alles sei vorbereitet, ob wir Kaffee wünschten. Ben und Cyril Ho nickten.

Ich trat mit Corinna an eines der Fenster, die wie Erker in den Berg eingelassen waren. Wir sahen nach Luzon hinüber, zu Bakers Beach. Über den Bergen ballten sich Gewitterwolken. Das Meer war glatt wie eine Glasplatte und schwarzblau, die typische Farbe des Südchinesischen Meeres. Ein leerer Tanker zog seine Bahn, ragte hoch aus dem Wasser und überholte ein mit Containern beladenes Frachtschiff. Wir waren schätzungsweise in fünf- bis sechshundert Meter Höhe. Unter uns nisteten Möwen, eine flatterte dicht am Fenster vorbei. Über uns flog ein Learjet nach Süden, vielleicht nach Manila. Ob es der war, mit dem Pia angekommen war? Die Klimaanlage setzte leise rauschend ein. Auch in diesem Raum duftete es nach Parfüm.

Hinter uns wisperten Ben und Cyril Ho miteinander, das Knistern von Papier war zu hören. Sie warteten darauf, daß wir uns zu ihnen setzten, bis Ben sagte: »Hör mal, alter Junge, wir müssen jetzt was besprechen.«

Corinna und ich nahmen den beiden Männern gegenüber Platz, und ich fragte: »Worum geht's?«

»Um Pia«, erwiderte Ben. »Wir hatten Kosten.«

»Sehr hohe!« Cyril Ho rollte die Augen. «Wir mußten Ihre Tochter freikaufen, und das haben wir nur Ihnen zuliebe getan. Sonst mischen wir uns in so was nicht ein.«

Ich dankte und fragte: »Wieviel mußten Sie auslegen?«

»Viel.« Cyril Ho legte die Stirn in Falten. »Aber soviel ist es auch wieder nicht, wenn Sie bedenken, daß Sie Ihre Tochter unversehrt zurückerhalten.«

»Ihr wurde kein Haar gekrümmt«, sagte Ben.

»Also wieviel?« Meine Kehle wurde trocken.

»Es ist etwas mehr geworden, als wir dachten.« Cyril Ho knabberte an seinem Daumennagel. »Wir haben unser Bestes versucht, das dürfen Sie mir glauben.«

»Wieviel?« rief ich.

»Wir haben gehofft, mit fünf Millionen Dollar auszukommen.« Ben fuhr in die Hosentasche, die gekrümmten Finger hoben sich unter dem leichten Stoff ab. »Aber leider ist es doch mehr geworden.«

»Sehr viel mehr«, sagte Cyril Ho. »Wir hatten uns dann acht Millionen als Limit gesetzt.«

»Schrecklich.« Ben zog seufzend die Hand aus der Hosentasche und stopfte sich den Mund mit Körnern voll.

»Einfach entsetzlich«, sagte Cyril Ho mit hoher Stimme. »Auch das war diesen Gangstern noch zu wenig, aber sie hatten die besseren Karten.«

Am liebsten hätte ich geantwortet, daß diese Gangster zwei Meter vor mir säßen und soviel Unverschämtheit einfach unglaublich sei. »Und nicht mal acht Millionen haben genügt«, sagte ich schließlich.

»Wir mußten zehneinhalb akzeptieren.« Cyril Ho blickte

mich traurig an.

Die Summe entsprach Beas Erbe, das von Beaunier & Beaunier in Bonds und Festgeld angelegt worden war.

»Das ist ja Wahnsinn!« stieß Corinna aus.

»Ja und nein«, entgegnete Cyril Ho. »Sie haben ja das Geld, das für Sie wie vom Himmel gefallen ist. Hat Ihnen Ihr Mann nichts davon erzählt?« Er wandte sich mir zu. »Es war Glück, daß wir von dem Erbe Ihrer Frau wußten und wie weit wir gehen konnten. Mit den Syndikaten ist nicht zu spaßen. Wenn sie sich hintergangen oder bedroht fühlen, verkaufen sie ihre Geiseln an die Konkurrenz oder bringen sie um. In Hongkong war es fast soweit. Ihre Freunde, die Journalisten, hätten um ein Haar alles kaputtgemacht.« Cyril Ho drückte auf eine Taste, und die Japanerin erschien mit einem ausgefüllten Überweisungsauftrag und einem Antrag zur Löschung von Beas Konto, auf dem das Lösegeld um einige zehntausend Dollar unterschritten war.

»Die spenden Sie uns«, schlug Cyril Ho vor. »Wir werden das Geld für eine Schule in Bangladesch verwenden.« Er reichte mir einen goldenen Stift. Mir sträubten sich alle Haare, ich hatte keine Garantie, nur die Zusicherung, daß Pia auf dem Weg zu uns war. Was Cyril Ho von mir verlangte, war eine reine Vorleistung. Ich mußte das Spiel von Human Reality mitmachen, aber da ich schon mehrere solcher Situationen überstanden hatte, vertraute ich meinem Instinkt, außerdem blieb mir keine andere Wahl. So verdankte ich einmal mein Leben einem Palästinenser, als er mit dem Finger über seinen Schnurrbart gestrichen hatte, im Namen Allahs. Da mußte ich ihm glauben.

Ich unterschrieb.

Ben schien erleichtert zu sein. Ausdruckslos sammelte Cyril Ho die Schriftstücke ein, sie sollten noch heute nach Zürich gefaxt werden. So plötzlich wie Beas Vermögen über mich gekommen war, so schnell hatte ich es auch wieder verloren.

Cyril Ho verabschiedete sich, Ben und Maroun sollten uns

nun mehr von Manutok zeigen. Er wollte aber unbedingt dabei sein, wenn wir dann mit Pia zusammenträfen.

Ben führte uns über eine breite Treppe zum Gipfel des Berges, wo aus einer kraterähnlichen Grube ein Wald von Antennen aufragte.

»Wir kommunizieren mit der ganzen Welt«, sagte er. »Früher gab es das natürlich nicht. Das Zentrum Manutok ist über hundertfünfzig Jahre alt. Unser Glaube geht auf eine Ureinwohnerin Taiwans, eine Lukai, zurück, die in den Bergen lebte. Sie war Seherin und hat große Weltereignisse vorhergesagt, den Ersten und Zweiten Weltkrieg zum Beispiel, die chinesische Kulturrevolution und die Erkundung des Weltalls durch den Menschen. Die Lukai bestand darauf, daß unsere Zentren möglichst unter der Erde in Gebirgen, bergigen Inseln oder in großer Einsamkeit angelegt wurden. Alle fünf Jahre müssen wir zwei Monate bei der Erweiterung der Zentren oder beim Bau eines neuen ganz primitiv mitarbeiten. Es wird ständig mehr Raum benötigt, für den der Berg ausgehöhlt werden muß, bevor weitere Hallen, Säle und Räume mit modernsten Mitteln ausgestattet werden.«

Wir traten an den Rand des zum Meer steil abfallenden Gipfels. Weit unter uns schob sich ein Quai etwa hundert Meter in die See, auf dem mit Erdreich beladene Loren von Frauen und Männern gezogen wurden, die deren Inhalt ins Wasser kippten.

»Schwerarbeit«, sagte Ben, »so gewinnen wir zudem noch Land.«

Auf der flachen Insel stieg ein Hubschrauber auf, der sich Manutok näherte, ein anderer flog nach Nordwesten.

»Pia?« fragte Corinna.

»Ich weiß es nicht.« Ben blickte auf den Boden. »Mit Pias Transport habe ich nichts zu tun.«

Ich suchte meine neu aufgekommenen Zweifel, die in Wut umschlugen, zu beherrschen. War ich getäuscht worden? Viel hätte nicht gefehlt, und ich hätte Ben zu den Loren hinunter gestoßen. Aber dann sagte er: »Ihr könnt froh sein, daß Human Reality nicht die Lust an euch verloren hat. Allein hättet ihr kaum etwas erreicht. Mit Sicherheit hättet ihr Fehler gemacht und falsch verhandelt, und irgendwann wäre Pias Leiche gefunden worden.« Er blickte mich spöttisch an. »Du warst ja nicht einmal in der Lage, die Journalisten zum Teufel zu schicken.«

»Bei dem sind sie jetzt«, fügte ich hinzu.

Der Weg führte uns unter tropischen Bäumen abwärts, dann gingen wir an einer Hecke von Hibiskusbüschen entlang. Auf einer Terrasse saß Maroun im Schatten einer Palme. Er sprang auf und breitete die Arme aus. »Ist es nicht schön hier?« Er deutete auf eine Reihe hoher Bogenfenster: »Unsere Universität, dort habe ich in den Semesterferien gearbeitet.«

»Von ihm wurde immer besonders viel verlangt.« Ben klopfte Maroun väterlich auf die Schulter.

»Pia wird am Nachmittag bei uns sein«, sagte Maroun. »Ihr seid nicht umsonst hier.«

»Man kommt nie umsonst nach Manutok«, fügte Ben mit Nachdruck hinzu.

»Pia sollte längst angekommen sein.« Ich suchte den Himmel nach dem Helikopter ab, aber er war nicht zu sehen, und nun stiegen gleich drei hintereinander von der flachen Insel auf.

»Viel Verkehr heute«, sagte Maroun, und ich dachte daran, wie er – vielleicht schon bald – auf meine Fragen reagieren würde. Carlo, Enzo und wir hatten ihm vertraut, auch wenn ihm am Ende alles zuviel geworden war und er mit Pia hatte flüchten wollen. Wir schritten an hohen Fensterscheiben entlang.

»Unsere Bibliothek«, sagte Maroun und hielt wenig später vor einer hohen Glashaube, die dem Berg vorgebaut worden war.

»Das Museum«, sagte Ben. »Schauen wir mal rein, wir haben noch Zeit, und vielleicht gibt es ja eine kleine Überraschung. Du kennst es auch noch nicht, Maroun.«

Der Pförtner grüßte und ließ uns ein. Wir gingen durch das in den Vorbau flutende Sonnenlicht in eine weißgekalkte Halle, an deren Wänden Werke berühmter Maler hingen.

Auf einmal war Maroun nicht mehr wiederzuerkennen. Seine Augenlider zuckten, der Blick flackerte. Er riß den Mund wie ein erstickender Fisch auf, ließ ihn zuschnappen und preßte die Lippen fest aufeinander. »Die Bilder sind aus Valdere«, flüsterte er mir zu.

Im Inneren der Halle war das Licht gedämpft, zur Mitte hin halbdunkel. Die Bilder waren angestrahlt.

Ein mittelgroßer, fragil wirkender Mann erhob sich von einer Bank und kam mit schwerer werdenden Schritten auf uns zu. Es war Enzo. »So eine Freude!« rief er, wandte sich Maroun zu und umarmte ihn innig.

Dann fielen die Schüsse.

Maroun sackte zusammen. Enzo ließ ihn auf den Boden gleiten, blieb wie angewurzelt stehen und starrte auf ihn, strich ihm dann über die Augen und drehte sich um. Marouns Blut quoll auf den Marmor.

Ich war wie vereist. Corinna hatte einmal laut aufgeschrien und sich an meine Brust geworfen.

Ben war zum Ausgang gelaufen, um einen Arzt zu holen, wie er sagte. Sinnlos! Marouns Hinterkopf war weggeblasen, die Schädeldecke aufgerissen. Enzo hielt seine blutverschmierten Hände von sich und ging wortlos auf den lamentierenden Pförtner zu. Corinna wimmerte, und ich führte sie zu der Bank, auf der Enzo noch vor wenigen Minuten auf uns gewartet hatte. Sie wurde von einem Weinkrampf geschüttelt und sank neben mich. Ich wartete auf die Trauer, den Schmerz, aber in mir blieb es still, ganz still.

Der Arzt und eine Krankenschwester eilten heran, zwei Sanitäter hinter sich, dann stand Ben vor uns und machte ein Zeichen, ihm zu folgen. Bevor wir ins Freie traten, sagte er: »Diese Kunstwerke waren für Enzo und Carlo ihr ein und alles. Trevor Tang, der selbst ein großer Sammler ist, wußte, daß die Bilder irgendwo versteckt waren. Er übte auf Maroun so lange Druck aus, bis er sich nicht mehr widersetzen konnte, und so erfuhren wir von Valdere. Carlo erklärte uns dann, wie man zu den Bildern in der Burg gelangte.«

»Das hat er euch doch nicht freiwillig erzählt«, sagte ich.

»Nicht ganz, wir mußten ihm schon gut zureden.«

»Und dabei ist er dann wohl gestorben.«

Ben antwortete nicht, Carlos und Enzos Schicksal schien ihn nicht besonders zu beeindrucken. Ich war ohne Gefühl, mir war, als ginge ich neben mir her. Im Schatten maurisch anmutender Kolonnaden schritten wir abwärts. Corinna ließ sich von mir stützen.

Der Himmel hatte sich bewölkt. Weit unten zogen sich Hecken von weiß und rot blühenden Rosen am Berg entlang, zwischen denen Calamanzibüsche und Durianbäume wuchsen. Ein schwerer süßlicher Duft hing in der Luft. Bevor wir das Ende der Kolonnaden erreicht hatten, fing es zu regnen an.

»Wo werden wir Pia treffen?« fragte Corinna, ihre Augen waren stark gerötet. Sie schien sich vorerst beruhigt zu haben. Ich war noch immer wie betäubt. Während wir in den Regen sahen, öffnete Ben eine Tür. Aus einem breiten Korridor schlug uns kühle Luft entgegen, der Teppich dämpfte unsere Schritte, wir gingen an numerierten Türen vorbei.

»Maroun hat hier gelebt, es wird dauern, bis Trevor Tang wieder einen wie ihn gefunden hat.« Ben wirkte von Minute zu Minute zufriedener.

Am Ende des Korridors sahen wir Enzo mit zwei Männern, die eine Tür aufschlossen, hinter der sie mit ihm verschwanden.

»Wie schnell sich alles ändern kann«, sagte Ben. »Enzo liebte Maroun wie einen spätgeborenen Sohn.«

Wir stiegen in einen Lift, und Ben sagte: »Gleich ist es soweit.« Ich haßte ihn, wie man einen Menschen nur hassen kann.

Ohne anzuhalten, schossen wir in die Tiefe, dann traten wir in eine Halle. Auf der einen Seite aßen und tranken viele

Menschen in einer Kantine, auf der anderen saß Pia in Jeans und Tennisschuhen an einem Tisch und las Zeitung. Corinna schloß sie als erste in die Arme.

»Wo ist Maroun?« fragte Pia, bevor sie mich umarmte und sich an mich drückte. »Wo ist er?«

Am Abend flogen wir über Hongkong nach Frankfurt und kamen am frühen Morgen im Nebel an. Vier Wochen danach mußte ich mir den Arm amputieren lassen.

Kurz vor der Operation erfuhr ich von der Versicherung, daß man den Brand durch Fernsteuerung entzündet hatte, aber noch immer nach den Tätern fahndete.

Noch bevor ich aus der Klinik entlassen wurde, vertraute mir Pia ein Geheimnis an. Sie trauerte noch immer um den Geliebten und wollte ihn, um ihn zu ehren und nie zu vergessen, in einem Roman verewigen. Das einzige, was ihr klar war, war der Titel: Maroun.

Hubertus von Thielmann

Forbes Park

Roman
st 3008. 316 Seiten

Der Manager Kauff wird von der Corpus AG ins ferne Manila entsandt, um die dortige Niederlassung auf Vordermann zu bringen. In Manila, so die Hoffnung seiner Konkurrenten, wird er von einer Schwierigkeit zur anderen taumeln, sich also selbst erledigen.
Und so kommt es auch: Vor dem farbigen Hintergrund der Philippinen entfaltet sich ein turbulentes Szenario: Mißwirtschaft und Korruption scheinen den neuen jungen Direktor scheitern zu lassen.
In Forbes Park, dem so vornehm wie streng bewachten Stadtteil Manilas, laufen die Fäden zusammen – und der, der sie als Erzähler in der Hand hat, hat lange dort gelebt: Hubertus von Thielmann, ehemaliger Manager eines Weltkonzerns mit Sitz in Deutschland, hat einen packenden Roman geschrieben, der auf Ironie nicht verzichtet und uns in fremde Welten führt.

»Wer sehen will, was Nieten in Nadelstreifen im Alltag treiben – oder treiben könnten, der sollte Hubertus von Thielmanns Kriminalroman *Forbes Park* lesen. Ein Kriminalroman mit allen wichtigen Zutaten: Spannung, undurchsichtige Gestalten, gebrochene Charaktere, Widerlinge und strahlende Helden.« *VDI-Nachrichten*

NF 273/1/10.00

suhrkamp taschenbücher
Eine Auswahl

Isabel Allende

- Aphrodite – Eine Feier der Sinne. Übersetzt von Lieselotte Kolanoske. Illustrationen von Robert Shekter. Rezepte von Panchita Llona. st 3046. 328 Seiten
- Das Geisterhaus. Übersetzt von Anneliese Botond. st 1676. 500 Seiten

Ingeborg Bachmann. Malina. Roman. st 641. 368 Seiten

Jurek Becker

- Jakob der Lügner. Roman. st 774. 283 Seiten
- Amanda herzlos. Roman. st 2295. 384 Seiten

Louis Begley

- Lügen in Zeiten des Krieges. Roman. Übersetzt von Christa Krüger. st 2546. 223 Seiten
- Mistlers Abschied. Roman. Übersetzt von Christa Krüger. st 3113. 284 Seiten
- Schmidt. Roman. Übersetzt von Christa Krüger st 3000. 320 Seiten

Thomas Bernhard. Ein Lesebuch. Herausgegeben von Raimund Fellinger. st 3165. 112 Seiten

Peter Bichsel

- Kindergeschichten. st 2642. 84 Seiten
- Cherubin Hammer und Cherubin Hammer. st 3165. 112 Seiten

Volker Braun

- Hinze-Kunze-Roman. st 3194. 240 Seiten

NF 266/1/10.00

- Trotzdestonichts oder Der Wendehals. st 3180. 160 Seiten

Truman Capote. Die Grasharfe. Roman. Übersetzt von Annemarie Seidel und Friedrich Podszus. st 3135. 208 Seiten

Paul Celan. Gesammelte Werke in sieben Bänden. Sieben Bände in Kassette. st 3202-st 3208. 3380 Seiten

Marguerite Duras. Der Liebhaber. Übersetzt von Ilma Rakusa. st 1629. 194 Seiten

Hans Magnus Enzensberger. Der Fliegende Robert. Gedichte, Szenen, Essays. st 1962. 350 Seiten

Max Frisch
- Homo faber. Ein Bericht. st 354. 203 Seiten
- Stiller. Roman. st 105. 438 Seiten

Norbert Gstrein. Der Kommerzialrat. Bericht. st 2718. 148 Seiten

Peter Handke. Mein Jahr in der Niemandsbucht. Ein Märchen aus den neuen Zeiten. st 3084. 632 Seiten

Hermann Hesse.
- Das Glasperlenspiel. Versuch einer Lebensbeschreibung des Magister Ludi Josef Knecht samt Knechts hinterlassenen Schriften. st 2572. 616 Seiten
- Siddhartha. Eine indische Dichtung. st 182. 136 Seiten

Ludwig Hohl. Die Notizen oder Von der unvoreiligen Versöhnung. st 1000. 832 Seiten

Yasushi Inoue. Das Jagdgewehr. Übersetzt von Oskar Benl. st 2909. 98 Seiten

NF 266/2/10.00

Uwe Johnson. Jahrestage. Aus dem Leben der Gesine Cresspahl. Einbändige Ausgabe. st 3220. 1728 Seiten

James Joyce. Ullysses. Roman. Übersetzt von Hans Wollschläger. st 2551. 988 Seiten

Franz Kafka. Der Prozeß. Roman. st 2837. 282 Seiten

Bodo Kirchhoff. Infanta. Roman. st 1872. 502 Seiten

Hermann Lenz. Vergangene Gegenwart. Die Eugen-Rapp-Romane. Neun Bände in Kassette. 3000 Seiten

Cees Nooteboom. Allerseelen. Roman. Übersetzt von Helga van Beuningen. st 3163. 440 Seiten

Juan Carlos Onetti. Das kurze Leben. Roman. Übersetzt von Curt Meyer-Clason. Mit einem Nachwort von Durs Grünbein. st 3017. 380 Seiten

Marcel Proust. In Swanns Welt. Auf der Suche nach der verlorenen Zeit. Übersetzt von Eva Rechel-Mertens. st 2671. 564 Seiten

Mario Vargas Llosa. Tante Julia und der Kunstschreiber. Roman. Übersetzt von Heidrun Adler. st 1520. 392 Seiten

Martin Walser. Ein fliehendes Pferd. Novelle. st 600. 151 Seiten

Ernst Weiß. Der arme Verschwender. st 3004. 498 Seiten

NF 266/3/10.00